马华祥◎著

明清传奇脚本『钵中莲』研究

中国社会科学出版社

图书在版编目 (CIP) 数据

明清传奇脚本《钵中莲》研究 / 马华祥著 . —北京：中国社会科学出版社，2017.11

ISBN 978-7-5203-1727-6

Ⅰ.①明… Ⅱ.①马… Ⅲ.①传奇剧（戏曲）-剧本-文学研究-中国-明清时代 Ⅳ.①I207.37

中国版本图书馆 CIP 数据核字（2017）第 306514 号

出 版 人	赵剑英	
责任编辑	任　明	
责任校对	李　莉	
责任印制	李寡寡	

出　　版	中国社会科学出版社	
社　　址	北京鼓楼西大街甲 158 号	
邮　　编	100720	
网　　址	http://www.csspw.cn	
发 行 部	010-84083685	
门 市 部	010-84029450	
经　　销	新华书店及其他书店	

印刷装订	北京君升印刷有限公司	
版　　次	2017 年 11 月第 1 版	
印　　次	2017 年 11 月第 1 次印刷	

开　　本	710×1000	1/16
印　　张	17.75	
插　　页	2	
字　　数	291 千字	
定　　价	80.00 元	

目　录

序 ……………………………………………………………………（1）
绪　论 ………………………………………………………………（1）

第一章　万历抄本《钵中莲》剧种归属考辨 ……………………（28）
　第一节　《钵中莲》曲牌考 ………………………………………（28）
　第二节　《钵中莲》文学属性考 …………………………………（32）
　第三节　《钵中莲》所用新腔考 …………………………………（36）
　第四节　《钵中莲》声腔剧种归属考 ……………………………（42）

第二章　万历抄本《钵中莲》民间社会思潮 ……………………（47）
　第一节　民间佛教信仰之上升 ……………………………………（47）
　第二节　地方家堂神灵崇拜之下降 ………………………………（51）
　第三节　个性解放思潮之涨落 ……………………………………（55）

第三章　万历抄本《钵中莲》民间宗教思想 ……………………（59）
　第一节　弥陀净土思想、禅宗思想与白莲教、罗教教义之
　　　　　融合 ………………………………………………………（59）
　第二节　因果报应思想的儒、释杂糅 ……………………………（64）

第四章　万历抄本《钵中莲》的人物设计 ………………………（71）
　第一节　A 线人物设计 ……………………………………………（72）
　第二节　B 线人物设计 ……………………………………………（76）

第五章　万历抄本《钵中莲》弋阳腔曲律辨析 ················ （81）
　　第一节　寻宫数调，以声传情 ························ （81）
　　第二节　谨守曲牌体式，句法平仄分明 ················ （86）
　　第三节　严遵《中原音韵》，用韵齐全准确 ·············· （95）

第六章　万历抄本《钵中莲》的演唱艺术 ················ （104）
　　第一节　"合"之特点 ···························· （104）
　　第二节　"唱"之形式 ···························· （109）
　　第三节　"唱"之分工 ···························· （114）

第七章　万历抄本《钵中莲》排场科介艺术 ·············· （117）
　　第一节　开场、上下场形式大胆创新 ·················· （117）
　　第二节　场面调度灵活多样 ······················ （121）
　　第三节　科介设计缜密周到 ······················ （138）

第八章　万历《钵中莲》对清代花部的重大影响 ·········· （143）
　　第一节　情节构思对花部的影响 ···················· （143）
　　第二节　唱腔设计对花部的影响 ···················· （147）
　　第三节　宾白艺术对花部的影响 ···················· （151）

第九章　清嘉庆抄本《钵中莲》对万历抄本的传承与变异 ···· （178）
　　第一节　唱腔设计与演唱的传承与变异 ················ （181）
　　第二节　念白的传承与变异 ······················ （184）
　　第三节　科介表演的演化 ························ （188）

余　论 ···································· （195）

附录一　《钵中莲》（明万历民间传奇脚本抄本） ·········· （197）
　　第一出　佛口 ································ （197）

第二出　思家 ·························· （198）

第三出　调情 ·························· （199）

第四出　赠钗 ·························· （203）

第五出　托梦 ·························· （205）

第六出　杀窑 ·························· （208）

第七出　逼毙 ·························· （212）

第八出　拜月 ·························· （216）

第九出　神哄 ·························· （220）

第十出　园诉 ·························· （223）

第十一出　点悟 ······················ （225）

第十二出　听经 ······················ （231）

第十三出　冥晤 ······················ （232）

第十四出　补缸 ······················ （235）

第十五出　雷殛 ······················ （239）

第十六出　钵圆 ······················ （241）

附录二　《钵中莲》（嘉庆南府传奇脚本抄本） ············ （245）

第一出　示谶赠钗 ···················· （245）

第二出　托梦除奸 ···················· （250）

第三出　冥会补缸 ···················· （258）

第四出　雷击僵尸 ···················· （263）

主要参考文献 ·························· （264）

后　记 ······························ （272）

序

　　华祥教授是 2005 年来南大访学并申请博士学位的，我也因此得与他有了交往，而在此之前，他已经是一位在学术界有一定影响的学者了，我已经读到过他的论著了。华祥教授是以研究弋阳腔为学术界所熟知的，在迄今研究戏曲史的学者中，对弋阳控研究用时最久、用力最多、成果最丰的当推华祥教授了。

　　关于弋阳腔研究，华祥教授已主持了多个国家及省部级课题，发表了一系列论文，出版了《明代弋阳腔传奇考》《弋阳腔传奇演出史》等多部论著。而他对弋阳腔的研究，是从《钵中莲》研究开始的。在明清传奇中，受到学术界重视、可以作为专题来研究的传奇屈指可数，不过像《牡丹亭》《长生殿》一二种而已。而将《钵中莲》作为专题来研究，其研究价值，就在于其不像《牡丹亭》《长生殿》等文人所作的名著那样，主要是在剧作的文学成就和思想内容上，而是因其特有的唱腔价值，在一剧之中，除联曲体的音乐形式外，还采用了具有板腔体音乐形式的"西秦腔"、"诰猖腔"、"山东姑娘腔"、"弦索腔"、"四平腔"和"京腔"等六种地方唱腔，是明清传奇中唯一一部涉及地方唱腔最多最杂的剧作，这也使得它为戏曲史研究者所重视。

　　华祥教授对《钵中莲》的研究，是他弋阳腔研究的一个重要内容，他在《文学遗产》等核心刊物上发表了《万历抄本〈钵中莲〉剧种归属考辨》《明万历弋阳腔〈钵中莲〉曲律辨析》《论〈钵中莲〉的人物设计》《论〈钵中莲〉的演唱艺术》等系列论文，受到了学术界的好评和重视。这一论著，就是他在已有的研究基础上，对《钵中莲》传奇所作的更深入、更全面的研究成果。这是一部目前有关弋阳腔及《钵中莲》传奇研究领域中材料翔实、富有创见的论著，作者在这一论著中，提出了一些令人信服的结论和观点，如有关《钵中莲》传奇的剧种归属问题，以前多数学者认为《钵中莲》传奇是昆山腔剧本，作者通过对《钵中莲》传奇的音律、语言、人物、思想内容等多方面的详细分析和考证，认为《钵中莲》传奇是弋阳腔的民间原创剧本，从而也改变了明清以来文人曲家认为弋阳腔的剧本都是根据文人编撰的昆山腔传奇"改调歌之"，没有原创剧本的偏见。

明清以来，文人戏曲家普遍偏爱昆山腔，鄙视弋阳腔、余姚腔等民间戏曲唱腔。本来弋阳腔与昆山腔都是南戏的四大唱腔，也是来自民间，其最初也是采用了以腔传字的形式、用当地的方言演唱的，故昆山腔也像弋阳腔一样粗俗鄙俚，同样受到文人鄙视和排斥，如明嘉靖时祝允明谓"数十年来，所谓南戏盛行，更为无端，于是声乐大乱"，"愚人蠢工，徇意更变，妄名余姚腔、海盐腔、弋阳腔、昆山腔之类，变易喉舌，趁逐抑扬，杜撰百端，真胡说耳"。（《猥谈》）昆山腔后来经过魏良辅的改革和"引正"，改作依字定腔的演唱形式，并统一用中州音来演唱，字声和腔格得以完美的结合，有了"水磨调"的美称，自此以后，受到了文人学士的独尊，为之编撰剧本，蓄养家班；反之，对于仍在民间流传，还是采用以腔传字的方式演唱的弋阳腔则另眼看待，加以排斥，文人自己不为弋阳腔编撰剧本，还以为弋阳腔无原创剧本，只是仰仗文人所编撰的昆腔传奇，"改调歌之"，甚至由于梁辰鱼的《浣纱记》是魏良辅改革昆山腔后的第一部文人昆腔传奇，故"传奇家别本，弋阳子弟可以改调歌之，惟《浣纱》不能。"（清朱彝尊《静居志诗话》卷十四"梁辰鱼"条）而作者通过对《钵中莲》的研究，证明弋阳腔也有原创剧本。

作者对《钵中莲》的研究，还揭示了弋阳腔的发展和变异规律，为我们全面认识弋阳腔的发展规律提供了新的材料和理论。在以前有关弋阳腔的研究中，论及弋阳腔的流传，通常都会引用清代李调元在《雨村剧话》中所说的"向无曲谱，只沿土俗"，至于弋阳腔在流传过程中，曲律上是否发生了变异，发生了哪些变异，则很少有人详细论及。而作者通过对《钵中莲》传奇使用的曲调的梳理，具体分析了《钵中莲》传奇曲牌的特征及与北曲"弦索"系统声腔的关系，指出弋阳腔在流传过程中发生了变异，与早期南戏的弋阳腔有了新的发展，如《钵中莲》传奇在全剧仅有十六出的篇幅中，在以弋阳腔为主的基础上，吸收了其它六种地方唱腔，使用了三种板式变化体的音乐形式，又大量使用北杂剧的曲调，这是与其他弋阳腔剧本在曲律上最大的不同之处，而这也正是弋阳腔在流传过程中"沿土俗"后，在曲律上所产生的变异，作者据此认为："明万历抄本《钵中莲》为民间戏曲，属改革后的弋阳腔传奇。"作者将这种经改革后的弋阳腔称之为"弋阳弦索腔"。而由于弋阳腔不断地"沿土俗"，不断的革新，也使得弋阳腔能保持旺盛的生命力，从宋元时期产生以来，就一直在民间流传，不断壮大，衍生出了众多新的同类唱腔，形成了一个以具有"帮腔"为特色的唱腔系统，即高腔系统。

作者对弋阳腔及《钵中莲》的研究，也改变了学术界长期以来独重文人昆腔传奇的研究格局，将明代更为流行的民间弋阳腔传奇引入到了戏曲史研究的视野之中。弋阳腔从宋元南戏时期始，因没有文人的参与，一直在民间流传，而其发展过程，始终是开放的，"向无曲谱，只沿土俗"；而昆山腔由于文人的参与，其发展的过程是封闭的，其曲律是在封闭的环境中被逐步经典化的，即使明代汤显祖在编撰《牡丹亭》传奇时对曲律稍有突破，就受到了以沈璟为代表的格律派戏曲家的批评，因此，随着昆山腔文人传奇的发展，其曲律也越来越固化，也正因为此，到了清代中叶，昆山腔虽有了"雅部"的美称，但在与花部诸腔的相争中，逐步衰落。而弋阳腔由于其发展是开放的，不断地革新，保持着生命力，故不仅没有衰落，而且发展成为高腔系统。如果说昆山腔的发展史是以文人戏曲为主的戏曲史，那么，弋阳腔的发展史是民间戏曲的发展史，它浓缩了戏曲在民间流传的历史。因此，对于弋阳腔的研究，也应是戏曲史研究的一个重要方面。而华祥教授的这一研究，对于改变戏曲史研究中独重昆山腔的偏颇，具有重要的导向意义。

华祥教授自 2003 年在《文学遗产》发表《明万历抄本〈钵中莲〉剧种归属考辨》论文始，就一直将弋阳腔及《钵中莲》传奇作为戏曲史研究的重要课题，孜孜不倦，持续了十多年的时间，硕果累累。治学之道，贵在专，贵在精，华祥教授的这种执着严谨的治学精神给了我们很好的借鉴。

我对弋阳腔没有专门的研究，只是受华祥教授之嘱，为其大作写序，也借此机会通过阅读他的大作，而对弋阳腔和《钵中莲》传奇有了一定的了解和认识，这篇序也只是我的读后感而已，如解读和认识有误，敬请作者和读者予以纠正。

俞为民

2017 年 8 月于温州大罗山麓五卯斋

绪　　论

相对于传统诗文，古典戏曲存本甚寡。存本当中以刊本为多，抄本罕见。抄本多为孤本，难存。刊本多为文人创作剧本，一刊多本，且有的一刊再刊，易于流传且受收藏者青睐；抄本多为民间艺人演出本，为戏班独有孤本，收藏者少，极易散失。卢前《读曲小识·序》云：

> 有案头之曲焉，有场头之曲焉。作者重视声律与文章之美，固矣。洎乎传奇渐入民间，顾曲者不尽为文士。于是梨园爨弄，迁就坐客，不复遵守原本面目，所谓场上之曲者，不必尽为案头之曲矣。顾案头之曲易得，场上之曲则不常见。盖伶工相抄写，以备粉墨之需，初不欲以示人者。①

令人惊喜万分的是玉霜簃戏曲藏本千余册，多为明清以来民间艺人主流声腔剧种演出本抄本。《钵中莲》传奇就是玉霜簃藏本传奇中最为世人熟知的一种。

1933 年杜颖陶先生在《剧学月刊》第二卷第四期排印全本《钵中莲》传奇，题下标明"玉霜簃藏明万历抄本"，同时发表《记玉霜簃所藏抄本戏曲（续）》。文中对《钵中莲》传奇作了简单介绍：

> 《钵中莲》，二册，不分卷，共十六出，末页有"万历"、"庚申"等印记。未著录作者姓名。此剧演王合瑞及其妻殷凤珠事，《王大娘锯缸》一剧，即此本里的一出。

---

① 卢前：《卢前曲学四种》，中华书局 2006 年版，第 93 页。

　　玉霜簃是京剧大师程砚秋先生的书斋名，书斋收藏有大批戏曲抄本。关于这批抄本来源和整理情况，吴书荫先生作了专门介绍：

　　这批梨园传抄本来源于金匮陈氏的旧藏。清末民初，在北京梨园界中，抄本戏曲最富者，一为金匮陈氏，一为怀宁曹氏，两家所藏，约计四千余册。（见傅惜华《缀玉轩藏曲志序》）金匮陈氏指清嘉庆到咸丰时著名昆曲演员陈金雀，他祖籍金匮（今江苏无锡），寓居于苏州。原名双贵，字熙堂，号金觉，因嗜好古篆，别署学古篆伶人。幼习声律，嘉庆十六年（1811），由苏州织造府选送南府司乐，拜师孙茂林，习小生。因首演《金雀记·乔醋》，得到嘉庆皇帝的赏识，赐名"金雀"，遂以此名行世。道光七年（1827），南府改制，裁退民籍学生，金雀依附外班演出，"每当广筵通肆，按拍倚声，听者无不击节，信绝技也"。后返京加入四喜班演出。咸丰十年（1860）再应诏入南府，为升平署总教习。同治二年（1863）秋，诏永远裁革。金雀得暇，遂闭户读书。光绪三年（1877）卒，享年七十八。著有《四声反切易知》、《见同杂记》、《填词姓氏考》、《明心鉴》、《剧出群书目录》和《杂剧考原》六部，"皆叙述乐部声容、词曲原委，及教诲梨园子弟心法也"。

　　长子寿山，也习小生，曾搭三庆、四喜班演出；仲子寿彭、季子寿峰皆为升平署供奉；寿峰长子嘉梁为民初著名笛师，曾为梅兰芳司笛和授曲。其婿钱阿四（名玉寿）、梅巧玲（梅兰芳祖父）都是当时昆曲或京昆兼擅的名旦。金雀病故后，兄弟分居，他毕生搜集和抄订的曲籍，尽归寿峰所有。……民国十四年（1925），陈嘉梁在京逝世，未几，二千余册藏曲让归梅兰芳和程砚秋，各得其半。世称"梅氏缀玉轩藏曲"和"程氏玉霜簃藏曲"，成为当时的一件盛事，传为曲苑佳话。

　　1930年，入藏于玉霜簃的部分曲本，先由书法家魏铁三（名域，浙江绍兴人）做了初步整理，但未分类编目。次年，经程砚秋的编剧金悔庐（名仲苏，浙江金华人，《剧学月刊》主编）介绍，将曲本悉数交杜颖陶进行整理、分类和编目。这批曲本共计1653册，含剧目1436个。绝大部分是昆曲剧本，也有极少数京剧、秦腔剧本。杜

氏从中挑选出 522 种，约 578 册，请工匠镶衬装订，并加上函套。另
有散包本，约 985 册，含剧目 914 种，他认为重复或无保存价值，
"仍旧回到那重纸密裹的世界"。①

由此可知，玉霜簃戏曲藏本是戏曲名伶陈金雀的世代家藏，至少有百年收
藏史。《钵中莲》抄于万历庚申（1620），是玉霜簃戏曲藏本中历史最久
远的一种，这是它最有收藏价值所在。它又是现存涉及地方声腔最多最杂
的戏曲剧本，这使得它最具研究价值。《钵中莲》一剧之中，除南北曲曲
牌外，还收入"西秦腔"、"诰猖腔"、"山东姑娘腔"、"弦索腔"、"四平
腔"和"京腔"等 6 种地方声腔。这种情形在戏曲史上是罕见的，因而
历来为研究者所重视。

《钵中莲》公开发表后，第一个大力研究者是著名的戏曲史家周
贻白（1900—1977）。他一生独力完成中国戏曲史专著 7 种：《中国
戏剧史略》（商务印书馆 1936）、《中国剧场史》（商务印书馆 1936）、
《中国戏剧小史》（永祥书局 1945）、《中国戏剧史》（中华书局
1953）、《中国戏剧史讲座》（中国戏剧出版社 1958）、《中国戏剧史
长编》（人民文学出版社 1960）、《中国戏曲发展史纲要》（遗著，上
海古籍出版社 1979）。《中国戏剧小史》提到"姑娘腔"："巫娘腔，
昆曲旧本《虹霓关》，又《麒麟阁·反牢》，其中皆有打诨所唱之
'姑娘腔'，姑娘腔当即巫娘之音讹。今虽不传其调，但可见其文词实
为七字句。"后四种则对《钵中莲》六种声腔展开研究，主要观点见
下表：

---

① 吴书荫：《梨园传本　棐然备列——程砚秋玉霜　珍藏稿抄本戏曲集刊》序，《文献》
2014 年第 3 期。

腔名 书名	四平腔	诰猖腔	西秦腔	京腔	弦索	山东姑娘腔	章节页码
中国戏剧史	其为何调虽未注明，但可断定其为一长短句的曲子。今皮黄剧中有【二黄平板】，旧名【四平调】，实即由此滥觞。	"诰猖"未知何义，清吴太初《燕兰小谱》咏三官诗云："吴下传来补破缸，低低打打柳枝腔"似此腔来自吴中，其所谓"柳枝腔"，如非比拟之词（唐人有柳枝词），则山东曲阜有"柳子腔"。	则与"诰猖腔"皆为七字一句。此种唱词，既已出现于当时的舞台，这在中国戏剧的源流上应当是一个很重要的转变。	此项【京腔】，当即弋阳腔传入京师之谓，则其称谓在明代已经通行，秦云《撷英小谱》【曼绰】之说，固非全无所本了。	按玉芙蓉为南曲，属正宫过曲。既冠"弦索"字样，当即以南曲配合弦索歌唱。	但"巫娘腔"则为他书所不载，昆曲麒麟阁、虹霓关（非皮黄本），旧有"姑娘腔"。系七字句，为打诨时所唱，似即"巫娘腔"之音转。	第五章明代传奇 pp. 379—381
中国戏剧史讲座	（弋阳腔）在江苏和安徽发展成为四平腔。	诰猖腔除《钵中莲传奇》不见他书，似乎是高昌腔的音误。根据其所唱文辞，实即今日《补缸》剧中"忙将担子来挑起"的这种唱调。唱时不托腔，只用唢呐吹过门，颇有边区民歌意味。	是一种七言句，第三句落仄声，不押韵，好像一首七言绝句。《缀白裘》第六集，收有《搬场拐妻》一剧，亦作西秦腔，但字句有长短，是一种时调小曲的路子。	（弋阳腔）往北方走，便发展成为北京的京腔，但仍为字句长短不一的唱法。		巫娘腔，或名姑娘腔；昆曲《麒麟阁》及《虹霓关》（非今之京剧），俱有姑娘腔，为打诨时所唱，或为民间俗调。	第七讲 pp. 172—173；第八讲 p. 205
中国戏剧史长编	同《中国戏剧史》	同《中国戏剧史》	同《中国戏剧史》	同《中国戏剧史》	同《中国戏剧史》		第五章明代传奇 pp. 307—308

续表

腔名 书名	四平腔	诰猖腔	西秦腔	京腔	弦索	山东姑娘腔	章节页码
中国戏曲发展史纲要	同《中国戏剧史讲座》	同《中国戏剧史讲座》，作者加按语："高昌地名共有四处……"	同《中国戏剧史讲座》	同《中国戏剧史讲座》		巫娘腔似即姑娘腔，李玉的《麒麟阁·反牢》出中及《虹霓关》（昆曲，非今之京剧）中皆有姑娘腔的唱调。或谓今之柳琴戏，亦名周姑子，即为此一唱调之遗音。	一六、弋阳腔及其剧作 pp. 326—328

由表中可清楚地看出，周贻白先生是把《钵中莲》归入明代传奇作品，认为主腔属于弋阳腔系统声腔，四平腔为流行于安徽与江苏的地方声腔，诰猖腔为高昌腔，属山东柳子腔之类，京腔为弋阳腔流入北京之后的变种声腔。

张庚、郭汉城主编的《中国戏曲通史》也对《钵中莲》有所研究，指出："从万历抄本《钵中莲》传奇中已采用了【西秦腔二犯】这个曲调来看，可知是在十六世纪末叶，戏曲中已出现了山陕梆子腔的某些唱法。"①

孟繁树、周传家编辑的《明清戏曲珍本辑选》收录了玉霜簃藏本《钵中莲》，并在剧本前编写了"说明"：

> 玉霜簃藏抄本《钵中莲》传奇，计二册，不分卷，十六出。不署作者姓名。末页有"万历"、"庚申"印记，由此可知其为明万历四十七年抄本。
> 《钵中莲》传奇历来为研究者所重视。因为剧中除昆曲曲牌外，还杂有一些地方戏曲声腔的曲牌。它们是：
> 1. 弦索（第三出）；2. 山东姑娘腔（第三出）；3. 四平调（第

---

① 张庚、郭汉城：《中国戏曲通史》，中国戏剧出版社1980年版，第227页。

三出）；4. 诰猖腔（第十四出）；5. 西秦腔二犯（第十四出）；6. 京腔（第十五出）。

这些戏曲声腔名目在明人著述中尚不多见，其中"西秦腔二犯"、"山东姑娘腔"和"诰猖腔"则是第一次出现于戏曲典籍之中。它们是研究明清之际声腔剧种极为可贵的材料。

本书以《剧学月刊》第二卷第四期之排印本《钵中莲》为底本，在体例上做了必要的调整。①

编辑"说明"指出《钵中莲》是万历庚申抄本，认为剧中主体曲牌属昆山腔。该书继《剧学月刊》发表《钵中莲》半个多世纪之后再度公开出版，这是曲学界盛事。《剧学月刊》发表《钵中莲》让学者开了眼界，惊叹中国戏曲有如此多声腔集于一剧的舞台演出本，可惜长期束之高阁；《明清戏曲珍本辑选》则让更多的读者有幸一睹《钵中莲》的真面目，可以说，21 世纪以来的《钵中莲》研究基本上是依据该书。

笔者就是得益于该书。2001 年暑假笔者读到该书，被《钵中莲》剧中鲜活的人物、迷人的剧情和幽默的语言深深地吸引，用了半年时间完成文稿《万历抄本〈钵中莲〉剧种归属考辨》，当年 12 月投稿《文学遗产》编辑部，并在该刊 2003 年第 3 期上发表。这是第一篇专门研究玉霜簃藏本《钵中莲》传奇的论文。该文根据玉霜簃藏明万历庚申年（1620）抄本《钵中莲》曲牌、文辞及所用新腔的来历、音乐特点等，考辨该剧的剧种归属，认为其主要曲牌为"弋阳腔"曲牌，新腔为"弋阳腔"系统内声腔和"弦索"系统声腔，剧本和其他"弋阳腔"剧本一样为民间文学作品，因而可以初步认定该剧属改革后的"弋阳腔"剧本。虽然笔者在《河南师范大学学报》2003 年第 2 期上发表了《论〈钵中莲〉的人物设计》，发表时间比《万历抄本〈钵中莲〉剧种归属考辨》略早，但是完稿和投稿时间却是在 2002 年，比《万历抄本〈钵中莲〉剧种归属考辨》要晚得多。《论〈钵中莲〉的人物设计》论述的是明万历抄本《钵中莲》在人物设计上有着鲜明的民间喜剧特色。它以生、贴（有时是小旦）为主角，丑、副的戏很多，有着民间小戏的痕迹。剧中人物设计分两类人物，一类是肯定人物，姑且称为 A 线人物，即生角扮演的王合瑞和由他联

---

① 孟繁树、周传家：《明清戏曲珍本辑选》，中国戏剧出版社 1985 年版。

结的人物；另一类是否定人物，姑且称为 B 线人物，即由贴（有时是小旦）扮演的殷凤珠和与她关联的人物。A 线主要人物王合瑞具有勤劳务实、诚信可靠、稳重老成、热情好客、嫉恶如仇的个性，他有佛门根器，但冷酷无情。B 线主要人物殷凤珠被设计成一个风流少妇，因贪淫被逼毙后，灵魂不散，成为僵尸，至此对情人的爱情才专一。全剧的重场戏几乎都是 B 线人物的戏。《钵中莲》写的是普通人的故事，富有魅力，深受人民群众喜爱。两篇论文都是专门研究《钵中莲》的文章，尤其是《万历抄本〈钵中莲〉剧种归属考辨》首开明清传奇弋阳腔声腔归属考辨一途，且又发表在权威期刊上，很快就引起了学界的注意，次年获河南省社会科学优秀成果论文类三等奖。也可以说 2004 年学界兴起了《钵中莲》研究热潮。

首先是戏曲史家胡忌先生于《戏剧艺术》2004 年第 1 期发表了重要论文《从〈钵中莲〉传奇看"花雅同本"的演出》。该文主要从剧本体制、剧本内容与风格等方面来考证，认为《钵中莲》传奇产生的年代不当在万历，当在清初。理由如下：

剧本体制：首先应该肯定这个《钵中莲》抄本是场上实际演出本。（1）是普遍使用苏州土语；（2）是它仔细的写明对演出的要求。其次，可以肯定它基本上唱的是昆曲。（1）是使用了"集曲"。这类集曲的大量使用在传奇中，都属于明末清初之事。（2）是使用了稀见联套，如第九出、第十二出。（3）是明清传奇中常见的联套形式，如第五、第六、第七、第八、第十一诸出。第三，是《钵中莲》作为"传奇"本仅有十六出，篇幅特别地短。作为一本十六出的传奇，在康熙中期之前尚未知晓。

剧本内容与风格：一是开场与一般传奇的"开宗"或"家门"大不同。二是剧中所引用的唱词。《补缸》里的【尾声】借用了朱佐朝《渔家乐·藏舟》原词。三是关于剧词的雅俗。《钵中莲》抄本多半是雅俗共存的"大拼盘"。

胡忌（1931—2005）自从 1978 年 11 月调到江苏省昆剧院艺术研究室工作之后，便一直研究昆剧，代表作是他和刘致中先生共同撰写的《昆剧发展史》（中国戏剧出版社，1989），该书和陆萼庭《昆剧演出史稿》

（上海文艺出版社，1980）堪称昆剧史著作双璧。正是掌握了翔实的资料，胡忌先生对《钵中莲》的曲文探讨才能如此深入。他的《钵中莲》"断代说"最具力量：

> 第十四出为主戏《补缸》（即乾隆后戏界熟知的《大补缸》），净扮补缸匠唱："没有什么来赔补，只好当面脱衣裳。"贴扮王大娘接唱："这样尸皮那个要？没些当管怎赔裳？"净："合着《牧羊》一句白。"贴："怎么说？"净："虎落平阳怎脱岗。"这是《补缸》作者临时抓到的一句《牧羊记·小逼》的下场诗。原诗是"龙遭铁网难翻爪，虎落深坑怎脱殃。"不过，《牧羊记》是元明以来南戏之一，据此引句不能有助于说"补缸"的创作年代。但同样此出在贴唱【西秦腔二犯】之前，贴与净分手时，贴唱：

> 【尾声】今朝急切休留恋。（净）今晚不及，到底几时来？
> （贴）待等时来风便。
> （净）有了上句，等我索兴（性）串完。吓，殿下！那时同向金门把诏传。

> 这三句【尾声】是怎么回事？什么叫"索性串完"？原来它是借用了朱佐朝《渔家乐·藏舟》的原词。《藏舟》的【尾声】如下：

> 从今扮做渔家汉，待等时来风便，那时同向金门把话传。

> 朱佐朝的时代应略晚于李玉，他是苏州派剧作家的中坚；《藏舟》一出今天仍经常在昆剧舞台上演，《钵中莲》的借用自在情理之中。
> 这一条算得上是硬证，证明《钵中莲》这个抄本时代应在康熙中期创作的《渔家乐》之后（可暂时推想在1700年前后）。

的确，《钵中莲》"待等时来风便，那时同向金门把话传"不是原创，民间艺人也不掠美，而是明明白白道出是在"串唱"。这个【尾声】非常特别，古怪，用得不是地方。整出戏皆与本戏主腔无涉，只有副腔【诰猖腔】和【西秦腔二犯】。副腔非曲牌体，没有"引子""过曲""尾声"
之分。再说，有"过曲"，才有"尾声"。通常庄重脚色才演唱【尾声】，
猥琐脚色只安排下场诗之类。我们不知道这个奇怪的【尾声】是传奇创
作时就存在，还是在演出的过程中为了迎合观众追求时髦加入的。但不管
怎样，玉霜簃藏本《钵中莲》抄的是全本，这段【尾声】与《渔家乐》
中的两句几乎完全一样，且又明确说出是在串唱，这就难怪胡忌先生说是
硬证了。因为如果不是普通观众都熟悉这段唱词就不可能串唱，串唱都是
唱流行曲子，凭此似乎可以证明《钵中莲》抄写年代不会早于《渔家乐》
在舞台上盛演之后。不过，这两句曲文只是普通曲文，连正曲都不是，不
可能像"家家收拾起，户户不提防"[①]那样的名剧名曲权属明确。

　　戏曲引用语句不像传统诗文那样严格，往往是随心所欲，喜欢就用，
很少指明出处。《渔家乐》就有一些曲白也是引用或模仿他人之作，并非
"近时人"原创。如《藏舟》【山坡羊】中的"纸灰飞作白蝴蝶，血泪染
成红杜鹃"就是出自宋代高翥的《清明日对酒》："南北山头多墓田，清
明祭扫各纷然。纸灰飞作白蝴蝶，泪血染成红杜鹃。日落狐狸眠冢上，夜
归儿女笑灯前。人生有酒须当醉，一滴何曾到九泉。"《藏舟》【黄龙滚】
中的几句曲白近似嘉靖刊本《风月锦囊》辑录的《拜月亭·错认相从》
【扑灯蛾】：

　　　《拜月亭·错认相从》【扑灯蛾】：（生）有人斯盘问，教咱甚言
　抵对？（旦）奴有个道理。（生）妇人家有甚么道理？（旦）怕问时
　权说夫妻。
　　　《藏舟》【黄龙滚】：（小生）这便免人盘问了。倘然遇着同伴中
　盘问及是何亲戚，这又如何答？（贴）吓，倘然同伴中问及，只好
　权……（小生）权什么？（贴）权说道是妻房，为家眷。

因此说，"待等时来风便，那时同向金门把话传"这两句很普通的话语未
必最早出现于《渔家乐》。

_____

① 周贻白先生《中国戏剧史讲座》云："当时最流行歌场的还有李玉的《千钟禄》，其
'惨睹'一出，尤为观众所欣赏，其唱词首句为'收拾起大地山河一担装'；《长生殿》则以
'弹词'一出最为观众所习知，其唱词首句为'不提防余年值乱离'。因此，当时北京有两句俗
谚，叫'家家收拾起，户户不提防'，可见其流行之盛。"

要说"待等时来风便，那时同向金门把话传"是串唱《渔家乐》的曲子，问题出来了：玉霜簃藏本《钵中莲》剧末有"万历""庚申"字样，这又该作何解释呢？戴云《清南府演戏腔调考述》提出了新见解：

> 胡忌先生的这一看法是很有道理的。另外，经查历史年表万历四十七年是"己未"，万历间无庚申年，庚申年为泰昌元年。当然，泰昌皇帝是八月继位的，且即位后不久便驾崩。若一定写为"万历庚申"，也不应是万历四十七年，而应为万历四十八年。所以仅凭剧本末页有"万历""庚申"印记，而没有考虑其他因素的可能存在（诸如这些印记是否为后来书商作伪后加等原因），来断定抄本年代为万历四十七年是不准确的。要搞清楚剧本的年代，恐怕还要等到亲眼目睹《钵中莲》的原抄本之后，才能得出科学的结论。①

从孟繁树、周传家编辑的《明清戏曲珍本辑选》的"说明"到戴云这里的"万历间无庚申年"的说法都犯了一个年代学上的错误。庚申本是万历四十八年，但到了七月二十一日（8 月 18 日），神宗驾崩。太子朱常洛于八月初一日（8 月 28 日）即帝位，诏"以明年为泰昌元年"②。继位还不足月，就在九月初一（9 月 26 日）崩于乾清宫，皇长子朱由校九月初六嗣立，纪年问题引起群臣争论，"或议削泰昌弗纪；或议去万历四十八年，即以今年为泰昌；或议以明年为泰昌，后年为天启"③，礼部最终议定，上疏曰："伏乞敕下，臣部通行天下一切章奏文移，自今年八月朔至十二月终俱用泰昌元年，既不亏神宗之全历，亦无妨皇上之改元，庶统系分明，人心允惬。"④

九月十四日诏书下，落款仍称为万历四十八年⑤，直到九月二十日熹宗下《泰昌元年〈大统历〉敕谕》⑥落款始称泰昌元年。

---

① 戴云：《清南府演戏腔调考述》，《文化遗产》2015 年第 3 期。

② 《明史》卷 21，本纪第二一，《光宗》，中华书局标点本，第 294 页。

③ 《明史》卷 244，《左光斗传》，中华书局 1974 年版，第 6331 页。

④ 《明光宗实录》卷 3，"中央研究院"历史语言研究所 1962 年版，第 53—54 页。

⑤ 孔贞运辑：《皇明诏制》卷 10，《续修四库全书》第 458 册，上海古籍出版社 2003 年版，第 178 页。

⑥ 同上。

古人是非常讲究岁次干支的，万历时期的印章万历时用，庚申印章庚申用。如果是清人抄本就该用"顺治""康熙"或"乾隆"等印章，怎么会去盖"万历"印章呢？陈志勇《〈钵中莲〉传奇写作时间考辨》是这样理解的：

> 民间艺人对一些剧本在重新整理时，因与原本相距较远，对于原本的年代难以知晓，或询之老伶工，或据前辈所记忆或代代口耳相传，题注时间。所以，对待民间艺人抄本题注的时间，尤应持审慎的态度。同样，在玉霜簃藏抄本《钵中莲》剧末署时间问题上，我们也需要审慎的眼光看问题。杜颖陶在《剧学月刊》（二卷四期）作此剧题解时写道："末页有'万历'、'庚申'等印记"，但当发表这个剧本时，未在剧末标注这两个时间。正因为现存于《剧学月刊》和《明清戏曲珍本辑选》中的《钵中莲》剧，都是刊刻本或整理本，所以笔者一直很希望能亲眼看看玉霜簃藏《钵中莲》原本，一看有无杜颖陶所说的"末页有'万历'、'庚申'等印记"，二看这两个印记笔迹与正文是否一致，还是为不同时期人所添加，然而一直无此机缘。①

做学问保持审慎的态度是必需的，也是值得肯定的。陈志勇所说的民间艺人抄本所署写作时间不可靠的情况的确存在，但是用于玉霜簃藏这批抄本似乎不大合适，因为玉霜簃藏本都有落款，明明白白，真真切切。吴书荫《〈梨园传本　粲然备列——程砚秋玉霜　珍藏稿抄本戏曲集刊〉序》记载：

> 抄订本中有明末清初的《钵中莲》，顺治十三年（1656）岁次丙申孟秋上沅十日彭城佐卿于天津卫寓书抄《万年欢》，康熙十一年（1672）壬子季春吴郡双林里甘淡道人录于闽城刘克为衙署之《麒麟阁》，康熙十六年（1677）十月初十日录点、吴门杨俊生写敦伦堂记《为善最乐》（首页题"景稣堂"，演宋王曾父子事），康熙三十三年（1694）甲戌润蒲上沅三日抄《百顺记》，康熙三十四年（1695）张

---

① 陈志勇：《〈钵中莲〉传奇写作时间考辨》，《戏剧艺术》2012 年第 4 期。

　　云生抄《凤凰阁》，康熙三十八年（1699）己卯荷月下沅二日平江朱君采重录《绣衣郎》（下卷），康熙三十九年（1700）玉音妙好堂抄正、天喜沛郡本忠良臣氏识录《紫金鱼》（上卷末尾题"康熙皇爷万寿日抄完，是年三十九年"）……①

可见玉霜簃抄本的落款都是很具体可信的。陈志勇怀疑《钵中莲》剧末不一定有"万历""庚申"字样，这也大可不必，更不需要再审核两个印记笔迹是否与正文一致，因为"印记"是印章，印章未必是抄本抄写者所刻。"在程氏玉霜簃所藏抄本戏曲中，如《虎符记》《太平钱》《迷楼现》《龙凤配》《宜男配》等五种，皆钤有'宁府'、'游戏'、'观其妙'及'养志堂玩赏图书'印记。"② 而这些抄本并非"宁府"所抄，如《景园记》是"雍正元年（1723）十一月初八在杭城程倩文家抄录并点岱瞻笔"而成。其实如果有机会看到抄本，我们最好做些文物鉴定工作，考查《钵中莲》抄本纸张是明朝还是清朝生产的，辨析抄本中的异体字、简化字的时代特点等，或许会有些收获。笔者仍然认为印记是真的。那么，抄本印记显示时间是万历庚申，而剧中"待等时来风便，那时同向金门把话传"两句却与清初朱佐朝《渔家乐》曲文完全一致，又说明了什么？一定是两者必有一假？吴书荫先生是这样认识的：

　　　　这批梨园传本的抄录时间可以上溯明代万历末年，如佚名的《钵中莲》传奇，末页有"万历""庚申"等印记，或创作于万历四十七年（1619），其抄录应在明末清初，它是"玉霜簃抄本戏曲"中年代最早的抄本。③

这里有二说：一是"抄录"于万历末年；二是"创作于万历四十七年（1619），其抄录应在明末清初"。"万历末年说"，《剧学月刊》二卷四期刊行时起便是如此。"明末清初说"与胡忌先生的"康熙中期后说"有重叠。如果第二种说法成立，那么"万历""庚申"印章就不是万历庚申年

---

　　① 吴书荫：《〈梨园传本　粲然备列——程砚秋玉霜　珍藏稿抄本戏曲集刊〉序》，《文献》2014 年第 3 期。

　　② 同上。

　　③ 同上。

盖上去的。可是，明末清初人为什么要盖"万历"印章？民间抄本是舞台演出本，抄写的目的是给排练、演出作提示，绝对不是为了贪图虚名藏之名山，也不是炫耀来源古老以便抬高戏班身价，更不是看重收藏价值，因此说抄写者或剧本保管者只会使用当时的专用章，"万历""庚申"的印章就是"万历""庚申"时盖上去的。到了当年九月二十日熹宗下《泰昌元年〈大统历〉敕谕》后，就得改用"泰昌元年"或"泰昌""庚申"的印章了。

　　剧中"待等时来风便，那时同向金门把话传"两句与清初朱佐朝《渔家乐》曲文几乎完全一致，除了存在《钵中莲》直接采用了《渔家乐》的曲文这种可能性外，或许还有其他可能性存在，比如《渔家乐》也许和《钵中莲》一样采用了明代万历间某本传奇的同一曲文，又如明末清初流行的《渔家乐》就是明代中、晚期传奇的改编本。这种种情况在戏曲发展史上是经常发生的，例如，明清各大声腔剧种都有同一南戏的改编本，不管声腔悬殊多大，但都出现不经改动的同一曲文。

　　明清文人传奇大多署名，民间艺人传奇很少留名，而介乎文人与民间艺人之间的"书会才人"或"编剧先生"是否题名则完全随其所好了。《曲海总目提要》就著录了大量作者经目的明末清初阙名氏传奇，如《太平钱》《眉山秀》《千忠戮》《万里圆》《风云会》《金刚凤》《快活三》《读书声》《紫琼瑶》《党人碑》《御袍恩》《幻缘箱》《四大庆》《英雄概》《三报恩》《锦衣归》《未央天》《十五贯》《文星现》《龙凤钱》《朝阳凤》《万年觞》《莲花筏》《锦云裘》《御雪豹》《石麟现》，《九莲灯》《乾坤啸》《艳云亭》《夺秋魁》《万寿冠》《五代荣》《牡丹图》《渔家乐》等，著者均题"不知谁作""不知何人所作"等。郭英德先生《明清传奇综录》依据清人高奕《新传奇品》、无名氏《传奇汇考标目》《笠阁批评旧戏目》、黄文旸《重订曲海总目》等文献，把以上作品分别列于苏州派作家李玉、张大复、邱园、叶时章、毕魏、朱素臣和朱佐朝等人名下。如《夺秋魁》，《曲海总目提要》题"系近时人作"，《明清传奇综录》列入朱佐朝传奇。杜颖陶、俞芸编《岳飞故事戏曲说唱集》收录，编校说明云："这里所收的乃是弋阳腔改编演出本。主要根据的是清初永庆堂抄本二十四出，并用清雍正间抄本二十二出、乾隆间南府抄本来订补。"① 由此可知今存的永庆堂抄本《夺秋魁》已非文人创作原本，而是弋阳腔艺人改编的舞台演出本。又如《朝阳凤》，《曲海总目提要》卷 18 题"明万历间人作"，《明清传奇综录》列入朱素臣传奇，时代相去甚远。就是学界普遍认可《渔家乐》作者为朱佐朝，而《曲海总目提要》题该剧为"近时人作"，不像题《璎珞会》作者为"吴县人朱良卿作"那样斩钉截铁。《曲海总目提要》转录的是大约成书于清康熙五十四年至六十一年（1715—1722）之间的《乐府考略》，作者所谓"近时人"应该就是康熙时人，但他并不知道是何人。

胡忌先生多方论证玉霜簃藏本《钵中莲》主要曲牌为昆曲曲牌，提出了许多问题。

第一是"集曲"和稀见联套问题。胡忌先生文中提到了著名戏曲家沈璟，列举《钵中莲》第二出【九回肠】以及第十五出的【朱奴插芙蓉】等，认为"这类集曲的大量使用在传奇中，都属于明末清初之事。始作俑者有沈璟（1553—1610），他的影响很大，到他的侄子沈自晋，所编《南词新谱》载曲牌 961 个，几乎约三分之二是集曲体"。又说"使用了稀见联套问题，如第九出、第十二出。后者一般使用都借仿《琵琶记》，是宋元大曲体的遗存，沈璟的《双鱼记》第十四出沿用的规矩，只是《钵中莲》省略了不少唱句，而且破格为'生'、'外'对唱"。沈璟卒于万历三十八年（1610）。早在万历二十五年前后，沈璟《南词全谱》就收入集曲【朱奴插芙蓉】和【九回肠】谱例②。《钵中莲》问世于万历"庚申"（1620）完全有可能使用这些集曲。就算这些"集曲"和稀见联套是万历时期创新的，在剧坛上也流行至少 10 多年，新传奇模仿名家曲子创作也完全有可能，为什么一定要等到康熙时期才可以学习？弋阳腔是一种包容性极强的声腔，它以只曲为主，有时也使用集曲，如嘉靖三十八年《风月锦囊》本所摘录的弋阳腔传奇《伯皆》有【鲍老扑灯蛾】，《刘智远》【金井梧桐】，《三元记》【十三腔】，《节妇金钱记》【江水淘金】，《群音类选·诸腔类》之《洛阳桥记·登渡报喜》【走马江儿水】，《大明天下春》中《郭华遇月英》【金锁挂梧桐】，《牛羊社会》【金菊对芙蓉】《周氏当钗》【水仙子半插玉芙蓉】，富春堂本《跃鲤记》第三十六折

---

① 杜颖陶、俞芸编：《岳飞故事戏曲说唱集》，上海古籍出版社 1985 年版，第 7 页。

② 沈璟：《增定南九宫曲谱》，王秋桂《善本戏曲丛刊》，台湾学生书局影印本 1984 年。

【绵搭絮水红】，第三十九折【金索挂梧桐】，《目连救母》【鲍老扑灯蛾】等。

第二是使用了稀见联套问题。胡忌先生提出了两点理由：一是第十二出用曲"省略了不少唱句，而且破格为'生''外'对唱"，不像"沈璟的《双鱼记》第十四出沿用的规矩"。昆曲规矩对文人创作昆曲传奇管用，但对别的声腔剧种不管用。《钵中莲》虽然也是南曲，但不是昆曲，而是弋阳腔传奇。弋阳腔传奇对南戏是有很大突破的，不守南戏规矩也是司空见惯的事情。二是"第九出的【耍孩儿】与【煞】曲连用，可见沈璟的《义侠记》第二十六出"。意思就是《钵中莲》如此用曲，正是昆曲套路。事实果真如此吗？嘉靖锦本收录了大量的弋阳腔传奇剧目，不少剧目都是【耍孩儿】与【煞】曲连用，这要比沈璟用曲早多了。如锦本《三国志大全·关羽斩貂蝉》【中吕·粉蝶儿】【醉春风】【脱布衫】【小梁州】【又】【又】【又】【快活三】【又】【又】【又】【耍孩儿】【五煞】【四煞】【三煞】【二煞】【一煞】【煞尾】；《双兰花》【耍孩儿】【九煞】【八煞】【七煞】【六煞】【五煞】【四煞】【三煞】【二煞】【一煞】【尾煞】；《节妇金钱记》【耍孩儿】【四煞】【三煞】【二煞】【煞尾】；《薛仁贵》【耍孩儿】5支、【尾声】。万历刊本《群音类选》收录的《鹦鹉记·潘妻代死》【耍孩儿】套：【金蕉叶】【粉蝶儿】【醉春风】【脱布衫】【小梁州】【么】【上小楼】【么】【满庭芳】【快活三】【朝天子】【快活三】【四边静】【耍孩儿】【四煞】【三煞】【二煞】【煞尾】等，不一而足。

第三是明清传奇中常见的套式问题。胡忌以第五出用调为例，引用了康熙刻稗畦草堂本《长生殿·惊变》开头徐灵昭批注："此调弦索仿于《小扇轻罗》，时人喜唱之，作者亦多效之，但【石榴花】【斗鹌鹑】【上小楼】诸曲，皆多衬字重句，【扑灯蛾】又用别体，不识者遂杜撰调名传讹袭舛，今悉正之。"强调："我认为徐灵昭批注值得重视。他一再指摘'时人''杜撰调名传讹袭舛'，而《钵中莲》剧应用此套正和《长生殿》同，是徐的指摘落空还是《钵中莲》剧受到《长生殿》剧盛行后的影响？《长生殿》完成于康熙中期，演出轰动在二十七年（1688），这里补笔，望引起读者的注意。对说明《钵中莲》剧产生的背景或大有用处。"胡文还在注释中列举了李素甫《元宵闹》、范希哲《偷甲记》、李玉《清忠谱》、李渔《怜香伴》和吴伟业《秣陵春》等明末清初"杜撰调名传讹袭舛”的五种传奇来证实《长生殿》的拨乱反正之功。这五种传奇都早于《长生殿》，但所用中吕套【粉蝶儿】并非徐灵昭所说的《小扇轻罗》。《小扇轻罗》是元代散曲家贯云石创作的套数，联套形式是：

贯云石《钱塘湖景》：【粉蝶儿】【好事近（南）】【石榴花】【好事近】【斗鹌鹑】【扑灯蛾】【上小楼（北）】【扑灯蛾（南）】【尾声】①

《长生殿》和《钵中莲》联套一样亦非效法该套，而是沿用明代中叶陈铎的中吕套《闺情》：

陈铎《闺情》：【粉蝶儿（北）】【泣颜回（南）】【石榴花（北）】【泣颜回（南）】【斗鹌鹑（北）】【扑灯蛾（南）】【上小楼（北）】【扑灯蛾（南）】【余音（南）】②

陈铎是明代最著名的散曲家之一，有“乐王”之誉，名满天下。有这样好的榜样，许多人模仿不足为怪。明末清初传奇五种变换个别曲牌，增加衬字衬句不该受到指责。因为陈铎所作是散曲，而明末清初五种是传奇，是剧曲。舞台演唱和案头清唱是不同的。《钵中莲》是弋阳腔，习惯用叠句，所以剧中北曲【石榴花】叠唱2句：“也多是命途中”和“缘何你凤根器”，北曲【斗鹌鹑】叠唱3句：“炽腾腾宝蜡烧成”“壮骎骎博硕牲牷”和“赫明明赏罚无私”，北曲【上小楼】叠唱2句：“多只为数定由天”和“逼拶得无路逃生”。《长生殿》也不能免俗，也同样有叠句。北【斗鹌鹑】叠唱2句：“喜孜孜驻拍停歌”和“软怡怡柳颤花欹”，【上小楼】叠唱1句：“唬得人胆战心摇”，南【扑灯蛾】叠唱1句：“惨磕磕社稷摧残”③，如此这般也难为天下范式。再说《钵中莲》叠唱的曲牌和句格也和《长生殿》不一致：【石榴花】，《钵中莲》叠唱，《长生殿》不叠唱；【斗鹌鹑】，《钵中莲》叠唱3句，《长生殿》叠唱2句，且

---

① （明）张禄：《词林摘艳》（卷三），文学古籍刊印社影印嘉靖本1955年版。

② 同上。

③ 洪升：《长生殿》，《古本戏曲丛刊》编辑委员会《古本戏曲丛刊》（五集），上海古籍出版社1986年版。

叠唱曲句格有异，《钵中莲》叠唱第一句、第三句和第八句，《长生殿》叠唱首、尾两句；【上小楼】，《钵中莲》叠唱 2 句：第三句和第五句，《长生殿》叠唱 1 句：第六句。两剧唱曲更大的不同还在于演唱形式不同：《长生殿》纯为独唱曲，生唱全部北曲和最后两支南曲，旦唱其余 3 支南曲。这是昆曲最惯用的演唱形式。《钵中莲》则很灵活：全部北曲——【粉蝶儿】【石榴花】【斗鹌鹑】【上小楼】由窑神独唱。北曲来自北杂剧和散曲，北杂剧一人主唱，所以后世唱北曲大多是独唱。南曲【泣颜回】首曲安排生唱，【泣颜回】次曲和【扑灯蛾】次曲采用后台帮合唱，【扑灯蛾】首曲台上众唱，【尾声】副唱。帮唱和众唱是民间戏曲弋阳腔传奇常见唱法，昆曲不常用。以上事实表明《钵中莲》这一联套不是《长生殿》的仿制品。

第四是篇幅短小问题。胡忌先生认为："作为一本十六出的传奇，在康熙中期之前尚未知晓。难以相信《钵中莲》就是一个特殊产生的'怪胎'"。但这里说的仅仅是昆山腔传奇发展情况。在明代，其他声腔剧种却是另外一种情况了，篇幅在 20 出左右的民间"一夜戏"早已存在。

明万历刻本《金花女》，日本东京大学东洋文化研究所藏本，题《重补摘锦潮调金花女大全》，全剧共 17 出：1.《刘永攻书》；2.《兄嫂教妹》；3.《薛秀求婚》；4.《金花挑绣》；5.《姑嫂赏花》；6.《刘永迎亲》；7.《夫妻乐业》；8.《借银往京》；9.《借钱回家》；10.《刘永夫妻行路》；11.《登途遇贼》；12.《投江得救》；13.《兄问由来》；14.《金花女烧夜香》；15.《刘永祭江》；16.《迫姑掌羊》；17.《南山相会》。

北京图书馆藏旧抄本传奇《彩楼记》共 20 出：1. 家门始末；2. 访友赠衣；3. 命女求婿；4. 抛球择婿；5. 潭府逐婿；6. 投店成亲；7. 店中被盗；8. 夫妻归窑。9. 赏雪忆女；10. 蒙正祭灶；11. 木兰逻斋；12. 辨踪泼粥；13. 春闱应试；14. 虎撞窑门；15. 神坛伏虎；16. 差书报捷；17. 宫花报喜；18. 荣归谢窑；19. 重游旧寺；20. 喜得功名。从大量使用滚白来看，该剧为舞台演出本，和万历李九我评本《破窑记》一样是青阳腔传奇。①

更早的成化本《白兔记》不分折，连书，但细分起来，也只有 22

① 马华祥：《万历李评本〈破窑记〉声腔归属考》，《艺术百家》2015 年第 5 期。

出：第一出《开宗》，第二出《逢友》，第三出《吃鸡》，第四出《留庄》，第五出《牧牛》，第六出《成婚》，第七出《逼书》，第八出《说计》，第九出《分别》（将《看瓜》和《分别》两出戏内容合为一出），第十出《途叹》，第十一出《投军》，第十二出《巡更》，第十三出《岳赘》（剧本将《拷问》和《岳赘》两出戏合为一出），第十四出《强逼》，第十五出《挨磨》（剧本将《挨磨》和《分娩》两出戏合为一出），第十六出《送子》，第十七出《见儿》，第十八出《汲水》，第十九出《受封》，第二十出《诉猎》，第二十一出《忆母》，第二十二出《私会》（剧本将《私会》和《团圆》两出戏合为一出）。该本为海盐腔传奇，是舞台演出本。①

　　嘉靖锦本《刘智远》是弋阳腔舞台演出本摘录本，只有 11 出：1.《副末开宗》；2.《智远逢友》；3.《夫妻游赏》；4.《逼写休书》；5.《三娘送水饭》；6.《夫妻相别》；7.《小姐绣楼玩赏》；8.《三娘挨磨》；9.《庆赏元宵》；10.《咬脐郎遇母》；11.《打破磨房》。如果再增加刘智远两次成亲出目，就是一台完整的戏了。另外，万历文林阁刊本弋阳腔传奇《珍珠记》共 23 出，《还魂记》共 24 折，都不长。

　　第五是关于剧词的雅俗问题。胡忌先生提出了三点：一、"《钵中莲》中为同好们经常引用的地方声腔唱词，完全与'雅词'无涉"。二、"至于雅词，更不想多占篇幅，仅据第十一出《点悟》使用黄钟宫【醉花阴】南北合套，北曲全用'车蛇'（按：《中原音韵》称为'车遮'）韵，南曲则用'欢桓'（按：《中原音韵》称'桓欢'）韵。我敢说，凡是'伶工'是决不会有此举动的。何况第七出《逼毙》一整套【粉蝶儿】曲用'支思'韵，也应是文人的特造雅化的结果。"三、"十六出的《钵中莲》抄本多半是一个雅俗共存的'大拼盘'。如果是一位作者的话，他确属难能稀见。我想到三个著名的，即蒲松龄（1640—1715）、唐英（1682—1756）、郑燮（1693—1765）。尤其是唐英，他的《古柏堂传奇》中有几个剧本就是从地方戏改编成昆剧本的，这为大家所熟知，但《古柏堂传奇》中'花'的成分太少，因之使我联想起《钵中莲》也该属于这个时代吧。"其

---

　　①　马华祥：《明成化本〈白兔记〉声腔剧种考》，《艺术百家》2014 年第 5 期。

实三点可以归结到一点上，那就是剧作者问题，胡先生推断剧作者是文人，而且是康乾时期的文人。

第一点提到的地方声腔唱词明显是民间土话俗词，非文人所愿为，所能为。

第二点是用韵问题。先说北曲用"车遮"韵，民间艺人照样使用。如万历文林阁本《古城记》第十八出《辞曹》北曲【油葫芦】："结、业、血、别、惹、节、贴、写、蛇、绝、赊"；【煞尾】："别、者、穴、也"。万历文林阁本《鱼篮记》第二十七出《鱼精自叹》【新水令】"月、雪、赊、彻、色、结、拆、粤、孽、齾、阙、也、烈、灭"；富春堂本《和戎记》第三十四折【新水令】："嗟、折、说、业、烈、月、嗟、悦、切、血、说、节、别、舍、折、别、折、绝、说、月、绝、迭、羯、也、说、摺、怯、悦、歇"。

第三点是南曲用"桓欢"韵，该韵部用的不多，即便使用了，也容易与"先天"韵、"寒山"韵相混。民间传奇如此，文人传奇也一样。民间传奇如《千金记》第三十三出【醉罗歌】："欢、官、换、鞍、冠、看（寒山）"；《金貂记》第三十四折【绣带儿】："关、返、断、前（先天）、管"。文人传奇如汤显祖《南柯记》第三十四出【浪淘沙】："寒（寒山）、官、安（寒山）、管、钻，安（寒山）、官、还（寒山）、远（先天）、关（寒山）"；【一落索】"判、转（先天）、还（寒山）、万（寒山）"；【懒画眉】"残（寒山）、看（寒山）、宦（寒山）、颜（寒山），端、还（寒山）、銮、短、官"；【山花子】"满、安（寒山）、完、全（先天）、盘、端、鸾，管、官、闲（先天）、难（寒山）、刊（寒山）、端、颜（寒山）"。

第四点是"支思"韵。这是北曲韵部。明清传奇作家多为南方人，南方人操南方方言，写作时很容易将该韵部与"齐微"韵相混。不过，也有些民间戏曲用韵也偶合此韵部，如弋阳腔传奇《跃鲤记》第十三折《姜诗训子》【贺新郎】："礼（齐微）、志、死、祀、子、是、此"；第二十六折《芦林相会》【步步娇】："旨、枝、此、至、历（齐微）"；第三十八折《碧筒秉水》【西地锦】："至、迟、儿"；《古城记》第十一出《秉烛》【北寄生草】："迟、之"。

民间戏曲吸收其他声腔剧种曲调由来已久。明清两代泉州腔传奇《荔枝记》吸收了"潮调"，万历富春堂本弋阳腔传奇《破窑记》使用

【滚调驻云飞】，实际上就是应用了青阳腔曲调。文人向来藐视民间戏曲，便是对花部情有独钟的唐英也只是将民间戏曲改编成昆剧，且洗尽了地方戏土腔味，会有谁在一部剧作中吸收六种来自天南地北的地方声腔？使用如此让文人深恶痛绝的土字猥词？因此说《钵中莲》脚本出自民间作手，而不是某个文人作家。

　　赵逵夫先生在《中华戏曲》2004 年第 1 期上发表了《弘扬传统与时俱进——论秦腔的艺术传统与改革发展问题》一文，以"明代万历年的《钵中莲》传奇手抄本中，有一段标明为'西秦腔二犯'的唱词，是上下句的七言句，与今日秦腔的唱词一致"证明"秦腔是我国一个十分古老的剧种"。夏月发表于《艺术百家》2004 年第 2 期的《从〈钵中莲〉看传奇中神鬼戏的艺术表现形式》探讨了《钵中莲》舞台虽流行而文坛却少记录的三大原因：一是剧作一味显示神鬼威力，落入因果报应模式俗套，没有提高到教化作用；二是突出鬼神作用导致结构体制的变化：开场《佛口》不同于一般的《副末开场》，出末少有下场诗，脚色不符合一般传奇里各种脚色的身份特征；三是不以情节见长而靠营造舞台效果吸引观众。笔者在《艺术百家》2004 年第 6 期发表了《论〈钵中莲〉的演唱艺术》，分析了《钵中莲》"合"的演唱特点、"唱"之形式和分工。

　　2005 年《钵中莲》研究论文有两篇：一是吴晟发表于《中国典籍与文化》2005 年第 1 期的《万历、嘉庆钞本〈钵中莲〉比较》。该文从脚色行当、唱腔宾白、插科打诨、舞台效果及表演诸方面，对万历抄本《钵中莲》及嘉庆抄本《钵中莲》进行比较，探索出我国古代戏曲脚色行当、舞台效果的演进以及民间与宫廷两个不同文化圈的戏曲演出，在政治制约、审美趣味方面的差异。二是笔者的《明万历弋阳腔〈钵中莲〉曲律辨析》发表于《戏剧》2005 年第 1 期。本文从戏曲、方言、音韵、音乐等角度辨析明万历抄本《钵中莲》的曲律，总结出三大特点：（一）寻宫数调，以声传情；（二）谨守曲牌体式，句法平仄分明；（三）严遵《中原音韵》用韵齐全准确。并且推断出该剧为万历四十五年至四十八年所创作的弋阳腔剧本。论文长达二万余字，一期发表，如此长文实不多见。次年，本文获河南省教育厅人文社会科学优秀成果奖一等奖。

　　2006 年音乐界学者也加入研究阵营中来，孔培培在《艺术百家》2006 年第 7 期发表了《山东"姑娘腔"研究回顾与反思》，首次明确山东"姑娘腔"是存在于"戏曲"与"巫傩"两个领域交缘地带的艺术概念。这一崭新的认识是基于对以往的相关研究成果的梳理和述评取得的。在论及笔者《明万历抄本〈钵中莲〉剧种归属考辨》时指出：

> 马华祥《明万历抄本〈钵中莲〉剧种归属考辨》，在对《钵中莲》剧本考察中，涉及对"姑娘腔"的若干考证，主要结论如下："山东姑娘腔"也许最迟在万历中期就产生并流行了。"姑娘腔"主要板头有慢板、原板、二六、快板，曲调基本相同，只是速度上有所不同……《钵中莲》中的"山东姑娘腔"共26句，前面20句为七字句的上下句格式，后面6句为长短句。它是以不同的板式之变化交替来组成各种唱腔，基本单位都是对称的上下句，句法是整齐的七字句，唱腔形式灵活，可长可短，一唱就是26句，显然系板式变化体音乐。
>
> 马文的结论固然论证具体，结论精确，但由于材料不够充分，其结论显得过于跳跃。特别是有关"姑娘腔"板式的分析，从文中无法得知作者结论之音乐本体依据为何。
>
> "姑娘腔"的研究始终受到戏曲理论界的关注。其研究视角大体可分为四类：……第四，剧本视角之"姑娘腔"，代表论著有马华祥《明万历抄本〈钵中莲〉剧种归属考辨》。
>
> 综合已有的研究成果可以看到，学界对"姑娘腔"的研究已形成了诸多共识。在戏曲史的研究视角下，学界认为：……4."姑娘腔"唱词本身主要为七字句形式，风格诙谐幽默，多用在打诨逗乐的场合中。

笔者在《南京师大学报》2006年第1期发表了《〈钵中莲〉民间社会思潮探微》一文，提出了一些新认识：《钵中莲》传奇是明代万历民间佛教信仰高涨尤其是观音崇拜膨胀的产物，再现了民间宗教勃兴、教派众多、争拉教徒、百姓纷纷入教的乡土社会现实，反映了民间佛教信仰之上升和地方家堂神灵崇拜之下降的两大社会思潮。佛教教义深得人心，道教教义冷却人心，恐怕这是造成两大社会思潮的一大原因。蔑视礼教、纵欲淫乐的个性解放思潮，是万历时期又一民间社会思潮。《钵中莲》在对此充分展示的同时，又以严厉的手段打压着这一思潮。

2009 年，音乐界学者板俊荣在《交响——西安音乐学院学报》2009年第 2 期上发表了《明万历抄本〈钵中莲〉之［补缸调］的词谱考释》，该文贡献有三：首先是考析了《补缸调》的源流，使人们对"意思不明"的【诰猖腔】有了较清楚的认识：

　　［补缸调］又称［琐拿调］（也作"琐唉调"），"明代王圻《三才图会》作《琐奈》，……正德时词曲作唆呐"［按原注：李家瑞：《北平俗曲略》（影印本），上海文艺出版社 1990 年版，第 157 页］属于吹腔，是明清小曲中的重要曲牌。［锁拿调］之牌名源自其伴奏乐器"唢呐"，此牌名在明代以后不常著录，但其别称和胞波［按原注：胞波：缅语音译词，同胞；亲戚。详情请参见 2001 年商务印书馆出版的《新华词典（修订本）》，第 36 页］在明清刊印文献和抄本中记载甚多。［补缸调］在流传中称谓繁杂，曲调轻快活泼，极富表现力和可塑性。

　　作为一个富有个性的曲牌，［补缸调］在民间流布全国各地，成为重要的民间小曲曲牌，在明清戏曲、曲艺音乐中以别称的身影运用广泛、屡见不鲜。也有一些地方戏是以"补缸调"之曲名代戏名或"段""出"名的，如扬剧音乐中的"花鼓戏唱腔系统，其中有一些是以戏名代替曲名的，如《补缸》《探亲》等，它们原为花鼓小戏《大补缸》《探亲相骂》的专用唱腔，前者原名［呀呀优］，后者原名［银纽丝］，都曾散见明人笔记中，为明之俗曲，嗣后用于花鼓小戏就以戏名代替曲名相沿引用下来。"（按原注：武俊达：《扬剧音乐》，音乐出版社 1962 年版）再如明代万历无名氏《钵中莲》传奇第十四出《补缸》中主腔为［诰猖腔］，因《补缸》一出盛极一时，后通称其为［补缸调］［修缸调］或［钉缸调］。

　　其次，将早期【补缸调】谱例与当今《王大娘补缸》的曲调形态结合研究，探寻出【补缸调】的音乐特点：［补缸调］因用唢呐（古今通称）伴奏而得名［琐拿调］，多是一板一眼的五声徵调式。曲调在旋法上具有完全重复、变化重复、模仿和倒影的特点。

　　最后探明了"诰猖腔"有别于当今【补缸调】带有衬词衬句的原因：一是因曲调格式约定俗成，不必再录衬词；二是受到文人剧本的影响，故意"雅化"局部曲调，删减了民间小调中带有明显身份印迹的衬词；三是或许早期的［补缸调］本来是没有衬词的，只是在后来流传中艺人们根据曲调的特点和使用场合，以及歌唱与唢呐呼应关系，在唢呐吹奏的地方加入了非常贴切而生动的衬词，进而又把它们发展为较长的衬句。

板文从戏曲音乐的角度来研究戏曲腔调，这要比一般戏曲史研究者从文学的角度来研究认识要深刻得多。板俊荣对笔者的论文予以较高的关注，文中引用笔者《明万历抄本〈钵中莲〉剧种归属考辨》5 次，引用《论〈钵中莲〉的演唱艺术》1 次。

同年，黄蓓的《〈钵中莲〉的宗教意蕴与民间视角》发表于《长江学术》2009 年第 3 期。论文通过探析《钵中莲》剧中亦释亦儒的宗教意蕴和民间道德意识，得出结论："这一风格杂糅的剧作正好反映出明代市民文学兴起时期文学形态上的微妙变化。"

经过数年研究其他弋阳腔传奇之后，笔者在《华侨大学学报》2011 年第 2 期发表了《〈钵中莲〉民间宗教思想探微》。该文认为《钵中莲》是一部民间宗教剧。剧名本身就极富有宗教意味：钵，为僧人食具，莲，莲花，西方极乐世界的宝花。钵中莲花开，意味着僧人得道成阿罗汉。剧作本身生动地反映了万历时期民间宗教思想：既融合了弥陀净土思想、禅宗思想与白莲教、罗教教义，又杂糅了释教和儒教的因果报应思想。

2012 年，可以说是已故的戏曲史学家胡忌先生大作《从〈钵中莲〉传奇看"花雅同本"的演出》的反响年，在专门的戏曲核心刊物上发表了两篇呼应论文。一篇是黄振林发表在《戏剧》（中央戏剧学院学报）2012 年第 1 期的《论花雅同本的复杂形态——从钵中莲传奇的年代归属说起》（以下简称黄文），另一篇是陈志勇发表于《戏剧艺术》2012 年第 4 期的《〈钵中莲〉传奇写作时间考辨》（以下简称陈文）。两篇论文都完全赞成胡忌先生所提出的质疑"万历抄本说"观点和支撑材料，如昆曲曲牌、篇幅偏短、体制特殊、剧词借用《渔家乐·藏舟》、第五出曲牌连缀同《长生殿》、抄本时代、"花雅同本"等。两文提出新证基本上都集中在《钵中莲》所采用的新腔腔名大多未见诸明代文献上。黄文云："遍查明万历年间诸多戏曲散出选本，未见《钵中莲》传奇的任何记载。也没有在其他戏曲散出中看见使用诰猖腔、西秦腔、山东姑娘腔、弦索腔、京腔的案例。"① 陈文说："从文献来看，这六种声腔除弦索腔、四平腔早在明代中叶以前已经存在外，其余四种的名称最早出现的时间都不在明代，而皆在康熙年间及其后。"② 由此推断："从以上山东姑娘腔、诰猖腔、西秦腔、京腔四种声腔的名称首见于康熙年间或其后文献的事实来看，《钵中莲》传奇出现的年代也不会早于康熙期"③。更引人注意的是充满激情的"补缸"源流考：

　　　　审视《王大娘补缸》小戏与《钵中莲》传奇之间的关系，有两种可能：（一）《王大娘补缸》广为民间流传，后被艺人糅入《钵中莲》传奇中；（二）《钵中莲》传奇第十四出"王大娘补缸"为民众喜闻乐见，后被艺人改编为各地方戏中的旦丑小戏。两种可能性，却有"补缸"小戏在《钵中莲》传奇之前还是之后广泛流传的时间差别。就以上分析来看，无论是"补缸"调还是"补缸"小戏，都是在清代中叶猖兴。若《钵中莲》在万历年间已经面世，那么其经典的"补缸"调或"补缸"戏，应该会在民间广为流传，应有文献记录在案才符合逻辑。可是实际情况并非如此，万历末年至清中叶的100多年间，没有发现任何关于"补缸"调或小戏流播的记载；而这一曲调或小戏突然在清代中叶涌现后，文献记载却不绝如缕。所以笔者认为根本不存在因《钵中莲》的盛演而析出"补缸"戏出的可能性。更接近事实的是，因为"补缸"小戏或曲调广受欢迎，而被民间艺人改编进《钵中莲》传奇中。这也进一步说明，玉霜簃《钵中莲》传奇的写作年代，距清代中叶不会太远。④

眼见为实的学术态度当然是比较稳妥，但并不是完全正确的。国学大师、戏曲学科的开山祖王国维先生向来以现存文献作为他作出重大学术结论的依据，因此在《宋元戏曲考》中把中国戏曲成熟期推迟到元代："宋人大曲，就其现存者观之，皆为叙事体。金之诸宫调，虽有代言之处，而其大

① 黄振林：《论花雅同本的复杂形态——从钵中莲传奇的年代归属说起》，《戏剧》（中央戏剧学院学报）2012 年第 1 期。

② 陈志勇：《〈钵中莲〉传奇写作时间考辨》，《戏剧艺术》2012 年第 4 期。

③ 同上。

④ 同上。

体只可谓之叙事。独元杂剧于科白中叙事，而曲文全为代言。虽宋金或当
已有代言体之戏曲，而就现存者言之，则断自元剧始，不可谓非戏曲上之
一大进步也。此二者之进步，一属形式，一属材质，二者兼备，而后我中
国之真戏曲出焉。"王国维也曾注意到另一种戏曲形式——南戏：

> 　　南戏始于何时，未有定说。明祝允明《猥谈》（《续说郛》卷四
> 十六）云："南戏出于宣和之后，南渡之际，谓之温州杂剧。予见旧
> 牒，其时有赵闳夫榜禁，颇述名目，如《赵真女蔡二郎》等，亦不
> 甚多。"其言出于宣和之后，不知何据。

即便"南戏出宣和之后"无据，但读者也应看到"予见旧牒，其时有赵
闳夫榜禁，颇述名目，如《赵真女蔡二郎》"证据凿凿。赵闳夫与宋光
宗赵惇是同宗堂兄弟，既然他发榜文禁止演出《赵真女蔡二郎》之类南
戏，那就说明南戏已经是场上搬演的成熟戏曲了。徐渭《南词叙录》亦
云："南戏始于宋光宗朝，永嘉人所作《赵贞女》、《王魁》二种实首
之。"[①] 宋光宗绍熙（1190—1194）与金章宗（完颜璟）明昌（1190—
1195）大略同时，比元世祖（忽必烈）中统元年（1260）早70年，比元
朝初年至元十六年（1279）更早得多。尽管前代有文献资料表明宋代南
戏早已存在，但是由于"其本则无一存"，王国维还是坚持说："故当日
已有代言体之戏曲否，已不可知，而论真正之戏曲，不能不从元杂剧
始。"有戏曲表演就有剧本，剧本荡然无存也改变不了南戏早于元杂剧成
熟的事实。其实宋代南戏还有存本，就是学界所认可的《张协状元》。只
是《张协状元》在英国被中国学者叶恭绰1920年发现时，王国维先生的
《宋元戏曲史》早已于民国四年（1915）由《文学丛刻》收录出版了，
显然王国维先生在撰写《宋元戏曲史》没有看到该剧。如果王国维先生
有幸看到了，可能会改变学术观点。同样道理，如果我们只局限于我们所
看到的有限文献，我们的认识很可能就是片面的，甚至是错误的。如国内
所能见到的明代文人笔记都很少有人提到泉腔和潮调，戏曲单本、选本也
没有泉腔传奇和潮调传奇，自从国外发现嘉靖《荔镜记》和万历本《荔

---

　　① 徐渭：《南词叙录》，《中国古典戏曲论著集成》（三），中国戏剧出版社1959年版，第
239页。

枝记》以及泉腔《满天春》之后，学界这才意识到明代文献所提及的"四大声腔"以及青阳腔、太平腔、乐平腔、四平腔、徽州腔等之外，闽南、粤东还存在泉州腔和潮州腔。山东姑娘腔、诰猖腔、西秦腔和京腔未见于明代文献（《钵中莲》除外）不一定表明明代不存在这些声腔。

　　王骥德《曲律》云："数十年来，又有'弋阳'、'义乌'、'青阳'、'徽州'、'乐平'诸腔之出，今则'石台'、'太平'梨园几遍天下，苏州不能与角什之二三。其声淫哇妖靡，不分调名，亦无板眼；又有错出其间，流而为两头蛮者，皆郑声之最，而世争嘽趋痴好，靡然和之，甘为《大雅》罪人。世道人心，不知变之所极矣。"① 这里所提到的声腔都出自江南。《钵中莲》中被认为不见于明代文献的四种声腔都是来自外地，"山东姑娘腔"出自山东，西秦腔出自甘肃、陕西，"诰猖腔"之"补缸调"源自新疆、甘肃，"京腔"来自北京。这些外来声腔出现在江南，只能是在民间戏曲舞台上凑个热闹，不可能作为主腔戏与江南本地戏曲争雄，因而也不容易引起文人注意而被记录下来。

　　民间戏曲本来就为文人所鄙弃，晚明唯一一部著录明代民间传奇的著作是祁彪佳的《远山堂曲品》，书中"杂调"专录《三元记》等弋阳诸腔，总共也只有46种传奇，大量的剧目都没有被收录，在民间受欢迎的剧目在文人眼中或许是最反感，因此，《钵中莲》没有在文人著述中提及，也没有戏曲选本收录并不奇怪。像清代为民间戏曲大力树碑立传的焦循的《花部农谭》所盛赞的《清风亭》，明代戏曲选本只有嘉靖刊本《风月锦囊》才收录，可惜的是只见于目录，不见曲文。在《风月锦囊》重见天日之前，学界普遍认为《小尼姑下山》《小和尚下山》皆出自万历时期郑之珍《目连救母劝善戏文》。同样是《风月锦囊》现出真相：这两出小戏，出自《僧家记》。由此可知，不少民间戏曲作品因为得不到文人的整理、收录而消失了。《钵中莲》有幸以抄本形式流传下来已不错了，怎么可能奢望每个年代都有人关注它提及它呢？清代中叶则不同，雅部式微，花部勃兴，文人遂对民间戏曲感兴趣，或著录，或改写，异常活跃。

　　2013年邵彬发表于《民族艺术》当年第3期的《〈唢呐调〉曲牌探究》把学界困惑已久的"诰猖腔"来源问题总算弄清了：

---

① 王骥德：《曲律》，《中国古典戏曲论著集成》（四），中国戏剧出版社1959年版，第117页。

《唢呐调》的流传明万历间佚名《钵中莲》传奇第十四出《补缸》中主曲曰《诰猖腔秦吹腔》，因《补缸》一出盛极一时，通称其《补缸》、《钉缸》调，成为明代俗曲牌名。《诰猖腔》即《高昌腔》，该曲的特点是用喇叭伴奏。《新唐书·音乐志》、《乐书》有载，喇叭是高昌的代表乐器，用它伴奏的歌曲，就叫"高昌腔"即《诰猖腔》。而《秦吹腔》则是陕西、甘肃一带的以管吹为乐器的腔调。"西秦腔即秦腔"这一《诰猖腔秦吹腔》，则是维吾尔音乐与陕甘音乐相互交融的结果。

由此，我们相信随着学界对《钵中莲》的深入研究，很多争论不休的问题都将不断得到解决。

回顾 21 世纪以来的万历抄本《钵中莲》和嘉庆抄本《钵中莲》研究，虽然在研究范围和研究深度上都比 20 世纪有进步，取得了不少成就，但对于这部"谜"一样的民间舞台脚本，研究还不够全面，不够深入。本书从多个角度，多个侧面展开分析，力求解开这个戏曲史上最大的"谜"。

第一章

万历抄本《钵中莲》剧种归属考辨

玉霜簃藏明万历庚申（万历四十八年，1620）抄本《钵中莲》是现存涉及地方声腔最多最杂的戏曲剧本。一剧之中，除南北曲曲牌外，还收入西秦腔、诰猖腔、山东姑娘腔、弦索腔、四平腔和京腔六种地方声腔。这种情形在戏曲史上是罕见的。《钵中莲》属于何种声腔剧种，在戏曲学界一直未下断语。较早涉足此剧研究的周贻白先生断定其为传奇，但未言明其所属剧种。在《中国戏曲发展史纲要》中，周贻白先生把有关《钵中莲》的研究列入第十六章《弋阳腔及其剧作》，在分析了弋阳腔、青阳腔、徽州腔等声腔之后，连带分析《钵中莲》的新腔，似倾向于认为《钵中莲》为弋阳腔系统的剧本。张庚、郭汉城主编的《中国戏曲通史》在介绍梆子腔时指出："从明万历抄本《钵中莲》传奇中已采用了【西秦腔二犯】这个曲调来看，可知是在十六世纪末叶，戏曲中即已出现了山陕梆子腔的某些唱法。"[1] 这也只是说明【西秦腔二犯】属于山陕梆子腔系统的唱腔。孟繁树、周传家编校的《明清戏曲珍本辑选》关于《钵中莲》的《说明》道："《钵中莲》传奇历来为研究者所重视。因为剧本除昆曲曲牌外，还杂有一些地方戏曲声腔的曲牌。"意在说明《钵中莲》的主体曲牌属昆山腔，似倾向于肯定《钵中莲》是昆剧。以上三家说法都没有从根本上给《钵中莲》的剧种定性。《钵中莲》总得有自己的剧种归属，脱离剧种的戏曲是不存在的。那么，《钵中莲》到底属于何种声腔戏曲？

第一节 《钵中莲》曲牌考

万历时期，中国戏曲活动异常活跃，不独"昆"、"弋"争雄，且弋

---

[1] 张庚、郭汉城：《中国戏曲通史》，中国戏剧出版社 1980 年版，第 227 页。

阳腔系统内各地方声腔也纷纷另起炉灶，争强斗胜。弋阳腔与昆山腔同源异流，都源自南戏，曲牌也多沿用南戏曲牌。顾起元云：

> 南都万历以前，公侯与缙绅及富家，凡有宴会、小集，多用散乐……大会则用南戏，其始止二腔，一为"弋阳"，一为"海盐"。"弋阳"即错用乡语，四方士客喜阅之；"海盐"多官语，两京人用之。后则又有"四平"，乃稍变"弋阳"，而令人可通者。今又有"昆山"，较"海盐"又为清柔而婉折，一字之长，延至数息。①

由此可知，弋阳腔与海盐腔兴盛的时间比昆山腔早，且弋阳腔"错用乡语"，流行于乡村。海盐腔"多官语"，流行于城市。而《钵中莲》少用"官语"，多用"乡语"，故非海盐腔。晚出的昆山腔演唱风格比较接近海盐腔，但更为"清柔而婉折"。这些流行声腔，都出自南戏，曲牌同名是情理之中的事，但唱腔却不相同。周贻白说：

> 按照"昆山腔"的唱法，本来是由清唱的所谓冷板凳而走上戏剧排场，其间已不免发生一些变化。至少，在唱腔的尺寸上，清唱是一波三折，一字三声（字头、字腹、字尾），慢打慢唱；到了戏剧排场上，因为须通过人物的扮演，配合动作来表达曲意，其轻重疾徐之间，使得在板眼上另作安排。不过，这变化并不太大，并没有本质上的不同。但"弋阳腔"却因其唱腔本来只用金鼓铙钹按节拍，用人声来帮腔，无丝竹等乐器的托腔伴调，并不像"昆山腔"那样有一定的宫谱，唱起来只能声随调转，字逐声移，除了在板眼上可以偷声换气，加快尺寸之外，无法自由变化。因此，"弋阳腔"从开始流行，就能通行南北，这里面就包含有可以随地适宜的优越性。而其所以能够随地适宜的原因，则不但因其善于结合当地语言或土戏声调加以变化，同时还能够把这种已经有所变化的声调，作为一种新腔而向外推行。②

---

① 顾起元：《客座赘语》，中华书局 1987 年版，第 303 页。
② 周贻白：《中国戏曲发展史纲要》，上海古籍出版社 1979 年版，第 317 页。

这里讲得很清楚，弋阳腔较自由开放，能容纳各种声腔或改腔换调变成自己的唱腔。昆山腔较保守，严守音律，唱腔不及弋阳腔丰富多变，流传范围远不及弋阳腔广大。昆山腔经魏良辅改造之后已臻完美，有"水磨腔"之称，曲调流丽婉转，悠远舒缓，闲雅整肃，清俊温润，最能沁人心肺，荡人心魄。然而，其音乐定性为高雅音乐，对通俗的民歌音乐有排斥性，一味地往雅正方向润色加工，行腔始终不出曲牌联套体音乐，直至目前为止，也没有什么新的发展。不管何时，这种音乐似乎总是追求雅净，永远姓昆，"四方歌者，皆宗吴门"。昆曲曲牌除了南曲之外，还用过北曲，不屑于与俗曲为伍，除非插科打诨，调剂场面气氛，否则根本就不会吸收地方土戏声腔入曲。一剧之中，吸纳如此多土腔，对于昆曲作家来说是不可容忍的，因而是不大可能发生这种"还杂有一些地方戏曲声腔的曲牌"的事的。

《钵中莲》的曲牌大部分是南曲。与早期弋阳腔剧本使用的曲牌差不多，如第四出《赠钗》：

【寄生草】【前腔】【风花对】【前腔】【剪剪花】【前腔】【清江引】

又如第五出《托梦》：

【粉蝶儿】【泣颜回】【石榴花】【泣颜回】【斗鹌鹑】【上小楼】【扑灯蛾】【尾】

其中的【粉蝶儿】、【上小楼】，《鹦鹉记》使用过；【泣颜回】，《破窑记》使用过；【石榴花】，《金印记》使用过。

《钵中莲》第六出《杀窑》曲牌排列与《金印记·微服归家》上半场较为接近：

《钵中莲·杀窑》：【虞美人】【步步娇】【前腔】【风入松】【前腔】【急三枪】【前腔】【风入松】【急三枪】【前腔】【风入松】

《金印记·微服归家》：【风入松】【前腔】【前腔】【前腔】

【石榴花】【前腔】【清江引】【风入松】【前腔】【急三枪】【风入松】①

《钵中莲》第十一出与第十三出为南北合套，弋阳腔早已有之，《东窗记·施全祭主》便是一例。当然，弋阳腔与昆山腔曲牌同名，单从曲牌看是看不出何者为昆曲，何者为弋阳腔的。我们还得深入曲文，才能分辨清楚。下面以【步步娇】为例，试作分析。

　　《钵中莲·杀窖》：【步步娇】只见月色朦胧灯光引，闪照添烦闷。且住，家乡远隔，插翅难飞，想也徒然。且吃酒罢。孤宵曲檗亲一醉，消愁计较多稳。（白略七十八字）不共戴天仇，难道逆受甘容忍。
　　弋阳腔传奇《破窑记·投斋空回》：【步步娇】冒雪冲寒街头转，雪紧风如箭，朱门九不开，素手空回，怎不哀怨？拨尽地炉灰，羞见妻儿面。②
　　孟称舜昆山腔传奇《节义鸳鸯冢娇红记·期阻》：【步步娇】悄悄梨花空庭院，暮遇多娇面。则见他幽香减翠钿。瘦敛愁眉，秋波暗转，同倚碧栏边，和我双双诉出心头怨。③

稍作比较，不难发现弋阳腔唱词浅白，通俗易懂，且不受格律限制，读来顺畅，听来分明，如"不共戴天仇，难道逆受甘容忍"，"拨尽地炉灰，羞见妻儿面"，已经很接近百姓日常用语了。而且，弋阳腔爱在曲子中插白，越往后发展，插白就越多。而昆山腔用词就很讲究音律，讲究高雅。如"悄悄"、"幽香"、"敛"、"秋波"、"倚"等雅词在百姓词汇中就很少见。弋阳腔用"只"，昆山腔偏要用"则"。再从乐理上看，《娇红记》的唱词符合昆曲【步步娇】的音律：

---

① 胡文焕：《群音类选》（三），中华书局 1980 年影印，第 1471—1479 页。
② 同上书，第 1493 页。
③ 孟称舜：《节义鸳鸯冢娇红记》，《古本戏曲丛刊》编辑委员会《古本戏曲丛刊二集》，上海商务印书馆影印本 1954 年至 1955 年。

小工调（散）　　　　　　　　　4/4

5 3 3 6˘6 5˘6 5 3 2 ｜1 2 3ˇ3 2 2 1 ｜6 1 2.2 1ˇ1 6 6 5 ｜

悄　　悄梨花　　　空　　　　　庭

6 1 2 2 2 2 16 — ｜

院

　　这一乐句平起仄收，前面六字均平声，最后一字仄声，听起来字正腔圆。汤显祖《牡丹亭》此一乐句填词为"袅晴丝吹来闲庭院"，仅一"袅"字不合律，"袅"为仄声，在曲中发平声，听来不知所云。① 而《钵中莲》"只见月色朦胧灯光引"开头一连四个仄声字，根本不符合昆曲音律。如按昆曲曲谱唱"只见"就唱成了"之间"；"月色"也发成平声，听起来意义不明。可见《钵中莲》另有唱腔，并不是依昆山腔填词的。

　　排除了海盐腔和昆山腔，还不足以证明《钵中莲》就是弋阳腔传奇。因为青阳腔、徽州腔等新腔曲牌也与弋阳腔曲牌同名，只不过是唱法不同而已。青阳腔和徽州腔等新腔发展了【滚调】，曲词中加【滚调】，这是这些新腔的最大特点。弋阳腔原先没有【滚调】，后来模仿青阳腔有时亦加【滚调】，但是弋阳腔不一定加【滚调】，而青阳腔、徽州腔等腔则无【滚】不成腔。《钵中莲》没有【滚调】，可见，其不是青阳腔或徽州腔等弋阳腔系统新腔传奇。因此，我们从曲牌上看《钵中莲》为弋阳腔剧本可能性较大。

第二节　《钵中莲》文学属性考

　　从剧本的文学属性看，弋阳腔传奇属于民间文学，昆山腔传奇属于作家文学，两者是截然不同的：

　　弋阳腔传奇——民间文学——集体文学——口头文学——俗文学

---

　　① 《壬子曲谱〈牡丹亭·游园〉》，罗锦堂《明清传奇选注》，联京出版事业公司 1982 年版，第 49 页。

昆山腔传奇——作家文学——个人文学——书面文学——雅文学

《钵中莲》共十六出，与绝大多数弋阳腔剧本一样不署作者姓名。而昆山腔传奇多出自文人作家之手，一般都署名。弋阳腔传奇作者多为乡村艺人。他们的创作道路不外两条：一条是改编文人剧本，以适应弋阳腔演唱；另一条是自编，通常是根据民间传说改编。《钵中莲》显然是民间艺人自编剧本。因为在元明剧目中没有与此剧内容相关的剧目。民间艺人创作剧作的过程，也就是群众参与创作的过程。起初可能是几个人琢磨编戏，然后由一人动手编，编好之后，交由戏班研讨、排练、边练边改。每个演员，甚至是锣鼓手也参与创作，因而弋阳腔传奇极少有风格统一的，这是集体创作所致。昆山腔传奇则大多数是作家个人创作的。正因为创作者主体不同，弋阳腔容许集体创作，集体修改，因而在流传过程中常变常新，一剧出现不同的文辞和不同的表演；而昆山腔传奇往往一经作家写定，便几乎成了定本，文辞和表演变化很少。

《钵中莲》属于口头文学作品，无论唱词还是宾白都口语化。如第三出《调情》，殷凤珠的相好韩成与那个跟殷凤珠调情的卖水果的货郎对唱【山东姑娘腔】：

> （副）谁家内外不分开？胆敢胡行闯进来！（丑）有数春天不问路，任凭出入理应该。（副）借端调戏人家小，我也知伊怀鬼胎。（丑）正直无私图买卖，不因进内便为呆。（副）不公不法都容你，要甚巡查特点差！（丑）三管鼻涕多一管，倚官托势挂招牌！（副）立时锁你当官去，打了还应枷大街。（丑）若到公堂咬定你，无故札局诈钱财。（副）癞皮光棍千千万，惟有伊家会使乖。（丑）既晓区区神本事，看人不起乱胡柴？（副）还强嚼，不安排。（丑）什么安排？我倒极难猜。（副）磕头赔罪才饶你。（丑）我有不装柄的拳头打得你头颈歪！

此等唱词与吵架抢白无异。宾白中更是频频使用百姓谚语、歇后语。如"脚生在我肚子底下——出也由我，进也由我"，"堂前挂草——直头不是画哩"，"老虎想吃肉——还要问问山神土地哩"，"你道恶龙难斗地头蛇，我也是驮驴子劈大刀——地面上的老朋友哩"，"兔子不吃窠边草"，"不见棺材不下泪，看来要出点血了"，"我是鼓楼上的麻雀儿——吃惊吃吓惯的"，"好汉勿吃眼前亏"，"你甘心去做闭眼乌龟"，"千年田地八百主——个人那占得尽来"等，俯拾皆是，不胜枚举。无论哪一位作家都不可能这么熟练地运用如此多地地道道的民间谚语、歇后语的，昆曲传奇就少有这样活生生的谚语、歇后语。

《钵中莲》宾白清新自然，富有乡土气息，如《杀窑》中已知奸情要杀奸夫的王合瑞与死到临头还蒙在鼓里的韩成的对话：

> （生）且住。这一股金钗，分明是我家之物。吓，我有个计较在此。（作转介）韩兄，小弟也有个相好，要我打股钗儿，只是没有好式样。今见足下之钗，甚是合用。可肯借与小弟，明早拿到首饰铺，照样打就，即将原物奉还，不知可否？（副）这又何妨。哈，但千万不可遗失了吓。（生）这个自然。阿呀，只管讲话，连酒多不吃了，待我手敬一大杯。（副）在下量浅，只好借花献佛。（生）这是一点敬心，万万不可推却。（副）如此勉强从命了。（生）这才是个朋友。（副）感伊款曲昭忠信，元龙谊今夜重新。（副作醉介）干！（生）好量吓！再奉一杯。（副）个是直头勿能从命个哉。（生）吃个成双杯，好与王大娘成亲。（副）好彩头！多谢，多谢。嗯说一句话，你就拿把刀拉我颈子里不许我吃，也不能遵教个哉！（生）如此足感。请。（副）直头要吃介，直头要吃介，自然要领请的。

句句白话。就是放到今天照本搬演，观众也能句句听懂。一醒一醉，对比鲜明，语言富于动作性，生活气息浓厚。这种语言与富春堂本《东窗记·风和尚骂秦桧》如出一辙：

> （秦）这是什么殿？（丑）观音殿。（秦）这是什么殿？（丑）这是大佛殿。（秦）这是什么殿？（丑）这是法堂。（秦）呀，这诗下官在东窗下，与夫人商量做的，是甚人写在此间？长老，此诗那一个写的？（丑）告相公，是香积厨下一个五戒写的，乃是一个风和尚。乞大人不必责他。（秦）你与我叫他出来，我问他。（丑）风和尚，叶守一，丞相叫你。（外上）小僧叶守一是也，今闻丞相叫我，须索参见则个。（丑）丞相叫你，须小心参见。（外）来了！来了！（笑介）呵呵！秦桧秦桧，你叫我怎的？（丑）丞相在上，休得无礼。（秦）长老，就是风气之人，不必与他计较。风和尚，这诗是谁人写的？（外）呵呵，这诗是你做的，是我写的。（秦）你如何晓得？（外）呵呵，秦桧，秦桧，你若见诗，一定要死。

三个人物的语言都很浅白，是日常口语，就是堂堂丞相语言也没有官腔。疯和尚根本不疯，心里明白得很，有意要揭露秦桧里通外国杀害忠良的真相。而秦桧心虚，一忍再忍，要探出疯和尚如何知情的来历。

昆山腔传奇的宾白完全是另外一种样子，宾白中也是书面语多于口语，文言多于白话。如大约与《钵中莲》同时期的许自昌（1578—1623）的《水浒记》第十一出，宋江与张押司的对话：

> （生）怅望春襟郁未开，心从到处即成灰。（净）哎，公明，莫思身外无穷事，且尽生前有限杯。（生）张兄，你那里知道小弟的心事。小弟不为一家愁绝，止因万姓心伤。奸佞盈朝，豺狼当道，不思为民为国，但要自利自私。小弟适才接着纸文书，又是为那生辰纲一事，既要差民转运，又要委兵提防。张兄，你只看因他一个生辰，惊动多少地方，刻剥多少小民！如今人人思乱，家家动摇，岂是个太平的景象！

弋阳腔系统诸腔，大多用的是日常生活口语，但青阳腔、徽州腔用的是安徽"官话"或徽州话，而弋阳腔用语则较复杂，虽然是以赣方言为主，但几乎是传播到哪里就随意用上几句那里的方言土语。《钵中莲》方言土语很多，像中州话中的"俺"、水果小贩和土地神满口吴语。剧中大量用吴语，是弋阳腔传奇到吴地演出时适应吴语观众的结果。《钵中莲》语言俚俗，甚至粗野下流，但为一方百姓喜闻乐见。如第三出《调情》中水果小贩调戏殷凤珠的一段戏：

> （丑上）拉罗里？（贴）在这里。（丑）来哉。果儿兑起，担儿挑起。（贴）卖水果的！（丑）呵！娇娘唤起，弄得我，好像□起。（贴）多说！你有什么水果？（丑）阿哟，一位好娘娘！要俏物事？（贴）你有什么东西？（丑）哪，我这里货都制起，听凭拣起，价钱讲起，吃下肚皮拱起。（贴）啐！什么肚皮拱起！（丑）勿……拱者，是饱也。（贴）买什么好？（丑）其长其粗个甘蔗。（贴）甘蔗性热，吃了要发火的。（丑）亦来哉！个是有两句口号个也，甘蔗圆又长，发火又兴阳，香甜真可口，节节有商量。

像这种无所顾忌的调笑，在民间戏曲中是常见的，一部戏中多次出现吴语、山东话，只有流传范围广泛的喜用方言土语的弋阳腔才敢担此重任，一味官话的"青阳腔"和流传一隅的"徽州腔"是不会说这么多让当地观众听不懂的外地方言的。

第三节 《钵中莲》所用新腔考

《钵中莲》出现的新腔有六种，即弦索腔、山东姑娘腔、四平腔、诰猖腔、西秦腔和京腔。这些声腔属于哪个系统的声腔？是弋阳腔系统之内还是系统之外的声腔？是曲牌体音乐还是板腔体音乐？它们在剧中地位和作用如何？要弄清《钵中莲》的剧种属性，撇开这些新腔不谈是万万不可的。

【弦索玉芙蓉】是将不上丝弦的弋阳腔曲子【玉芙蓉】"弦索"化，变成了另一种唱腔"弦索腔"。弦索腔，一名"女儿腔"，俗称"河南调"。弦索腔兴起于黄河中下游的豫东、鲁南地区。这种腔调是当地地方小调在弋阳腔的影响下而形成的。像【山坡羊】、【琐南枝】、【傍妆台】、【挂枝儿】、【驻云飞】、【银绞丝】、【罗江怨】等盛行于开封的小调俗曲都与【玉芙蓉】一样戏曲音乐化了，成为弦索腔曲子。理由是：（一）仍依原曲牌填词；（二）曲调形式固定，节拍、节奏、旋律、速度等方面没有什么变化；（三）是戏曲音乐，而非民歌音乐。弦索腔发展到清中叶形成了大型戏曲剧种。李调元曾介绍过这一剧种的特点："音似'弋腔'，而尾声不用人和，以弦索和之，其声悠然以长。"[①] 弋阳腔尾声用人和，而弦索腔"尾声不用人和"，这是一大进步，是远离随口而唱的民歌走向成熟戏曲的标志。

《钵中莲》第三出《调情》连用了四支【弦索玉芙蓉】，其字数句数具体情形是：六六九九九三四四七，六五九七七三五十，五七九九九三五十，五五九七十三五。曲子或九句或八句或七句不定，每句字数也变化很大，保持不变的只有每支曲子第三句九个字，第六句三个字。这正显示了弋阳腔影响下的剧种自由活泼、格律不严的特点：句调长短，声音高下，随心入腔，随口而歌。弦索腔似哭腔，声尖而高，长于抒苦情，也许女儿腔名由此而来。《钵中莲》四支【弦索玉芙蓉】主唱者为少妇殷凤珠，第一支曲子诉说独守空房之苦，凄婉动人；第二支曲子假意厉声斥责好色之徒，曲调激越；最后两支曲子对唱，双方情投意合，曲调热烈奔放。这些

---

① 李调元：《剧话》，《中国古典戏曲论著集成》（八），中国戏剧出版社 1960 年版，第 47 页。

曲子在弦索乐器的伴奏下，似泣似诉，"其声悠然以长"，给弋阳腔传奇《钵中莲》带来了活力，给人耳目一新之感。

山东姑娘腔，一望而知是山东的地方戏曲声腔，山东土话称为"肘鼓子"。这一声腔起于晚明，到清康熙时已极盛。康熙时人李声振在其《百戏竹枝词》注中曾介绍说："（唱姑娘）齐剧也，亦名姑娘腔，以唢呐节之，曲终必绕场宛转，以尽其致。"这一剧种源于"跳神"：

> 据柳琴老艺人赵崇喜谈：鲁南一带，过去流行一种敲狗皮鼓，替村民开锁子、念神歌、驱魔镇邪的迷信职业，经常按照编成的"轴子"（悬挂的连环画）照图唱由。所敲的狗皮鼓，是用铁圈扭成，形状类似纨扇，上蒙狗皮或厚纸，把柄末端弯成圆圈，套缀九个铁环，唱时用手摇晃。当地土语称之为"肘"，就是"扭"的意思，同时用竹签敲击，以成节奏；当地群众称它为"肘鼓子"，或称"姑娘腔"。①

这一说法，与清初文学家蒲松龄所说相符：

> 济俗：民间有病者，闺中以神卜。倩老巫击铁环单面鼓，婆娑作态，名曰"跳神"。而此俗都中尤盛。良家少妇，时自为之。堂中肉于架，酒于盆，甚设几上。烧三烛，明于昼。妇束短幅裙，屈一足，作"商羊舞"。两人捉臂，左右扶掖之。妇刺刺琐絮，似歌，又似祝；字多寡参差，无律带腔，室数鼓乱挝如雷，逢逢聒人耳。②

按：蒲松龄生于明崇祯十三年（1640），其所述"跳神""都中尤盛"，乡村习俗盛于都市，是要经过较长一段时间的，而将"念神歌"移植为戏曲音乐形成唱腔，且被产地可能在赣、皖、江浙一带而非山东的《钵中莲》所吸收，也是需要时日的，所以说山东姑娘腔也许最迟在万历中期就产生并流行了。

姑娘腔主要板头有慢板、原板、二六、快板，曲调基本相同，只是速

---

① 纪根垠：《茂腔》，李赵璧、纪根垠《山东地方戏曲剧种史料汇编》，山东人民出版社1983年版，第137页。

② 蒲松龄：《聊斋志异》，中华书局2004年版，第264页。

度上有所不同。其中快板比"二六"更紧张，接近朗诵体，这些音乐特点又正与《钵中莲》山东姑娘腔照应。

《钵中莲》中的山东姑娘腔共 26 句，前面 20 句为七字句的上下句格式，后面 6 句为长短句。它是以不同的板式之变化交替来组成各种唱腔，基本单位都是对称的上下句，句法是整齐的七字句，唱腔形式灵活，可长可短，一唱就是 26 句，显然系板式变化体音乐。韩成与水果小贩争风吃醋，大吵大闹，气氛紧张，以快板行腔，"字多腔少，一泄而尽"，直率奔放，风格与弋阳腔相差无几，所以为农村剧作者所钟爱。山东姑娘腔用于此，恰到好处，妙不可言。

四平腔为南戏新腔之一。明人沈宠绥说："而词既南，凡腔调与字面俱南，字则崇《洪武》兼《中州》，腔则有'海盐'、'义乌'、'弋阳'、'青阳'、'四平'、'乐平'、'太平'之殊派。虽口法不等，而北气已消亡矣。"① 由此可知四平腔是弋阳腔之后的新腔，在晚明流行。四平腔由弋阳腔结合地方曲艺凤阳花鼓演化而来，节奏是一板三眼。花鼓，亦称"花鼓丁香"，或叫"打花鼓"，是打地摊演唱的一种民间艺术形式，少则三五人，多则七八人组成一班。每班有大小锣各一面，鼓一个，一对手钹，一个梆子，一人扮演几个角色。曲调和唱法都比较简单、朴实，优美动听。四平腔通常由头腔、二腔、三腔、四腔组成一段，每腔各占一句，一段四句。《钵中莲》第十出《园诉》由小旦扮殷氏僵尸唱四平腔，一共四支曲子，每支曲子句数字格基本一致，具体情形为：六七十七六七七，六七十七六六七七，六七十七六六七七，六七十七六。字格完全相同的是每支曲子的前四句，也就是完整的一段。四句之后的乐句仍是上段乐句的反复。二三两支曲子唱词完整，后四句实为两个重叠句，唱法大概是五六句重复第三句，七八句重复第四句，尾声拔高。剧中四平腔虽不题曲牌名，但形式固定，恐怕仍属曲牌体音乐。最后一支曲子仅 5 句，孟繁树、周传家编校的《明清戏曲珍本辑选》在曲后按："此处似有阙文。"所说极是！有阙文的还有第一支曲子第五句"今晚如船过滩"后应重抄一句，方成 8 句，与二三两支曲子同体。至于顾起元所说"后有四平，乃稍变弋阳，而令人可通者"，弋阳腔本是通俗音乐，听者皆通，不存在不可通

---

① 沈宠绥：《度曲须知》，《中国古典戏曲论著集成》（五），中国戏剧出版社 1959 年版，第 198 页。

者，其意似是说四平腔把弋阳腔由牌体音乐改变得更通俗化，显得更为通畅。按照顾起元的说法，四平腔为弋阳腔系统的新腔，"稍变"正说明音乐上有些变化，但和弋阳腔一样，仍属曲牌体音乐。也就是将弋阳腔地方化，与"凤阳歌"结合，创造出一种新的戏曲剧种。

关于诰猖腔，周贻白先生作过深入的研究，指出：

> "诰猖"未知何义，清吴大初《燕兰小谱》咏郑三官诗云："吴下传来补破缸，低低打打柳枝腔。"似此腔来自吴中，其所谓"柳枝腔"如非比拟之词（唐人有柳枝词），则山东曲阜有"柳子腔"。子亦作枝，其曲调有所谓"九腔十八调，七十二哼哼"。则"柳枝腔"自为山东产物，不当传至吴下。其诗既非为考证腔调来源而作，且吴氏为清人，补缸为明曲，即令传自吴下，要难信为确定根源。①

《补破缸》实指《钵中莲》中的第十四出《补缸》。很多地方戏剧都有此戏，有叫《锯大缸》的，也有叫《王大娘补缸》的。乾隆时人吴太初在北京听到的这出折子戏《补破缸》显然是吴地戏班演唱的，所以说"吴下传来补破缸"。"低低打打柳枝腔"是形容此戏以唢呐帮腔，"低低打打"响，热闹非凡。柳子腔是在元明以来"弦索"系统基础上发展演变而成的山东地方剧种，以三弦作主要伴奏乐器，横笛辅之。这种戏曲音乐在晚明就已经传到吴下。沈宠绥云：

> 惟是散种如【罗江怨】、【山坡羊】等曲，彼之篆、筝、浑不似（即今之琥珀匙）诸器者，彼俗尚存一二，其悲凄慨慕，调近于商，惆怅雄激，调近正宫，抑且丝扬则肉乃低应，调揭则弹音愈渺，全是子母声巧相鸣和；而江左所习【山坡羊】，声情指法，罕有及焉。虽非正音，仅名"侉调"，然其怆怨之致，所堪舞潜蛟而泣嫠妇者，犹是当年逸响云。②

"侉调"即"山东调"，山东人历来被卑称为"侉子"。【侉调山坡

---

① 周贻白：《中国戏剧史》，中华书局1953年版，第379页。
② 沈宠绥：《度曲须知》，《中国古典戏曲论著集成》（五），中国戏剧出版社1959年版，第199页。

羊】音乐特点是凄怆哀怨，基本上保存了中原俗曲"弦索调"的余音。"柳子戏"，人称"难哎哎"，有人说"唱一曲【驻云飞】，能走七里路"，形容它的腔调复杂冗长。唱起【一江风】曲拖腔竟达三分半钟。柳子腔为曲牌联套体音乐，后来吸收青阳腔加【滚调】唱法，渐渐变得比一般的曲牌体声腔音乐更悠长。柳子腔多为长短句，而"诰猖"一曲则是由七字句或十字句的上、下句句格组成应为板式变化体音乐。

　　《钵中莲》第十四出《补缸》中的诰猖腔共 104 句，也许因其不是曲牌体音乐，故无曲牌名，一韵到底。从曲词看来，是上下句结构的诗赞形式。如"大缸要钱几多个，小缸要钱几多双"，"大缸要钱一百二，小缸要钱五十双"，上下句对仗工整。而"前面走的王大娘，后面跟的补缸匠"，"王大娘，进绣房，打开云鬟巧梳妆"，忽又以第三者身份叙述剧中人的活动，极似鼓词、弹词之类说唱文学唱词，事实上中间殷氏自唱梳妆打扮一段 12 句与补缸匠盛夸殷氏扮相美一段 28 句，一气呵成，极尽铺排之能事，就像鼓词的做法一样，具有"唱故事"和"说唱诗"的特点。显然，"诰猖腔"的音乐，更多地吸收了民间曲艺的音乐艺术养料。柳子腔是慢腔，而《补缸》是快唱，一百多句唱词慢吞吞地唱是不可思议的，演员有这个好腔喉唱，观众也没有这个耐心听。原来柳子腔虽然也是曲牌体音乐，但其腔长字少，歌唱时不得不把一部分词句反复地唱，或者"挂序"，即"加滚"，上述两段长腔用"滚唱"可一曲带过。这样慢腔也变成了快腔。"加滚"或"挂序"是音乐上的一大突破，它是由曲牌联套体发展到板腔体结构的过渡形式，增强了刻画人物形象和表现戏剧情绪的艺术手段。"挂序"出现于曲牌唱腔中，比名为"滚唱"实念不唱的【滚调】要进步得多。至于周贻白说"诰猖腔"似乎是"高昌"音误①，笔者不敢苟同，即便是音误也不至于笔误如此。一般人只有繁字简写，误写为"告昌"。"高昌"为地名，"诰猖"非地名，若是地名，中国地名取雅听，怎么会出现"猖"一类恶劣之字？

　　西秦腔是山陕梆子腔的前身，为弋阳腔系统之外的戏曲声腔。乾隆时人严长明《秦云撷英小谱》云："弦索流于北部……陕西人歌之为秦腔。"可知秦腔的基础是"弦索"。秦腔音乐特点是粗犷高亢，慷慨激昂。演员

---

① 周贻白：《中国戏曲发展是纲要》，上海古籍出版社 1979 年版，第 327 页。

演唱时嗓门粗大，如吼叫一般，大鼓、大锣、大号、唢呐声喧盖地，胡琴、二弦、梆子又为热闹助威，气势磅礴。

《钵中莲》中的【西秦腔二犯】用于贴扮殷凤珠原形在混凝情人尸骨的爱缸被补缸匠跌碎之后，抒发其愤怒之情。如果说前面的弦索腔、山东姑娘腔是哭腔，那么此中的西秦腔就是骂腔了。因为在中国戏曲舞台上没有比秦腔吼得更响亮的了。整部《钵中莲》情绪最高昂、气氛最热烈的也就是演唱【西秦腔二犯】这一段：

　　（贴）阿呀！这一只缸乃是韩郎所托，今被击碎，还有何颜见韩郎于地下？罢！我今急急赶上前去，寻着缸匠，要他补好还我，才肯干休；倘有差迟，与他势不两立！哎！【西秦腔二犯】雪上加霜见一班，重圆镜碎料难难，顺风逆赶无耽搁，不斩楼兰誓不还。（急下）（净上）生意今朝虽误过，贪风贪月有依攀；方才许我□（疑为"谐"字）鸾凤，未识何如筑将坛。欲火如焚难静候，回家五□要相烦；终须莫止望梅渴，一日如同过九滩。（贴上）吠！快快赔我缸来！（净）干娘！说定不赔承美意，一言既出重丘山；因何死灰重燃后，后悔徒然说沸翻？（贴）胡说！谁说不要你赔？快快赔我缸来！万事休论。（净）我是穷人无力量，任凭责罚不相干。（贴）当真？（净）当真。（贴）果然？（净）果然。（贴）罢！奴家手段神通大，赌个掌儿试试看。变！（下）（场上作放烟火介，小旦扮殷氏僵尸上）你赔也不赔？（净）阿呀不好了！鬼来了！恶状狰狞真厉鬼，将何驱逐保平安！（小旦）若然一气拴连定，难免今朝□用蛮。（净）怕火烧眉图眼下，走吓！快些逃出鬼门关。（下）（小旦）怕你逃到那里去！势同骑虎重追往，迅步如飞顷刻间。（下）

前面的诰猖腔用的是"江阳"韵，这里用的是"寒山"韵。沈宠绥云："江阳，口开张"、"寒山，喉没搁"。①"寒山"韵正适合西秦腔扯开喉咙放声吼，可见民间艺人对戏曲声腔掌握之娴熟。

京腔，李调元云："'弋腔'始弋阳，即今'高腔'，所唱皆南曲。又谓'秧腔'，'秧'即'弋'之转声。京谓'京腔'，粤俗谓之'高腔'，楚、蜀之间谓之'清戏'。向无曲谱，只沿土俗，以一人唱而众和之，亦

---

① 沈宠绥：《度曲须知》，《中国古典戏曲论著集成》（五），中国戏剧出版社1959年版，第205页。

有紧板、慢板。"① 由此看来，京腔就是弋阳腔流传到北京，同北京的俗曲土调结合而成的新腔。《钵中莲》第十五出《雷殛》中由五雷正神所唱的京腔，为 6 个长短句，10 个七字句，而七字句不是通常的"二二一二"或"二二二一"字格，而多是"一二二二"或"二一二二"字格，长短句和七字句的最后一句均为重叠句，显然是由两支不同的曲子构成。可见此时的京腔和弋阳腔一样，仍属于曲牌体音乐。

以上六种新腔，属于弋阳腔系统者有二：四平腔和京腔；属于"弦索"系统的新腔有四：弦索腔、山东姑娘腔、诰猖腔和西秦腔；属于曲牌体音乐的有三：弦索腔、四平腔和京腔；属于板式变化体音乐的也有三：山东姑娘腔、诰猖腔和西秦腔。因此严格来说，《钵中莲》属于"弋阳弦索腔"。其与通常所见到的弋阳诸腔剧本最大的不同之处是使用了三种板式变化体音乐，成为探索板式变化体音乐渊源的宝贵资料，这也是该剧最大的价值所在。但是查戏曲史料，未见有此说法，因而不敢以此妄名。

第四节 《钵中莲》声腔剧种归属考

《钵中莲》在一部长度才十六出的传奇中同时兼用如此多的地方新腔，这在中国戏曲史上是绝无仅有的。这部传奇的戏曲史料价值也正在于此。从中我们可以感受到，中国戏曲兴盛时代人们的戏瘾之大，吸纳新腔欲望之强。戏曲发展到一定阶段自然会有一些新的突破。比如曲牌联套体，每支曲子句数限制固死，不足以酣畅淋漓地叙事抒情，因而，人们大胆尝试创造新腔，突破这种束缚，于是山东姑娘腔、西秦腔、诰猖腔等板式变化体音乐应运而生。尽管这些新腔还处于板腔体音乐的初创阶段，尚未足以站稳舞台，未能形成完整的板腔体声腔，甚至连单种新腔剧本也未见留存，但是，这种尝试却带来了一场声势浩大的戏曲革命。这些新腔形成了一系列新剧种，到康乾盛世时达到鼎盛阶段。可惜这些新腔，不少是靠《钵中莲》才为世人所认识。当然，当时的地方舞台上可能有这些新腔剧种存在，有些可能已流传较远，否则，《钵中莲》作者不可能掌握如

---

① 李调元：《剧话》，《中国古典戏曲论著集成》（八），中国戏剧出版社 1960 年版，第 46 页。

此多来自不同地域的新腔。民间在应用这些新腔，而雅部昆曲却远离这些新腔。文人不屑于谈论这些俗腔，也就不可能刊刻新腔剧本或记录这些新腔戏的演出情形。因而我们对这些新腔初创阶段的情形无法了解透彻。但是，我们可以肯定这些新腔是深受群众欢迎的。这些新腔在舞台实践中不断丰富壮大，从小戏变成了大戏，由一个剧种发展到了一系列同系统新剧种，如西秦腔便在清代发展为庞大的"梆子腔"系统剧种。《钵中莲》中的重头戏恰恰是用新腔演唱的折子，而不是弋阳腔唱段。

那么，对于新出现的这种一腔之内套用许多新腔的"胡乱套"、"大杂烩"戏曲声腔，当时的人们是怎样称谓的呢？明万历年间独领风骚的昆曲独受文人士大夫喜好，弋阳腔却遭到文人士大夫的鄙视，成了言辞俚俗、不合音律的戏曲作品的代名词。祁彪佳把弋阳等俗腔新腔统统列入"杂调"。如他评论《古城记》："《三国传》散为诸传奇，无一不鄙俚。如此记，通本不脱【新水令】数调，调复不伦，真村儿信口胡嘲者。"①沈德符则称为"院本"："然如《小尼下山》、《园林午梦》、《皮匠参禅》等剧，俱太单薄，仅可供笑谑，亦教坊要乐院本之类耳。"② 凌濛初统称为"弋阳之派"："即《蕉帕》一记，颇能不填塞；间露一二佳句，而每每苦稚；至尾必双收，则弋阳之派，尤失正体也。"③ 凌濛初甚至对戏曲大家汤显祖也指责其入弋阳腔之俗："只以才足以逞而律实未谐，不耐检核，悍然为之，未免护前，况江西弋阳土曲，句调长短，声音高下，可以随心入腔，故总不必合调，而终不悟矣。"④ 胡文焕编《群音类选》把昆山腔列入"官腔"类，把弋阳、青阳、太平、四平等腔列入"弋阳诸腔"。可见，"弋阳土曲"包括的范围不止"弋阳"一腔，弋阳腔是弋阳诸腔的代表。文人讨厌弋阳腔，是因为弋阳腔腔调高亢，伴奏喧闹，语言鄙俚粗俗，有伤雅正者视听。既然《钵中莲》用的是弋阳腔演唱，文辞又俚俗，即使采用再多的新腔，在文人眼里也仍然被视为俗不可耐的弋阳

① 祁彪佳：《远山堂曲品》，《中国古典戏曲论著集成》（六），中国戏剧出版社 1959 年版，第 112 页。

② 沈德符：《顾曲杂言》，《中国古典戏曲论著集成》（四），中国戏剧出版社 1959 年版，第 215 页。

③ 凌濛初：《谭曲杂札》，《中国古典戏曲论著集成》（四），中国戏剧出版社 1959 年版，第 260 页。

④ 同上书，第 254 页。

腔，况且所用新腔均来自乡野，连个曲牌都没有，却更高亢粗犷，更不"合律依腔"，更加俚俗。民间百姓唱戏，只求观众一笑，本无意附庸风雅，也不在乎声腔是否纯正，好听的曲儿学会就唱，因而"弋阳腔"戏曲音乐成分越来越复杂，以至于《钵中莲》竟用了七种声腔。

弋阳腔是一种善于变化的戏曲声腔，兼容力强。其本来就是学南戏而成，早期曲牌多为南曲，排场也与南戏无异，每出戏结尾一般都有四句下场诗，戏曲文词也和早期南戏一样，多有粗野的句子。后来又学北杂剧，由于长期在乡村流行的缘故，习惯用土俗粗野之语，受到文人的诋毁。

大量吸收地方新腔是万历后期弋阳腔大改革的结果。早在万历以前，就有艺人对弋阳腔作过改造，吸收较雅正、柔婉的声腔，试图使土俗的弋阳腔适应听惯昆曲的江南观众，结果导致失败。正如范濂《云间据目抄》所云："戏子在嘉隆交会时，有弋阳人入郡为戏，一时翕然崇尚，弋阳遂有家于松者。以后渐觉丑恶，弋阳人复学为'太平腔'、'海盐腔'以求佳，而听者愈觉恶俗。故万历四五年来遂屏迹，仍尚土戏。"改革失败，原因是土戏雅唱，俗语配雅调，不伦不类。雅士俗客，两头不讨好。弋阳腔艺人只得又恢复"弋阳"旧腔。在万历中后期，各地土戏纷纷兴起，一些土腔土调迅速传扬大河南北，慷慨激昂的黄土高坡土腔西秦腔给人耳目一新的感觉；生活气息浓厚，行腔轻快活泼的山东姑娘腔使人一听便着迷，以至于像山东戏迷所说："饼子贴在锅沿上，锄头锄到庄稼上，花针扎在指头上。"各种土戏新腔纷纷登台，作为土戏老大的弋阳腔此时已是众矢之的。喜爱昆曲的文人士大夫口诛笔伐，指责其为恶俗之源；地方土戏又与其争强斗胜，抢占地盘。英雄暮年的弋阳腔已被儿孙——青阳腔、太平腔、徽州腔、四平腔等远远甩在后面，此时已是老态龙钟、举步维艰了，摆在其面前的只有两条路：生路——改革；死路——保守。弋阳腔艺人毅然选择改革之路。《钵中莲》就是明证：一部戏大胆吸收了六种地方新腔。改革的结果是弋阳腔重新赢得了观众。

弋阳腔在改革路上付出的代价是沉重的。首先是演唱困难。弋阳腔是南曲，而《钵中莲》吸收的新腔多为北方声腔。弦索腔用河南话演唱才协调，西秦腔用陕西话演唱才顺畅，山东姑娘腔、诰猖腔用山东话演唱才合乐，京腔用北京话演唱才和谐，四平腔用安徽话演唱才美听。土腔配土话演唱是自然而然之事。一旦这种土腔改用另一种方言演唱就会折断嗓子，听来也吃力，再有能耐的演员也不可能学会这么多方言，而且即使学会了，唱出来能听懂的观众也寥寥无几。显然，弋阳腔艺人并不采用各地方言来演唱各地声腔。他们所遇到的尴尬正像如今粤人唱京剧、京人唱粤歌一样南腔北调，难得悦耳。元朝红遍北国的杂剧为什么一到江南就土崩瓦解？重要原因就是语言障碍。南人不习惯听北语，因而北杂剧终为南戏所取代。其次是喧宾夺主。弋阳腔吸收地方新腔的过程，也就是大力传播地方新腔的过程，这就使地方土腔身价倍增，反过来把弋阳腔压倒。比如，梆子腔最先叫"弋阳梆子秧腔"，后来倒过来叫"梆子弋阳腔"，最后干脆连"弋阳"也去掉，叫"梆子腔"。又如【皂罗袍】本来是弋阳腔的一个曲牌，被移植到梆子腔里，叫【梆子皂罗袍】，最后曲牌名销声匿迹，曲调却成为梆子腔的曲调之一。弋阳腔这一声腔名称在明代是叫得很响的，是明代四大声腔之一，是四大声腔中流传地域最广、时间最长的一种，也是带动产生新腔最多的一种。可是发展到清中叶，在民间就默默无闻了，只是宫廷还偶尔演唱弋阳腔。因为弋阳腔万历大改革，吸收的新腔大都是北方腔，音调高亢，自身腔调亦高，人们就以高腔称之，这就使得乾隆时不少人只知高腔，不知弋阳腔。据《史料旬刊》第二十二期所载在弋阳腔出生地为官的江西巡抚郝硕的《奏折》中也表现出该官员的无知：

　　臣查江西"昆腔"甚少，民间演唱，有"高腔"、"梆子腔"、"乱弹"等项名，其"高腔"又名"弋阳腔"。臣检查弋阳县旧志，有"弋阳腔"之名。恐该地或有流传剧本，饬令该县留心查察，随据禀称。"弋阳腔"之名，不知始于何时，无凭稽考。现今所唱，即系"高腔"，并无别有"弋阳"词曲。

　　很明显，弋阳腔之名此时已在地方舞台上消失了。尽管弋阳腔的腔调还在很多剧种中流传，但人们只是以"高腔"称之，而不再称"弋阳腔"。乾隆时人李声振《百戏竹枝词》注云："弋阳腔，俗名高腔，视昆调甚高也。金鼓喧闹，一唱众和。"李调元云："弋腔始弋阳，即今高腔，所唱皆南曲。"① 那么，《钵中莲》所属剧种是称"高腔"还是称"弋阳

---

　　① 李调元：《剧话》，《中国古典戏曲论著集成》（八），中国戏剧出版社1960年版，第46页。

腔"呢？"高腔"作为戏曲声腔名称最早见于乾隆时人徐大椿的《乐府传声》中："至王实甫之《西厢记》，及元人诸杂剧，方可协之箫管，近世之所宗者是也。若北曲之西腔、高腔、梆子、乱弹等腔，此乃其别派，不在北曲之列。南曲之异，则有海盐、义乌、弋阳、四平、乐平、太平等腔。"此时，仍没有把弋阳腔等同于高腔。因而在万历晚期上演的《钵中莲》不能以"高腔"冠腔名，而嘉庆内府戏班演唱的缩写本《钵中莲》方可称之为高腔传奇。

《钵中莲》一共七腔，以弋阳腔为主，其他六种新腔所占分量合起来相当于三出，不足三分之一。而且，剧中直写新腔名，正说明此剧非新腔剧种。大凡一个剧种在剧中借用其他声腔演唱时，总得标明唱某腔某曲牌，绝对不会多余地在每个唱段前标上该剧主体唱腔之名的。如果该传奇是弋阳腔剧本，就不会出现某曲唱"弋阳腔"字样。反之，如果剧中标明某曲唱弋阳腔，那就说明此剧主体音乐不属于弋阳腔。

弋阳腔在不同时期有不同特点。《钵中莲》在每出末尾没有下场诗，语言粗俗，而且吸收如此多晚明形成的声腔，因此说这个剧本问世之时大概是万历中后期，下限为抄本署年，即万历四十八年。

综上所述，我们可以得出一个初步的结论：明万历抄本《钵中莲》为民间戏曲，属改革后的弋阳腔传奇。

（该章曾以《明万历抄本〈钵中莲〉剧种归属考辨》为题，发表于《文学遗产》2003 年第 3 期）

第二章

万历抄本《钵中莲》民间社会思潮

万历四十八年抄本传奇《钵中莲》表演的是民间百姓生活故事和神佛鬼怪故事。剧中主人公王合瑞烧缸时的三场戏《思家》、《托梦》、《杀窑》地点在浙江奉化西乡瓦窑。其妻殷凤珠活动地点在其老家江西九江府湖口县王家庄。殷凤珠的相好韩成为湖口县捕快,经常到王家幽欢。由此看来王家庄当为离县衙不远的城郊农村。王合瑞出家所在的护国禅院当在湖口县境内,理由是王合瑞出门挨家收取施主布施的斋饭时路遇已为僵尸鬼的殷凤珠,而殷凤珠正在追赶逃离王家庄的补缸匠。补缸匠被鬼追赶未及,当跑不远。王合瑞收取斋饭也当离禅院不会远。整部戏的主要场景就在这几处。因而说,《钵中莲》表现的是民间社会的故事,反映的正是民间社会思潮。

第一节　民间佛教信仰之上升

明朝与佛教关系密切,明太祖僧袍换龙袍,明成祖朱棣以和尚为谋士而坐上龙椅,明武宗朱厚照最为佞佛,曾一天之内"度僧道四万人","自号大庆法王"。明神宗朱翊钧好佛,曾诏令"本朝主上及东宫与诸王降生,俱剃度童幼替身出家",神宗之母自号"九莲菩萨"。明代弋阳腔是流行于民间的戏曲声腔,以演唱宗教尤其是佛教题材蜚声四海。祁彪佳《远山堂曲品》评《目连戏》云:"凡百有九折,以三日夜演之,哄动村社。"《香山记》叙观音得道故事,《观音鱼篮记》也出现观音。弋阳腔《钵中莲》就是万历民间佛教信仰高涨尤其是观音崇拜膨胀的产物。剧作第一出《佛口》就展现了观音所在的佛界。观音在赴西王母的蟠桃会途中,看到下方一道红光直冲云霄,即派护法神者韦驮察看,得知是凡间青年王合瑞烧缸所致,于是道破天机:"善哉!善哉!此人原籍江西,夙有佛门根器，可参大道，诚证菩提。今在奉化土窑，聊且烧缸度日。查得其妻殷氏，数应淫乱戕生、死后成僵，复遭雷殛。再思吾莲座前，缺一捧钵侍者，应俟因缘到日，吾当济度王合瑞到来，付与钵盂，以成正果。"这说明，老百姓相信凡间的一切都不能瞒过神佛，万事皆有数，缘分、报应都是天定的。所谓"夙有佛门根器"的王合瑞，是剧中的主人公，原籍江西九江府湖口县，曾撇下娇妻，外出经商，不幸海运时遭遇狂风，船沉落水。他死里逃生，沿途行乞，多亏奉化西乡窑主收留，烧缸为业。他一直担心妻子耐不住寂寞，辱没家门，却又苦于无钱回家，于是开始萌生出家念头："不如早早焚修，强似烧缸度日。咳！虽然如此，还要探听家中下落，方好祝发为僧。"碰巧其妻情人韩成到象山办事途经奉化，被阴风刮至荒郊，只好到其缸窑投宿。王合瑞热情招待老乡，没想到韩成酒后吐真言，道出他与殷凤珠的风流韵事，并取出殷氏所赠金钗炫耀。王合瑞怒不可遏，杀死韩成，割下首级，用石灰炝之，又将尸骨和上泥土，煅炼成缸，急速告辞回家，逼妻自杀，打算出家。走到途中，又觉得自己"才交强仕之年，何必舍身入寺？趁此图些事业，决意仍转家门"。王合瑞要出家首选的是当和尚，而不做道士，直接说明当时佛教宣传更能深入人心。但他也像所有初心向佛的人一样，对是否能成佛毫无把握，因而犹豫不决，仍以儒教之道为重："我想修行事，必图造极登峰，就使做到如来，此时尚是赊帐。不若还我本等，仍然贸易江湖；况我又是单传，当以宗祀为重。"此时，普门大士命托塔天王李靖同众伽蓝显神通下凡点化。众伽蓝纷纷在路上献技说教，拉其入教。这正反映了万历时期乡土社会的现实，民间宗教勃兴，教派众多，寺庙林立，争拉僧源。失去土地的农村百姓别无选择，只好投身寺庙，以图生存。

长达几乎半个世纪之久的万历时期，是中国历史上民间宗教最活跃最昌盛时期。各种民间宗教教派蜂起，各类人等混迹于僧道，许多别有用心的人动辄"谬称佛祖"，甚至在皇都重地也敢于团坐谈经。因为经过嘉靖朝长时期的佞道之后，穆宗上台，又罢道崇佛，神宗佞佛更甚。上有所好，下必同风。因而"天下寺庙明朝修"。而明朝寺庙又多修于万历年间。同时，各地民间宗教如雨后春笋般纷纷冒出，民间宗教活动愈演愈烈。罗祖教、黄天教、圆顿教、收元教、还源教、东大乘教、西大乘教、弘阳教、闻香教、静空教相继兴起。明《神宗实录》记载僧道动辄"聚集以数万众……游食之徒，街填巷溢"，而令朝廷最为不安的是："……

近日妖僧流道聚众谈经，醵钱会一名、涅槃教一名、红封教一名、老子教、又有罗祖教、南无净空教、净空教、悟明教、大成无为教，皆讳白莲教之名，实演白莲之教。有一教名，便有一教主。愚夫愚妇，转相煽惑。宁怯于公赋而乐于私会；宁薄于骨肉而厚于伙党；宁骈首以死而不敢违其教主之令。此天下处处盛行，而畿辅为甚。不及令严为禁止，恐日新月盛，实烦有徒，张角、韩山童之祸将在今日"。

王合瑞行途中遇到多人点化，实即万历年间各民间宗教教派争相拉人入教的真实写照。剧本开头虽借观音之口，说事情发生在嘉靖元年（1522）"今当下界大明天下嘉靖壬午春潮"，但剧作所反映的乡土社会现实却是万历时期的情形。因为嘉靖一登基便立即一反武宗的佞佛而佞道灭僧。《西游记》反映的才是嘉靖年间之事。书中车迟国国王封虎力、鹿力、羊力三大仙为国师，捉来和尚给道士役使。捉得和尚者有重赏。"且莫说是和尚，就是剪鬓、秃子、毛稀的，都也难逃"。这些描写与世宗迷信道教，抵制佛教，曾封道士邵元节、陶仲文为"真人"，官至礼部尚书，大兴妖术，胡作非为有何其相似之处。而《钵中莲》却是处处向佛抑道，甚至伽蓝所扮道士也劝王合瑞为僧："眼前如奉慈悲教，怎不是手操神算"。哪有一点嘉靖时期的影子？王合瑞最后得道成佛而不是成仙，也正说明这一点。

王合瑞途中所遇到的僧尼，向他灌输的多为民间佛教教派的教义，如第十一出《点悟》由旦角所扮的和尚所唱的【佛经】："天留甘露佛留经，人留儿女草留根。天留甘露生万物，佛留经典度人身。人留儿女防身老，草留根在再逢春。根枯草死逢春发，人老何曾再俊生。观世音菩萨！善人吓！为人好比一间房，口为门户眼为窗。两手两脚为四柱，背脊弯弯是正梁。二十四根肋骨好椽子，周围四处是垣墙。五脏六腑为家伙，舌头却是管家郎。有朝一日无常到，关了门儿闭了窗，要去见阎王。南无观音菩萨！"多么通俗的文字、多么显浅的教义，绝非正宗的佛家经典所能道。它完全是民间宗教的产物，是文化水平低的民间宗教家给文化水平更低的民间百姓编的宣传品。它更像罗教教祖罗梦鸿所编的五部六册。如《巍巍不动泰山深根结果宝卷·流浪家乡受苦品第二十三》所云："流浪家乡好凄惶，浮生家乡不久长。捻指无常离别苦，流浪家乡梦一场。"两相比较，语言风格极为近似。一个把人比作房屋，一个把尘世比作流浪家乡。两者都形象生动，易于理解。

剧中炼魔僧和众和尚合唱的【赞子】长达四百余字，其核心思想还是劝人修行："男人修到为罗汉，观音菩萨倒是女人修。"指出修行的途径是舍得施舍钱财："灵山会上千尊佛，尊尊多是舍财人。"万历时期不少教主、传头，靠吸收教徒，印行经书，集资建寺，聚敛钱财，富甲天下。有意思的是这些和尚唱着唱着便把道教里的神圣关公也拉了进来，佛道不分，融为一体："舍一文，又一文，诚心惊动了蒲州解梁县那位老爷本姓关"。这也正是万历时期民间宗教佛道兼容的真实反映。"若然居土来发心，保佑你官官们，可入东洋大海关，关煞开通一善人。"发善心舍钱财，不能成佛上天堂，来生也能进皇宫。这些教义又多似弘阳教《混元弘阳叹世真经·叹富贵品第五》所宣传的那样："聪明男，智慧女，早行善事，敬三宝，斋万僧，广有功程。倘若时，斋着位，真佛真祖，度脱你，一家儿，同出苦轮。遇不着，西来祖，真佛下世，也转在，皇宫内，相伴朝廷。"

众僧们不但路上四处拉人入教，而且还在寺院内设坛讲经。王合瑞被带到护国院里去，听大和尚讲法。戏中大和尚讲法文字很长，其大意概括起来有三点：一是为僧向佛可以超脱轮回，自由幸福："一条洒洒，不碍去来，无系无拘，逍遥自在，种心放之壳外，真生脱彼轮回。"二是佛道不亏人道："这般说，难道都劝世人，一体焚修，空留世界，有亏人道？大失本原矣，非也。"三是佛道合一："西方东土，总属一体，信佛即归西极，信道即历东土。四生同一理，何必异东西？"上述三个观点，可以从罗教五部六册里找到根据。罗教五部六册在万历元年、十四年、二十三年、二十四年、二十五年、二十九年、四十年、四十三年、四十六年、还有一种万历本未注明年月的，共印行了十次，是五部经刊印的高潮期。"印经地点，也由罗教发祥地的北方，逐渐南移至南京、苏州等地。"① 显然，东南民众也能轻易看到罗教经典，接受罗教教义。关于第一点，罗祖认为只要"明心见性"，即可见佛，畅通无阻。《苦功悟道卷》云："老真空发大慈悲，从西南放道白光，摄照我身，梦中摄省。省过来烦恼不止，朝西南端然坐定，忽然间心花发朗，心地开通，洞明本地风光，才得纵横自在，才得自在安稳。""彻悟"之时，便是绝对自由："行住坐卧，明朗朗一段光明。到临危，四大分张，难描难画，任意纵横。山河石壁不能隔

---

① 马西沙、韩秉方：《中国民间宗教史》，上海人民出版社 1992 年版，第 183 页。

碍，东南西北，四维上下，一体同观。"关于第二点，罗梦鸿严厉批判了佛教的僧伽制度，认为出家为僧尼，于人道、悟道、佛道都有损无益。说他们"撇爷娘、抛亲戚，躲离乡村"，倒不如"在家菩萨智非常，闹市丛中有道场。西方净土人人有，高山平地总西方"。因为在家可以孝敬父母，自食其力，生儿育女，只要居尘不染，也可以见性成佛。剧中的王合瑞入教前也曾指责佛教徒："《孝经》云：身体发肤，受之父母，不敢毁伤。咳！你们这些和尚，把父母遗体，如此作践，解了香罢！"王合瑞的话也正说出了民间百姓的心声。东晋桓玄曾引用《孝经》这段话，劝慧远还俗致仕，慧远也引《孝经》回敬桓玄："立身行道，扬名于后世，孝之终也。"回答虽然有力，但还是解决不了出家与传后的问题。罗教能顺应世态人情，有效地改革佛教教义，不戒酒，不戒淫，深得民众之心，故罗教能发展壮大，在民间极受信仰。就是王合瑞这种连杀两条人命、手沾鲜血的人还能够从容成佛。关于第三点，罗教五部六册的思想内容，实质上是糅和佛道儒三教而成。罗祖认为"心是佛，佛是心，本来无二"，三教皆由心起，一切经书皆由心生。只是未明之心，"妄分儒、佛、道三教"。《破邪显证钥匙卷·破不论在家出家辟支佛品第一》中说："一僧一道一儒缘，同入心空及第禅。似水流源沧溟茫，日月星辰共一天。本来大道原无二，奈缘偏执别谈玄。了心更许何谁论，三教原来总一般。"

王合瑞听了大和尚的教义，就像罗祖得到了名师指点，终于悟道。他决意出家，请求大和尚收其为徒。大和尚便将其剃度，且赐法名为肇修。从此他"一念焚修，六尘无我"、很快"悟性成佛"。韦驮亲自到护国禅院领其往普陀山。观音迎接，接受王合瑞为捧钵使者。在付钵之前，观音还吩咐众罗汉将其三生之事体，逐件点醒他，使其彻底了却尘念。众罗汉所言件件是实，报应昭然。王合瑞听讲，迷途顿觉："再不敢彷徨半途，只一念修行自图。慈悲悯予身，早赐莲航渡，沾得润苗膏雨。"他接过钵盂，钵盂内立即现出了莲花。"金莲一朵开，肯受淤泥污？"

第二节　地方家堂神灵崇拜之下降

道教在宪宗和世宗二代掀起高潮之后便不再洒脱了。道教信仰自上而下普遍下降。连道教最高层次神三清也受到冷落。倒是民间道教俗神关帝、碧霞元君等香火不断。明谢肇淛《五杂俎》云："今天下神祠香火之盛莫过于关壮缪"，"今世所崇奉正神尚有观音大士、真武上帝、碧霞元君，三者与关壮缪香火相埒，遐陬荒谷，无不尸而祝之者。"不但高层正神崇拜下降，连与民间百姓日常生活息息相关的地方家堂神灵如门神、灶神、井神、瓦神、土地神等的崇拜也下降了。这是万历时期乡土社会的一种普通心态。《钵中莲》中出现的地方家堂神灵极多，但大多数都是被老百姓用来调侃的对象。剧中的王家园土地神就是典型的代表。他是作为丑角出现的。他受尽人间的冷落，对自己的处境十分不满："罗里晓得祠庙全无，香烟断绕，弗消说三生福礼，永短净屠，连勾一陌纸钱，半杯清水，也无讨处。挤得我皮越发皱哉，鬓须越发白哉，腰骨越发弯哉，身体越发短哉，弗色头。"土地神，也叫社神。先民将土地神化，敬祭土地神。社稷在周代被奉为国家主神，列入祀典，确定二月中吉利的甲日作为祭祀日期。唐宋时期祭祀活动达到全盛状态。乡民共祭社神，分享祀酒和祀肉。元明时期土地神崇拜陡然降温，祀日祭祀活动不再隆重。究其原因，萧放先生的分析非常透彻："首先，从宗教信仰方面看，随着民智的进步，生产水平的提高，人们对自然依赖相对减弱，源自先秦的原始信仰的神圣色彩日渐消退，土地神或田神已被人格化，世俗化。……同时，由于佛、道二教的流行及它们对民间社神的排斥，打击不遗余力，民众已由此前单纯地域土神崇拜扩大为多元信仰。……其次，从村社结构看，是社日活动赖以开展的村社共同体的分解。"① 宋明理学的兴盛，东南地区宗族观念极重，祖灵崇拜超过了土神信仰，祠堂取代了社庙，祖灵成为主神。而社庙配祀的却是历代名神。顾颉刚先生指出："只因为福德正神的样子太柔懦了，神迹太平庸了，他虽然为民众所托命，但终不能获得民众的热烈的信仰。配祀的神既为民众的自由想象所建立，当然极适合于民众的脾胃。威严的是大帝，雄武的是元帅，俊秀的是太子，美丽的是仙姑，神的个性既甚发展，人的感情也自然满足，于是民众信仰土地庙中的配祀的神比正神深切得多，寝假而配祀的神占夺了正神的地位，升为土地庙中的主祀，把正式的土地神排挤到庑间或阶下去了。久假不归，由来久矣！"②

　　王家园土地神无人敬祭，正反映明万历民众对土地神崇拜的降温。一

---

① 萧放：《社日与中国古代乡村社会》，《北京师范大学报》1998 年第 6 期。

② 顾颉刚：《泉州的土地神》，《民俗周刊》1928 年第 2 期。

座空园，长期关锁，野草丛生，人迹罕至，自然无人来祭祀土地神，因而土地神日子艰难。因为"食不果腹"，土地神居心不正："今夜七月十五日，大街小巷，才是施食勾，我里勾星鬼判，一个也弗拉里相伴位祀，孤勾场哈抢野羹饭去哉。"七月十五是中元节，俗称鬼节。民间此日祭鬼，不管家鬼、野鬼都祭，但却不祭土地神，祭品丰富，因而土地神觉得有机可乘，要抢野食。当他看到判官、小鬼、皂隶回府，马上板起面孔训斥他们，要他们上交所得："今夜施食勾多乩，嗯乩抢子多哈羹饭归来拿出来充公，弗然就欺瞒官府哉。"一副十足贪赃霸道的地方官嘴脸。众鬼汇报园里新放置的棺材出僵尸为祸，土地神考虑的不是如何收拾僵尸，而是趁火打劫，要捞好处："住乩，勾是王合瑞底老，搭隔园主说合，定勾寄拉园里？快吊里来，问里要点使用，强如抢野羹饭乩。"他要众鬼带路，"下乡踏勘"。遇到僵尸，众鬼拔腿就跑，土地爷强作镇静，不愿错过发财机会，一场神鬼之间的争斗开始了：

> （丑）即好硬汉子头皮，搭里鬼打诨乩！呔！罗里来勾野鬼，规矩多弗识勾？（小旦）什么规矩？（丑）好一副诈呆面孔！阿晓得我几里弗是容易拉勾场哈？（小旦）怎见得？（丑）【忆多娇】踪迹停，须表情，檀树银包本不兴，许久缘何无一星？（小旦）你是什么行当，要想我的使用？（丑）弗要鬼哈哈，且张开鬼眼来认我！土谷神灵！……（小旦）分文无措，还望鉴怜。（丑）啥说话，要晓得我做公公勾，收规礼，靠营生。

这土地神哪里是地方的保护神，分明是欺压良善、鱼肉一方的恶霸。他要向新鬼讨"规礼"，"强索常例"，表现封建官僚仗势欺人的恶习。在极具反抗性的僵尸面前，他白费口舌，一无所获，但他并不就此罢休，又拉拢家堂六神一起"兴师问罪"。

家堂六神，即民间家室六位神灵：井泉童子、东厨司命、门丞、户尉、瓦将军、住宅土地。它们各司其职，专主家政，保护住家生命财产安全，向来都是受到百姓的敬仰的，"每遇春秋祭享，举家明德荐馨"。在《神哄》出中，家堂六神与职掌降妖伏怪的神祇钟馗争论各自待遇的优劣。家堂六神："多和寡，争分匀，须知俺同餐祭品，怎如你独享佳辰？"由此可以看出，万历时期老百姓对这些小神祇的敬仰已大不如前了。钟馗是捉鬼之神，而剧中的钟馗却只能在端午节饱餐，其余时间则无人献祭了。对于家堂六神，本来也应该一一焚香献祭的，而此时的人们已嫌烦琐，不耐烦，省略为一次同祭。不管怎样，家堂六神受祭的待遇要比钟馗、土地神好得多，原因恐怕是万历时人太讲功利性，家堂六神，尤其是灶神、门神、宅神对他们更有用，因而不敢怠慢。而钟馗、土地神远离他们，所以被冷落。

土地神上门请家堂六神共拿僵尸，家堂六神当即回绝："隔壁园内出了僵尸，这是你土地的该管，与某等何干？"土地神据理力争："好，说得倒干净乢，我且问嗯乢，今日之间，嗯乢受啥人家香火个？……难道隔壁勾所空园，弗是王思诚勾？那间出子僵尸，嗯乢该坐视弗管勾？哙！一家生意，弗要做两样价钱嗄！"家堂六神无动于衷，一再推托："某等各有专职，不能越俎代庖。"井泉童子搪塞："只晓坐井观天，不会降妖伏鬼；况且年幼，难以领教。"灶君摇头："要晓得灶前管不得灶后，灶上管不得灶下。"瓦将军摆手："岂不闻：将军不下马，各自奔前程？"门丞户尉异口同声："到底各家门，各家户，与某等何干？你还是寻钟仙去。"连钟馗也甩手不干："论起来，拿捉僵尸，是俺的本等；只是还有一讲，我职守后门，不管你园中之事。不瞒你说，我自从端午消受了他几个粽子，直到如今，饿得来有气无力，干不得什么事来，另请高明。"土地神只能把希望最后寄托在住宅土地身上："和你事一体个呷，嗯要替我老大个哉，看同寅面上，替我拿僵尸去。"不料住宅土地却也婉言拒绝："荒山土地，做不得主。"土地神孤军对敌，也不用力，根本不是对手，僵尸自然逍遥自在。这些神祇，虽然受到人们的献祭却不替人们出力，失去人心，因而受到冷遇是自然而然的事了。

这里虽然写的是神祇间事，实际上还是影射人间。道教重视的是个人修行，得道登仙，离群索居，远离红尘，不像佛教慈悲，普度众生，因而道教的神祇也大概是道士道姑创造出来的，自然也是明哲保身，独重自我，缺乏团队合作精神。历史上多次出现过和尚御敌保国，却很少见过道士救国护驾。显然民众对道士的行为是不满的，因而敬僧超过了敬道。神祇的所作所为，其实也和万历地方官行为差不多，官府本来就已经过分软弱空虚了，而为政者却在其位而不谋其政，遇到大事纷纷退缩，推卸责任，不堪一击。这也是明朝农民起义节节胜利的原因之一。人们对地域土神信仰的减弱，转而崇拜异域佛圣，这恐怕是佛教教义深得人心而道教却冷却人心所造成的。

第三节　个性解放思潮之涨落

蔑视礼教，纵欲享乐的个性解放思潮是万历时期又一民间社会新思潮。明代民间宗教，为迎合人们的审美趣味和传宗接代需要，将佛教教义大胆改革，甚至把有悖于正宗佛教教义的东西也强称是佛祖之意。出家做和尚也可以过正常俗人的生活，不必受戒，也可以娶妻蓄妾狎妓，他们宣称什么"酒色财气，不碍提路"，公然纵欲享乐。而资本主义因素的萌芽，又助长了享乐风气的形成。王学左派强调人欲的个性解放思潮铺天盖地而来，封建礼教受到了前所未有的强劲冲击，淫风大起。《金瓶梅》就是此一时代风气的产物。《钵中莲》第三出《调情》殷凤珠一曲【绕池游】最能代表时人心声："浮生若梦、守节终无用。趁青春眼前胡哄。非吾作俑，偷香传颂；学风流，兰桥水通。""饿死事小，失节事大"，已为"守节终无用"所代，从一个极端走向了另一个极端，人们的认识产生了变化，放纵情欲，不再为无形的礼教枷锁所拘束。殷凤珠的淫乱，是腐化堕落的时代风气使然。她从小就嫁给王合瑞，是童养媳，而进入青春期之后，王合瑞却外出经商，"一去多年，杳无音信；但我年当二十，性喜风流，如何受此凄凉？不如别寻头路，免得守此活寡"。她大胆地与县里捕快韩成做露水夫妻。几天不见韩成，又与卖水果的勾搭成奸，全然不顾妇道。

剧中的韩成、卖水果的和补缸的，一个个都是好色之徒。韩成不但长期占用王合瑞之妻，还尽情嫖赌。嫖赌是晚明社会的两大毒瘤，是败坏社会风气的根源。"城市经济的发展，市民意识的抬头，一方面冲破封建婚姻制度的束缚，有其进步意义，另一方面纵欲思想的产生，客观上促使享乐糜烂生活风气的发展。"① 此风所及，东南地区以南京为中心，扬州等地的娼妓大量发展起来，至有《五杂俎》所载"今时（指万历时）娼妓布满天下，其大都会之地动以千百计，其他穷州僻邑，在在有之。终日倚门卖笑，卖淫为活"。晚明赌博风气极盛，《太仓州志·风土》云："近则绅士俨为窝主，习不知非，乡镇倚庇，衙差公然聚赌，以至私枭、光蛋，百十成群，开场纵赌。"剧中的韩成还因为争风吃醋，与卖水果的大打出

---

① 王熹：《中国明代习俗史》，人民出版社1994年版，第238页。

手。他是集偷情嫖赌斗殴坏习气于一身的流氓恶棍，是道德沦丧公差阶层的代表。

卖水果的和补缸的代表了小商贩、工匠之流的社会底层。他们收入不多，但也有些闲钱，有条件出入烟花巷。因为他们常走家串户，兜售生意，与良家妇女接触频繁，多有非非之想。而见多识广，独得各种风气之先，打情骂俏最为擅长。

《钵中莲》中卖水果的与殷凤珠素不相识，却张口便涉淫邪："娇娘唤起，弄得我，好象□起。"他在介绍自己所卖的水果食品时借题发挥，尽情挑逗："哪，我这里货都制起，听凭捡起，吃下肚皮拱起"，"甘蔗是长个，橄榄是尖个，阴阳相配起来，阿哟，其味美不可言。……你若不信，我答嗯就试试哉"。当看出殷凤珠听得入迷时，他索性撒野起来：

> （贴）可惜没有桃子。（丑）要□子广有。（贴）担子里现在没有。（丑）这是随身法宝，怎说没有？（贴）取出来。（丑走下丢眼色介）（贴）做什么？（丑）里面去好取出□子出来。（贴）啐！要死吓！我要的是桃子。

如此大胆的调情，不堪入目的举动，敢于在舞台上表演出来，完全无视封建礼教！两人调得情浓，很快便厮混一处了：

> 【弦索玉芙蓉】（贴）何尝不乐从？露水恩情重，怕扬声出外物议难容。（丑）只图欢爱谐鸾凤，顾什么墙茨难除刺卫风！（贴）相和哄，比醍醐更浓。（丑）谢娇娘灵犀一点暗香通。

这就是当时社会纵欲者的宣言。为了及时行乐，可以置脸面于不顾，还怕什么议论！类似的情形在万历时期吴地的民歌也多有反映。冯梦龙《山歌》有两首道：

> 《调情》娇滴滴玉人儿，我十分在意，恨不得一碗水吞你在肚里。日日想，日日捱，终须不济。大着胆，上前亲个嘴，谢天谢地，他也不推辞。早知你不推辞也，何待今日方如此。
> 《捉奸》：古人说话弗中听，那了一个娇娘只许嫁一个人？若得武则天娘娘改子个本大明律，世间罗敢捉奸情！

补缸匠顾老儿,虽"年过五十",但"堪爱风流",在调情手段上一点不亚于卖水果的。他说的话不堪入耳,连鬼也敢诱奸:"干娘,儿子回家远了,可容我过了夜去?"只是因其为色所迷,失手跌碎了殷凤珠的爱缸,而殷凤珠还在气头上他才不能得逞。

明万历个性解放思潮由盛而衰。个性解放思潮强有力地冲垮了封建礼教的堤防,使得人欲横流,世风不古。淫风之盛自上而刮起,中间推波助澜,波及民间。明神宗广收宫女,终日淫乐,甚至好男风。明沈德符《万历野获编》云:"今上壬午、癸未以后,选垂髫内臣之慧且丽者十余曹,给事御前,或承恩与上同卧。内廷皆目之为十俊。"中间官吏贪淫成风,不知羞耻。《续见闻杂记》卷十上说:"或有问于赵山人曰:'墨吏状若何?'山人曰:'不忍言!不忍言!譬如娼家一般,然当时也存些廉耻,掩房避人。如今径在大路上青天白日淫媾,全不怕人看见。何世道!"文人士大夫也放纵自我。王世贞写诗赞"鞋杯",臧晋叔畜狎娈童被革职,屠隆被弹劾淫纵褫职罢归,袁宏道在《与龚惟长先生》中公开声称:"真乐有五,不可不知。"袁中道在其《心律》中也坦言其流连"游冶之场,倡家桃李之蹊";江盈科直道:"妻不如妾,妾不如婢,婢不如妓,妓不如偷,偷得着不如偷不着。"① 淫风吹及民间:街道上公开出售春宫画和淫具,被称为"有明一绝"的民歌是以大胆直率唱私情著称。万历之前刊于嘉靖三十二年(1553)重刊本《风月锦囊》收入各类杂曲 300 余支,涉及性描写的只有【北一封书】10 余支曲子及【新增山坡羊】1 支。而大概是刊行于万历初期的《大明天下春》残本 5 卷收入情歌 184 首,咏妓曲 107 支,就有一大半涉及性描写。到了万历后期,冯梦龙所编的《挂枝儿》与《山歌》竟有十之八九是直接描写性的。歌中充满偷情描写,有的竟歌唱女儿与情人在母亲床脚下偷情。

对于偷情问题,"三言""二拍"也有所反映。看得出作家与市民的态度比较宽容。《蒋兴哥重会珍珠衫》《李将军错认舅 刘氏女诡从夫》《两错认莫大姐私奔 再成交杨二郎正本》等篇都写到了丈夫与失节之妇重归于好,体现了两性平等的进步倾向。《满少卿饥附饱飏 焦文姬生仇死报》甚至抨击了以男子为中心的传统观念,向社会呼吁男女平等:"天下事有好些不平的所在……就是在生前房室之中,女人少有外情,便是老

① 冯梦龙:《挂枝儿》,《明清民歌时调集》,上海古籍出版社 1987 年版,第 39 页。

大的丑事，人世羞言；及至男人家撇了妻子，贪淫好色，宿娼养妓，无所不为，纵有议论不是的，不为十分大害。所以女子愈加可怜，男子愈加放肆。这些也是伏不得女娘们心里的所在。"《钵中莲》中的殷凤珠和《蒋兴哥重会珍珠衫》中的王三巧同样偷情，但命运却不相同。王三巧得到了丈夫的谅解，而殷凤珠则被丈夫逼毙。蒋兴哥是市民出身的商人，得风气之先，思想开放，故能原谅妻子的不贞行为，而王合瑞是农民出身的商人，又一心向佛，思想保守，故愤而杀死奸夫，逼死淫妇。

物极必反。人们的情欲由于受到理学的禁锢已久，一旦解禁便似潮水漫堤四溢，泼水难收。而情欲横流，廉耻丧尽，世风败坏，则又危及家庭和谐，为世人所忧虑、愤怒。要求整顿世风、拯救人心的呼声一浪高过一浪。儒学界以顾宪成、高攀龙为代表的东林学派掀起了正学运动。佛教界形成了云栖、紫柏、憨山等的佛教复兴运动，民间宗教教派也纷纷起来抵制个性解放思潮。弘阳教告诫人们"色是杀人钢刀"。《钵中莲》中的王合瑞对男女偷情深恶痛绝，毫不留情。这也是剧作家的态度，这也代表了民间百姓的思想。

综上所述，《钵中莲》较为全面地、真实地反映了万历时期乡土社会思潮，对于我们了解晚明时期东南地区民间的风土人情有独到的意义。

（该章曾以《〈钵中莲〉民间社会思潮探微》为题，发表于《南京师大学报》2006 年第 1 期）

第三章

万历抄本《钵中莲》民间宗教思想

万历四十八年（1620）抄本《钵中莲》是万历时期的民间弋阳腔传奇，是一部民间宗教剧。剧名本身就极富有宗教意味：钵，为僧人食具；莲，莲花，西方极乐世界的宝花。钵中莲花开，意味着僧人得道成阿罗汉。《庐山莲宗宝鉴》云："杨无为云：'莲者出乎污泥，不舍众生界也，处空无染，显露清净体也。华而有实非魔境也，华实同时因果一如也。华开莲现示权显实也。华落莲成废权实也。一莲生无量华，建立一切法也。十方同一华，藏示佛境，无异也。莲教之义得非是欤？'"① 《观无量寿经》提到得生西方净土的九品人，到了极乐世界后不久就可以见到莲花开，即得阿罗汉的果位。剧中主人公王合瑞通过个人念佛修持和观世音菩萨的大发慈悲救度得生净土，成为观世音莲座前的持钵侍者。当他接过观世音所授予的钵盂时，钵盂内现出了莲花。很明显，这是一部民间宗教宣传剧。创作的目的是劝人信仰宗教，从善去恶，尤其是务去贪淫之心。正如剧本结尾【煞尾】所唱的那样："（生）钵中花艳发将尘心去，（合）奉你世人不贪淫天相助。"仔细研读剧本，我们发现《钵中莲》民间宗教思想非常丰富、复杂。

第一节　弥陀净土思想、禅宗思想
与白莲教、罗教教义之融合

弥陀净土，指弥陀佛依其"四十八愿"所建立的西方净土。"从是西方过十万亿佛土，有世界名曰极乐，其土有佛，号阿弥陀，今现在说

---

① 《大正新修大藏经》卷四十七，台北：佛陀教育基金会出版部 1990 年版，第 309 页下。

法。"① 那里金碧辉煌，微风吹拂，温度、湿度皆宜人，衣食住行随意可得："受用种种，一切丰足。宫殿、服饰、香花、幡盖，庄严之具，随意所须，悉皆如念。若饮食时，七宝钵器自然在前，百味饮食自然盈满。……复有众宝妙衣，冠带、璎珞，无量光明，百千妙色，悉皆具足，自然在身。所居舍宅，称其形色，宝网弥覆，悬诸宝铃，奇妙珍异，周遍校饰。"② 更令人神往的是那里没有死亡和痛苦："可得极长生，寿乐无有极。"③ 净土思想从汉末即传入中国。东晋慧远在庐山创建莲社，弘扬净土法门，后经昙鸾、道绰、善导等高僧的积极倡导，专以念佛求得往生净土的净土宗在唐代得以形成、壮大，到明代万历年间更得到普及，正如万历富春堂刊本《香山记》所云："家家观世音，处处弥陀佛。"净土宗在整个佛教被判做"易行道"，它是借助他力而往生净土的，而不像其他佛教宗派要靠自力而成正果。其修行方法也简单易行，心念口念弥陀即可。没有文化、贫苦无诉的大众自然选择这个最适合他们的胃口和入教条件的宗教以充实自己的精神世界，满足自己在现实人生中无法实现的愿望，自我陶醉于幻想的来生快乐之中。那么，怎样才能往生净土呢？

　　　　佛告阿难：十方世界诸天人民，其有至心愿生彼国，凡有三辈。其上辈者，舍家弃欲，而作沙门，发菩提心，一向专念阿弥陀佛，修诸功德，愿生彼国。……其中辈者，虽不能行作沙门，大修功德，当发无上菩提之心，一向专念阿弥陀。随己修行，诸善功德。奉持斋戒，起立塔像，饭食沙门，悬缯然灯，散花烧香，以此回向，愿生彼国。……其下辈者，假使不能作诸功德，当发无上菩提之心，一向专念阿弥陀佛，欢喜信乐，不生疑惑，以至诚心，愿生其国。④

　　此三辈人临终时都可以往生净土。《钵中莲》剧中的王合瑞便属于"上辈者"：他出家做和尚；他跟随大和尚和众师兄们口念弥陀；他往生净土靠的是外力，是观世音菩萨派韦驮来接引他的；他在人间临终时刻受

---

　　① 《大正新修大藏经》卷十二《阿弥陀经》，台北：佛陀教育基金会出版部 1990 年版，第346 页下。

　　② 《无量寿经》，大众文艺出版社 2004 年版，第 83—86 页。

　　③ 同上书，第 31 页。

　　④ 同上书，第 93—96 页。

到了其妻殷凤珠鬼魂的勒杀；他无法用自力摆脱危险。《钵中莲》第十五出《雷殛》表演的正是王合瑞被殷凤珠鬼魂追杀场景：

> （生）凭你怎样打墙，补起大悲咒来，不是当耍的，还不回避！（小旦）【锦缠道】梵咒总陡（徒）然。（作解汗巾介）罢！重仇莫报，缳丝了万缘。（生）啊呀不好了！快救命吓！（小生又上）吾救你来也。（引生下）

在这里，王合瑞显然没有什么神通，危难之时连弥陀、观世音的名号也忘了念。

《钵中莲》所反映的民间宗教思想主要归属净土宗范围。第十一出《点悟》中，众伽蓝扮和尚劝化王合瑞时唱的【赞子】就有 10 次合唱："阿弥陀佛，南无阿弥陀佛。"第十二出《听经》中，护法院众和尚在大和尚登坛讲经前所唱的【朝元令】就唱了 5 次"阿弥陀佛"。大和尚在讲经时也作偈道："早知世事尽成魔，莫把金枝顿改柯。花底莺声听不惯，及时醒悟念弥陀。"这些正是口念弥陀的净土宗信徒所习以为常的功课。王合瑞修的就是净土宗，他在韦驮救护往普陀山途中张口便是"阿弥陀佛"："阿弥陀佛，弟子何幸，得荷生成？"剧中明显表现出弥陀净土思想的地方还有很多，下面略举两例说明之：

第一出《佛口》中，观世音菩萨云："此人原籍江西，夙有佛门根器，可参大道，诚证菩提。"按，王合瑞此时尚未登场亮相，更未出家，观世音便已预知其日后能证正果。这便是弥陀净土佛力。《无量寿经·大士神光第二十八》云："佛告阿难：彼佛国中，诸菩萨众，悉皆洞视彻听八方、上下、去来、现在之事。诸天人民以及蜎飞蠕动之类，心意善恶，口所欲言，何时度脱，得道往生，皆豫知之。"此段经文中还特意宣扬观世音菩萨的神通："世间善男子、善女人若有急难恐怖，但自归命观世音菩萨，无不得脱者。"王合瑞有急难，是观世音派护法神者韦驮下凡救护。

《听经》出中，大和尚云："但恐众生迷而不悟，堕厥轮回，甚至莫解宿愆，难复今孽，阱上加阱，解脱无由，六道四生，噬脐何及！"这段说教接近《无量寿经·惑尽见佛第四十一》大义："佛言：彼等所种善根，不能离相，不求佛慧，深著世乐，人间福报。虽复修福，求人天果。得报之时，一切丰足，而未能出三界狱中。假使父母、妻子、男女、眷属欲相救免，邪见业王，未能舍离，常处轮回，而不自在。"

《钵中莲》在展示弥陀净土思想的同时，也带有白莲教、罗教的教义。

白莲教为民间宗教，由元代将南宋吴郡沙门茅子元所创的白莲宗从佛教净土信仰的领地分化出来而成。元代的白莲教仍保持白莲宗信仰，以弥陀信仰的三经一论为要典，以念佛名为日常功课，允许世俗男女同修净业，在家修行。

罗教是明代中叶新兴的民间宗教，创教者为山东莱州人罗梦鸿。罗教和白莲教一样，允许信徒和俗人一样家居火宅婚丧嫁娶，但教义有所不同。白莲教源自净土信仰，教导信徒通过虔诚念佛，借助外界神力的帮助，往生净土。罗教则发展禅宗"即心是佛"的观念，靠的是心悟，而非念佛。

《点悟》中【赞子】所唱："男要修来女要修，男女双修各有头。""男女双修"正是白莲宗的创举，也是罗教教义。万历时期更有过之而无不及。大臣吕坤在万历二十五年就曾惊呼："白莲结社，遍及四方，教主传头，所在成聚，倘有招呼之首，此其归附之人。"① 罗教允许信徒娶妻生子，家居火宅，男女双修。《藏逸经书标目》"五部六册"条引紫柏真可的大弟子密藏道开的话："（罗教信徒）蚁屯鸡聚，唱偈和佛，邪淫混杂，贪昧卑污，莫可名状。而愚夫愚妇，率多乐于从事，而恣其贪淫。虽禁之使不归向有不可得。此其教虽非白莲，而为害殆有甚于白莲者乎！"

当然，《钵中莲》的主要思想是弥陀净土思想，但又时常渗透着禅宗教义。

《听经》出中大和尚讲经："红尘滚滚是迷坛，谁识西来意万端。舌本广长因说法，赫，棒头一喝定心寒。"这可以作为六祖《坛经》书名的注解。《坛经》便是六祖慧能指点迷坛的经书。"棒头一喝"是祖师禅惯用的教学手段。李明权对此解释得很透彻：

> 禅门认为佛法不可思议，开口即错，用心即乖。为了打破学人的迷执，不少禅师或用棒，或用喝，或者"棒喝交驰"，作为一种特有的施教方式，以促人领悟佛理。"棒"始于德山宣鉴。僧来参问，

---

① 《明史》，《四部备要》，中华书局 1989 年版，第 1575 页。

"道得也三十棒，道不得也三十棒。"（《临济录》）雪峰禅师曾说："我在德山棒下，似脱却千重万重贴肉汗衫。"（《圆悟心要》卷三）颇有切肤之痛。"喝"当始于马祖。百丈禅师回忆说："佛法不是小事，老僧昔被马大师一喝，直得三日耳聋眼黑。"（《景德传灯录》）最善于"喝"的，无过于临济义玄，他有四种"喝法"，门下"棒喝交驰"。"德山棒，临济喝，留与禅人作模范"（《五灯会元》卷十七），遂成为禅林的风气。①

《听经》中大和尚又云："纵道宏慈象教，不能地狱超生。倘然四谛非也，六尘无我，本来直认了取死生断缔结之网，撒尘劳之锢，一条洒洒，不碍去来，无系无拘，消（逍）遥自在，种心放之壳外，真生脱彼轮回，即此定识潜融，惠机幽悟。仁见非人非物，高生四大之中，百德百功，永超福报之上。"义取《坛经·般若品第二》："何名无念？知见一切法，心不染着，是为无念。用即遍一切处，亦不着一切处；但净本心，使六识出六门，于六尘中无染无杂。来去自由，通用无滞，即是般若三昧。自在解脱，名无念行。若万物不思，当令念绝，即是法缚，即名边见。善知识！悟无念法者，万法尽通；悟无念法者，见诸佛境界；悟无念法者，至佛地位。"

《点悟》出中旦唱【佛经】道："善人吓！为人好比一间房，口为门户眼为窗。两手两脚为四柱，背脊弯弯是正梁。二十四根肋骨好椽子，周围四处是垣墙。五脏六腑为家伙，舌头却是管家郎。有朝一日无常到，关了门儿闭了窗，要去见阎王。"这样形象生动的比喻，亦出自《坛经》中《疑问品第三》："师言：大众！世人自色身是城，眼、耳、鼻、舌，是门。"以及《忏悔品第六》："善知识，色身是舍宅。"甚至《点悟》中炼魔僧所唱的"我东边要化那庞居士"似乎也是有所指。《坛经·付嘱品第十》云："吾去七十年，有二菩萨从东方来，一出家，一在家。"一出家指马祖道一禅师而言，一在家指庞蕴居士而言。《钵中莲》大和尚讲根器："这王合瑞大有根器"，《坛经》五祖就发现慧能有根性："这獦獠根性大利。"这种种类似现象都是有意传教，而非无端巧合。

净土宗融合禅宗教义是晚明民间宗教的一大特色。莲宗（即净土宗）

---

① 中国佛教文化研究所：《俗语佛源》，上海人民出版社1993年版，第110—111页。

第八祖云栖大师主教数十年，法席盛况空前。他把本来应列入小乘佛教的净土宗列入顿教中去，而又贯乎大乘教与圆教。他主张禅净一致。不论文化水平高低，佛性深浅，均可念佛参禅。他在《杂答》中说："归元性无二，方便有多门。今之执禅谤净土者，却不曾真实参究；执净土谤禅者，亦不曾真实念佛。若各各做工夫，到彻底穷源处，则知两条门路原不差毫厘也。"在《竹窗二笔·念佛镜》中又说："但执观心，不信有极乐净土；但执无生，不信有净土往生，则未达即心即土。不知生即无生，偏空之见，非圆顿之禅也。反不如理性虽未大明，而念佛已成三昧者，何足怪乎？若夫观心而妙悟自心，观无生而得无生忍，此正与念佛人上品上生者同科，又谁轩轾之有？"云栖大师甚至认为净土与禅两宗殊途同归，念佛即是参禅。如有人问他："参禅念佛可用融通否？"他回答道："若然是两物，用得融通着。"他把两宗完全看成是一回事了。云栖大师生于嘉靖十四年（1535），卒于万历四十三年（1615）。《钵中莲》抄本抄于万历四十八年（1620），剧中净中有禅，禅中夹净，净禅交融，密不可分，也正体现了云栖大师的思想。

第二节　因果报应思想的儒、释杂糅

因果，是佛教的基本理论之一，具体称为"因缘果报"。《法华经》说："如是因，如是缘，如是果，如是报"。① 属于佛教"缘起论"体系范围。按照达照的解释是："一切事物的生起都有其内在的主要原因和外部的辅助条件，内因和外缘结合后，便出现与前因有所不同的结果和功用。大千世界都是在这种规律当中运行，相似相续，生生不已，绵延无尽，称之为'因缘果报'。"② 佛教讲因果，有世间因果和出世因果两种。所谓世间因果，即"苦"和"集"二谛。苦是果，集是因。佛教认为人生是苦的，这种苦果，是因为过去生中造了业因（集），由于业力的牵引，所以感受人生的苦果。所谓出世因果，即"灭"和"道"二谛。灭（涅槃）是果，道是因。佛教认为要摆脱人生的痛苦，就要遵照佛陀的教法去修道，断除烦恼，以修道为因，将来证得涅槃（灭）正果。有因则

---

① 《大正新修大藏经》卷九，佛陀教育基金会出版部1990年版，第5页。

② 达照：《〈金刚经赞〉研究》，宗教文化出版社2002年版，第176—177页。

必有果，有果则必有因。这就是佛教讲的因果关系。同时，佛教又说因果必通于过去、现在、未来的"三世"。如《因果经》说："欲知过去因者，见其现在果；欲知未来果者，见其现在因。"《涅槃经·憍陈如品》说："善恶之报，如影取形。三世因果，循环不失。此生空过，后悔无追。"这就是善因必有善果，恶因必有恶果。佛教认为各人所受的报应都是自因自果、自作自受的，既非天降，亦非神罚，更不是前辈作孽，后辈受祸。也正因为有"因果报应"这一准绳，才维系了自我解脱、自我完善的人生态度，才有希望能够成为非凡的圣人，正如《钵中莲·听经》中大和尚所说："偈云：佛祖无奇业，但作功不作孽。"

《钵中莲》不失时机地宣传佛教的因果报应思想，首先是通过十分迅猛的现报来进行宣传的。

年方二十的殷凤珠耐不住守活寡的寂寞，与捕快韩成通奸。"数应淫乱戕生，死后成僵，复遭雷殛"（《佛口》）。她遭报应完全是自己作孽造成的。正如她自己所唱的【越恁好】"哀求再四总如斯，原该万死。你从前本失志，贪情嗜。到今拚服卤，将身试"（《逼毙》）。前是因，后是果，报应昭然。

韩成因淫人妻子，亦遭报应。窑神说他"今夜借宿本窑，数当亲夫杀死"（《杀窑》）。鬼卒引其到王合瑞所在的缸窑，好让王合瑞下手除奸。韩成酒后吐真言，说出了他与殷凤珠的丑恶勾当，为王合瑞所杀。他的尸骸被王合瑞和上泥煅炼成缸。《托梦》窑神唱【上小楼】道破果报："须索把奸回毙，怎恁他时刻稽？多只为数定由天，多只为数定由天，祸召惟人事。到临歧逼捱得无路逃生，逼捱得无路逃生，因奸致死将尸立毙。"但是窑神所说的报应，并非纯粹是佛教所说的果报，而是夹杂着儒家的善恶报应说——"天道福善祸淫"。儒家认为善恶的赏罚是由冥冥之中的上天来主宰决定的，"数定由天"。关汉卿杂剧《窦娥冤》窦娥唱道："有日月朝暮悬，有鬼神掌着生死权。天地也，只合把清浊分辨，可怎生糊突了盗跖颜渊？为善的受贫穷更命短，造恶的享富贵又寿延。"这就是"数定由天"。佛教则不承认宇宙间有任何操纵众生命运的力量存在，众生的生死轮回，善恶报应都是由自己的业力所感召的，这就是"祸召惟人事"。诚如《妙法圣念处经》上所说："业果善不善，所作受决定；自作自缠缚，如蚕等无异。"佛教主张自业自报，自作善恶自受苦乐，个人承担后果。"也就是说，儒家之言因果，重在教人畏果。佛教之言因果，重在劝人畏因。应该说，佛教因果报应说的道德教化作用，其层次要远远高于中国传统的上天崇拜和鬼神崇拜。它不但具有客观监督作用，而且更强调人们自己内心的约束。使他律性的道德规范转化为自律性的道德规范。人们不再是战战兢兢地去服从'天道'和'神意'，而是自觉自愿地去为自己修善除恶，积累功德。"① 韩成不是佛教徒，不信因果报应，贪图快乐，与殷凤珠勾搭成奸，遭到恶报。若是其早意识到果报之理，就不至于落到这个地步。《杀窑》中王合瑞把韩成灌得烂醉如泥，在操刀欲杀韩成时就教训道："韩成吓，韩成，你从前做过事，今日转相逢。"杀死韩成后又强调说："韩成，韩成！今宵之事，非我不仁，（唱）锋镝付重遭火焚，这是贪淫报先已祸临身。"也就是说韩成受死，是罪有应得，自己作孽招致的恶果，与别人无关。

　　《钵中莲》在展示"恶人有恶报"的同时，也宣传"善人有善报"。观世音说王合瑞"夙有佛门根器，可参大道，诚证菩提"。王合瑞在人世间受尽苦楚，在第二出《思家》中唱【女临江】道："寻烦惹恼，因留发，未披剃，恋身家。"他早年经商，海运时遭到风浪袭击，船被打翻，幸亏能逃生，投靠窑主李思泉，烧缸为业。他欲回家又无盘缠，产生出家念头，自言自语："不如早早焚修，强似烧缸度日。咳，虽然如此，还要探听家中下落，方好祝发为僧。"可见此时已有出家为僧之念。他勤勉经营，深受窑主器重。又因其敬神虔诚，窑神托梦给他，并助他把奸夫韩成引到窑中来，让他亲手杀掉奸夫。王合瑞回家又逼毙妻子："且看夫妻情分，把你一个全尸。"妻子被迫服卤自杀后，他买棺材盛殓，想火化又"恐外人谈论太过"；想殡葬，"也没有把他这样安稳"，因而，他把棺木停放在一所空园中。最后弃家入寺，"一念焚修，六尘无我"。这些都是他现世所作的业，是因。这业力，再加上韦驮给的外力，使他最后得生净土。他还不明白自己怎么就这么容易得成正果。他说："阿弥陀佛，弟子何幸，得荷生成？"韦驮忙解释说："怜悯有情，不违本誓。"《目莲救母劝善戏文》中刘青提被打入饿鬼道受煎熬，就是因为其在世不守本誓，不但自己开荤，还以肉馒头斋僧，逐僧烧寺，违誓杀牲。王合瑞信佛守誓，虽没有做过什么惊天动地的造福人类的功德，却也能顺顺当当地成佛。这种念佛即可成佛的宣传，无疑对净土宗信徒以巨大的精神鼓舞

---

① 　魏承恩：《中国佛教文化论稿》，上海人民出版社 1991 年版，第 107 页。

力量。

　　其次，通过生报来宣传因果报应思想。

　　现报是世人看得见的，人们容易相信，但生报（即来生之报）却是凡人看不出的。人们对人死后有来世这种佛教宣传都很难相信，因而对生报怀疑更大。即便是佛陀在世时，佛教的"后世'说也曾遭到婆罗门弊宿的质疑："迦叶，我有亲族知识遇患因病，我往问言。诸沙门婆罗门各怀异见言：诸有杀生、盗窃、邪淫、两舌、恶口、妄言、绮语、贪取、嫉妒邪见者，身坏命终，皆入地狱。我初不信，所以然者，初未曾见死已来还说所堕处。若有人来说所堕处，我必信受。汝今是我所亲，十恶亦备，若如沙门语者，汝死必入大地狱中。今我相信从汝取定。若审有地狱者，汝当还来语我使知，然后当信。迦叶，彼命终已，至今不来。彼是我亲，不应欺我。许而不来，必无后世。"① 迦叶解释说原因是狱鬼不肯放其回来。这种解释是苍白无力的。

　　在我国，早在殷代人们就相信人死后灵魂还在，非常崇拜祖先神。孔子对于鬼神也是崇拜的："禹，吾无间然也！菲饮食，而致孝乎鬼神；恶衣服，而致美乎黻冕。卑宫室，而尽力乎沟洫。禹，吾无间然矣。"② 但他又说："未能事人，焉能事鬼。"③ 欲以人事第一的道德化的新内容来代替鬼神的宗教支配，遭到了墨子的讽刺："执无鬼而学祭祀，是犹无客而学客礼也，是犹无鱼而为鱼罟也。"④ 真正给有鬼神论以沉重打击的是从东汉王充开始的。王充说："世谓人死为鬼，有知，能害人。试以物类验之：人死不为鬼，无知，不能害人。何以验之？验之以物。人，物也；物，亦物也；物死不为鬼，人死何故独能为鬼？……人之所以生者，精气也；死而精气灭。能为精气者，血脉也；人死，血脉竭，竭而精气灭，灭而形体朽，朽而成灰土。何用为鬼？"⑤ 否定鬼神的存在，实际上就否定了后世说。东晋戴逵作《释疑论》，提出了自己对释教的种种疑惑。高僧慧远为此依据《阿毗昙心论》中的一偈："若业现法报，次受于生报，后

　　① 《大正新修大藏经》卷一《长阿含经》，台北：佛陀教育基金会出版部1990年版，第43页上。

　　② 《论语》，《四部备要》，中华书局1989年版，第37页。

　　③ 同上书，第48页。

　　④ 《墨子》，《百子全书》，浙江古籍出版社1998年版，第745页。

　　⑤ 王充：《论衡》，《百子全书》，浙江古籍出版社1998年版，第1025页。

报亦复然，余则说不定"，在《三报论》文中系统地发挥了三世轮回、因果报应学说。他指出："经说业报有三：一曰现报，二曰生报，三曰后报。现报者善恶始于此身，即此身受；生报者，来生便受；后报者，或经二生、三生、百生、千生，然后乃受。受之无主，必由于心。心无定司，感事而应。应有迟速，故报有先后。"魏承恩说："慧远的'三报'理论不但克服了以往'一世报应说'的缺陷，而且也解决了中国传统道德意识始终无法解决的问题。自古以来，无论是'天道福善祸淫'，还是'神道设教'、止恶扬善的说教，都不能说明现实生活中大量存在的恶人得福、善人致祸的不公正现象，这就无法消除人们对'天道''神意'正义性的怀疑，无法使人们真正认同于统治阶级提倡的社会道德观念。慧远的'三报'说最后形成了一种不再可能用实证方法去检验的道德说教和更加完整系统的道德理论。"①

《钵中莲》展示了一个丰富多彩的鬼神世界，不但肯定鬼神的存在，而且表明现世就有报应，也就是慧远所说的"现报"。殷凤珠因奸致死是个恶鬼。没有僧道为她追荐亡魂；没有人给予殡葬，不能入土为安；没有遭火化，形体尚存。因其"仍恋韩郎旧时恩爱，自是一灵不散，已成不坏僵尸"，土地神带领家堂六神、钟馗和石敢当等神灵兴师问罪，也无可奈何。她扮美女恢复原貌，勾引补缸匠来为其补缸，却又行凶，复变为厉鬼，将补缸匠吓死。路遇王合瑞，仇人见面分外眼红，解下汗巾，要将王合瑞勒死。韦驮道："王合瑞将证菩提，岂殷氏所能加害？为此亲奉金旨，下凡救获上山。"木吒道："菩萨今遣某来了。为殷氏自成僵后，怙恶不悛，传谕五雷击开棺木，即将尸骨雷火焚烧。"王合瑞生前为善，诵经念佛，死后能生净土，做观音菩萨莲座前捧钵侍者，永远不再堕入轮回之道。而殷氏生前淫荡，死后又作孽，因而遭受雷火燃烧，灵魂将堕入地狱永受煎熬。韩成也一样，被打入地狱道。活着的时候行善行恶，做法不一，死的待遇也就相差悬殊，足以警戒世道人心。

《钵中莲》对佛界、冥界的描写得益于对万历初年就已十分流行的弋阳腔传奇《目连救母劝善戏文》的借鉴。《目连救母劝善戏文》以触目惊心的场面来展示现报和生报分毫无差。剧中社令道出了作者的用心："世间善恶不同流，祸害皆因自己求。天把恶人诛几个，使人警醒早回头。"

---

① 魏承恩：《中国佛教文化论稿》，上海人民出版社1991年版，第109页。

小和尚和小尼姑违犯清规戒律，贪图淫乐，死后被打入地狱；两个骗取傅罗卜百两银子的拐子路上被雷公电母击毙。这些都是现报。小和尚来生变为秃驴，尼姑来生变为母猪，是生报。同样，《钵中莲》以五雷正神击毁殷凤珠尸骨，鬼使将披枷带锁的韩成打下刀山地狱都是现报。

最后通过三世轮回说来宣传因果报应思想。

佛教强调，今世受报，是因为前世造业。推之，前世受报，是因为大前世造业。剧中最后一出戏《钵圆》中，观世音在授钵给王合瑞之前令众罗汉："可将他三世之事逐件点醒他，证明一番，方好付钵。"众罗汉应命，点化王合瑞：

> （末）【浪淘沙】静听说当初，一世为儒，有同袍情重友恩辜，那恶汉的心肠奸恶也，报应何如？（生）报应果何如！
>
> （净）【前腔】此是祸根株，再世进呼，你淫伊闺女奔他途，致彼父终身蒙玷也，报应何如？（生）报应果何如！
>
> （净）【前腔】孽债天乘除，贴补非虚，致今生漂泊困江湖，向奉化窑门酿祸也，报应何如？（生）报应果何如！
>
> （净）【前腔】强合在中途，杀死奸夫，那缸成骸骨已全无，把祸种重遭星碎也，报应何如？（生）报应果何如！
>
> （丑）【前腔】债欠补妻孥，欲海模糊，纵甘心伏罢丧冥途，怕到底冤索难断也，报应何如？（生）报应果何如！
>
> （旦）【前腔】总是尔□恳，定见毫无，致招灾鬼崇绪当途，一霎里难逃雷火也，报应何如？（生）报应果何如！

"三世"是佛教术语。《大宝积经》说："三世，所谓过去、现在、未来。"事物已灭，称为"过去世"；事物已生未灭，称为"现在世"；事物未生，称为"未来世"。佛教的因果轮回之说是建立在"三世"的基础上的，谓之"三世因果"。《钵中莲》这段表演，是直观的"三世因果"说。这里展演的因果报应不独是王合瑞一个人的，还有王合瑞的大前世朋友、殷凤珠和韩成等。王合瑞大前世是读书人，讲义气、重交情，对自己的一个学友很好。那学友却忘恩负义，结果遭到恶报。王合瑞前世，报复那位转世了的负恩汉，奸污了他的闺女，致使他蒙羞一世，重遭恶报。因前世作孽，王合瑞今世吃尽苦头：前世淫人女儿，现世妻子被人淫；前世淫人女儿，远走他乡，害得人家做父亲的无脸见人，终身不乐。今世自己也落得流落他乡的下场。虽然除去了淫妇，却又遭妻鬼报复。韩成淫人妻子，埋下祸根，身首异处，尸骨被焚烧。这是现世报。殷凤珠鬼魂作祟，遭雷火所击，这也是现报。一报还一报，循环往复。而这种种报应，都是自己的"业力"造成的。"非从天降，亦非地出，亦非人与，自妄所招，还自来受。"① 前生造下罪孽，损害他人，一旦果报成熟，就不得不偿还自己所欠的冤孽之债。王合瑞前世、今世孽债已还清，正可以安心在净土中欢度来生了。而"世间诸众生类欲为众恶，强者伏弱，转相克贼，残害杀伤，迭相吞啖，不知为善，后受殃罚。故有穷乞、孤独、聋盲、喑哑、疾恶、尪狂，皆因前世不信道德，不肯为善。"② 应该说，《钵中莲》的因果报应思想，虽然也包含有儒家思想因素在内，但更多的还是佛教思想因素。因果报应中的佛教思想也好，儒教思想也好，都被各种各样的民间宗教思想所吸收，已经成为民间宗教教义的一个组成部分。《钵中莲》为民间戏曲，其宗教思想主要来自民间宗教教义。

综上所述，我们认为《钵中莲》是一部民间宗教剧，是继弋阳腔剧本《目连救母劝善戏文》之后又一部成功的宗教题材传奇。我们还可以由此推断出该剧的作者（阙名）是一位信仰民间宗教的民间艺人：他推崇罗教，喜欢谈"禅"，强调顿悟，而又喜欢简单易行的净土宗，口念弥陀。净土宗产生于江西庐山，弋阳腔产生于江西弋阳，剧中主人公王合瑞是江西人氏，该剧为弋阳腔剧本，用韵、用方言有赣方言特点。因而，又推测作者也有可能是江西人氏。

（该章曾以《〈钵中莲〉民间宗教思想探微》为题，发表于《华侨大学学报》2011 年第 2 期）

---

① 《大正新修大藏经》第二十六卷《楞严经》，台北：佛陀教育基金会出版部 1990 年版，第 772 页。

② 《无量寿经》，大众文艺出版社 2004 年版，第 144 页。

第四章

万历抄本《钵中莲》的人物设计

　　万历抄本《钵中莲》是一部民间戏曲舞台脚本。它叙述了青年王合瑞愤杀奸夫淫妇出家为僧成佛的故事。它在人物设计上有着鲜明的民间喜剧特色。它是一部十六出戏的剧本，整本戏可以演出一晚唱完。按说如此长度的戏应该是民间大戏了，就该以大戏的角色、大戏的结构来编撰故事，但该剧却更像几个独立的小戏串联起来的一本戏。明代大戏行当分生旦净末丑五大类型，生旦为男女主角。但《钵中莲》则有所不同，是以生、贴（有时是小旦）为主角，丑、副的戏也很多，明显具有很多民间小戏的痕迹。民间小戏的角色有二小（小丑、小旦）或三小（小旦、小丑、小生）。《钵中莲》的角色也主要是小生、小旦、小丑。大戏女角以旦为主，小戏则重小旦。旦角一般扮演女性，《钵中莲》中的旦角连女角都不是，基本上是一些男性神、佛，这与通常的大戏有很大差异，而且，旦角戏还远远没有贴或小旦的戏多，只不过是匆匆过场的人物，很不重要。事实上《钵中莲》的主角是一对夫妻，理应是以生、旦扮之。可女主角却由贴或小旦扮演，原因也许是多方面的，一是该剧属于民间戏剧，起源于民间小戏，女性的主角是小旦；二是大戏的角色旦，是正角，所扮演的妇女一般都是正面人物，而剧中的女角却是反面人物；三是民间戏曲观众喜欢热闹，以小旦、小丑为主要角色的比以生旦为主的戏更有戏味，舞台的气氛更活跃。

　　《钵中莲》的人物设计分两类人物角色，一类是肯定人物，姑且称为A线人物即生角王合瑞为主和由生角连接起来的帮助生角所扮人物完成出家修炼成佛大业的人物群体，如窑主李思泉、观音、韦驮、众伽蓝神、大和尚和五雷正神等；另一类是否定人物，即由贴或小旦所扮演的殷凤珠和与她关联的、与她鬼混或与她为难的人物，如副角韩成、丑角卖水果的、净角补缸匠顾老儿、丑角土地爷、旦角井泉童子、外角东厨司命、小生门丞、老旦户尉、末角瓦将军、副角住宅土地、净角钟馗、生角石敢当等。两类人物，两条线索（A 线和 B 线），一条叙王合瑞得道成佛，另一条是殷凤珠堕落被歼，各自发展，只是有时相交，而且都是在非常时刻要人命时相交。第一次是在第六出《杀窑》，A 线的主角王合瑞与 B 线的奸夫韩成相遇，王合瑞杀死了韩成。紧接着第七出《逼毙》，A 线的主角与 B 线的主角相遇，王合瑞逼死了殷凤珠。第三次是在第十五出《雷殛》，A 线的主角与 B 线的主角再次相遇，殷凤珠僵尸鬼要杀害王合瑞却被五雷正神歼灭。由于有此三次相遇，各自的故事才得以串联在一起构成一个故事整体。但整体还是以 A 线为主线，以 B 线为副线，B 线成了 A 线人物实现理想的干扰源。随着 B 线主人公被除掉，B 线也就消失，A 线人物也就自然完成功业。

第一节　A 线人物设计

A 线主人公王合瑞，剧作者是把他作为肯定的人物来塑造的。首先，王合瑞具有勤劳务实、诚信可靠、持重老成、热情好客、嫉恶如仇的个性。王合瑞外出经商，遇海难死里逃生，得窑主收留，烧窑度日，辛勤工作，诚实做人，得到窑主的信任。窑主要出去收债，便把窑业交给他管理。他尽心尽责，小心料理土窑，烧出的全是好缸。为答谢窑神的保佑，他和众窑工集资办牲礼庆祝窑神生日。众窑工要回去与家人团聚，他极通情理，给他们放假数天，自己一个人留守。这样，剧作者给王合瑞安排了一个可以单独与韩成见面的机会，A 线的人物和 B 线的人物首次相遇。高明的艺人在此前早已把一切大小关目安排好，为王合瑞与韩成的冲突蓄足了气势。就王合瑞而言，他长年流落异地，家中消息无从得知，他最不放心的就是家中娇妻的忠贞度，家乡人韩成的到来，他自然非常高兴。对韩成而言，他淫人妻子，又随身带情妇的信物，出差到此，被窑神令鬼卒弄阴风刮到土窑地面来。偏巧冤家对头，自己犯下的罪孽得到了报应。而窑主、窑工的纷纷离去，没有外人，使王合瑞能在绝对保密的情况下手刃奸夫。

一切安排就绪，王、韩交锋很快就展开。王合瑞事先得到窑神托梦指点，仔细琢磨着窑神给的偈语："牢记着半边朝字韦相砌，王孙姓系仔细详推"。他想到"韩"字，想到可能是妻子与姓韩的人有染。正当他自斟独酌，借酒浇愁之时，韩成敲门求宿。王合瑞开门纳客，落落大方。韩成提出愿出房金答谢，王合瑞拒不收金，大有君子风度。他待客非常热情周到，显示出古道热肠。他主动上前寒暄："请了，想未曾用晚膳"，得知对方尚未用餐，立即添菜斟酒："若不嫌残，有现成之物在此，请进来。"对方显得不好意思，他十分慷慨地说："哟！四海之内，皆兄弟也！不消客气，请过来。"两人举杯共饮，席间作为东道主的王合瑞自然问起对方的姓氏籍贯。对方说出其姓韩，王合瑞不禁心头一紧，"韩"字正与偈语相合。对方说出家住湖口县，王合瑞更是聚神敛气，盘算着如何从其口中套出家事来。交谈之中，王合瑞显得足智多谋，老练沉稳。明明是自己身世家事，却总能以旁观者的身份置之，这样足使言者无忌，畅所欲言。相比之下，韩成则显得轻浮孟浪，口无遮拦，缺乏戒心：

> （生）好说。足下既是湖口县，可认得一个王合瑞么？（副）素闻其名，从未会面；他的尊阃么，与我倒有交往。（生）什么交往？（副）阿呀，失言了。（生）哟，风花雪月，人之常情。你我虽系初交，渐渐已成莫逆。何用得言参假真？纵把风情卖，不算败闺门。（副）【前腔】邻居灯火素相亲，没个些儿胡混。足下为何知道王合瑞呢？（生）他曾昔年到我窑内做些交易，如今许久不来，闻说早已死了。（副）呵，竟死了！（生）死了耶。（副）阿呀呀，谢天地！伊妻可免长孤窘，不消守松筠清韵。

这第一轮交锋，王合瑞早有准备，稳占上风。同样是打听消息，王合瑞能以局外人身份冷静处置，不显山露水，故能套出真言。韩成与殷氏偷情，打得正火热，得意冲昏了头脑，急于要探听王合瑞下落，毫无防范之心。王合瑞暗设机关，布下圈套让对方钻，故意说王合瑞已死，以观察其反应，看到韩成手舞足蹈、欣喜若狂，这就初步证实了韩成与殷氏有染。这时，他自然是气不打一处来，却能沉住气，作更多的了解，获得更有力的证据。他问殷氏容貌，问他为何不娶过去，一一证实了心中的存疑。至此，王合瑞已得到了韩成的口实，知道自己的妻子确实已红杏出墙。他还继续往下设套，盛夸对方艳福不浅，使对方洋洋自得，竟拿出殷氏所赠金钗相示。王合瑞一睹旧物，几乎无法抑制心中的怒火："（生作背介）阿呀！（唱）原赃亲认果然真，难教心中容忍。""作背介"是中国戏曲特有的舞台动作。"背"是背对场上之人，而面对台下观众，他所说的话便是旁白。他把自己的心里话说给观众，而背着场上之人。这样的表演最能表现人物不好展示给场上人的内心世界，不这样表演不足以把王合瑞的怒气表现出来。

王合瑞十分聪明，极富克制力。他并不是怒不可遏地大打出手，重揍奸夫解恨，而是托言说自己也想给相好送股金钗，苦于没有好式样，想借来照样打一股，自然得到许可。有了物证，证实对方就是奸夫，他嫉恶如仇，怒火中烧，决定自己动手除奸。他按着计划，先将韩成灌醉。他频频向韩成敬酒，态度非常诚恳，言语甚是讨人喜欢，什么"吃个成双杯，好与王大娘成亲"。韩成越发得意，豁了出去，一醉酬知己，结果被灌得酩酊大醉，沉睡过去。王合瑞做事小心谨慎，试推了一把，发现对方确实已经睡熟，这才从容镇定地走到厨房，取出菜刀，把全身的怒气都发泄在其身上，"狗男女吃吾一刀"，猛力挥刀砍下去，将奸夫杀死。

王合瑞富有心计。他明白自己这样做是犯法的，弄不好要吃官司。"自古捉奸见双，如今正杀得一人，又不杀在奸所，一些没有质证，纵使埋好了尸首，终非美事。"他想方设法消灭罪证，不留痕迹。他砍下韩成的头颅，用石灰炝之，以便带回去给妻子看，使她无法抵赖。并将韩成尸体和上泥土，叉入窑内，锻炼成缸，"一来可以灭迹，二来胜似扬灰，岂不两全？"就这样他把杀人之事弄得十分妥帖，不露蛛丝马迹。

其次，王合瑞被塑造成冷酷无情之人。《逼毙》是最能展现王合瑞这一特性的重场戏。王合瑞"将尸骨关文，一并焚化，不多一日，锻炼成缸"之后，接受窑主的赠金，告辞回乡，根本就不打算按照窑主的嘱托再回来帮助他经营生意。他径直回家审问妻子，有条不紊地出示证据，使妻子无法诡辩，只得承认奸情。妻子哀求其看在夫妻情面上饶她一命，但他无动于衷，仿佛长了铁石心肠一样。可见他与殷氏虽是夫妻却无夫妻之情。因为妻子的不忠，并不是非要处死不可，也可以将其休弃，但他根本就不考虑别的，一心要灭妻。从这里也可以看出他是个感情淡漠的人，毫无宽容之心。从杀韩成现场看，手段之残忍，也是令人发指的。而其杀妻，比杀韩成手段更毒辣。杀韩成是在将对方灌醉，使对方不知情的情况下进行的。而杀妻却是明杀而且是命令自杀，实在是够残酷的，没有人性，不近人情，却标榜自己仁慈，"吓，也罢，且看夫妻情分，把你一个全尸，哪，盐卤、索子、刀，由你寻那一门路去。"妻子苦苦求饶，他硬下心肠，冷若冰霜，狠狠相逼："哎！若再迟延，要待我来动手！"俨然一个催命鬼，哪有一点夫妻情分？他只是急于雪耻，根本就不考虑是什么原因导致妻子的不忠。没有设身处地为对方想一想。诚然，在封建社会里杀奸夫淫妇是一种令人赞许的事情，民间剧作家受时代的局限，把王合瑞的行为当义举来歌颂，唯有这样，才使他看破红尘，断绝尘念，六根清净，但客观上王合瑞却是连毙两条人命的凶手。妻子曾向他认罪，表示忏悔，要改过自新："想奴家一个初犯"。他则恶狠狠地将此路堵死："放屁！谁怕你再犯么？"可见其已全然丧失了本性，成了无情之物。

殷氏服卤自杀后，王合瑞彻底解恨。他买来棺木盛殓。如何安葬，他内心充满矛盾："这淫妇的棺木就将来火化了，恐外人谈论太过；若是殡葬，也没有把他这样安稳。"他对妻子的恨深到骨髓，死也不让其身埋黄土，还想到火化，又怕人说其绝情，最后决定把棺材搁置在王思诚家的空园内，使其成为游鬼，没处安身。这实际上还是变相惩罚妻子，是冷漠无情的表现。

最后，剧作者把王合瑞塑造成有佛门根器的人。剧作者在剧本开头第一出《佛口》就通过观音菩萨之口说他"夙有佛门根器，可参大道，诚证菩提"。他萌发出家念头是在海运遇难死里逃生，烧缸为业之时："想我在此，定无出头之日，欲回乡井，无从设措盘缠，不如早早焚修，强似烧缸度日。"他之所以迟迟不出家，是因为还惦记着家里。他表示"若果是鸳鸯浪打分南北，那时节拼此形孤，誓出家，无虚假"。事情果如他所料，妻子背叛了他，与人同居，他愤然杀死奸夫淫妇，打算出家，但又留恋红尘，想重操旧业，贸易江湖，还想再度婚姻，传宗接代。众伽蓝纷纷下凡点化，王合瑞还是犹豫不决。直到后来到护国院听了大和尚讲经之后，他才明白了经义，决意皈依佛教："我坚如铁石无他念，莫生疑安禅有验。"他终于接受了大和尚剃度了。他虔诚焚修，功业长进。一次，他在收取施主布施的斋饭时，与殷氏僵尸相遇，顿起波澜。殷氏僵尸认出了他，誓要报仇，王合瑞不知道僵尸正是其妻，劝其退避："凭你怎样打墙，补起大悲咒来不是当耍的，还不回避！"殷氏僵尸根本不惧这一套，解下汗巾要勒死他。王合瑞吓得直呼救命。护法使者韦驮闻声赶来救难。王合瑞脱险，询问刚才那鬼是谁。韦驮告诉他，那厉鬼正是殷氏，已遭雷殛了。王合瑞如局外人一般，心灵未受震动，丝毫没有亲情感。"弟子一路跟来，并不听见什么雷响？"唯恐其妻还未被雷殛似的，的确修炼到家了。他跟着韦驮到了普陀山，受到观音菩萨的迎接。观音菩萨命令众罗汉将王合瑞三生之事逐一点明，王合瑞彻底悟道："最终觉翻然悔悟，保从今挣脱了那危途。"他接过了钵盂，成为观音莲座前的捧钵使者。王合瑞形象的塑造至此最终完成。

与生角联结的 A 线人物是窑主、窑工、和尚、神佛等，他们是被肯定的人物，都是对王合瑞有过帮助的，或是帮其渡过生活难关，或是劝其修炼，没有发生过什么冲突，因而没有什么戏味，人物形象也缺乏个性。

第二节　B 线人物设计

B 线人物的主角殷凤珠由两个角色扮演，生前由贴扮，死后成僵尸由小旦扮，恢复原形时又复由贴扮。她被设计为一个风流少妇："年方二十岁，性喜风流。"如此柔情似水的青春女子丈夫却多年在外，久出不归，杳无音信，不知是死是活，生活对于她来说是不公平的，孤身一个女子家，在那样的社会里是难以生存的，她的凄凉孤独是显而易见的。她也曾想到"别寻头路，免得守此活寡。天吓！但愿那短命的早报死信回来，倒好安心择人再醮"。可见她对丈夫是没有什么爱情可言的，她敢于冲破封建礼教的樊篱，敢于再醮，但又安分守己，要等丈夫死信方才再醮。尽管第三出《调情》殷凤珠自报家门时没有交代自己是如何与王合瑞结婚的，但我们从第十六出《钵圆》中众罗汉将王合瑞三生之事逐件数说中也能略知一二。如【浪淘沙】："此是祸根株，再世进呼，你淫伊闺女奔他途，致彼父终身蒙玷也，报应何如？"显然，二人婚前已发生过性行为，遭到世人鄙夷。不管是相悦苟合，还是利诱或胁逼而致，都是不为封建礼法所容的。王合瑞也很清楚其妻的品行，在第二出《思家》自报家门时，就担心："但天涯远隔，音信难通，料我必死他乡，怎肯青年守寡？此时再醮，也未可知。咳！若果别抱琵琶呢，到干净；倘或做出不尴不尬的事来，岂不玷辱门风！"果如王合瑞所料，殷凤珠真的不甘寂寞，与县里捕头韩成鬼混上了。她之所以这样做，一是喜他"颇有银钱使用，家中衣食无亏"；二是"又喜他识趣知情，消受些风花雪月"。这种露水恩情是游移不定的，双方都是出于性需要而寻欢作乐的，并不是为订终身为来。所以，数日不见韩成踪影，殷凤珠就怀疑他"莫是别恋烟花，又把奴来撇？"卖水果的适时而至，搅动了她的春心。卖水果的为其花容月貌所迷，借介绍水果为名故意挑逗她，语语着色相。她句句听得分明，并不气得跑开，却故作生气，与其斗嘴，话中含情。深谙此道的卖水果的看出有机可乘，步步为营，得寸进尺。殷凤珠半推半就，心花怒放。

> （丑）且慢。我还要动问大娘的尊姓。（贴）哪，生是生非的王大娘，就是我了。（丑）失敬。（贴）卖水果的。（丑）在。（贴）你在此耽搁久了，可不抱怨我么？（丑）只要王大娘见爱，我就耽搁上一年，也不值得什么。（贴）你这个人倒也知情识趣。（丑）什么知情识趣，无非见了你这风风月月、标标致致、袅袅娜娜、齐齐整整的王大娘，弄得来藕断丝不断罢了。（贴）也难为你。（丑）看来甘蔗好同柑榄吃了。唅，大娘。（贴）怎么？（丑）我有句刮肠刮肚的说话在这里。不知可说得么？（贴）但说不妨。（丑）不好，恐怕就要面试起来，你不要怪我的。（贴）谁来怪你！（丑）如此我个王大娘吓……

二人谈得情投意合，竟至搂抱进房野合。不管怎么说，殷氏都是出于自愿的，即使也算得是个性解放的实际行动，对封建礼教产生巨大的冲击力，但这种行为也不值得肯定。民间剧作家只不过是借此来渲染殷氏的"淫荡"，加重其罪孽而已。因为一是她是有夫之妇；二是她与韩成是情人，有过长久交往，韩成供她衣食，与她同居，成了她事实上的丈夫，如果她有真情，也该对他负责，忠贞于他；三是卖水果的并非她思慕的偶像，不是她想托终身的人，仅仅是"知情识趣"而已，又是素昧平生之人。她对他还缺乏了解，也不打算了解，与他苟合，完全是性冲动所致，没有任何理性可言。她的思想新潮，行为大胆，是晚明社会思潮、腐败风气的产物。

殷凤珠对韩成真诚的爱，实际上起因于韩成要出公差离开她数月这件事。她直到此时才觉得自己已离不开韩成了，动了真情，哭了起来，坦然表白："咳！想你我前世宿缘，才得今生欢会，正欲思量一长久之计，不想又要远行，教奴怎么不伤心吓！"她拔下金钗，送给韩成，留作纪念，意味着要将终生托付于韩成。从此时起她的爱情独钟于韩成。

在《逼毙》一出里，殷凤珠听到敲门声音首先想到的就是韩成，故开门便说："可是韩……"一旦发现是丈夫时，吓得直打哆嗦。王合瑞是要回来跟她算总账的，故语带锋芒，她都能一一应付，守口如瓶。直到王合瑞从木桶内取出韩成首级时，她的心理防线才完全崩溃了。韩成之死，使她的全部希望都落空了。她承认自己对不起丈夫，有失妇道，但她并不像潘金莲那样谋害亲夫，并非十恶不赦，故她敢于向丈夫求饶："阿呀官人吓，可看往日夫妻之情分，恕奴家一个初犯。"求饶无效，面对死亡，她作出了忏悔："阿呀，殷氏吓，殷氏！（唱）你从前本失志，贪情嗜。到如今拚服卤，将身试？"没有抗议，没有悲啼，自以为是罪有应得，服卤身死。她至死也不明白是社会的不公，把她推向死路。男人可以娶三妻四妾，可以在外面眠花宿柳，偷香窃玉，不算罪过，而作为女人，则只能默受男人对自己的不贞，自己必须忠于丈夫，稍有不慎，就要遭殃。殷氏的悲剧因淫而起，而其淫是天性经不起男性的挑逗所起，也是多年不能过夫妻生活所致，作为丈夫，王合瑞也有不可推卸的责任，但在男权社会里，王合瑞没有丝毫自责，殷氏以死承担一切罪过。

　　殷氏死后，一灵不散，变成僵尸，被设计为爱情专一、勇于抗争的典型形象。此时角色已转换为小旦所扮。她念念不忘"韩郎旧时恩爱，希图再卜来生，可践镜约。每在花前月下，虔心拜祷天神，倘能再结尘缘，益感天高地厚"。可见，她对韩成一往情深，渴望再结来生缘和韩成终成连理。她虽为鬼，但并不为祸，可是土地神却不容她安身，要对她进行大肆掠夺，向她索要例规礼钱。殷氏坚决不从，奋起反抗："哦，你诈赃不遂，妄想行强，就装什么威势出来，也多奈何我不得。"土地神自讨没趣，但不甘心，急忙纠集井泉童子、东厨司命、门丞、户尉、瓦将军、住宅土地、钟馗、石敢当等神祇围攻殷氏。殷氏僵尸临危不惧，从容镇定，大胆揭露土地神的丑恶用心，分化瓦解了敌人："非我不破囊悭，也只为分文难办。那里去人情强做邀青盼，因此上诈言千万。"众神祇听罢同声责难土地神："原来不受需索，故尔巧作煽言。若非当面道明，险些听人驱使。"土地神出乖露丑，恼羞成怒，仗势欺人。殷氏僵尸据理力争，强硬到底，决不屈从于土地神的淫威，"要想拿我，除非做梦！"她的斗争取得了胜利，土地神对她无可奈何。殷氏似水柔情全部留给了心上人韩成。在第十三出《冥晤》中，她不辞辛苦为爱情："纵似蚕僵不悔淫，重出桐棺待访寻。"功夫不负有心人，殷氏全身心访寻情人，终于机会来了。看到鬼卒手持短锤单鞭带领戴锁铐长枷的韩成上场，殷氏惊喜交集："吓，那来的，不是韩郎么！"她全然不顾鬼卒在场，上前拥抱韩成，"且图一快！"鬼卒上前阻拦住道："呔！这是什么所在！（唱）辄敢胡柴，入酆都休图欢爱。"殷氏与韩成一道恳求鬼卒行方便，唱："风流债，牡丹花下依然在，虽为鬼时谁撇开。"他们的痴情感动了鬼卒，得到了细叙衷情的机会。殷氏表示"同心期后来，鸾凤再偕，恩酬彼苍岂惜财，转世投胎，若果遂私怀也，例守松筠，莫敢胡歪。"这就表明她的爱情专一了，表示只要来生能与韩成结为夫妻，她一定会忠于他，绝对不会胡来。这从另一角度看，如果当时社会婚姻自主，她完全可以跟韩成结合，悲剧也许就不会发生。韩成很悲观，因为他已尸首不全，瓦缸跌破，粉身碎骨，要求殷氏请工匠将缸补好。殷氏一口应承了下来。

请人补缸，对于殷氏僵尸来说是何等的困难。首先是人鬼殊途，交往不便；其次是僵尸已失容貌，样子吓人；最后是居无住所，又无钱财。凭着对韩成的炽热的爱，她使出全身的解数，摇身一变，恢复了原貌，并将王氏空园幻化为王家庄，把困难一一克服。补缸匠顾老儿到来，她懂得讨价还价，压低了价钱。但由于顾老儿不正经，欣赏女色入迷，失手将缸跌破，无法再补了。殷氏要他赔缸，要拉他去见官，顾老儿吓得连忙跪下求饶，拜她做干娘，她的心马上又软了下来，"奴家心里最慈祥，叫声老儿起来吧！"并警告他放稳重些，要他发誓："从今再不看娇娘"。她简直是换一个人似的，彻底洗心革面了。以前喜好风流，如今却能教人戒淫，实属可喜。谁知顾老儿不听劝告，死皮赖脸要和她同宿，殷氏婉言拒绝了。她忠于韩成，道"阿呀，这一只缸乃是韩郎所托，今被击碎，还有何颜见韩郎于地下？"她急追补缸匠，完全是为了完成心上人的重托，是为情而行的，但她的这种情也不为社会所容，五雷正神将其击毙，可以说殷凤珠是第二次为情而死的。

B线人物基本上都是些否定的人物，都是些小丑式的人物，整部戏最有戏味的也正是B线人物的戏，如果说A线人物演的是正剧，那么B线人物演的就是喜剧了。所有好戏都是B线人物的戏。民间艺人从戏剧娱人的目的出发，特别善于塑造丑角形象。女主角不由旦扮而由贴扮，小旦扮，就是一个很好的注脚，殷氏简直是女角中丑角。在男角中，所有被调侃的人物都是B线人物，共有两类，一类是人间好色之徒，如韩成，卖水果的和顾老儿；另一类是地域神，如土地神、家堂六神等，他们都与殷氏发生过冲突，正是冲突产生了戏剧性。

同为好色之徒，有共性，也有个性。韩成性浮，他嫖赌成习，长期与有夫之妇通奸，还恬不知耻地把这当风流韵事向人夸耀，连心上人送的爱情信物也拿出来炫耀，轻浮招来了杀身之祸。卖水果的性浪，才思敏捷，幽默风趣，胆大心细，极尽调情之能事，轻而易举地把殷氏哄得心动，正当二人寻欢之时，韩成撞了进来，殷氏惊慌失措，他却面无惧色，与韩成展开舌战，继而动武，把倚官托势的韩成当场打败，扬长而去。与卖水果的不同，补缸匠顾老儿性粘，死皮赖脸，虽然他也敢于调情，但不及卖水果的油嘴滑舌，能说会道，讨人喜欢，虽然他也大胆求爱，却不及卖水果的手段高明，他之所以屡屡失败，一则因自己年纪大，缺乏魅力，二则因殷氏是鬼而非人，且殷氏已专情于韩成。

此外的 B 线人物主要是一些地域神，为首的是丑角所扮的土地神。他无德无能，仗势欺人，是土豪劣绅的典型。他向新鬼殷氏索要常例钱，因要不到便发动家堂六神和钟馗一道捉鬼，表面上是主持正义，维持治安，实际上是欺凌百姓。而家堂六神和钟馗却不听使唤，一个个身在其位，不谋其政，自私自利，不肯出力。结果土地神捉鬼不成，反丢尽了老脸，暴露其贪婪的本性。

在文人大写特写帝王将相、才子佳人戏剧的同时，民间艺人把视角转向了和自己一样的普通人。《钵中莲》写的是最普通不过的人物。小商人、窑主、窑工、村妇、货郎、补缸匠。就是所写的神佛故事也不是惊天动地的业绩，而是平平常常劝人向佛之事。剧作富有魅力，因而剧作赢得了人民群众的喜爱，直到今天，好些剧种还保留着其中的《补缸》等剧目。清朝嘉庆年间内廷南府戏班还演出缩写本《钵中莲》，看来上层统治者也为剧中的鲜活的人物形象所吸引了。花部戏战胜雅部戏，民间戏剧战胜文人戏剧，《钵中莲》实有披荆斩棘开路先锋之功。

（该章曾以《论〈钵中莲〉的人物设计》为题，发表于《河南师范大学学报》2003 年第 2 期）

第五章

万历抄本《钵中莲》弋阳腔曲律辨析

《钵中莲》是明代万历四十八年手抄脚本，是弋阳腔改革时期的舞台演出本。它广泛吸收了六种地方戏新腔，极大地丰富了唱腔艺术。对于剧种的归属和剧本所吸收的六种新腔，前文已详述。这里是就剧本的主腔——弋阳腔的曲律作些辨析，探讨当时全国最大的声腔剧种之一——弋阳腔改革后的戏曲曲律，以图进一步揭示民间戏曲声腔——弋阳腔的发展规律。

第一节　寻宫数调，以声传情

弋阳腔属于南曲，它是由弋阳地方民歌小调与流传到弋阳的温州腔结合而成。尽管后来弋阳腔又吸收了北曲以及许多地方声腔，但它整体上仍属于南曲范畴，它的大部分宫调曲牌都是出自南戏，只是改调而歌而已。

南戏是中国最古老的剧种之一。据徐渭、祝允明等人的考证，南戏产生于宋代，其声调本是"不叶宫调"，也就是说其本来就是由词、转踏、大曲、民歌等综合发展而成，根本就没有一定的宫调规范。它不像北杂剧主要由诸宫调发展而成，一开始就有一定的宫调可循。这从初期的南戏剧本《张协状元》可以看出。即便是号称"四大传奇"的"荆、刘、拜、杀"也宫调不分，连声名盖世的"南戏之祖"——《琵琶记》也声称"不寻宫数调"。这种情况一直持续到明代万历时期才发生了变化。万历时期文人忽而崇尚北曲，大力呼吁传奇创作要学习北曲按宫论调。陈眉公《琵琶记》评本甚至给本不分宫调的曲子注明宫调，如第二出《高堂称庆》在【瑞鹤仙】曲前标明【正宫引子】，【锦堂月】曲前标明【双调过曲】；第三出《牛氏规奴》，在【雁儿落】曲前标明【仙吕入双调】，在【祝英台近】曲前标明【越调引子】，在【祝英台序】曲前标明【双调过曲】，不一而足。更有在戏曲创作上，有些传奇剧作家身体力行，严格按宫调编戏。如沈璟编戏，每出戏使用何种宫调都一一标明。如《双鱼记》第二出标明用【中吕宫】，第三出标明用【商调】，第四出标明用【中吕引子】和【大石调过曲】、【商调过曲】，第五出标明用【越调】，第六出标明用【仙吕宫】，第七出标明用【中吕宫】，第八出标明用【双调】，第九出标明用【南吕宫】，第十出标明用【南吕】和【越调】等。

受这股尚北思潮的影响，民间戏曲创作也开始效仿文人，寻宫数调，以图使自己的作品也能赢得文人的好感。《钵中莲》就是这种风气中的产物。要知道，此前的弋阳腔传奇大都是元明南戏的改本，都是不在意宫调的。如早期弋阳腔传奇《高文举珍珠记》，共 23 出，按宫论调者只有 3 出，且都是用南【中吕宫】，都只有少数几支曲子。其他各出宫调不论，有的短短三四支曲子一出戏，就选用三种不同的宫调。如第六出《讲学》【水底鱼】属南【越调】过曲，【南吕引】属【南吕宫】，【画眉序】属【黄钟宫】；第十一出《接报》【胡捣练】属【双调】，【一封书】属【仙吕宫】，【驻马听】属【中吕宫】；第十五出《遇虎》【五言令】作引子用，不入宫调，【洞仙歌】属南【正宫】，【清江引】属北【双调】，【驻云飞】属南【中吕】。《钵中莲》是现存不可多得的明代弋阳腔原创剧本，因此，它比别的任何弋阳腔传奇都更具有文献价值。尽管明代弋阳腔传唱很广，但留存下来的弋阳腔全本传奇不多。不过，有了《钵中莲》我们便可以知道，明代弋阳腔唱腔艺术已达到的高度，它的成就绝对不在当时文人创作的昆曲传奇之下。

《钵中莲》作曲，按宫论调，绝不仅仅是乡人凑雅，而更重要的是便于演唱，使每出戏唱起来风格更统一。因为宫调有两大作用：一是规定笛色的高下；二是标志曲子的声情。元杂剧每折戏都有固定的宫调，故其音乐整饬紧凑，不散不乱。明人将北曲这一长处应用到南曲创作中来，应该说是一大进步。这样做更利于刻画人物形象，抒发人物情感。王骥德云："又用宫调，须称事之悲欢苦乐，如游赏则用【仙吕】、【双调】等类，哀怨则用【商调】、【越调】等类，以调合情，容易感动得人。"①《钵中莲》宣扬尚佛戒淫思想，民间宗教色彩浓厚，但由于作者来自民间，立足于民

---

① 王骥德：《曲律》，《中国古典戏曲论著集成》（四），中国戏剧出版社 1959 年版，第137 页。

间，所创作出来的形象却生动活泼，充满浓厚的生活气息。剧作严格按宫论调，以声传情，收到了极强的艺术效果。

第五出《托梦》叙窑神"查得王合瑞之妻殷氏，向与韩成通奸；今夜借宿本窑，数当亲夫杀死，即将尸骨锻炼成缸，归示其妻，数该逼死，复缨雷殛，报应昭彰"。因而托梦给前来拜祭的王合瑞。当夜，众窑工散工，王合瑞独守缸窑。窑神令鬼判将韩成引到缸窑投宿，好让王合瑞下手。这出戏共 9 支曲子：

【粉蝶儿】——【泣颜回】——【石榴花】——【泣颜回】——【斗鹌鹑】——【扑灯蛾】——【上小楼】——【扑灯蛾】——【尾】

全套属【中吕宫】，即小工调，其中【粉蝶儿】是引子，中间七支曲子为过曲，最后一支是尾声。这是一套完整的【中吕宫】曲子。【粉蝶儿】、【石榴花】、【斗鹌鹑】、【上小楼】为窑神独唱曲，表现的是窑神"纠察无私"赏罚分明的赫然声势。【中吕宫】曲调的风格特点是高下闪杀，正好与曲情和谐。【泣颜回】首曲为王合瑞独唱曲，表现其"酬恩赛愿"欲"回江右"的心情。【泣颜回】次曲和【扑灯蛾】首曲为众窑工合唱曲，抒发他们感激窑神呵护之情。【扑灯蛾】次曲为后台"帮合"，描绘了阴森恐怖的情景：

（副背包上，前鬼引副上）（合）【扑灯蛾】稳稳的舟停自由，紧紧的风催疾走，悠悠的魂魄钩，森森的刀斧候，凄凉落寞，亲夫儿等久。杂纷纷残肴未收，浑浊浊剩酒相留，浑浊浊剩酒相留，专待你明明亮亮的私情细剖，狠狠的杀机陡的起了冤仇。

这"合"唱之曲，从唱词内容看，既渲染了眼前恐怖情景，又预示着危机的爆发，非场上之副与前鬼之"合"，乃后台"帮合"。这也是弋阳腔别于昆山腔的地方。昆山腔之"合"，多为台上众人之合，而弋阳腔之"合"为后台帮合。弋阳腔之"众"，才是台上众合。整套曲子以南曲为主，以北曲为辅，南北合套。从曲文看，【斗鹌鹑】与【扑灯蛾】，衬字多，叠字也多，显然是北曲。如窑神所唱【斗鹌鹑】"生受恁炽腾腾宝蜡烧成，炽腾腾宝蜡烧成，馥芬芬名香爇起，摆列着壮骙骙博硕牲牷，壮骙骙博硕牲牷。美甘甘清醇醇也那酒醴。俺这里昭鉴精诚保护伊。一迷价分淑慝，定安危，才显得赫明明赏罚无私，赫明明赏罚无私，洁清清焚修可贵。"南曲无此句法，而北曲比南曲更为高下闪杀。但不管是南曲还是北曲，只要宫调相同，笛色就一样。

第七出《逼毙》也是【中吕宫】套曲：

　　　【粉孩儿】——【红芍药】——【福马郎】——【耍孩儿】——【会河阳】——【缕缕金】——【越恁好】——【红绣鞋】——【尾声】

虽然在【红芍药】和【耍孩儿】之间插入贴唱的一支粗曲——南正宫过曲【福马郎】，但也符合南曲戏文的规范。这套曲子严格按照沈璟《南曲全谱》排顺序，先是慢曲，后是紧曲，最后从容收煞，正好表现王合瑞怒不可遏、愤而杀妻的情感。如【红绣鞋】表现心理活动非常到位：

　　　（生）阿呀狗淫妇呵！【红绣鞋】若非明示身尸，身尸，尚图胡赖些儿，些儿。吓，这狗淫妇进去了半晌，怎么一些声也没有？不知干什么勾当，待我看来。（作看鬼门介）吓，原来服卤而死了！哈哈哈！好！才是我，气消时。虽泼贱，自寻死；如暴露，失仁慈。

南北合套是弋阳腔常用的组套手法。高亢激昂的弋阳腔比柔婉缠绵的昆山腔更宜唱北曲。对此，李渔分析得很具体：

　　　推其（指《南西厢》）初意，亦有可原，不过因北本为词曲之豪，人人赞羡，但可被之管弦，不便奏诸场上。但宜于弋阳、四平等俗优，不便强施于昆调，以系北曲而非南曲也。慈请先言其故。北曲一折，止隶一人。虽有数人在场，其曲止出一口，从无互歌、迭咏之事。弋阳、四平等腔，字多音少，一泄而尽。又有一人启口，数人接腔者，名为一人，实出众口，故演《北西厢》甚易。昆调悠长，一

字可抵数字。每唱一曲，又必一人始之，一人终之，无可助一
臂者。①

又说：

　　予生平最恶弋阳、四平等剧，见则趋而避之，但闻搬演《西厢》
则乐观恐后。何也？以其腔调虽恶，而曲文未改，仍是完全不破之
《西厢》。②

　　由此可知，弋阳腔既可改调歌南戏，又可按原本唱北曲，昆曲难当此
任。这说明弋阳腔兼容性强，可将南北曲兼收并蓄。剧中第四出《赠
钗》，第五出《托梦》，第九出《神哄》，第十一出《点悟》，第十三出
《冥晤》，第十六出《圆钵》，都是南北合套，16 出戏就有 6 出南北合套，
比例达三分之一强。这在戏曲史上实属罕见。
　　南北合套也有一定的规律可循。《钵中莲》基本能按照同一宫调合套
的原则。第四出《赠钗》采用了北【仙吕】（【双调】出入）【寄生草】、
北【双调】【清江引】与民歌【风花对】、【剪剪花】合套。此套属【双
调】，风格是健捷激袅。第五出《托梦》，上文已分析。第九出《神哄》，
由南【南吕】【引子】、【中吕】【四边静】与北【耍孩儿】、【五煞】、
【四煞】、【三煞】、【二煞】、【一煞】、【煞尾】合套。奇怪的是【四边
静】、【临江仙】在昆曲中通常不与【耍孩儿】合套，而这里却不忌讳。
该套归属【中吕宫】。第十一出《点悟》南北曲相间使用：【北醉花阴】、
【南画眉序】、【佛经】、【北喜迁莺】、【耍孩儿】、【南画眉序】、【北出队
子】、【南滴溜子】、【赞子】、【北刮地风】、【南滴滴金】、【北四门子】、
【西江月】、【南鲍老催】、【北水仙子】、【南双声子】、【北煞尾】共 17 支
曲子。该套属【黄钟宫】，风格是富贵缠绵。其中【佛经】、【赞子】为
佛曲，属插入粗曲，南北曲谱皆无此等曲牌。第十三出《冥晤》以北曲
开场，主体曲却为南曲：【北赏花时】、【么篇】、【南梁州赚】、【前腔】、
【南香罗带】、【前腔】、【临江仙】、【前腔】。该套曲子借宫犯调，【赏花

---

　　①　李渔：《闲情偶寄》，《中国古典戏曲论著集成》（七），中国戏剧出版社 1959 年版，第
33 页。

　　②　同上书，第 34 页。

时】属北【仙吕】,【梁州赚】、【香罗带】、【临江仙】属南【南吕宫】,主体音乐仍为【南吕宫】,风格是感伤悲叹。该出戏叙奸夫淫妇阴间相逢,互诉衷情,冥暗之痛楚表现得绝不亚于人间生离死别。二鬼侣时而独唱,时而对唱,时而混唱,时而曲中夹白,以悲愤苍劲的北曲开头,以凄凉难耐的南曲为主体,由女声起唱,又由女声结唱,中间男女混唱,情鬼怨魂悲歌尖厉凄清,没有别的宫调比【南吕宫】更能表现这对痴情厉鬼的痛苦之情了。第十六出《钵圆》以南曲为主,属【仙吕宫】,也有借宫犯调的现象。北曲有【点绛唇】、【混江龙】、【沽美酒】,南曲有【浪淘沙】6支、【沉醉东风】4支和【煞尾】。北曲【沽美酒】属【双调】,南曲【沉醉东风】属【仙吕入双调】。【仙吕宫】调性有三:小工调、凡调与尺调。【双调】调性有二:正工调、乙字调。二者笛色不同,却同作一套,显然违犯了曲律。这说明《钵中莲》仍未能完全走出南戏旧腔老路。

　　《钵中莲》第十二出《听经》,曲调古老,组套之法也陈旧,由【朝元令】、【入破】、【中滚】、【出破】组成。此法清陆贻典抄本《琵琶记》第十五出曾使用过。曲牌排列是这样的:【北点绛唇】、【北混江龙】、【点绛唇】、【神仗儿】、【滴溜子】、【入破第一】、【破第二】、【衮第三】、【歇拍】、【中衮第五】、【煞尾】、【出破】、【神仗儿】、【滴溜子】、【前腔】、【啄木儿】、【前腔】、【三段子】、【归朝欢】。相比之下,《钵中莲》较简约,但不完整。【出破】是不能作为套曲的收尾的,【出破】之后最起码还应再作一曲。抄本有一小注说:此处有【江神子】一曲在后。但只见其名,不见曲文。【入破】一曲多达31句,而《琵琶记》【入破第一】与【破第二】两曲加起来才29句。是剧作者误将二曲合为一曲还是弋阳腔腔长所致,不可得知。【朝元令】属南【仙吕入双调】过曲,佚曲【江神子】属南【越调】过曲。而【入破】、【中滚】、【出破】属南【越调】,显然【朝元令】是犯调。不过,按一般曲谱的说法,【小石调】与【越调】、【双调】出入。【双调】调性为小工调、尺字调;【越调】调性为小工调、凡字调。二者有相同的调性:小工调。这是相通之处。总体而言,《钵中莲》的宫调组套还是比较规范的。再者,【朝元令】是引子。引子,一般都是干唱,且都是散板,可以不拘宫调。

第二节　谨守曲牌体式,句法平仄分明

　　南曲衬字少,比北曲在句法字数上更应讲究。近人吴梅指出:"每牌

必有一定之声，移动不得些微，往往有标明某宫某牌，而所作句法，全非本调者，令人无从制谱，此不得以不知音三字诿罪也。"①万历后期以前的弋阳腔传奇和南戏一样，曲牌体式和平仄都较混乱，没有曲谱可依，或多句少句，或多字少字，平仄不论，适性而为之。如《高文举珍珠记》中《自叹》【懒画眉】："少甚么龙楼凤阁，做成梁栋材？也有薇省兰堂做成词赋魁，也有金门玉殿传天街，也有阃帅琴堂在，似这等十谒朱门九不开。"字格是七、五、十一、九、七、十，曲谱是：上上平平平去入，去平平去平，上上平上平平去平平去平，上上平平入去上平平，上上上去平平去，去去上入入平平上入平。而明沈璟《南曲全谱》引《琵琶记》例字格是七七七五七。相比之下，《高文举珍珠记》【懒画眉】多出一句，只有一句字数相同。而《琵琶记》曲谱是：去入平平上平平，上入平平平去平，去平作平去去平平，入去平平去，作平去平平平去平。"作平"，即入声作平声，意即此处可用平声。两者平仄相去甚远。《钵中莲》则无论是单曲，还是集曲，都谨守曲牌体式，平仄分明。

单曲，即单独一支曲子，不与他曲相混。不管是由词还是由大曲等形式发展而来，南戏单曲字数平仄一经形成就固定了下来，成为曲律。如第二出《思家》曲子【如梦令】6句33字："自是栖迟异地，俯仰全无惬意；身体幸平安，刻感佛天遮庇！生计，生计，勉强土窑萍寄。"曲律与词律差不多。字格是：六六五六二二六。曲谱是：去去平平去去，上上平平入去，平平去平平，入上入平平去，平去，平去，上上上平平去。

引子用单曲，是传奇中重要脚色登场时所用的第一支曲子。一出戏中一人只能用一个引子。引子的内容"务以寥寥数言，道尽本人一腔心事，又且蕴酿全部精神，犹家门之括尽无遗也"②。作引子"须以自己之肾肠，代他人之口吻。盖一人登场，必有几句紧要说话，我设以身处其地，模写其似；却调停句法，点检字面，使一折之事头，先以数语该括尽之，勿晦勿泛，此是真谛"③。其音乐特点则是"自来唱引子，皆于句尽处用一底板；词隐于用韵句下板，其不韵句止以鼓点之，谱中只加小圈读断，

①　吴梅：《顾曲尘谈》，王卫民《吴梅戏曲论文集》，中国戏剧出版社1983年版，第22页。

②　李渔：《闲情偶寄》，《中国古典戏曲论著集成》（七），中国戏剧出版社1959年版，第67页。

③　王骥德：《曲律》，《中国古典戏曲论著集成》（四），中国戏剧出版社1959年版，第153页。

此是定论"①。角色上场，不一定用引子。钱南扬先生说："在某些情况下，可以不用引子：一、用过曲代替引子；二、用上场诗代替引子；三、某些过曲习惯在它前面不用引子。"②《钵中莲》第一出《佛口》、第二出《思家》、第八出《拜月》、第九出《神哄》、第十二出《听经》、第十五出《雷殛》都是用过曲代替引子。第十一出《点悟》、第十三出《冥晤》、第十六出《钵圆》均以北曲开场。北曲没有引子。第四出《赠钗》副扮韩成以上场诗【西江月】作首，无引子。重要人物登场唱引子的有第三出《调情》，贴上唱南【商调】引子【绕池游】，第五出《托梦》窑神上唱南【中吕宫】引子【粉蝶儿】，第六出《杀窑》生上唱南【南吕宫】引子【虞美人】，第七出《逼毙》贴上唱南【中吕宫】引子【粉蝶儿】。4 支引子有 3 支照常只唱一阕，独【虞美人】例外，唱 2 阕："家乡千里何时返？废寝长叹。萧条形影伴谁人？孤月凄清消闷强移樽。下酒何消看汉书，乡情恋恋极难舒；今宵坐对孤灯闪，且破工夫忆梦初。" 曲子抒发愁情浓重可感，风格豪放。上阕基本能按【虞美人】体式填词，下阕则较随意。字格是七四七九，七七七七。曲谱是：平平平上平平上，去上平去，平平平上去平平。平入平平平去平平平。去上平平去去平，平平去去入平平，平平去去平平上，上去平平入去平。按《南曲全谱》所引《琵琶记》例，则为七五七九。平平平上平平上，去去平平上，平平平上上平平，平上平平平去上平平。按词律下阕亦应是七五七九。在这里，句数无差而字数相符者为第一、第三、第四、第五、第七等句。第一句声调合律，其他各句均有出入。可见，弋阳腔的引子是较随意的。不过这曲子有两处声调很美，极为动听，超过了《南曲全谱》的范例。第一处是"废寝"，去上连用；第二处是"且破"，上去连用。"去上"或"上去"连用当是音乐中"务头"。沈璟编《南曲全谱》每遇去上、上去连用处都喜不自胜，直书"妙"，如"【绕池游】'水卧'上去声，'淡雅'去上声，俱妙"。为什么去上、上去连用就妙？吴梅作过解释："大抵字音与曲调，戾然相反，四声中字音，以上声为最高，而在曲调中，则上声诸字，反

---

① 王骥德：《曲律》，《中国古典戏曲论著集成》（四），中国戏剧出版社 1959 年版，第 138 页。

② 钱南扬：《戏文概论》，上海古籍出版社 1981 年版，第 191 页。

处极低之度。又去声之音，读之似觉最低，不知在曲调中，则去声最
易发调，最易动听。故逢去上两字连用之处（谓一句中相连处），用
去上者必佳，用上去者次之，所谓卑亢之间最难联贯也。凡事自上而
下较易，自下而上较难。自去声至上声，由上而下也。所以去上之
声，必优美于上去。"[1]　下面仅以《琵琶记·赏荷》为例，分析"去
上"、"上去"的音乐特点。[2]　"去上"如例1"薰风乍转"（平平去
上）和例2"一弹再鼓"（入平去上）：

例1：1 1 23 5 2 | 6 5 6 |
　　　薰风乍　　　转

例2：1 — | 1 2 2 1　6 2　1 2 | 3 5 0 2 1 6 6 5 | 3 3 5 6 — | 6
　　　一　　　弹　再　　　　鼓

"去上"由高音过渡到低音，降音幅度通常在5度以上。如"乍"发
音为"3"，"转"发音为5，音阶下降是5度音，而拔高音为"5"，更高
出"5"7度音，"再鼓"由"3"至"3"，音阶下降则有7度音。"去
上"音域宽广，旋律下旋，音乐有跳跃感、下滑感。就像缓缓流水，突
然到了一个落差大的地方，水流急速，激起波澜，方才美妙动人。而
"薰风"声调为平平，调子亦平平，音高差只有1度，难得动听。"上去"
如例3"满院香"（上去平）和例4"戏彩鸳"（去上去）：

例3：6 | 6 1 2　3. 5 | 2
　　　满　院　香

例4：3 5　2　1 6 1 | 2. 3 2
　　　戏　　彩　鸳

"上去"与"去上"相反，由低音直逼高音，音高相隔为三四度，音
域没有"去上"宽广，旋律上旋，音乐有跳跃感、上升感。无论是"上
去"还是"去上"都是乐曲中富于变化之处，最足荡人。但"上去"不
及"去上"美听，一来是"去上"音域更广，二来是音调下滑，如珠走

---

① 吴梅：《顾曲尘谈》，王卫民编见"文献参考"《吴梅戏曲论文集》，中国戏剧出版社
1983年版，第34页。

② 罗锦堂：《明清专奇选注·"附录赏荷等简谱"》，台北：联盟出版事业公司1982
年版，第2—9页。

斜槽，圆转顺畅。而"上去"则有人为拔高之感，唱来费力，听来担心力所不及，远不及"去上"舒坦。柳永名作《雨霖铃》便因"去上"连用多且美（如"骤雨"、"帐饮"、"泪眼"、"暮霭"、"自古"、"纵有"、"更与"等）而广受欢迎，正如叶梦得《避暑录话》所说"凡有井水饮处，即能歌柳词"。

《钵中莲》的引子，也并非全是随意填词，偶尔也有严格按曲谱填写的。如第三出《调情》【绕池游】"浮生若梦，守节终无用。趁青春眼前胡哄。非吾作俑，偷香传颂；学风流兰桥水通。"句法是四五七四四七，《南曲全谱》所引例亦是四五七四四七。声调谱是：平平入去，去入平平去。去平平上平平上。平平入上，平平平去，平平平平平上平。《南曲全谱》所引例是"平平上去，去入平平上，去平平上平平上，平平去上，平平平去，去平平平平去平"。出入不大，若以平仄论之，则几乎全部合格。

过曲，古称近词，是戏中正曲，即主体曲。除了引子、尾声，就是过曲。戏曲唱腔能否动人，全靠过曲。过曲有粗曲和细曲之分。一般来说，细曲入套数，粗曲不入套数。粗曲为粗人所用，主要供净、丑、副、贴等角色用于插科打诨。粗曲常常干念，似滚唱，有板无眼，节奏较快。《钵中莲》的粗曲，第四出《赠钗》贴、副对唱【风花对】2 支，【剪剪花】2 支。4 支粗曲虽不入套，但其所唱内容与剧情紧密相关，比以前南戏粗曲一味调笑无关剧情有很大进步。如【风花对】："（贴）一闻别离魂先丧，登时不住泪汪汪。（副）自相逢，男贪女爱何消讲！（贴）没来由，黑越越（疑为'魆魆'笔误）平地兴风浪。（副）此去宁波过海洋，拚微躯鱼肠鳖腹为坟葬。（贴）且宽心，吉人自有天公相。"第七出《逼毙》贴唱【福马郎】亦是粗曲："回旋闻剥啄至，料那人象山归，伊尔欢喜死。早难道我游魂鬼怎疑之？暌违已多时，添羞涩，作惊词。"这支曲子本属南【正宫】过曲，不入该套南【中吕宫】，且体式也不遵曲谱。其句法是六六五十五三三，而《南曲全谱》句法是七五三三三五三三，声调谱更不必说了。

过曲中的细曲最见唱功，节奏有缓有急。一般细曲都是一板三眼，总比粗曲缓慢。昆曲还有赠板。所谓赠板就是照原来的基数延长一倍。昆曲本来就缓慢，又加赠板，因而成为南曲中曲调最缓慢者。而弋阳腔没有赠板，本来就快，有时还要吸收【滚调】，有板无眼，如念如诵如快板，所以弋阳腔听来更似北曲，不类南曲。细曲有两类：一类是单曲，如【泣颜回】、【石榴花】等；另一类是集曲，如【女临江】（集【女冠子】之头与【临江仙】之尾而成）、【九回肠】（集【解三酲】、【三学士】、【急三枪】而成）等。

《钵中莲》的细曲一般都谨守曲律。南曲遵《南曲全谱》，如第五出《托梦》中的【泣颜回】："羁旅荷神庥，托业聊为糊口。恭逢华诞，椒馨仰答高厚。酬恩赛愿，为明烟正洁供箕帚，望东君及早言旋，阮囊助得回江右。"字格是五六四六四八七七，与《南曲全谱》所引例完全一致。声调谱是：去上平平平，入去平去平上，平平平去，平平上平平去，平平去去，去平平去入去平上，去平平入上平平，上平去入平平去。《南曲全谱》引例曲谱是：平上去平平，上去平平平上。作平平平去，平平上入平上。平平去上，去平平上上平平上，去平平去上平平。去作平去上平平上。相差不大。又如第八出《拜月》【普贤歌】："荒园冷落奈如何，庙宇原无栖草窠。香火不望他，打盹终日过，这样为神真不可。"字格是七七五五七；声调谱是：平平上入去平平，去上平平平上平，平上入去平，上上平入去，去去平上平上。《南曲全谱》引《荆钗记》例句法全同，声调谱是：平平上去上平平，去上平平作平去平，平去上去作平。去平作去平，入上平平作平上平，基本一致。

集曲也能严守南曲曲律。以第三出《思家》的 2 支集曲为例，试作辨析。第一支为【女临江】："【女冠子】寻烦惹恼因留发，未披剃，恋身家。【临江仙】陶渔耕稼纵争夸，人生遭落魄，聊且度年华。"一般留存下来的古代剧本都只写集曲总名，而这个弋阳腔传奇手抄本却像曲谱那样把集曲的来源，某曲牌唱几句标得清清楚楚。显然所抄是依据舞台演出本。这样做可以方便演员唱准确。这一集曲的字格是七三三、七五五；声调谱是：平平上上平平入，去平去，去平平。平平平去去平平，平平平入去，平上去平平。句法与《南曲全谱》引例完全一致，曲谱出入甚微。第二支集曲是【九回觞】（《南曲全谱》作【九回肠】）："【解三酲】料山荆必高身价，岂胡为迹类杨花！纵为人转背难拿，把乱嫌猜自认先差。若果是鸳鸯浪打分南北，那时节拚此形孤，誓出家，无虚假。【三学士】年来运好经营大，拟收回放账增加。河滨盛典传虞帝，你莫用衔悲挂齿牙。【急三枪】聊资助，回祭梓，重欢聚，宽心待，断不受波查。"字格是【解三酲】七七七七七七三三【三学士】七七七七【急三枪】三三三三三。《南曲全谱》引例字格是【解三酲】七七七七七七七三【三学士】七七七七【急三枪】六三三三。该曲声调谱是【解三酲】去平平入平平去，平平上入去平平。去上平上去平平，去平平去去平平，平平去上平平入，去平入去上平平，去平平，平平上。【三学士】平平去上平平去，上平平去去平平，平平去上平平去，入去平平去上平。【急三枪】平平去，平去上，平平去，平平去，去平平。《南曲全谱》引例声调谱是【解三酲】入平平平平平去，去平平平上平平，平平去去平平去，上平平去上平作平，平平去入平平去，平入平平作平上平，平宜平去。【三学士】平平去上平平上，去平平平上平平，平平上入平平去，去去平平上入平。【急三枪】作平作平去平平去，平平去，平平去，去平平。该集曲节奏是前松后紧。【解三酲】曲调舒缓，而【三学士】渐紧，【急三枪】最急促，声高气紧，最能吸引注意力。《钵中莲》将曲谱【急三枪】头句6字句，一分为二，成为三三句式，唱起来三字一顿，活像朗读《三字经》，声音紧促。【解三酲】第四句8字，多一字，其中"把"字为衬字。第五句10字，多3字，头3字"若果是"为衬字。一句为多出，演唱时或许后句叠前句之调，也未可知，或许后三字还有后台"帮腔"。【三学士】最后一句8字，多一字，"你"字为衬字。弋阳腔不同《南曲全谱》引例之处多为添字，这也许正印证了弋阳腔字多腔少，"一泄而尽"的特点。另外，《南曲全谱》引例，"去上"连用只有两处，而无"上去"连用。《钵中莲》"去上"连用就有7处："若果"、"浪打"、"挤此"、"运好"、"盛典"、"挂齿"、"祭梓"；"上去"连用有"转背"、"把乱"、"果是"等3处；再加上双声词"难拿"、"鸳鸯"和叠韵词"若果"、"经营"、"放账"等，该集曲演唱起来一定妙不可言。

北曲与南曲有很大的差异。音乐上北曲粗犷豪放，南曲柔媚婉转；北曲节奏轻快，南曲节奏缓慢；北曲一节可唱数字，而南曲一字可唱数节；北曲字多腔少，南曲字少腔多。这些现象形成的原因恐怕有四：一是北方方言进化快，元代就由古代汉语以单音节词为主发展成为双音节词为主，这就是大量的联绵词的产生。而南方方言进化缓慢，元明时期还继续保持以单音节词为主。也就是说表达同一个意思，北方方言比南方方言多用一倍的字数。二是北方方言只有平上去三声，没入声。不过平声分阴阳，加起来也算有四声。而南方方言有四声，平上去入齐全，且有些方言平上去入各分阴阳，便有八声。本来声多腔自然多，且演唱时又得字头、字腹、字尾分明，这样演唱起来怎能不慢？三是北曲多以丝弦伴奏，节奏明快，人声依丝弦行腔。南曲多为干唱，随心所欲，一字唱多久，尽随其便。或以笛箫伴奏，也得依人声行腔。弋阳腔以锣鼓伴奏，通常是唱罢才伴奏，演员唱快唱慢更随意。一支曲子的长度北曲把握要比南曲准确，且多加几个衬字也不会影响行腔。而南曲就不同了，字虽不增加，却可在演唱时加花腔，以便美听。四是北曲有七音，即宫、商、角、变徵、徵、羽、变宫，音乐是七声级进；而南曲只有五音，即宫、商、角、羽、徵，少了二音，通常是多级进及小跳进，以大二度小三度为多，采用五声级进，级进的旋法最柔和，旋律平稳、慢悠。南戏起源于江南，与江南水乡水势平缓、江南乡音声调柔和不无关系。北曲音乐常有纯四五度，最高音与最低音相距比南曲大得多，音乐跳跃。传奇作家习惯依声调谱填词，拘谨行事，不敢增减一字，因而大多只得其形似，不得神似。而北曲作家多依乐谱填词，可率性增加字数，达意为上。弋阳腔剧作家博采众长，南曲之缓，北曲之急兼具。《钵中莲》喜用北曲，就是所吸收的六个地方戏新腔也大多来自北方的地方戏。以第十一出《点悟》为例，如【北喜迁莺】："言儿内虽藏真诀，言儿内虽藏真诀，已回头着甚交迷心也么奢，单指望眼前功业，那里弄沙门讨账赊？纵使这老释迦亲把俺利名人延为上客，也不耐世事得个长别，也不耐世事得个长别。"北曲以气胜。王合瑞留恋红尘，追求名利，拒绝和尚劝化，义正词严，气势不凡。"言儿内"、"着甚交"、"也么奢"、"单指望"、"那里弄"、"也不耐"皆似北曲口吻，深得元曲精神。又如【北水仙子】："俺俺俺俺不呆，俺俺俺俺心不呆，管管管管自此繁华皆水谢，想想想想一般儿多见是禅机，又又又又奇异忽然交接。（白略）顿顿顿顿疑团结一些。（白略）甚甚甚甚么的俗语关涉？（白略）比比比比如那铁錾磨针无各别。（白略）怎怎怎怎毫无影响成孤子？（白略）总总总总蒙我佛暗掀揭。"每句开头皆叠四字，深得马致远《汉宫秋》"【梅花酒】他他他，伤心辞汉主；我我我，携手上河梁"句法，直逼元曲，且剧中北曲为一人独唱，符合北曲演唱规律。而唱中夹白，却又是南曲戏文一大特色。

　　剧中还穿插了一些佛曲，增添了宗教况味。这也是弋阳腔民间气派，宗教气象。如第十一出《点悟》，插入了【佛经】和【赞子】，字数比通常的南北曲曲牌字数多得多。唱佛曲以木鱼为伴奏，如念如诵，类似滚唱，曲调平平，无缓急变化，最易催人瞌睡。要想醒神，必须在歌词上下功夫。歌词首先得通俗，让人听得懂；其次得生动，有趣味，逗人乐；最后是有寓意，让人深思，明白教训意义。如【佛经】一曲，就是完美的歌词，脍炙人口，深受老百姓的喜爱。

　　（旦）【佛经】天留甘露佛留经，人留儿女草留根，天留甘露生万物，佛留经典度人身。人留儿女防身老，草留根在再逢春。根枯草死逢春发，人老何曾再俊生。观世音菩萨！善人吓！为人好比一间房，口为门户眼为窗，两手两脚为四柱，背脊弯弯是正梁，二十四根肋骨好椽子，周围四处是垣墙，五脏六腹为家伙，舌头却是管家郎。有朝一日无常到，关了门儿闭了窗，要去见阎王。南无观世音菩萨！

　　赵景深先生在《绍兴高腔〈琵琶记〉》一文中说："新近我托人从绍兴买到一本绍兴高腔戏的抄本，其中有《琵琶记》六出。高腔一名调腔，是绍兴较古老的腔调，大约是余姚腔的流派，也是属于弋阳腔的系统。……绍兴高腔本唱大段的'四季台魂曲'，在民俗学的研究上或许有一些用处，但总觉用在此处，不甚恰当。秋季的一节里面有如下几句：'为人可比一间房，口为门户眼为窗，肚肠心肝为家伙，舌头可比官家郎。有朝一日无常到，闭了门户闭了窗。'我幼时曾听母亲背诵类似的句子给我听过，我不知道她是从哪儿学来的。至少可以断定，这几句在宝卷、佛偈之中非常流行。"[①] 绍兴高腔本来就是弋阳腔的余脉，和湘剧高腔、川剧高腔一样保留了许多弋阳腔的传统。剧中充满宗教迷信色彩是民间弋阳腔的一贯作风。弋阳腔就是为了娱神乐人的。绍兴高腔《琵琶记》保留的这几句佛曲，正是《钵中莲》【佛经】一曲的高度浓缩。这说明该佛曲曲文动听，弋阳腔（包括高腔等）艺人喜欢套用。因《琵琶记》也有与寺庙有关的戏，搬来即用，何等方便！这或许也能反证《钵中莲》与绍兴高腔同属一戏曲声腔系统，绍兴高腔《琵琶记》所插佛曲远祖《钵中莲》。《琵琶记》中的"官家郎"也许是传抄者笔误，当以《钵中莲》"管家郎"为是。因"是非为是多开口"，"沉默是金"，"舌头却是管家郎"意义显明。高腔属于弋阳腔系统是无可争论的事实，但说绍兴高腔大约是余姚腔的流派，恐怕就不确切了。一个剧种可以有多种声腔，

---

　　① 剧本月刊社：《琵琶记讨论专刊》，人民文学出版社 1956 年版，第 309 页。

如川剧就属于多声腔剧种，包括昆腔、高腔、胡琴、弹戏和灯戏五种声腔。但用高腔唱的川剧就是高腔系统的戏，而与昆腔等腔无关，更不能说是其他腔的流派了。绍兴高腔是高腔系统戏，是外来戏曲声腔本地化的产物。尽管余姚腔是浙江土产戏曲，对绍兴高腔戏的形成可能产生过影响，但毕竟不能在绍兴高腔戏中立足，形成自己的声腔，因此不可能形成自己的流派。

尾声，又称"尾"，元杂剧极重【尾声】，每套曲子都有【尾声】。宋元戏文、明清传奇大多草草对付，可有可无。一般只是长套正戏或南北合套时才考虑是否用【尾声】。如果套曲中使用过某些专用曲牌及某些联套曲牌之后，那就可以不用【尾声】。过场短戏也不用【尾声】。所以南曲传奇虽然场次多，容量大，但【尾声】不多。弋阳腔继承了宋元南戏的传统，但同时也接受了北杂剧的影响，较留心【尾声】。不但长套在大多数情况下用【尾声】，就是短套有时也用【尾声】。如《高文举珍珠记》，全剧23出，有【尾声】的便有7出之多，而第十七出《忆别》总共才3支曲子便有一【尾声】。这与古老南戏《张协状元》52出戏只有两出戏有【尾声】根本不同。《钵中莲》16出，除去用地方新声腔作结的第三出《调情》，第十四出《补缸》和第十五出《雷殛》无【尾声】外，只有13出戏可以考虑是否用【尾声】。一望而知【尾声】者就有第五出、第七出、第九出、第十一出和第十六出5出戏。细究还有用北曲作【尾声】的第四出和用引子作【尾声】的第十三出，一共是7出戏有【尾声】，几乎占一半。大量使用【尾声】也是弋阳腔有别于其他南方戏曲声腔的一个因素之一。昆曲等其他声腔爱以下场诗代替【尾声】作结，弋阳腔不常用下场诗，而用【尾声】作结。

第三节　严遵《中原音韵》，用韵齐全准确

《中原音韵》是元代江西人周德清为南方文人作北曲而写的一部指导性的曲韵著作。弋阳腔是南方戏曲声腔。它使用的语言主要是赣方言。初期用韵是以宋元南戏为榜样，并不怎么严格。其实，从明初到明中叶，不管是文人还是民间艺人创作传奇大都依从"传奇之祖"《琵琶记》。周维培先生总结了这两个时期传奇用韵特点，概括如下："（一）戏文有每出首尾一韵的，也有一出换两韵以上的"；"（二）闭口三韵：侵寻、廉纤、

监咸在戏文中很少使用";"（三）相对来说，戏文用韵中音路比较清晰的有东钟、江阳、萧豪、尤侯、家麻等";"（四）戏文杂韵、犯韵、借押的现象非常严重";"（五）入声，在戏文中以单押为主"。[①]万历后期以前弋阳腔传奇用韵也具有上述五个特点，仍以文林阁本弋阳腔传奇《高文举珍珠记》说明之：（一）一韵到底的只有第十一出《接报》，用先天韵，其他各出均换两韵以上。（二）偶见"心""侵""淋""钦"等闭口韵字。如第四出施财【红衲袄】心（侵寻）淋（侵寻）、钦（侵寻）。（三）东钟、江阳、萧豪、家麻音路比较清晰。（四）杂韵、犯韵、借押，俯拾皆是。齐微、支思混押，如第一出"开场"【长短句】嗣（支思）契（齐微）、离（齐微）、比（齐微）、楣（齐微）；支思与鱼模混押，如第十一出《闻报》【剔银灯】义（齐微）、婿（鱼模韵，赣方言音同"细"）、娶（鱼模韵，赣方言音同"起"）、起（齐微）、为（齐微）；桓欢、先天不辨，如第十一出《接报》言（先天）、千（先天）、笺（先天）、鸾（桓欢）、犬（先天）、宣（先天）恋（先天）；侵寻、真文不分，如第四出《施财》【红衲袄】心（侵寻）、琳（侵寻）、薪（真文）、心（侵寻）、钦（侵寻）；真文、庚青乱押，如第三出《庆寿》【七言句】辰（真文）、春（真文）、倾（庚青）。（五）入声单押，如第七出《赴试》【风马儿】别、结、色、祛、节、撇、说、妾；隔、血、越、折、箧、撇、说、妾。

万历中期以前，传奇创作大都是模仿元南戏《琵琶记》用韵，不依具体的韵书。最先以《中原音韵》为用韵依据的是弘治年间的生员邵灿。他的《香囊记》用韵严明。嘉靖中叶的郑若庸更是无韵不依《中原音韵》。王骥德说："南曲自《玉玦记》出，而宫调之饬，与押韵之严，始为反正之祖。"[②]"反正之祖"不敢说，总之，自《玉玦记》一出，文人纷纷向风，沈璟便是推波助澜的中坚分子。他极力主张押韵要遵从《中原音韵》，并且身体力行，应用于自己的传奇创作。沈德符说："近年则梁伯龙、张伯起，俱吴人，所作盛行于世，若以《中原音韵》律之，俱门外汉也。惟沈宁庵吏部后起，独恪守词家三尺。如庚青、真文、桓欢、

① 周维培：《论中原音韵》，中国戏剧出版社1990年版，第60—63页。
② 王骥德：《曲律》，《中国古典戏曲论著集成》（四），中国戏剧出版社1959年版，第111页。

寒山、先天诸韵，最易互用者，斤斤力持，不少假借，可称度曲申、韩。"① 沈璟是吴江派领袖，在曲律研究上有很大建树。他遵从《中原音韵》用韵，很快便在其派内外产生巨大影响。响应者众，形成了依《中原音韵》用韵浪潮。不但文人创作昆曲传奇依《中原音韵》，民间艺人创作剧本、改编剧本亦多依《中原音韵》。《钵中莲》便是万历后期作品，这从剧作的用韵规律可以断定。

统检全剧，我们发现《钵中莲》在用韵上有以下一些特点：

第一，用韵广泛，《中原音韵》十九韵部全部用上。《中原音韵》是北方方言韵书，入声已派入三声。而弋阳腔使用的是赣方言余干片弋阳语音，与北方方言有较大的差距。以前的弋阳腔传奇大都是南戏的改编本，即便是民间艺人创作的弋阳腔传奇，用韵也跟南戏一样不大规范。受南曲剧坛《中原音韵》用韵热的影响，弋阳腔艺人也不得不靠拢，用韵也遵从《中原音韵》，甚至把十九韵都统统用上。

剧中用韵最多的首先是"江阳"韵，111 个韵字；其次是"真文"韵，91 个韵字；再次是"鱼模"韵，74 个韵字；第四是"皆来"韵，64 个韵字；用韵最少的是"监咸"韵，只有 8 个韵字；其次是"侵寻"韵，10 个韵字。

对于戏曲用韵规律，王骥德曾做过深入的研究。他指出：

> 凡曲之调，声各不同，已备载前十七宫调下。至各韵为声，亦各不同。如东钟之声洪，江阳、皆来、萧豪之响，歌戈、家麻之和，韵之最美听者。寒山、桓欢、先天之雅，庚青之清，尤侯之幽，次之。齐微之弱，鱼模之混，真文之缓，车遮之杂入声，又次之。支思之萎而不振，听之令人不爽，至侵寻、监咸、廉纤，开之则非其字，闭之则不宜口吻，勿多用可也。②

这段话可以说是昆曲创作的用韵特点，也是所有吴语地区声腔的用韵特点，温州腔、海盐腔、余姚腔，莫不如此。而弋阳腔为赣方言，发音不

---

① 沈德符：《顾曲杂言》，《中国古典戏曲论著集成》（四），中国戏剧出版社 1959 年版，第 306 页。

② 王骥德：《曲律》，《中国古典戏曲论著集成》（四），中国戏剧出版社 1959 年版，第 153 页。

同，用韵习惯也就有别。从《钵中莲》用韵情况来看，作者十九韵部都敢用，尤其是吴人惧怕的闭口三韵也轻松用上。昆山腔在庭院、厅堂、戏院演唱，听众较少，声音以幽雅柔婉为上，故喜用"寒山"、"桓欢"、"先天"、"庚青"、"萧豪"、"尤侯"等韵。弋阳腔在草台、庙台、广场演唱，听者众，声音以洪大粗豪为上，故爱用"江阳""真文"等韵。昆曲以箫伴奏，听众距离近，适宜浅斟低唱，故"歌戈"、"家麻"悦耳；弋阳腔以锣鼓伴奏，后台帮腔，适宜放开喉咙干唱，听众距离远，必须靠洪亮之声方能传到远处观众的耳里，所以清晰嘹亮的"江阳"、"皆来"美听。这就造成了昆曲爱用的"歌戈"、"家麻"、"先天"、"庚青"、"尤侯"、"萧豪"等韵部，弋阳腔《钵中莲》却用得不多，而昆山腔所讨厌使用的"侵寻"、"监咸"、"廉纤"、"支思"、"齐微"、"真文"却用得不少。

　　第二，用韵集中纯正，换韵较少。明万万中后期南曲作家舍弃南戏用韵杂乱之途转向北杂剧用韵集中纯正之路。他们强调要像北曲那样一韵到底。沈璟《义侠记》36 出，一韵到底的就达 20 出。越往后用韵越严，换韵越少。如卜世臣《冬青记》通本只有 2 出用 2 韵，余皆独用。至明末吴炳《情邮记》，李玉《一捧雪》、《永团圆》、《占花魁》等，竟是 1 出 1 韵，毫不换韵。《钵中莲》一韵到底的有 5 出：《赠钗》"江阳"韵，《杀窑》"真文"韵，《神哄》"真文"韵，《逼毙》"支思"韵，《钵圆》"鱼模"韵。用两韵的有 10 出：《佛口》"皆来"韵和"萧豪"韵，《思家》"家麻"韵和"齐微"韵，《调情》"东钟"韵与"皆来"韵，《托梦》"齐微"韵与"尤侯"韵，《拜月》"歌戈"韵与"庚青"韵，《园诉》"寒山"韵与"监咸"韵，《点悟》"车遮"韵与"桓欢"韵，《听经》"歌戈"韵与"廉纤"韵，《冥晤》"侵寻"韵与"皆来"韵，《雷殛》"先天"韵与"齐微"韵。用三韵的有 1 出，《补缸》"江阳"韵、"先天"韵和"寒山"韵。吸收地方戏曲的 6 种新腔都是一韵到底："弦索腔""东钟"韵，"山东姑娘腔""皆来"韵，"四平腔""寒山"韵，"诰猖腔""江阳"韵，"西秦腔""齐微"韵。【诰猖腔】，用韵达 62 字。每支单曲均以一韵到底为主，只有少量单曲换韵。换韵原因有二：一是按曲牌必须换韵者，如《虞美人》3 韵："寒山"、"真文"、"鱼模"。二是佛曲，转抄俗经，择段成曲，照本换韵，如《佛经》3 韵："庚青"、"真文"、"江阳"；【赞子】5 韵以上，"尤侯"、"真文"、"庚青"、"桓欢"、

"萧豪"等。

第三，严格遵守《中原音韵》押韵，有不少韵部的字押得非常准确，一字不错。《钵中莲》中最符合《中原音韵》标准的韵部有："东钟"、"萧豪"、"尤侯"、"江阳"、"庚青"、"车遮"、"歌戈"、"鱼模"等韵。因为这些韵部的字，弋阳方言本来就区分得很清楚。以"江阳"韵为例，弋阳方言不与他韵相混，故用韵时不杂入其他韵部的字。不但如此，弋阳腔艺人还以此为自豪，炫耀江西人补缸的本事。如剧中第十四出《补缸》中的一段对白：

> （贴）好说。你的手段如何？（净）不是夸口说，三十六天罡都是我补好的。（贴）啐！这是星斗。（净）武松打虎景阳岗，难道不是我补好的？（贴）这是地名。（净）四大金刚，月老吴刚，那个不晓得亏我补好的？（贴）这是神道。（净）李刚、薛刚、袁天罡、宋金刚，难道也不算我补好的？（贴）这是人名。（净）还有整夫纲，炼口纲，加说纲，用急纲，久炼成钢，纸糊金刚，扛来扛去，扛上扛落，扛东扛西，扛猪扛狗，脱出肛门，跌落粪缸，率性打句绍兴乡谈把你听听：伯嚭过钱塘江。

补缸匠顾老儿卖弄本事，夸夸其谈，将与"缸"偕音而不是缸的人与物都声称是自己补好的，玩的是文字游戏，目的是逗乐观众。然而白中的"罡"、"岗"、"刚"、"纲"、"扛"、"肛"和"缸"，弋阳话都发同一个音。[①] 其嘲笑绍兴乡谈"伯嚭过钱塘江"中的伯嚭没多大能耐，只不过一个"钱塘缸"而已。因为弋阳方言里，"江"也与"缸"同音。而吴语中的"缸"与"江"读音是分得很清的。弋阳方言"江""缸"不分，把本不可笑的绍兴乡谈"伯嚭过钱塘江"制造出笑话效果。"率性打句绍兴乡谈把你听听"也是赣方言，"把"字用作次动词，我们在以前的弋阳腔传奇也常见到，如锦本《沉香》中的"你道要灯读书，香油也把与你"。文林阁本《胭脂记》第三出中的"把还你直个鸟毛"，可见《钵中莲》是弋阳腔剧本，是用弋阳方言创作并为懂弋阳方言的观众演唱的。如果是吴语方言区的昆山腔，那是制造不出这个笑话效果的。安徽方言又

---

① 　陈昌仪：《赣方言概要》，江西教育出版社 1991 年版，第 101 页。

属北方方言系统，"江""缸"分得很清，因此这剧本也不可能是"徽州腔"、"青阳腔"或"石台腔"剧本。

第四，"侵寻"、"监咸"、"廉纤"三闭口韵运用得非常自然准确。"侵寻"、"监咸"、"廉纤"三闭口韵向来最令吴语方言曲家、演员头疼。因为中国戏曲形成较晚，直至南宋时才形成。这时，汉语语音已发生了很大的变化。中国权力中心、经济中心、文化中心由北向南移动，由北方化逐渐南方化，本来并不受重视的吴语方言一跃而成为南宋通行语。我国最早成熟的戏曲形式——温州杂剧就是吴语方言戏曲。吴语方言先天就发音不全，没有闭口音。所以南戏作家从一开始对闭口三韵就如临大敌，避而远之。明初中期除了张凤翼在《灌园记》第四出首曲偶用一次侵寻韵之外，其他作家就没有谁大胆用过。沈璟作《南曲全谱》，每遇闭口三韵部的字均用圆圈标出，以示唱曲者留意。他称侵寻为"闭口真文"，监咸为"闭口寒山"，廉纤为"闭口先天"①，沈宠绥说："惟闭口三韵，姑苏全犯开口，故谱中无字不记。"② 自视甚高的沈璟，竟不顾吴人之难，在《红蕖记》第二十出，押"廉纤"，第二十九出押"监咸"，勇气可嘉，然而难坏了昆曲演员，不知有谁能唱好这两出戏。便是其所押韵字，也有弄错韵部现象，如第二十九出押"监咸"却错用"廉纤"韵部的"淹"字和"侵寻"韵部的"衾"字，如果吴人将此二字都唱成"闭口寒山"，恐怕闭口还不如开口好。

弋阳方言本身就有三闭口韵字，"侵寻"与"真文"，"监咸"与"寒山"，"廉纤"与"先天"以及三闭口韵之间的发音，泾渭分明。"侵寻"、"监咸"、"廉纤"都带鼻音【m】。"侵寻"念"【t'im】（阴平）【t'im】（阳平）"；"监咸"念"【kam】（阴平）【ham】（阳平）"；"廉纤"念"【tiam】（阳平）【tiam】（阴平）"；而"真文"、"寒山"、"先天"则是以【n】为尾音，如"寒山"念"【hon】（阳平）【san】（阴平）"。【m】收音也好，【n】收音也好，两者都带有鼻音，而开口韵鼻音轻清通畅，闭口韵鼻音重浊受阻。开口韵宜表达轻松愉快的心情，宜用于欢乐曲调之中，而闭口韵宜表达沉重幽怨的心情，宜用于忧伤的曲调之中。《钵中莲》"侵寻"韵用于《冥晤》。小旦扮殷氏僵尸所唱的两支

---

① 沈宠绥：《度曲须知》，《中国古典戏曲论著集成》（五），中国戏剧出版社 1959 年版，第 205 页。

② 同上书，第 232 页。

【北赏花时】中，表现她"纵似蚕僵不悔淫"、四处魂游、寻找意中人韩成而不得的春心难按之情。"监咸"韵用于《听经》生扮王合瑞和外扮大和尚对唱的【入破】【中滚】【出破】中，表现王合瑞悲观厌世，逃避红尘，但求和尚收留修行的凄苦无奈之情。"廉纤"韵用于《园诉》后台合唱曲【碧玉环带清江引】中，表现家堂六神与钟馗对殷氏相思孽债要遭报应的态度以及土地神勒索殷氏僵尸人事钱不得反而出丑的难堪心情。当然，语言都在变化，语音也在变化。如"今"字，《中原音韵》收入"侵寻"韵中，而如今弋阳方言却发"【kin】（阴平）"音，已是开口韵字，但《钵中莲》为明万历时作品，当年仍发"【kim】（阴平）音"，今天的粤语仍为闭口韵字，念【kem】（阳平），客家方言仍念【kim】（阴平）。

　　第五，入声与其他三声通押。弋阳方言至今仍保留入声。可推知明代弋阳腔有入声。弋阳腔与宋元南戏有血缘关系，同属南曲。南曲有入声，北曲无入声。宋元南戏入声以单押为主，北曲入派三声。关于汉字四声，唐代释处忠《元和韵谱》说："平声哀而安，上声厉而举，去声清而远，入声直而促。"这是就声势与声调而言，入声发音顿挫。明代释真空《玉钥匙歌诀》云："平声平道莫低昂，上声高呼猛力强，去声分明哀道远，入声短促急收藏。"这说明在四声中入声的音长最短。明末清初顾炎武《音论》云："平声最长，上去次之，入则缩然而止，无余音。"说的是入声一发即止。入声这一发音特点，如呜咽、抽泣、打嗝、咳嗽，最宜表现凄苦无诉的心情。入声韵窄，字亦偏，最难把握，而驾驭得好又往往出佳作。宋词最佳名篇如柳永《雨霖铃》、苏轼《念奴娇·赤壁怀古》和李清照《声声慢》皆押入声韵，代表了宋词艺术的最高成就。元散曲中，马致远《双调·夜行船·秋思》入声派入三声，三声通押，是元代散曲之王。宋元南戏中高则诚《琵琶记》十二出，生唱的两支【高阳台】如哭如泣，催人泪下。入声单用，本是南曲长于北曲之处，入声之后是天然的休止符。可是，自从文人倡导遵《中原音韵》之后，南曲入声也与三声通押，而唱时仍发南音，入声一发即断，声如爆竹，而平上去三声可拉长，时促时长，韵味大减。弋阳腔传奇《钵中莲》是万历后期产物，自然不能免俗。《点悟》中生唱北曲部分用"车遮"韵，收入大量入声字。同一出戏中南曲主要是桓欢韵。以【北刮地风】为例，9韵中就有5个入声字："决"、"结"、"哲"、"捷"、"揭"；3个平声字："蛇"、"车"、"嗟"，1个上声字："也"。这支曲子的节奏是：散、慢、快。"嗳呀"叫头是散板，然后是"也""蛇""决""车""嗟"慢板，最后几句快板。散慢板用平上声，声音舒缓，快板用入声，声音急促，能收到很好的音乐效果。

第六，偶有混押、错押现象，这是弋阳方言与北方方言发音差别所致，有些误押之字，按弋阳方言就合韵、近韵，但按《中原音韵》则不合。具体误押情况有以下几处：

1. "皆来"韵中混入"家麻"韵"涯"字和"大"字。"涯"和"大"字《中原音韵》收入"家麻"韵中，弋阳腔《冥晤》却混押于"皆来"韵中，原因是"涯"，弋阳方言念"【ngai】（阳平）"与"捱"同音，故与"采、开、来"押韵。"涯"也念"尼"。"大"字弋阳方言有两种念法：一念"【ho】（阳去）"，如"大姑"念【ho】阳去【ku】（阴平）"；二念"【hai】（阳去）"，如"大家""【hai】（阳去）【ka】（阴平）"。而《钵中莲·冥晤》中"生前罪大"，是第二种念法，故与"爱""带""该"同韵。显然，剧作家在这里以弋阳方言音韵代替了《中原音韵》而不自觉。这种因方言发音差异而误押的现象恐怕是任何地方戏剧种都存在的，只是误押韵字不同而已。苏州方言"大"念"【da】（阳上）"或"【dau】（阳上）"，跟"皆来"韵相去甚远，无论用韵多宽，也不至于混在一处。可见《钵中莲》决非出自吴人之手。

2. "真文"韵中两次混入"寒山"韵中的"餐"字。这样误押出于《神哄》【耍孩儿】与【五煞】中，剧作者两次误奖"餐"字押入"真文"韵。"餐"字，弋阳方言念"【t an】（阴平）"，属"寒山"韵部字，与"真文"韵部中的"门"、"分"发音近似，属近韵鼻音字，因而混押。

3. "先天"韵中混入"寒山"韵中的"眼"字。《点悟》【西江月】曲中，"泉""迁""眼"同押。在《中原音韵》中，"泉"、"迁"属"先天"韵，"眼"属"寒山"韵。弋阳方言属近韵的鼻音字。

4. "寒山"与"桓欢"混押。《点悟》【南画眉序】中将"寒山"韵字"翻""慢"与"桓欢"韵字"专""短""满"混押。弋阳方言"翻"念"【fan】（阴平）"，"慢"念"【man】（阳去）"，"专"念"【tson】（阴平）"，"短"念"【ton】（上声）"，"满"念"【mon】（上声）"，属近韵鼻音字。

5. "齐微"与"支思"混押。《逼毙》全出用"支思"韵，一韵到底，没有混韵现象。但《托梦》中，【粉蝶儿】的"私"，【斗鹌鹑】的

"私"，【上小楼】的"事"，都是"支思"韵字，却与"齐微"韵字混押。弋阳方言中"支思"韵字很少。"私"，与"所"、"苏"、"思"一样押"齐"韵字，声母、韵母相同。很多《中原音韵》"支思"韵部的字在弋阳方言中却是"齐"韵部的字，如"时"与"齿"韵母都是【i】，皆入弋阳方言"齐"韵部。因而，多数情况下，"支思"韵用得准确，"齐"韵字，以中州话律之则混乱不堪。《逼毙》用"支思"韵，符合《中原音韵》，却不合今天弋阳方言的"支思"韵。如该出中"志"、"纸"、"试"等字，在弋阳方言中不属"支思"韵，而属"波"韵字，唱戏时还是用弋阳方言唱。

综上所述，我们认为《钵中莲》是万历后期的弋阳腔传奇。它的曲律明显受到吴江派的影响。剧中大量且圆熟使用北杂剧剧曲，也跟臧懋循先后于万历四十三年（1615）和万历四十四年（1616）编辑刊行的《元曲选》（每次出 50 种，共 100 种）有关。此前，只有王实甫《西厢记》等少数几种元杂剧剧本刊行。此前的南曲传奇，无论是民间艺人创作，或是文人创作，雅也好，俗也好，都有很浓的南方味。虽然万历初期富春堂刊本传奇《千金记》、《草庐记》等直录大量的北曲，但那是移植，不是创作。直到北曲热形成之后，才有人有意效法北曲，新创传奇中北曲味始重。《钵中莲》为民间艺人所作。民间艺人能有幸熟读大量元人杂剧必是《元曲选》普及之后。抄本署年是万历庚申（即万历四十八年），当与剧本演出时间相去不远。民间戏曲编好即演，不考虑刊行，因而从创作到演出不会有多长周期，几个月即可。这样，我们初步可以断定，《钵中莲》即是万历四十五年至四十八年（1617—1620）的作品。

（该章曾以《明万历弋阳腔〈钵中莲〉曲律辨析》为题，发表于《戏剧》2005 年第 1 期）

第六章

万历抄本《钵中莲》的演唱艺术

万历抄本《钵中莲》为弋阳腔舞台脚本。弋阳腔的音乐部分由合、唱和打击乐组合而成。"合"即众人帮唱，歌声来自后台或幕侧，为非登台演员合唱。唱即台上之歌。打击乐简称"打"。人们把这种音乐形式称为"帮打唱"。"帮打唱"一直为后来的高腔剧种所沿用。"帮打唱"属于听觉艺术，是弋阳腔至关重要的部分。人们去看戏，通常是重听戏甚于看戏。一部优秀故事片或一部出色的话剧，人们很少愿意再看一遍，而一部好戏，人们都看了又看，百看不厌。原因何在？中国戏曲魅力在曲，在"帮打唱"。在"帮打唱"三个音乐要素中，"帮"和"唱"都是人声音乐，是词与曲的结合体，是用来叙事、抒情和议论的必要手段。独有"打"有声无词，仅用于伴奏。弋阳腔的打击乐器主要是锣鼓，乐声喧嚣。"打"与演唱有关，但不是演唱的主要形式。弋阳腔演唱的主要形式是"合"和唱。弋阳腔的"合"和唱各有其特点。

第一节 "合"之特点

"合"这种歌唱形式，古已有之，非弋阳腔所独创。元末南戏《琵琶记》等就有"合"。如陆贻典抄本《琵琶记》第二出：

> （外扮蔡公上唱）【宝鼎儿】小门深巷里，春到芳草，人闲清昼。（净扮蔡婆上唱）人老去星星非故，春又来年年依旧。（旦上唱）最喜得今朝新酒熟，满目花开似绣。（合）愿岁岁年年人在，花下常斟春酒。[1]

----

[1] 钱南扬：《〈元本琵琶记〉校注》，上海古籍出版社1980年版，第5—6页。

　　这"合"，钱南扬先生的注释是："按：'合'字有二义：一谓同唱，如此处的'合'字；一谓'合头'，如下曲【锦堂月】的'合'字。戏文中的过曲，一般连用二支以上，而最后几句相同的，称为'合头'。在上曲合头上注一'合'字，下曲不再重出曲文，仅注'合前'二字，意即谓'合头同前'。合头往往同唱时多，然也有独唱的；而这里的'合'则专指同唱，盖【宝鼎儿】为引子，是没有合头的。"① "合"为"同唱"，意思明确，但谁与谁合唱？是台上生、旦、外、净四个角色合唱还是唱此曲的外、净、旦三个角色合唱，抑或是台后帮唱？这是疑问之一；"合头往往同唱时多，然也有独唱的"，"合"怎么可能是独唱呢？两人或两人以上方能合唱，一张嘴如何合唱？如果"合"解释为一人合口，则又唱不出来。这是疑问二。有了这两个疑点，就有必要把问题弄清楚：《琵琶记》的"合"到底是台上众唱还是后台帮唱？

　　叶德均先生曾对南戏的"合"作过研究，他指出："早期南戏也和后来弋阳腔相同，原有'帮合'唱，至少一部分曲子是帮唱的。南戏中一部分曲文的后段，有注明'合'、'合前'、'合同前'或'合头'的，就是'帮合'唱的主要证据。"② 叶德均先生还以《琵琶记·吃糠》中旦唱【山坡羊】为例，说明当时只有赵五娘一人在场，却有"合"、"合前"，这"合"显然不是场上人物之合。事实上，南戏之"合"非场上角色唱，在《琵琶记》中，也可以找到内证。如陆抄本第十九出（按：据钱南扬先生校注本分出）中的【罗鼓令】一曲：

　　　　（净唱）【罗鼓令】我终朝的受馁，你将来的饭怎吃？疾忙便抬，非干是我有些馋态。（外唱）你看他衣衫都解，好茶饭将甚去买？婆婆，兀的是天灾，教他媳妇每难布摆。（旦唱）婆婆息怒且休罪，待奴一霎时却得再安排。（合）思量到此，珠泪满腮。看看做鬼，沟渠里埋。纵然不死也难捱，教人只恨蔡伯喈。

　　这一曲的"合"，唱的是客观事实，也是戏曲观众的心理感受，而不

　　①　钱南扬：《〈元本琵琶记〉校注》第二出，注三十六，上海古籍出版社 1980 年版，第 11 页。
　　②　叶德均：《明代南戏五大腔调及其支流》，《叶德均戏曲小说丛考》，中华书局 1979 年版，第 9 页。

全是台上所扮演人物该说的话。尤其是最后一句唱，作为媳妇的赵五娘是绝对不能在公婆面前埋怨丈夫的，这不符合妇德。所以，这合唱不该有赵五娘的份。作为父亲的蔡公也不宜唱。是他逼儿子去赴试的，此时，要恨也只能恨自己。蔡婆此时心头之恨更多的是冲着赵五娘来，而非"只恨蔡伯喈"。下面蔡婆的话充分证明了这一点："（净白）公公，亲的到底只是亲，亲生孩儿不留在家，今日着这媳妇供养你呵，前番骨自有些鲑菜；这几番只得些淡饭，教我怎的捱？更过几日，和饭也没有。你看他前日自吃饭时节，百般躲我，敢背地里自买些下饭受用分晓。"据此可证，"教人只恨蔡伯喈"只能是三人之外的人唱，而台上只有此三人。后台帮腔的作用正可以时而以剧中人的口吻抒发感受，时而又以旁观者的身份表明旁人的看法，对剧中人剧中事作出评判。这几句"合"显然是"帮唱"。

宋元戏文的"合"，一般都是用于曲子的末尾，通常只有两三句。弋阳腔也继承了这一特点，但又有了新的发展：第一，"合"不但可以用于曲尾，也可以用于曲头、曲中。第二，可以是两三句，也可以是一句，还可以是全曲。《钵中莲》共16出戏，采用"合"的戏有7出，有12支曲子用到了"合"。这些"合"成句成段出现，能够表达一个独立而又完整的意思。"合"都是后台幕侧帮唱的，在实际演唱中是不是有更多的"合"不可得知。因为这是抄本，是弋阳腔艺人演出本，弋阳腔演员知道某一曲牌要"合"，某一曲牌不必"合"，常识性的东西也许不必注明。也许只有这些地方是剧作者要特别强调的才注上了"合"。当然这只是一种推想。川剧高腔有些剧本并不全注明"帮"的，而在演唱时却出现了不注"帮"却"帮唱"，川剧演员知道什么地方该"帮"，什么地方不用"帮"，不注明也知道，外人光读剧本是不可得知的。

弋阳腔的"合"，多为乐工和台后休息的演员合唱，多为男声，声音雄健有力。演唱者不在台上表演，不为观众注视，无须顾及姿势表情，可以尽情地猫着腰张着大嘴直着嗓子喊着唱，让歌声直冲霄汉。弋阳腔追求的正是这种效果。这种效果是任何丝竹伴奏音乐都无法比拟的。古语道："丝不如竹，竹不如肉。"这是人声音乐，是最美的音乐。它不仅传声传情，而且能够传词，这正是弋阳腔的魅力所在。弋阳腔不用丝竹伴奏，而用人声帮腔，用锣鼓伴奏。究其原因，恐怕有以下两点：一是弋阳腔源自地方民歌野曲，并接受了本来也来自"宋人词而益以里巷歌谣，不叶宫调"① 的南戏的影响。民歌本来就是张嘴就来，即席演唱的，一唱众和，哪来丝竹伴奏？二是弋阳腔不似昆山腔。昆山腔常在院内堂中演唱，聚音效果好，观众少，声音不高也能听清，并且室内听乐也最忌嘈杂喧闹，因而可以用丝竹伴奏烘托可使温柔婉转的"水磨腔"更为悦耳。弋阳腔是穷人的艺术，没有富人艺术昆山腔那般受宠幸。它通常是在周围广阔的露天草台、庙台演唱，毫无聚音效果可言，观众又多，这就要求声音高，形成了弋阳腔高亢粗豪的演唱风格。而在伴奏乐器当中，声音传得最远的自然是锣鼓——这些古代用于战场上指挥打仗的乐器。弋阳腔选择锣鼓，而无视丝竹，是因为丝竹伴奏，并不能提高演员的歌声，弄不好反而掩盖演员的歌声，使观众听不清演员在唱什么而哗然。再者，老百姓也没有欣赏丝竹的雅兴和品位。因而弋阳腔拒绝丝竹。就是使用锣鼓伴奏，也是在唱完一句或一曲之后，歌声停顿之时进行，而不会让锣鼓与歌声同步齐鸣。如果那样的话，在喧嚣的锣鼓声中，演员扯破嗓子也无法让观众听清唱词。弋阳腔演员是不会作茧自缚的，顶多是在演唱时插入鼓板作击节之用。锣鼓用作伴奏，主要取其声洪，渲染舞台气氛。

　　《钵中莲》的"合"大多用于出场人数多的场面，用于开场与收场，用于重场戏，用于热闹之处。一句话就是用于紧要处。戏一开场就惊人，剧情不惊人，也要歌声惊人。《钵中莲》不像宋元戏文和昆山腔第一出"副末开场"，而是一开始就进入剧情《佛口》。观音与众菩萨登台亮相，观音唱【诵子】的头四句，后台帮合二句："南无佛！南无观世音菩萨。"这"合"肯定是后台帮唱，而不是台上演员大合唱。因观音就在场，怎么能自己敬祝自己？第二支曲子【番竹马】甚至只让观音唱一句，后台帮合十四句，锣鼓随之，声音震天动地，观众的听觉神经都被极大地调动起来了，这就是闹！是热！收场戏"钵圆"最末一句便是"合"："奉你世人不贪淫天佛助"。此时，众多演员已退到后台，集体合唱一句，组成巨大的声浪冲向广场，继之锣鼓齐鸣，将这严重警告之声推波助澜，直震撼观众的耳鼓，让歌声在观众耳边久久回响。是帮"合"，使《钵中莲》开场与收场不同凡响，开得高昂，收得也响亮！中间的《托梦》、《神

① 徐渭：《南词叙录》，《中国古典戏曲论著集成》（三），中国戏剧出版社 1959 年版，第 239 页。

哄》、《园诉》、《点悟》、《雷殛》都是重场戏，或"合"几句，或"合"一二曲，都能增加舞台的热闹气氛，使闹剧更闹，文场不冷。

《钵中莲》的"合"有如下演唱特点：

第一，"合"用来抒发剧中人的主观感受。这种"合"和"唱"差不多，也是以第一人称的口吻演唱。如第九出《神哄》，土地神敲诈新鬼殷氏僵尸不成之后邀请井泉童子、东厨司命、门丞、户尉、瓦将军、住宅土地与钟馗一道去捉拿殷氏僵尸，众小神互相推诿。土地神讲明利害关系，勉强做通了他们的思想工作。众小神表示愿意随往，相机行事。一场神哄，告一段落。这时后台帮唱：

（合）【煞尾】且将这色相开，一般向苑围陈，但观风望气无轻进。某等今夜呵，把割不断的魔缘，共在暗儿里仔细认。

此曲表明众神的态度及打算。在后台帮唱之时，众神共舞，唱的内容也正是他们要做之事，所以，这支曲子作唱作合皆可，都是第一人称口吻。但弋阳腔选择帮"合"，而不选择台上众唱，是有其道理的。恐怕是出于舞台效果的考虑。后台帮"合"在声势上要超过台上众唱。众神起哄，不愿与土地合作，直到最后才被土地说服。尽管到了这时候，家堂六神和钟馗仍有自己的想法，欲静观事态的发展，并没有打算全身心投入捉妖行列中去。后台帮唱的正是众小神的心理，至于土地，则没有理由取观望态度。

第二，"合"以目击者的身份，客观地评论剧中人的言行。这种"合"跟曲艺中的"唱"差不多，用来品评故事中的人物。如第五出《托梦》，剧中众窑工祭祝窑神圣诞：

（合）【泣颜回】蒙庥，财帛易营求，感激长悬心口，馨香明德，神祇鉴纳忱由。迎时祈佑，祝无疆竞献芹私有。（生）祭赛已毕，大家里面饮福去。（众）有理。（合）饮和时把酒言欢，似乡社馂余消息。

这里叙述众窑工的行为动作，评论他们对神明的虔诚态度。说众窑工心感神明，口念神明，烧香拜神，倾其所有献给神明，祈求神明保佑，敬神之后饮酒。饮福时众窑工有说有笑，好不欢乐热闹！这一切"合"属于台后演员或幕侧乐工，通常是鼓师领着唱而行为动作则由台上演员表演。就像"木偶戏"的谜面所说的"四四方方一戏台，生旦净丑全出来，会演的不会唱，会唱的不上台"。

第三，跳进跳出，时而以第一人称口吻，时而又以旁观者的身份唱出剧中人的心理行为。这种"合"把上述两种"合"熔于一炉。就演唱内容而言属于剧中人所说所做的，而就发话人的身份而言却是来自旁观者。如第一出《佛口》中的一曲：

> （老）【番竹马】就此驾起祥云缥缈。（众）领法旨。（合）巧趁取艳阳时雨顺风调，把鸾车引导，间焕幡幢五色，掩映得朱暾暄耀，望昆仑还隔住晴霞照；徐行过海天遥。涛声渐远喧嚣。（白略）（合）本惟人自招，从别出青红和那皂，想尘缘尚有烟花扰；且今日莫与推敲，咫尺群真并到，会蟠桃，三千岁一度征招。

此中的"合"，以旁观者身份，写众佛云游情形，却又代众佛立言，写出他们的感受。如"想尘缘尚有烟花扰"，便是佛的远见，知道王合瑞仍为情所困，成佛尚待时日。这样客观描写与主观反映融为一体。

第二节　"唱"之形式

弋阳腔的"唱"，形式丰富，有独唱，有对唱，有轮唱，有众唱。这四种演唱形式早在宋戏文里就已创立，但到了元代，戏文受到南下的元杂剧的影响，众唱、对唱、轮唱大大减少，主要突出独唱，尤其是生、旦的独唱几乎占一半。昆山腔则又有过之而无不及。弋阳腔仍继承宋代戏文的传统，四种演唱形式兼顾并用，灵活多变。

（一）对唱

在明代"四大声腔"中，最爱用对唱且最善用对唱的是弋阳腔。弋阳腔的对唱有斗嘴对唱、逗情对唱和斗智对唱等多种形式。

斗嘴对唱实际上就是吵架腔，起源于民间吵架。民间吵架极富艺术性，或是唇枪舌剑，左冲右突；或是污言恶语，劈面而来；或是反唇相讥，见缝插针；或是泥堵石垒，固若金汤。用词之难听，咒骂之刻毒，讽刺之入骨，摊牌之凛然，无与伦比。民间吵架，绝少文人的斯文，毫无顾忌，要吵就吵个痛快，要闹便闹个利索，雷鸣电闪，暴风骤雨，顷刻而至，一会儿又烟消云散，雨过天晴。《钵中莲》第三出"调情"就吵得极妙。吵架双方都是流氓无赖，一个是贩水果的行商，另一个是县衙的捕快。吵架起因是因为卖水果的进入捕快姘头屋内调情为捕快所不容。曲子不是弋阳腔固有曲调，而是吸收了新腔【山东姑娘腔】：

　　（副）谁家内外不分开？胆敢胡行闯进来！（丑）有数春天不问路，任凭出入理应该。（副）借端调戏人家小，我也知伊怀鬼胎。（丑）正直无私图买卖，不因进内便为呆。（副）不公不法都容你，要甚巡查特点差！（丑）三管鼻涕多一管，倚官托势挂招牌！（副）立时锁你当官去，打了还应枷大街。（丑）若到公堂咬定你，无故扎局诈钱财。（副）癞皮光棍千千万，惟有伊家会使乖。（丑）既晓区区神本事，看人不起乱胡柴？（副）还强嚼，不安排。（丑）什么安排？我倒极难猜。（副）磕头赔罪才饶你，（丑）我有不装柄的拳头打得你头颈歪！

　　此曲吵架调采用的是生动活泼的地方新腔演唱，再配合舞台表演极醒人耳目。一个见惯世面，恃勇轻人；一个投靠官府，仗势欺人。双方互不相让，挥拳跺足，骂声不绝。争吵解决不了矛盾只好拳脚相加，以武力定输赢，这便是流氓逻辑，歌声之快人岂独唱可比？
　　逗情对唱实际上是情歌对唱，起源于民间对山歌。老百姓都是直爽的，谈恋爱也是诚心诚意，有话直说，无遮无藏。如《钵中莲》第四出《赠钗》中的捕快韩成与独守空房的风流少妇的逗情对唱：

　　（贴）啐！【剪剪花】毫无表记送情郎，嗳，一副金钗小凤凰，怜念我衷肠。阿呀阿呀呀。（副）多承厚赠亲收好，嗳，时时刻刻不暂忘，诸事总图长。阿呀阿呀呀。
　　（贴）【前腔】虽然鉴谅我凄凉，嗳，尚要从头问短长，何日转家乡？阿呀阿呀呀。（副）归期约定须三月，嗳，不敢停留在浙江，安稳守空房。阿呀阿呀呀。

　　一对相好互吐衷情，云情雨意，浓稠缱绻，迷恋之态尽现台上，性渴之情尽托声中，是在互相逗情，还是在挑逗观众情欲？如何得之？是民间艺人之鬼招！民间戏曲之迷人如此！

斗智对唱也就是智力较量对唱，对唱双方都挖空心思，隐瞒自己，试探对方。记得"文化大革命"期间，"样板戏"《沙家浜》流行全国。特别是"智斗"一场，阿庆嫂与刁德一的斗智对唱家喻户晓，于今仍不绝于民间。这种斗智对唱，古已有之，《钵中莲》便多次出现。《杀窑》中王合瑞对韩成的试探；《拜月》中土地与殷氏僵尸的勒索与反勒索；《神哄》中家堂六神与钟馗的比穷；《园诉》中殷氏僵尸与土地的争夺家堂六神同情；《点悟》中王合瑞与下凡点化的假道士的论辩；《补缸》中殷氏原形与补缸匠顾老儿的讨价还价等，不一而足。

如果说以上斗智对唱都因未涉及生死攸关的大事而显得戏味不辣的话，那么《逼毙》则是高手周旋，旗鼓相当，危及性命。王合瑞杀了奸夫之后回家要杀淫妇。斗智的第一个回合就在开门前后的"回夫"：

（生）私情莫用再访客，定供招罪名应死。到家耐性轻敲。（作叩门介）为今朝羞见桑梓。（贴上）是那个来了？【福马郎】回旋闻剥啄至，料那人象山归，伊迓欢喜死。（作开门介）可是韩……（生）是我回来了。（贴）阿呀！（生）吓，为何见了我这等大惊小怪！（贴）早难道我游魂鬼恁疑之？有个缘故。（生）什么缘故？且闭了门里面说。（贴）官人嗳！暌违已多时，添羞涩作惊词。

剧中王合瑞回家的目的便是兴师问罪，审妻杀妻。而殷凤珠只是一味等待心上人韩成，毫无心理准备与丈夫斗智，但凭着她的聪明还是掩饰过去了。

接着第二个回合是"讽妻"。王合瑞含沙射影，指桑骂槐，语语带刺，殷凤珠极力分辩，岔开话题。王合瑞唱【缕缕金】：

（生作背介）【缕缕金】无明证一些儿，有罪谁输伏？力排之！（贴）官人，夫妻久别，今日重会，合当欢喜，怎么反自言三语四？这些话，奴家一点儿不解。（生作转介）阿呀，我到忘了。（贴）忘了什么？（生）带得些土仪在此，怎么不把你看看！（贴）什么土仪？（生）哪，郑重罂缸贵，伊休轻视。（贴）阿呀，这一只小小瓦缸，盛不得多少水，腌不下什么菜，要他何用？（生）若说无用，也就不该死死的恋着他了。（贴）谁去恋他？（生）这也难得。来，你再仔细看看，如此的颜色，这样的式样，由韩而至，可还寻得出第二只么？（贴作背介）怎么带个"韩"字？（生）韩嘎！（贴）嗯嗯，要问这个"韩"嘎！（生）哪，本三韩成就出高赀。（贴）原来是个"韩"字。（生）原是一笔写不出两个"韩"字耶？你可看得明白么？（贴）待我来。嗯，妙嗳，这只瓦缸，颜色不同，式样各别。（生）如何？我说你心爱的。（贴）待我来端进去。（生）这还不算稀罕。（贴）可还有什么？（生）有。（作出金钗介）哪。（贴）阿呀！（作失手将缸落地跌破介）（生）吓吓吓，阿呀呀，怎么见了金钗这等着急？把缸都跌破了。于中有奇事！于中有奇事！

王合瑞将小瓦缸、金凤钗、韩成头逐一出示。证据面前，殷凤珠的心理防线彻底崩溃了，只得承认奸情。

第三个回合是"求饶"。殷凤珠求丈夫饶命，唱的是【越恁好】，几个"叫头"，几个"哭头"，把哀情推向高潮：

　　（贴作背介）咳！【越恁好】已将春意漏泄到一枝。（生）阿呀淫妇吓，淫妇！我不在家，怎么就做出这样事来！（贴作转介）啐！不要听了别人的言语，把奴肮脏。（生）若是别人说的呢，何足为凭。（贴）难道有人亲口招供不成？（生）罢，我实对你说了罢！（贴作发战介）（生）自做江湖经纪人，……（贴）阿呀官人嗳！纵奴悖乱，希饶恕，感仁慈。（生）饶不得！（贴）阿呀官人吓，可看往日夫妻之情分，恕奴家一个初犯。（生）放屁！谁怕你再犯么？（贴）阿呀！哀求再四总如斯，原该万死。（生）吓，也罢，且看夫妻情分，把你一个全尸。哪，盐卤、索子、刀，由你寻那一门路去。（贴）阿呀官人嗳！乞饶作妻子的一命嘘！（生）哎！若再迟延，要待我来动手！（贴）啐，阿呀，殷氏吓，殷氏！你从前本失志，贪情嗜。阿呀丈夫！（生）快些！（贴）罢！到今拚服卤，将身试。

剧中旦的几个"阿呀"和最后一个"罢"是"叫头"。"死"、"嗜"、"试"三字是哭头。叫头声音尖利，"哭头"声音凄厉，足以动人。殷凤珠本想靠此感动丈夫，但不想丈夫竟是铁石心肠。"叫头"、"哭头"都用于悲哀无处诉之时，声音拉长，伴随着锣鼓乐声、唢呐声，能震撼人心。此处还能反衬出王合瑞态度之坚决。

（二）轮唱

轮唱即场上演员轮流唱。轮唱不像对唱那样斗嘴、逗情、斗智，也不像独唱那样直抒自身的情感，而是多作规劝、说理、议论。如《点悟》，表演的是托塔天王李靖受观音之命，带领众伽蓝显神通下凡点化王合瑞。众伽蓝化作凡人，轮流登场，点化王合瑞。首先是旦扮和尚唱【佛经】，讲明人世无常，意欲动摇王合瑞的凡心；王合瑞接唱【北喜迁莺】，表示仍留恋红尘。往下是末扮道士唱【耍孩儿】与【南画眉序】两支曲子，宣扬善恶有报，酒色财气当戒，劝导王合瑞出家为僧；王合瑞唱【北出队子】，表示彷徨之情。然后是后台帮合【南滴溜子】，说明众伽蓝的任务。接着是炼魔僧唱【赞子】，大赞修行的好处；王合瑞唱【北刮地风】，心已向佛。其后，老旦扮老妇唱【南滴滴金】，以铁鏊可磨针之理晓人；王合瑞唱【北四门子】，向佛之心愈坚。随之而来的是净扮大汉唱【南鲍老催】，讲明凿石可通海的道理；王合瑞唱【北水仙子】，表示坚心向佛，要出家修行。最后一轮是副扮和尚唱【南双声子】，表示愿引路；王合瑞唱【北煞尾】，坚决表示"保从今永不更迭，惟愿向释天中衣钵接。"又如《雷殛》中，净、副、丑、外、末扮五雷正神下界消灭殷氏僵尸，唱的是新腔【京腔】，同唱 6 句之后，便开始轮唱：净唱两句之后下场，副、丑同唱两句之后也下场，外、末同唱两句也一样下场，净复上来又唱两句。这种表演，舞台始终是动态的，活跃的，以动制静，能产生意想不到的艺术效果。更有效果的是《钵圆》中众罗汉奉观音之命轮流点拨王合瑞，每曲都是说理叙事相结合，虽然曲调相同，但由于角色用嗓不同，而各有千秋，富于变化。末唱之沉静，净唱之宏富，丑唱之花哨，旦唱之流丽，五花八门，乐谱不变而歌声相异，足以荡人，使人陶醉于歌曲之中接受说教，顿时醒悟，净化了灵魂。

（三）众唱

众唱为场上角色合唱，可以是全场角色合唱，也可以是场上多数角色合唱。昆山腔把许多南戏的后台帮合改为场上众唱，使后台帮合在昆曲舞台上渐渐弱化。弋阳腔则除了保留后台帮合之外，还发展了台上众唱。场上之合与台后之合并用，极富气势，体现了集体力量的巨大。众唱主要用于表明众人的共同心愿，人多声众，可使舞台变得热闹起来。如《托梦》中众窑工合唱【扑灯蛾】，便把祭神饭后窑工的喜悦心情和盘托出：

　　（众同生上）【扑灯蛾】喜孜孜看从散福来，问微微将颏玉山否，感重重佛天相呵护，管年年祚余消受。（众）王哥，我们今日多要回家看看，你一人在此，未免寂寞，怎么好？（生）不妨。列位早去就来，生活要紧，不可单个久了。（众）不过两三日就来上工的。（生）如此甚好。（众）我等告辞了。（生）慢去。（众）急煎煎归家正理，怕沈沈斜阳渐西流。（齐下）

众上众下，众白众唱，声势浩大！这正是露天演出的弋阳腔的长处。要是同样的表演出现在厅堂中的昆曲舞台上恐怕要吵翻天，观众要受不了。而弋阳腔在野外表演，天宽地阔，再大的声音也能承受得了，且必须是大声音才是最美的。这种情况在今天的露天表演亦如此，一些唱流行歌曲的演员一到露天舞台演唱就立即被高音演员杀败，话筒欲塞到嘴里，听众也只听见哼哼唧唧，难受至极。

（四）独唱

独唱即场上个人演唱，这是中国戏曲最重要的演唱形式。它是由中国民歌发展而来，中国民歌古时多为独唱。文人诗歌也是独唱的，因而富有文人气息的元杂剧独尊独唱，把独唱作为元曲的唯一演唱形式，甚至只由一个角色独唱。南戏虽然演唱形式多样，但独唱仍占很大的比重。弋阳腔也一样，尽管是露天表演，独唱显得冷场，但也仍为主体，只不过是所占比重下降了。弋阳腔的独唱，偏重于抒豪情表壮志，这也是其长处。高亢的音调配上豪放的曲词，由嗓音响亮的演员演唱，再配以锣鼓喧天声便把过于柔弱的独唱刚健化。如《杀窑》中的首曲——生扮王合瑞唱【虞美人】：

（生上）【虞美人】家乡千里何时返？废寝长叹。萧条形影伴谁人？孤月凄清消冈强移樽。下酒何消看汉书，乡情恋恋极难舒；今宵坐对孤灯闪，且破工夫忆梦初。

这是一支风格豪放的曲子。它塑造了一个远离故土，长期在外，月下独酌，借酒浇愁的硬汉形象。曲子多用壮词、伟词、冷词，如以"千里"形容其遥，以"何时"表明其久，以"长叹"抒发其愁，以"萧条"描写其冷清，以"孤月""孤灯"衬托其孤独，以"下酒何消看汉书"体现其气魄之浩大。此等曲子非男高音演员不能唱。

第三节 "唱"之分工

中国戏曲一开始便有行当之分，生旦净末丑各有专行戏。戏曲中的唱亦有分工。弋阳腔的前辈是宋元南戏，宋元南戏保持古貌最完整的是《张协状元》。而万历时期，与弋阳腔并行的昆山腔剧本——许自晋创作的《水浒记》较具典型性。它与《钵中莲》流行时代大致相同。因而，我们拿《钵中莲》与《张协状元》和《水浒记》作比较，用来说明弋阳腔场上之唱的分工特点。列表如下：

角色	张协状元		水浒记		钵中莲	
	独唱	混唱	独唱	混唱	独唱	混唱
生	43	62	29	16	21	8
旦	53	57	16	4	2	6
净	21	70	30	8	7	4
末	19	76	17	6	3	6
丑	12	48	10	17	6	7
外	7	46	11	19	–	7
副、副净	–	–	8	2	7	10
贴、小旦	11	7	18	13	17	15

表中只列出大部分角色所唱曲子的数量。其中混唱是指角色参与唱的曲子。《张协状元》53 出，总唱曲为 325 支；《水浒记》32 出，总唱曲为222 支；《钵中莲》16 出，总唱曲为 106 支。由表中所列数据可以看出弋阳腔《钵中莲》角色分工唱的一些特点：

（一）男性主角——生继续保持重要地位，唱曲总数最多。

（二）削弱了传统南戏末、外的地位。末只安排 3 支独唱曲，外竟无一支独唱曲。而《水浒记》仍保持末和外的较重要地位，唱曲数超过丑和副净。这也许是剧性不同所致，昆曲剧性严肃，重庄重角色，所以末、外戏较多，弋阳腔剧性活泼，重滑稽角色，净、丑戏多，末、外戏少。

（三）提高了净、丑的地位。净独唱曲在男性角色中排名第三，丑排名第四。净、丑是南戏中的一对喜剧脚色，《张协状元》中的末有时亦介入净、丑的滑稽表演中，但这一角色表演总是较为严肃。净、丑一般只作插科打诨调剂舞台气氛用，非重要角色，地位次于末、外。而到了弋阳腔中，净、丑的地位大大提高了，超过了末、外。净、丑不独扮演滑稽人物，也扮演较神圣的人物，如净扮凿山汉、钟馗、五雷正神、罗汉；丑扮土地、伽蓝、大和尚、五雷正神、罗汉等。但净、丑即使扮演了神圣人物也不乏滑稽表演，如钟馗与土地的表演。净、丑不独插科打诨，而且表演重要情节。如丑扮货郎之《调情》、丑扮土地之《神哄》、《园诉》，净扮补缸匠之《补缸》等。弋阳腔是民间戏曲，农村观众爱热闹，不喜冷静，而剧中热闹处又多由净、丑表演，再者净、丑所唱又大都是粗曲艳调，唱法就更加随心所欲，因而表演更自由，也就更易出人才。所以弋阳腔名角多为净、丑而南戏、昆山腔重雅唱，重正腔正调，名角多出自生、旦。昆山腔戏班班主常是末，戏由他开场；弋阳腔班主常是丑。丑是戏班中最受器重者。

（四）增加了"副"这一角色。弋阳腔的副非副末，而是副净，在花脸角色中仅次于大净。剧中的副主要扮演奸夫韩成，戏情较重，副所唱曲甚至多于净，在男角中排名第二。当然净扮补缸匠所唱【诰猖腔】一曲不下百句，却只算一曲，有失公允。

（五）削弱了南戏旦角的重要地位，剧中的旦所扮演的不但不是女主人公，而且居然是男性形象，旦唱曲极少。《水浒记》中的旦，多扮女性，亦扮男性，如扮卖酒之白胜，旦唱曲不算少。

（六）极大地提高了贴、小旦等副旦地位，副旦竟取代了正旦的地位，副旦戏可与生角戏平均秋色。剧中的贴与小旦皆扮殷凤珠，扮演的同属一个人物，一个扮美人，一个扮丑鬼。《钵中莲》的贴与小旦和《张协状元》中的后、占，《水浒记》中的小旦一样，是扮演活泼俏丽的年轻女子或女鬼形象。整台戏被唱活了，功不在生，而在贴、小旦。如果去掉贴与小旦的戏，《钵中莲》则毫无戏趣可言。杜颖陶先生捐赠的现藏中国艺术研究院戏曲研究所资料馆的清嘉庆抄本《钵中莲》仅四出：《示谶赠钗》、《托梦除奸》、《冥会补缸》和《雷击僵尸》。它是清嘉庆时内廷内府戏班演出本，是缩写本。剧本以殷凤珠的戏为主，生只在第二出《托梦除奸》中出现。

通过比较，我们可以看出弋阳腔与昆山腔是两种全然不同风格的剧种。简言之，昆静弋闹，昆雅弋俗，昆文弋武，昆正弋乱，昆柔弋刚，昆庄弋谐。

总而言之，《钵中莲》的演唱艺术形式多样，生动活泼，为农村观众喜闻乐见。

（该章曾以《论〈钵中莲〉的演唱艺术》为题，发表于《艺术百家》2004 年第 6 期）

第七章

万历抄本《钵中莲》排场科介艺术

万历抄本《钵中莲》是舞台脚本，是演出指导用书。与一般的案头剧本不同，该本排场科介说明特别新颖、详细，从中可以看出民间戏曲艺人非凡的创新能力。

第一节　开场、上下场形式大胆创新

关于戏曲上下场的概念及其重要性，戏曲理论家齐如山解释得非常清楚："戏中的上下场，是怎么回事呢？上场者，演员刚出台帘也；下场者，演员将入台帘也。上场乃歌舞之初起，孟子所谓'始条理'也。下场乃歌舞之将终，孟子所谓'终条理'也。是二者，一为乐之方始，一为乐之将终，则其情形性质之重要，可想而知矣。古者音乐歌舞，对于此等地方极为注意，故戏中对于上下场亦极重视，处处皆有斟酌。"[1]《钵中莲》是明代弋阳腔传奇当中最突出的剧目，在上下场方面有许多创新之处。

一　开场的变革

按传奇演出常规，第一出是末或副末开场，开场念词两首，介绍故事情节。这部戏第一出《佛口》却取消了副末开场，而直接进入正戏。但正戏却又不是从主角开始，而是由老旦扮观音等登场，改变了传统南戏传奇"头出生，二出旦"的套路。登场角色10个：外、末、净、副扮四揭谛，小生扮韦驮，旦、丑扮侍者，贴扮善才合掌，又贴（疑有误，前面"贴"已扮善才）扮龙女捧杨枝瓶，引老（老旦）扮观音执拂尘。锣鼓声

---

① 　齐如山：《上下场》，北平国剧学会 1935 年版，第 1 页。

中，角色依次登场亮相，分四批次上：第一批，外、末、净、副扮护法神各执兵器一个紧跟着一个上场，亮相；第二批，韦驮上场亮相；第三批，旦、丑做一组上场；第四批，二贴做一组上场引老旦上场。如此多角色登场，除了老旦扮观音之外都没有安排引子或定场诗白，以前的弋阳腔传奇演出从来就没有过如此出场的，这是一大改革。不过这出戏还是保留了一些末开场的特色，比如报告家门大意，是末开场的重要一环，这部戏也通过观音之口介绍剧情：“此人原籍江西，凤有佛门根器，可参大道，诚证菩提。今在奉化土窑，聊且烧缸度日。查得其妻殷氏，数应淫乱戕生，死后成僵，复遭雷殛。再思吾莲座前，缺一捧钵侍者，应俟因缘到日，吾当济度王合瑞到来，付与钵盂，以成正果。”

二　上、下场的传承与革新

第一，上场形式的传承与革新。

首先是唱上。这是最常见的上场形式。《佛口》老扮观音唱【诵子】上。《思家》生扮王合瑞唱【女临江】上；外扮窑主李思泉唱【三学士】上。《调情》贴扮殷凤珠唱【绕池游】上。《赠钗》贴唱【寄生草】上。《托梦》四小鬼引窑神唱【粉蝶儿】上，生唱【泣颜回】上；众同生合唱【扑灯蛾】上；前鬼引副扮韩城合唱【扑灯蛾】上。《杀窑》生唱【虞美人】上；副唱【步步娇】上。《逼毙》生唱【红芍药】上。《拜月》丑扮土地唱【普贤歌】上；末扮判官、小生扮小鬼、外、旦扮皂隶唱【普贤歌】上。《神哄》旦扮井泉童子、外扮东厨司命、小扮门丞、老旦扮户尉、末扮瓦将军、副扮住宅土地唱【四边静】上；净扮钟馗唱【临江仙】上；丑扮土地唱【四煞】上。《园诉》小旦扮殷氏僵尸唱【四平腔】上。《点悟》小生、丑、小旦、贴扮伽蓝、副扮李靖唱【南画眉序】上；末扮道士、旦扮炼魔僧、老旦扮老妇、净扮大汉唱【南画眉序】上；末唱【耍孩儿】上。外扮炼魔僧带小生、丑、副、贴扮和尚唱【南滴溜子】上；老旦扮老妇唱【南滴滴金】上；净唱【西江月】上；生唱【北水仙子】上；副扮和尚唱【南双声子】上。《听经》末、小生、净、副、老旦扮和尚唱【朝元令】上。《冥晤》小旦扮殷氏僵尸唱【北赏花时】上；老旦、旦扮鬼卒带副扮韩成唱【南梁州赚】上。《补缸》贴扮殷氏原形唱【诰猖腔】上。《雷殛》小生扮韦驮、旦扮木吒唱【朱奴插芙蓉】上；生扮王合瑞唱【朱奴剔银灯】上。《钵圆》小生扮韦驮引生扮王合瑞唱【点绛唇】上；末、外、净、刲、丑、旦扮罗汉，贴扮善财，小旦扮龙女引老旦扮观音唱【沽美酒】上。

其次是诗白上。《调情》副上诗白："花柳情深才会合，萑苻案重主分离"。《逼毙》贴扮殷氏上诗白："天涯人去信难通，屈捐（指）归期已订定。孤帏寂寞无人问，新愁旧恨上眉峰"。《拜月》小旦扮殷氏僵尸上诗白："泄露机关起祸芽，枉将风月葬荒沙。灵魂不灭成僵后，愿结他生望眼赊"。《园诉》旦扮井泉童子、外扮东厨司命、小生扮门丞、老旦扮户尉、末扮瓦将军、副扮住宅土地、净扮钟馗上同诗白："征招慢（漫）谓事无因"。《点悟》生扮王合瑞上诗白："细算姻缘总是魔，初心窃愿老头陀。男儿自有凌云志，漫谓逃禅缺陷多"。生复上诗白："一家骨肉虽星散，百世香烟注意深"。《听经》生上诗白："欲断凡心染，还希慧眼留"。《补缸》净扮顾老儿上诗白："修补缸坛是独行，那知趁息极平常。不安本分图风月，就有银钱一扫光"。

再次是散白上。《调情》丑扮卖水果的上散白："拉罗里"。《赠钗》副扮韩成上散白："阿哟！这个□□的倒也利害"。《拜月》末、小生、外、旦引丑上散白："他虽似人非人，我却见怪不怪"。《园诉》丑扮土地上散白："嗯乩都跟我来"；丑追上散白："怕嗯逃拉罗里去"。《点悟》旦扮和尚上散白："妙吓，都已化就"。《听经》丑扮侍者上散白："序列"；外扮大和尚散白："善哉善哉"；《补缸》小旦扮殷氏僵尸上散白："你赔也不赔"。《雷殛》小旦扮殷氏僵尸上散白："补缸的狗男女，快快赔我缸来吓"；小生又上散白："吾救你来也"。

最后是默上。《园诉》小旦上；生扮石敢当暗上。《雷殛》老旦扮鬼卒调小旦上。副、丑、外、末又追上。

弋阳腔传奇角色传统登场形式基本是两种：一是唱引子上；二是念诗上。《钵中莲》仍然按传统以唱上为主，但有所突破，创造了崭新的上场形式：一是内白上，未见其人，先闻其声。《调情》丑扮卖水果的在内喊叫卖声："长酥无渣，蜜果橄榄吓"，随后在贴扮殷氏的召唤下上场散白。《赠钗》贴扮殷凤珠内白："阿呀，天吓！男子汉不在家里，被人欺到这个地位"，然后才登场唱【寄生草】。二是散白上，如《赠钗》副上白："阿哟！这个□□的倒也利害"。三是后台帮合唱上，如《托梦》副背包上，前鬼引副上，后台帮合唱【扑灯蛾】。《点悟》外扮炼魔僧带小生、丑、副、贴扮和尚执木鱼手磬上，后台帮合唱【南滴溜子】。《钵圆》末、外、净、副、丑、旦扮罗汉，贴扮善财，小旦扮龙女，引老旦上，后台帮合唱【沽美酒】。四是默上，如《园诉》小旦上，小旦扮殷氏僵尸被丑扮土地紧追急上，都是默不作声。

第二，下场形式的传承与革新。

唱下。《佛口》老、众在后台帮合唱【番竹马】时下。《托梦》生、众在后台帮合唱【泣颜回】时下；众唱【上小楼】齐下；生唱【上小楼】下；窑神与众鬼唱【上小楼】下。《逼毙》贴唱【粉孩儿】下；贴唱【越恁好】下。《拜月》小旦唱【斗黑麻】下。《神哄》旦、外、小生、老旦、末、副、净、丑在后台帮合唱【一煞】时下。《园诉》小旦、旦、外、小生、老旦、末、副、净在后台帮合唱【碧玉环带清江引】时同下；丑在后台帮合唱【碧玉环带清江引】时下。《点悟》生唱【北醉花阴】下；末、旦、老旦、净在后台帮合唱【南画眉序】时下；旦唱【佛经】下；末唱【南画眉序】下；生唱【北刮地风】下；生唱【北四门子】下；生唱【北水仙子】下；副唱【南双声子】下；生唱【北煞尾】下。《听经》生唱【江神子】，丑引生下。《冥晤》贴扮殷氏原形唱【临江仙】下。《补缸》贴唱【西秦腔二犯】急下；净唱【西秦腔二犯】下，小旦唱【西秦腔二犯】下。《雷殛》小生、旦在后台帮合唱【朱奴插芙蓉】时分头下；净唱【京腔】下；副、丑唱【京腔】同下；外、末唱【京腔】同下；净、副、丑、外、末在后台帮合唱【京腔】时同下。《钵圆》生、小生、末、外、净、副、丑、旦、贴、小旦、老旦在后台帮合唱【煞尾】时同下。

诗白下。《思家》外诗白："索逋来往乘风便"，生接着诗白："赠赆还应感厚情"，同下。《点悟》老旦诗白："分明计较分明说，仔细端详仔细推"，下。

散白下。《调情》丑（按：应是"贴"）散白："阿呀！放手！放手"，下；丑散白："只是放不下我的王大娘！罢，打听事情平静，再来想枣儿汤罢。列位走开点，无敌大将军得胜还朝了"，下。《赠钗》副散白："阿呀，我的□娘！"抱贴下。《托梦》副散白"好奇怪！好奇怪"，下。《杀窑》生散白："真个神道有灵，如今已全应了"，拖副下。《逼毙》生诗白："吓，才出我胸中之恨！吓吓，且买棺木去罢"，下。《拜月》末、小生、外、旦散白："只怕乘兴而来，难免败兴而归"，下；丑散白："放屁！放屁！"末、小生、外、旦引丑下；末、小生、外、旦散白："哪哪哪，僵尸又出来了，大家走嗳"，又同下；丑散白："咳！为了牢钱，枉自纠缠。众人着力，还怕徒然"，下。《园诉》小旦白："要想拿我，除非做梦"，下；丑白："怕嗯逃拉罗里去"，下。《点悟》副散白："变"，下；外、旦散白："且自由他，我们去罢"，下；小生、副、丑、贴散白："有理"，同下；净散白："那边还有人来点化你了"，下；外散白："这王合瑞大有根器，今得收在门下，可谓青出于蓝矣。择吉日极是容易，与伊摩顶受记，他年诚证菩提，谁不信为神异"，贴随外下。《听经》末、小生、净、副、老旦、旦散白："南无阿弥陀佛"，同下。《冥晤》老旦、旦散白："走！走"，带副下；小旦散白："但我死成僵，已失本来面目，与人接见，定惹惊疑。不免现出在生仪容，分外添些妩媚。又把这空园一所，幻做王家庄，好觅匠人与他补缸便了。变"，下。《补缸》净散白："打蜜蜂秋迁（千）——倒有趣哩"，下；贴散白："变"，下。《雷殛》小生又上散白："吾救你来也"，引生下。

　　默下。《调情》副败下。《托梦》众围副坐定介，众下。《园诉》小旦下；《点悟》小生、丑、小旦、贴同下。《雷殛》场上烟火介，小旦急下；老旦暗下，小旦暗下。

　　弋阳腔传奇角色下场以往通常只有两种形式：一是唱【尾声】或【煞尾】下；二是念下场诗下。《钵中莲》创造了许多新形式。在职演员发音形式上创造了三种新形式：一是后台帮合唱下，如《佛口》后台帮合唱【番竹马】，齐下；二是散白下，如《调情》丑扮卖水果的白："列位走开点，无敌大将军得胜还朝了"，下；《托梦》副扮韩成白："好奇怪！好奇怪"，下。《逼毙》生扮王合瑞白："吓，才出我胸中之恨！吓吓，且买棺木去罢"，下。三是默下，如《托梦》众围副坐定介，众下。在演员下场形体动作上有所创新：一是逃下，《调情》丑、副"作打介，副败下"。二是拥抱下，《赠钗》副扮韩成抱贴扮殷氏下。三是拖下，《杀窑》生扮王合瑞拖副扮韩成尸体下。四是追下，《补缸》小旦扮殷氏僵尸追补缸匠顾老儿下。五、暗下，如《雷殛》老旦暗下，小旦暗下。

第二节　场面调度灵活多样

一　一出多场，扩大了容量

　　明代传奇分出，习惯上是台上演员全部下场为一出。一出戏长短不拘，曲子多寡不定，但一出戏只能是一场戏，中间不能空场。《钵中莲》则做了改变，有的折子不只是一场，甚至多达 5 场。

一出 5 场的有 1 出。《点悟》第一场，（生扮王合瑞肩背包上）——（下）；第二场，（小生、丑、小旦、贴扮伽蓝，执禅杖、画戟、长枪、金杵，副扮李靖执金塔上）——（小生、丑、小旦、贴同下）——（场上作放烟火，末扮道士执渔鼓简板，旦扮炼魔僧点臂香，老旦扮老妇执铁錾，净扮大汉执斧凿上）——（同下）——（副下）；第三场，（场上作放烟火介，旦扮和尚挂肉身灯上）——（生上）——（旦下）——（末扮道士上）——（末下）——（外扮炼魔僧带小生、丑、副、贴扮和尚执木鱼手磬上）——（外、旦下）——（小生、副、丑、贴同下）——（生下）；第四场，（老旦扮老妇上）——（生上）——（老旦下）——（生下）；第五场，（净上）——（生上）——（净下）——（副上）——（副下）——（生下）。

一出 4 场的有 1 出。《雷殛》第一场，（小生扮韦驮执杵，旦扮木吒执禅杖上）——（分头下）；第二场，（生扮王合瑞挑盏饭桶上）——（小旦扮殷氏僵尸上）——（小生又上）——（引生下）——（场上烟火介，小旦急下）；第三场，（净、副、丑、外、末扮五雷正神各执斧凿上）——（同下）；第四场，（净上）——（老旦扮鬼卒调小旦上。净、副、丑、外、末又追上。小旦作跪外场介）——（同下）。

一出 2 场的有 4 出：

《托梦》第一场，（场设香案，四小鬼执槌鞭上，跳文武判官介，引窑神上）——（生执扫帚上）——（生、众同下）——（众同生上）——（齐下）——（生下）——（窑神小鬼齐下）；第二场，（副背包上，前鬼引副上）——（众下）——（副下）。

《拜月》第一场，（丑扮土地执拂尘上）——（末扮判官夹堂簿；小生扮小鬼拖钢叉，外、旦、扮皂隶执铁链夹竹板上）——（末、小生、外、旦引丑下）；第二场，（场上作放烟火介，小旦扮殷氏僵尸上）——（末、小生、外、旦引丑上）——（末、小生、外、旦又同下）——（小旦下）——（丑下）。

《冥晤》第一场，（小旦扮殷氏僵尸上）——（老旦、旦扮鬼卒，执短锤单鞭带副扮韩成戴锁铐长枷上）——（老旦、旦带副下）——（小旦下）；第二场，（场上作放烟火介。贴扮殷氏原形上）——（下）。

《补缸》第一场，（净扮顾老儿上）——（贴扮殷氏原形上）——（净下）——（贴急下）；第二场，（净上）——（贴上）——（贴下）——（场上作放烟火介，小旦扮殷氏僵尸上）——（净下）——（小旦下）。

二　舞台增容，适应群体上台表演需要

弋阳腔传统草台戏班一般只有七八名演员，场上角色同时表演时多则四五个，而《钵中莲》则完全不同，动辄 10 人左右，有时还有追杀表演，这就需要舞台增容，保证众多角色有足够的表演空间。《佛口》10人：外、末、净、副扮四揭谛，小生扮韦陀，旦、丑扮侍者，贴扮善才合掌，又贴扮龙女捧杨枝瓶，引老扮观音执拂尘上。《托梦》10人：场设香案，四小鬼执槌鞭上，跳文武判官介，引窑神上，生上，四窑工匠持福礼上。《拜月》6人：丑扮土地执拂尘上，末扮判官夹堂簿，小生扮小鬼拖钢叉，外、旦扮皂隶执铁链夹竹板上，小旦扮殷氏僵尸上。《神哄》8人：旦扮井泉童子执如意，外扮东厨司命执圭；小扮门丞执单鞭，老旦扮户尉执单锏，末扮瓦将军执手旗，副扮住宅土地执拂尘上；净扮钟馗执宝剑象笏上，丑扮土地执拂尘上。《园诉》10人：旦扮井泉童子，外扮东厨司命，小生扮门丞，老旦扮户尉，末扮瓦将军，副扮住宅土地，净扮钟馗，丑扮土地，小旦扮殷氏僵尸，生扮石敢当。《点悟》11人：生扮王合瑞肩背包上，小生、丑、小旦、贴扮伽蓝，执禅杖、画戟、长枪、金杵，副扮李靖执金塔上；末扮道士执渔鼓简板，旦扮炼魔僧点臂香，老旦扮老妇执铁錾，净扮大汉执斧凿上，副扮和尚上。《听经》10人：末、小生、净、副、老旦、旦扮和尚合掌上，丑扮和尚捧钵盂上，外扮大和尚执拂尘上，贴扮侍者执锡杖随上，生扮王合瑞上。《雷殛》10人：小生扮韦驮执杵，旦扮木吒，生扮王合瑞，小旦扮殷氏僵尸，净、副、丑、外、末扮五雷正神各执斧凿上，老旦扮鬼卒。《钵圆》11人：小生扮韦驮将降魔杵引生扮王合瑞上，末、外、净、副、丑、旦扮罗汉，贴扮善财，小旦扮龙女执杨枝净瓶引老旦扮观音执拂尘上。

三　重场戏精心设计，高潮迭起，亮点不断

《钵中莲》虽然只有十六出，是典型的一夜戏，但创造了 6 出重场戏，即《调情》《杀窑》《逼毙》《点悟》《补缸》《雷殛》。概括起来就

是"一点"(《点悟》)、"二调"(前调——《调情》和后调——《补缸》)、"三杀"(头杀——《杀窑》、二杀——《逼毙》、三杀《雷殛》)。

先看"一点"。

王合瑞杀掉奸夫淫妇,解决了心头之恨,却无法让自己平静下来,顿生出家修行念头。不过,还有几件心事阻碍着他走上皈依佛教的道路:第一,注重现实,追求人生有所作为。"才交强仕之年,何必舍身入寺?"不如"趁此图些事业",因而"决意仍转家门。"第二,对修行前途感到渺茫。"我想修行事,必图造极登峰,就使做到如来,此时尚是赊账",所以打算外出创业:"不若还我本等,仍然贸易江湖。"第三,为未尽孝道而忧心忡忡。"况我又是单传,当以宗祀为重。"所谓"不孝有三,无后为大",他深知大孝重要,决不甘心让自家血统在自己这一代断绝,仍需考虑续弦传后大计。

王合瑞是个有佛缘的人,但诸事未了,心事重重。神仙佛道要点化的人放弃一切出家修行难度很大。编剧为此花了不少脑力,因为说教最难讨巧,往往枯燥无味,让人厌烦。为了广收佛徒,弘扬佛法,宣传教理,编剧让众角色变化着扮演各路高僧登台说教,尽显神通。首先,在出次安排上,把这出戏安排在王合瑞杀妻亡家之后,为佛道点化提供契机。其次,采用车轮战术,轮番密集洗脑教育。再次,理论联系实际,口头说教与直观教学相结合,大大提高教育效果。最后,不惜笔墨,挥霍篇幅,洋洋洒洒,尽显佛道说教本领。

托塔天王李靖受普门大士观音之命,带领四伽蓝下凡点化王合瑞。他们一登场亮相就给观众庄严肃穆之感:个个手执神器,气势威武:金塔、禅杖、画戟、长枪、金杵,寒光四射,令人不寒而栗。轮流道白之后同下,场上生起烟火,骤然产生神秘感。原先的伽蓝行头都变了样:末扮道士执渔鼓简板代替了小生扮伽蓝执禅杖,丑扮拿画戟的伽蓝变成了旦扮点臂香的炼魔僧,小旦扮持长枪的伽蓝改为老旦扮执铁錾的老妇,净扮执斧凿的开山大汉替换了贴扮握金杵的伽蓝。旧四脚色同下,新四脚色同上,清一色的神圣武装改换成平民便服,一下子拉近了观众的距离,观众也由仰视改为平视舞台形象了。刚才的紧张气氛变得平缓下来,这就为下面的心平气和的说教铺好了垫。副扮托塔天王表示要化作挂灯道士,说了声"变",趁着场上又放烟火的掩护,迅速在舞台上消失,能让观众叹为观止。剧中六个脚色，轮番说教，各有门道。

第一轮，和尚唱经，初洗尘念。

旦扮和尚挂肉身灯上，走向生扮王合瑞唱起通俗易懂、形象生动、道理深刻的【佛经】：

> 天留甘露佛留经，人留儿女草留根。天留甘露生万物，佛留经典度人身。人留儿女防身老，草留根在再逢春。根枯草死逢春发，人老何曾再俊生。观世音菩萨！善人吓！为人好比一间房，口为门户眼为窗，两手两脚为四柱，背脊弯弯是正梁。二十四根肋骨好椽子，周围四处是垣墙。五脏六腹为家伙，舌头却是管家郎。有朝一日无常到，关了门儿闭了窗，要去见阎王。南无观世音菩萨！

这是万历时期一般民众都经常听到的最动听最形象的说教佛曲。李开先《宝剑记》万历时期流行于昆曲舞台上，剧中第四十一出叙林冲妻张贞娘母亡，停棺三天后遂请和尚追荐亡灵。和尚登场宣卷：

> 盖闻法初不灭，故归灭以归空；道本无生，每因生而不用。由法身以垂八相，由八相以显法身。朗朗慧灯，长留世界；明明佛镜，照破昏衢。百年光景赖刹那，四大幻身如泡影。每日尘劳汩汩，终朝孳识忙忙。岂知一性圆明，徒逞六根贪欲。功名盖世，无非大梦一场；富贵惊人，难免无常二字。风火散时无老少，溪山磨尽几英雄。我如今十方传句偈，八部会坛场，救火宅之焚烧，发空门之扃钥。富贵贫穷各有由，只缘分定不须求。未曾下的春时种，空守荒田望有秋。

还唱【诵子】："人命无常呼吸间，眼观红日坠西山。宝山历尽空回首，一失人身万劫难。百岁光阴瞬息回，此身必定化飞灰。谁人肯向生前悟，悟却无生归去来。"《金瓶梅》第七十四回吴月娘听薛姑子所宣《黄氏女卷》，内容全同《宝剑记》，可知宣卷成为明代中晚期时尚。《钵中莲·点悟》和尚说教如同宣卷一般，但又比宣卷高明。和尚表面上似乎专心做自己的功课，并不打算打扰对方，纠缠对方，因为强拉对方入教会适得其反，令对方反感，实际上却要为王合瑞洗涤尘心：人在世间，终归一死，不如接受佛家经典度人身。和尚的说唱宛如仙乐飘飘，句句入耳。《红楼

梦》第二十三回《西厢记妙词通戏语　牡丹亭艳曲警芳心》写林黛玉听
昆曲《牡丹亭·惊梦》名曲【皂罗袍】和【山桃红】时的情景：

　　　　正欲回房，刚走到梨香院墙角外，只听见墙内笛韵悠扬，歌声婉
　　转，黛玉便知是那十二个女孩子演习戏文。虽未留心去听，偶然两句
　　吹到耳朵内，明明白白一字不落道："原来姹紫嫣红开遍，似这般都
　　付与断井颓垣。"黛玉听了，倒也十分感慨缠绵，便止步侧耳细听。
　　又唱道是："良辰美景奈何天，赏心乐事谁家院。"听了这两句，不
　　觉点头自叹，心下自思："原来戏上也有好文章，可惜世人只知看
　　戏，未必能领略其中的趣味。"想毕，又后悔不该胡想，耽误了听曲
　　子。再听时，恰唱到："只为你如花美眷，似水流年。"黛玉听了这
　　两句，不觉心动神摇。又听道"你在幽闺自怜"等句，越发如醉如
　　痴，站立不住，便一蹲身坐在一块山子石上，细嚼"如花美眷，似
　　水流年"八个字的滋味。忽又想起前日见古人诗中，有"水流花谢
　　两无情"之句；再词中又有"流水落花春去也，天上人间"之句；
　　又兼方才所见《西厢记》中"花落水流红，闲愁万种"之句：都一
　　时想起来，凑聚在一处。仔细忖度，不觉心痛神驰，眼中落泪。

　　林黛玉情窦初开，像《牡丹亭》中的杜丽娘一样，对事物特别敏感。
听到怀春少女心底下流出的歌曲，自然不能自持。同样，王合瑞已产生跳
出红尘，遁入空门之念，因而对佛曲也像怀春之人听到情歌一样心动。心
里向佛的人听到佛曲自然在意，洗耳恭听，生怕遗漏。生唱【北喜迁莺】
表明了他的情怀已被触动："言儿内虽藏真诀，言儿内虽藏真诀，已回头
着甚交迷心也么奢，单指望眼前功业，那里弄沙门讨账赊？纵使这老释
迦，亲把俺利名人延为上客，也不耐世事得个长别，也不耐世事得个长
别。"他深知和尚的言辞蕴含"真诀"，也想到出家做和尚，但还是留恋
红尘，事业为重，没有叫停和尚，随他而去。
　　第二轮，道士扬佛，强调洁净。
　　末扮道士敲渔鼓执简板上，唱道情【耍孩儿】："道情儿，上古传。
论人生，善为先。昭彰报应原非浅，贪财斗气多遭怨，恋酒迷花易弃捐。
须及早知黾勉也，只为心肠易变，唱一曲醒世良言。"告诫世人要以善为
先，莫贪酒色财气。王合瑞提问："动问儒、释、道三教，以那一教为

先?"道士坚定回答："三教各有妙处,佛力更浩大了。"作为道士,却力推佛教,还教导王合瑞信奉佛教,静心修炼:"洁净以心观,默运潜浮。"这样教育的结果虽然使人感到不合常理,有些疑惑,但毕竟让人相信佛力浩大,因为没有什么比异教徒的夸赞更能令人信服。为此,王合瑞才开始认真考虑"安禅"之事。

第三轮,和尚说教,修行有益。

外扮炼魔僧带小生、丑、副、贴扮和尚执木鱼手磬上,在大路边化香火钱。精彩之处在唱经:

【赞子】阿弥陀佛,南无阿弥陀佛也。(外)我东边要化那庞居士,西边要化孟尝君。(合)阿弥陀佛,南无阿弥陀佛也。(外)男要修来女要修,男女双修各有头。(合)阿弥陀佛,南无阿弥陀佛也。(外)男人修到为罗汉,观音菩萨倒是女人修。(合)阿弥陀佛,南无阿弥陀佛也。(外)灵山会上千尊佛,尊尊多是舍财人。(合)阿弥陀佛,南无阿弥陀佛也。(外)看香到底是疼难受,火气腾腾往下焚。(合)阿弥陀佛,南无阿弥陀佛也。(外)三十二个难施舍,一个两个好发心。(合)阿弥陀佛,南无阿弥陀佛也。(外)罢罢罢,休休休,苦把名香烧到了跟(根)。(合)阿弥陀佛,南无阿弥陀佛也。(外)多蒙那位护法舍我几个铜钱当斋僧,当斋僧,保佑你福也增来寿也增。(合)阿弥陀佛,南无阿弥陀佛也。(外)贫僧不敢私领受,上对天,下对地,中对日月三光照神明。舍一文,又一文,诚心惊动了蒲州解梁县那位老爷本姓关。头戴三山帽,身穿绿龙袍,丹凤眼,卧蚕眉,五柳长须飘。坐下赤兔胭脂马,手执青龙偃月刀。过五关,斩六将,擂鼓三通斩蔡阳。佛爷见了神通大,坐在三十三天。云端里坐莲台,坐宝台,照见凡间好善人。若然居士来发心,保佑你官官们。一岁关,两岁关,三六九岁关。将军箭,断桥关,可入东洋大海关,关煞开通一善人。(合)阿弥陀佛,南无阿弥陀佛也。

这支曲子也是时人非常熟悉的佛曲,大力宣扬修行的好处,但是出家修行却与传宗接代发生无法调和的矛盾。这也正是人们最关心的问题。生扮王合瑞毫不客气地炮轰佛教信徒:"《孝经》云:身体发肤,受之父母,不敢毁伤。咳!你们这些和尚,把父母遗体,如此作践,解了香罢！"炼魔僧反驳道："我有这，嗯居士站在三岔路口，投东也好，投西也好，自己还没有定见，如何倒责备别人？要晓得，出了家都想成佛作祖，若仅半途而废，后来百事无成。不如及早焚修，还好保存遗体。"一声猛喝，惊醒了懵懵懂懂的王合瑞。炼魔僧的说教起了作用，他开始彷徨了：

　　　　（生）【北刮地风】嗳呀，只这数说包藏天地也，猛可的已明露袖里龙蛇，好教俺两歧中着甚昭刚决。（外、旦）且自由他，我们去罢。（下）（小生、副、丑、贴）有理。（同下）（生）且住，我若仍然奔走江湖，做些经济。单怕煞已覆前车，未免将来末路兴嗟。还是削了发吧！仍旧向鹫峰前，做一个终身了结。倒或者有招邀，显出个保身明哲。虽然如此，还防着九仞为一篑亏，徒然心热转关儿，如今先甚捷，端的要证菩提立与提揭。

　　第四轮，老妇磨鏊，恒心感化。
　　老旦扮老妇上场表演磨铁鏊，引起彷徨中的王合瑞的好奇。他问道："妈妈，你手磨何物？"老妇答道："主母在家刺绣，一时无处觅针，因将铁鏊磨成，以应闺中急用。"这样的回答很可笑，王合瑞根本不信："什么说话！偌大一根铁鏊，如何磨得绣花针来？"老妇这才引用富有哲理的民间谚语，点醒王合瑞："岂不闻俗语云：只要功夫深，铁鏊磨成针！"王合瑞恍然大悟："是吓，凡事只要功夫精到，自然有日成功。"
　　第五轮，大汉凿山，毅力惊人。
　　净扮凿山大汉执斧凿上场，在假山上表演凿石。王合瑞见到此情景，又顿生疑团。凿山大汉告诉他一条民间谚语："凿山通大海，心坚石也穿。"王合瑞这才明白，这个道理与刚才听到老妇所说的一般："比如那铁鏊磨针无各别。"在他还回味谚语真谛之时，凿山大汉突然说："那边还有人来点化你了。"王合瑞四下张望不见有人来，再回头看时已不见凿山汉踪影。神佛的神奇更像磁铁吸铁一样吸引着他皈依佛教。
　　第六轮和尚引路，禅院修行。
　　经过神佛精心安排的五轮轮番劝化，王合瑞已经坚定了出家为僧的信念。一见到和尚就以为是来点化的了，他便一改先前的被动受教为主动要求赐教：

　　（生）首座可有什么话，点化我么？（副）点化点化，实拉一场笑话。（生作扯副介）不要咨教。（副）那间扯住洒家，直脚弗知高下！（生）难道认差了？（副）认差子人弗看道，单弗要是差子路头？（生）我如今立志焚修，再不走差路头的了。（副）是介说，嗯也要做和尚僧？（生）便是。（副）让我指引嗯一条门路。（生）请教。（副）我里护国院里大和尚拉乱讲经设法，嗯既要做和尚，竟拉我里勾搭来，我光拉院里等嗯。此一端，真放宽。（生）如此足感。

最后王合瑞决定皈依佛教：

　　且住、素闻护国禅院，乃是清净道场。大和尚功行非常，我亦折衷有自了。【北煞尾】仰止高山景行切，保从今永不更迭，惟愿向释天中衣钵接。

这充分说明了和尚说教有效。

　　再看"二调"。

　　"前调"《调情》之重，在于煽情。风流少妇殷凤珠，芳龄二十，却有着多年守活寡的经历。只因丈夫长年在外经商，音信不通，雨露不沾，饱受性欲的煎熬，难免产生红杏出墙之思。也正因为丈夫不在家，家中又只有自己一人好做主：一来家中没有公婆叔伯妯娌监督，行动相对自由；二来单门独院，罕有邻居来往，更可掩人耳目；三来时代风气使然，万历时期正是中国历史上"淫风"最盛之时；四来自己缺乏管教，不为礼教束缚，寡廉鲜耻；五来身为人妇，有过鱼水之欢，却又长期干涸，滴水不沾，而自己青春及时，性欲最旺，正如久旱禾苗望甘霖。青年捕快韩成的到来，干柴烈火，一碰正着。韩成年轻，有稳定收入，而又"知情识趣"，常来寻春，正得少妇欢心。一连几天，不见踪影，杳无信音，殷凤珠相思苦楚，"一日不见，如隔三秋兮"。思之不得，辗转反侧，相思难耐，只好倚门企望。这就为卖水果的上门调情蓄势。起初，殷凤珠心里只装着韩成一人，想买些水果好给韩成来一块品尝，对卖水果的并不感兴趣。在挑选水果的过程中，卖水果的非常放肆，不断借介绍水果之机说荤话，直接挑逗刺激少妇的性欲。尤其让少妇感到脸红的是卖水果的居然在她的面前做出出格的往裤裆内伸手动作。这是对少妇的直接性刺激。卖水果的大胆举动和煽情言语渐渐打动了风骚少妇，赢得了她的芳心。殷凤珠表面制止，但心里已接受卖水果的挑逗，因而没有责骂或气愤离开，而是假意让他走。卖水果的看着殷凤珠的骚态，斗胆问姓氏。殷凤珠的回答富有意味："哪，生是生非的王大娘，就是我了。"自此始，反过来是殷凤珠主动调情了：

　　　　（贴）卖水果的。（丑）在。（贴）你在此耽搁久了，可不抱怨我么？（丑）只要王大娘见爱，我就耽搁上一年，也不值得什么。（贴）你这个人倒也知情识趣。（丑）什么知情识趣，无非见了你这风风月月、标标致致、袅袅娜娜、齐齐整整的王大娘，弄得来藕断丝不断罢了。（贴）也难为你。（丑）看来甘蔗好同柑榄吃了。哈，大娘。（贴）怎么？（丑）我有句刮肠刮肚的说话在这里。不知可说得么？（贴）但说不妨。（丑）不好，恐怕就要面试起来，你不要怪我的。（贴）谁来怪你！（丑）如此我个王大娘吓，我见子嗯是——

　　　　【前腔】心头不放松，将伊伴（拌）蜜酥儿用，有收魂符咒，荡漾随风。（贴）知情识趣言奇中，教我动忽怜才意倍浓。（丑）如邀宠，愿终身服从，望娘行鉴吾生死效愚忠。（贴）

　　　　【前腔】何尝不乐从？露水恩情重。怕扬声出外，物议难容。（丑）只图欢爱谐鸾凤，顾什么墙茨难除刺卫风！（贴）相和哄，比醍醐更浓。

两人一拍即合，搂抱亲热。正要发泄情欲之时，韩成突然出现，冲散了他们的幽欢，也引起了一场恶斗。这出戏重点在调请，而高潮却在情已调起，却得不到满足。卖水果的把气都撒在搅散鸳鸯会的韩成身上，因而出手凶狠，把专靠拳脚棍棒吃饭的捕快也打得落花流水逃之夭夭。这就掀起剧情的一个高潮。最后，丑扮演卖水果的旗开得胜后，就像一只斗赢得大公鸡一样伸长脖子，扑打翅膀，昂首挺胸，仰天长鸣，扬长而去。一句"列位走开点，无敌大将军得胜还朝了"在慢锣疏鼓的伴奏下，卖水果的迈开方步得意下场，引起观众的笑意。这句话还保留民间戏班地面草台演出因舞台被观众挤占演员走圆场怕踩着观众的脚而作的借路提醒。

　　殷凤珠淫心已被卖水果的挑动，但没有得到满足，所以这前调余意未尽。往下一出《赠钗》殷凤珠与韩成都幽会就是对前调的补充。这对露水夫妻，恩爱情浓，俨然小两口，相别之前作最后一次疯狂的爱：

　　　　（贴）【剪剪花】毫无表记送情郎，嗳，一副金钗小凤凰，怜念我衷肠。阿呀阿呀呀。（副）多承厚赠亲收好，嗳，时时刻刻不暂忘，

诸事总图长。阿呀阿呀呀。（贴）

　　【前腔】虽然鉴谅我凄凉，嗳，尚要从头问短长，何日转家乡？阿呀阿呀呀。（副）归期约定须三月，嗳，不敢停留在浙江，安稳守空房。阿呀阿呀呀。（贴）

　　【清江引】今宵欲写风流账，有恨休登上。（副）满拚酆都，贴补云情旷。（贴）韩郎吓！（副）噢！（贴）恨不得把奴躯壳，团一片才停当。（副）阿呀，我的□娘！（抱贴下）

　　后调《补缸》之重，在于垂戒。如果说前调《调情》是为了煽动情欲，取悦观众，那么后调《补缸》则有教化的意义了。韩成和殷凤珠都因为犯淫而落下杀身的悲惨下场，观众对于调情之戏的态度会产生巨大的转变，不可能再有看前调那种期待了。编剧和演员都明白，调情再热也无法再激起观众的热情，因而后调《补缸》只能是让观众置身事外看热闹，冷眼观察好色之徒顾老儿如何一步步调情，自寻死路：

　　　（贴）住了！一味都是混话，手段料想平常的。去罢！（净）我又不见你的宝缸，你又不见我的补法，那里就晓得平常吓？（贴）是吓！（净）缸在那里？（贴）夹衖里。（净）夹□里？竖进来了。（贴）啐！夹衖里！跟我来！哪，就是这只缸。（净）阿呀，前头一条缝，后头一个洞。我的钻子小，叫我那个弄！补不来的，请央好宝货。（贴）我说你手段平常的。（净）不是手段平常。要晓得，别人弄破了，倒叫我来顶缸！（贴）正为跌破了，所以要你补吓。（净）说得不差。小娘子，你到底要补前头，要补后头？（贴）多说！快补起来。（净）容易的。看起光景，我同这个小娘子，今宵剩把银缸照，犹恐相逢是梦中。

　　顾老儿一门心思都在美妖身上，想入非非，分散了工作注意力，失手打破了瓦缸，闯下了大祸。这是一戒。瓦缸有韩成的骨灰，是女鬼殷凤珠受情郎之托要修补好的宝贝。殷凤珠化身为在生模样，目的是要瞒过补缸匠，好让他补好缸，没料到补缸匠见色起心，睹人坏物，火不打一处来。殷凤珠要他赔偿，赔不起就拉他见官去。顾老儿被吓坏，顾不得男子膝下有黄金，连忙向女人下跪，拜认对方做干娘。这一招果真见效，软化了对方，得到对方的原谅放行。

　　　（贴）拜干娘，不敢当，奴家心里最慈祥。叫声老儿起来罢！（净）

多谢干娘。（贴）只要放稳重些。奴家不要你赔缸。（净）干娘教训的极是。对天发下千般愿。（贴）发什么愿？（净）从今再不看娇娘！（贴）这便才是。天色晚了，回去罢！（净）晓得。

顾老儿似乎得到了教训，发下誓愿："从今再不看娇娘"，但他的誓言并无保证。他淫心山重，色胆天大，没走多远又转回来调情。这是二戒：要记住上次教训，不要重犯。

（净）我的痴心终不死，再闯寡门也何妨？（作叩门介）开门！（贴）是那个？（净）是我。（贴）来了！（作开门介）（净）咓！（贴）为何去而复来？（净）难道拜了干娘，连姓也不晓得的？请教干娘尊姓？（贴）哪，有人问我名和姓，生是生非王大娘。（净）哦！就是王大娘。哈！王大娘。呸！到底要叫干娘。哈！干娘！（贴）怎么？（净）干娘，儿子回家远了，可容我过了夜去？（贴）使不得。（净）为何？（贴）【尾声】今朝急切休留恋。（净）今晚不及，到底几时来？（贴）待等时来风便。（净）有了上句，等我索兴（性）串完。吓，殿下！那时同向金门把诏传。（贴）啐！（净）打蜜蜂秋迁（千）——倒有趣哩！（下）

顾老儿显然没有记住教训，一再调情，险些遭来杀身之祸：

（场上作放烟火介，小旦扮殷氏僵尸上）你赔也不赔？（净）阿呀不好了！鬼来了！恶状狰狞真厉鬼，将何驱逐保平安？（小旦）若然一气拚连定，难免今朝□用蛮。（净）怕火烧眉图眼下，走吓！快些逃出鬼门关。（下）（小旦）怕你逃到那里去！势同骑虎重追往，迅步如飞顷刻间。（下）

最后看三杀。

头杀《杀窑》，首先交代杀窑背景。窑主远出收账，委托王合瑞管窑，正遇上窑神生日，窑工门祭祀窑神，一起欢饮之后各自回家团聚两三天。当晚王合瑞一个人留下看窑，客观上留下杀窑的空间与时间。

其次表明杀窑原因。王合瑞独守缸窑，满怀乡愁，愁怀难遣。虽然晚餐已和工友聚饮，但未有醉意，因而收拾残肴剩酒，借酒浇愁。想起白天小睡时窑神托梦，吩咐他说："牢记着半边朝字韦相砌，王孙姓系仔细推详"，他反复琢磨窑神偈语，猜想是个姓韩的人与其妻有染，不禁怒从心头起，但家乡遥远，鞭长莫及，徒兴慨叹。韩成求宿，掀起波澜。王合瑞热情待客，使韩成倍感亲切，得意忘形，无所不谈。韩成之死可以说是无端送死，自取灭亡。原因至少有二：

第一个原因是在陌生人面前吐露隐私，炫耀艳福，有违民间教训意味谚语——"逢人且说三分话，未可全抛一片心"。韩成夜里迷路，土窑借宿，得到王合瑞的热情招待。饮酒中间，自然倾谈。当王合瑞问他："足下既是湖口县，可认得一个王合瑞么"，韩成不假思索，脱口而出："素闻其名，从未会面。他的尊阃么，与我倒有交往。"王合瑞再问："什么交往？"韩成这才自知失言。如果这时候守口如瓶，不再提起他与殷凤珠的暧昧关系，也许就不至于招来灾祸。可是他又急问对方："为何知道王合瑞"，目的还是想打听王合瑞的下落，以便作出相应的决定。王合瑞是个有心人，略施小计，编了个谎话："他曾昔年到我窑内做些交易，如今许久不来，闻说早已死了"，轻而易举地套出韩成的隐私："阿呀呀，谢天地！伊妻可免长孤寡，不消守松筠清韵。"王合瑞进一步探问："他既是寡居，足下何不娶了呢？"很快，就把韩成与殷凤珠的关系了解得清清楚楚：

> （副）我亦有心久矣，恐怕外人谈论。（生）谈论什么？（副）道是先奸后娶了。（生）如此说来，足下与他妻子早已交往的了。（副）吓，有交往。没交往也梦不消说了。难道桃源洞门，刘郎去阻迷云？

韩成不只是口上说说风流韵事，还拿出信物——金钗炫耀，这就给对方留下了证据。其实，即便王合瑞不是殷凤珠的亲人或熟人，至少也不该在陌生人面前露财。

第二个原因是贪杯。酒是一种富有刺激性的烈性饮料。纵酒会使人神志不清，导致意志行为失控，戒备解除。王合瑞掌握了奸夫的证据，为实施杀人计划频频劝酒。韩成只顾高兴喝酒，完全沉浸在王合瑞"已死"自己从此就可以和殷凤珠结束偷偷摸摸的露水夫妻生活而永远厮守一处的喜悦之中。在已喝醉的情况下还不停杯："直头要吃介，直头要吃介，自然要领情的。"结果只能是烂醉如泥：

曲尽酒干。阿呦呦！（吐介）【急三枪】登时里，如泉涌，难安稳，
倾盆吐，睡昏昏。（作吐酒伏桌介）。

再次是杀窑表演。窑神托梦，王合瑞已觉得不祥。韩成撞来，又正合
神道偈语："半边朝字韦相砌，王孙姓系仔细详推"，而且韩成又亲口说
出与殷凤珠的关系，还出示信物金钗。王合瑞知情，怒火中烧，陡生杀
意。其杀人措施第一步是取悦对方，将其灌醉。等到王合瑞醉酒伏桌昏睡
时便实施第二步杀人计划。杀人是血腥之事，场面恐怖，一般戏曲都做暗
场处理，而《钵中莲》却做明场处理：

【风入松】冤家狭路遇生嗔，誓使餐刀刃。（作虚下，即厨刀上介）
狗男女，吃吾一刀！（作杀副介）立时殒命舒长眼（恨），从头把情由
思忖。

生扮王合瑞表演杀人动作只是模拟，对着副角的脖子一比划，达到感
觉真实就可以了。之所以要如此表演，是因为这是一部宗教色彩很浓的
戏，演戏的宗旨就是要宣传因果报应的佛教教义，要让人们明白"从前
做过事，今日转相逢"，"天网恢恢，疏而不漏"，"不信但看屋檐水，点
点滴滴不差移"。

最后是毁尸灭迹。王合瑞沉吟道："阿呀，且住。自古捉奸见双，如
今正杀得一人，又不杀在奸所，一些没有质（指）证，纵使埋好了尸首，
终非美事。幸亏窑主远出，伙计又各自回家。我今把这厮拖到后边，将他
的头先割下来。阿唷，这狗男女多是些骨头，全要用些气力了。"一番念
白之后，转身背对观众，挡住伏桌的韩成尸首，表演"作砍下首级"的
科介。继续念白，交代后事处理结果："驴头割下来，把石灰炝了。连那
股金钗，带回家去，把那淫妇细看，使他无缝抵赖。一面将他尸骨和上泥
土，又入窑内，锻炼成缸。一来可以灭迹，二来胜似扬灰，岂不两全！阿
呀，我王合瑞，感得神明梦中指示，方得泄此隐恨。待窑主回来，作急告
辞，转回家乡，杀却淫妇便了。韩成，韩成！今宵之事，非我不仁。"显
然焚尸烧缸没有必要做明场处理了。生"拖副下"这一收场富有震撼效
果，让人们看到奸人妻女者的可怕下场，起到了剧作的因果报应宣传
作用。

二杀《逼毙》，表演核心是"逼"，逼殷凤珠认罪自杀。先是生扮王合瑞言语间微微透露自己已经知道奸情："咳，怎比你在家里快活。"主打的是心理战，使得殷凤珠高度紧张："这话好生作怪。"接着便是出示证据——小瓦缸。这不过是一只普通瓦缸，没有引起殷凤珠的惊恐。生白："来，你再仔细看看，如此的颜色，这样的式样，由韩而至，可还寻得出第二只么？"虽没有把真相说出，但话中却带出一个"韩"字，因此贴作旁白："怎么带个'韩'字？"百思不得其解。为了摆脱尴尬局面，殷凤珠要把瓦缸端到里屋去。王合瑞看到示缸无效，只得"作出金钗介"，再摆证据——金钗。一下子，贴惊叫一声"阿呀"，在一记锣的伴奏下，"作失手将缸落地跌破介"，犹如晴天霹雳，大祸临头，浑身直打哆嗦，手足无措。贴的表演不光是动作的真实，还要求感觉的真实，情感的真实，诚如黄幡绰《梨园原》所谓："凡男女角色，既妆何等人，即当作何等人自居。喜怒哀乐，离合悲欢，皆须出于己衷，则能使看者触目动情，始觉现身说法，可以化善惩恶，非取其虚戈作戏，为嬉戏也。"① 这样的表演，能使人产生畏罪之心。殷凤珠一阵慌乱之后，又能冷静下来，为自己辩护："吓啐！有什么奇事？不过这股金钗像是奴家的。"王合瑞反问："嗯，如何家中之物，反落在我手内？"殷凤珠找到了借口抵赖："哎，蠢东西！世上同名同姓的尚多，何况这股金钗吓！"王合瑞忍无可忍，开始进逼。

一逼取钗：

> （生）你的可在？（贴）在。（生）取来我看，可以配对得么？（贴）噢……（生）吓，快去取来！（贴）是，待……（生）快去吓！（贴）阿呀！什么要紧？就是明日取来与你看何妨，这等着忙！

殷凤珠采用拖延战术，寻找推诿之法，谁知丈夫不留情面，训斥道："哦！真赃现获，还要支吾！"殷凤珠不甘俯首伏罪，连声驳斥："好扯谈，什么真赃吓？支吾？"王合瑞一个叫头："哪"，在紧锣密鼓的配合下，第三次出示证据——"作向木桶取出首级介"，并大声咆哮道："你睁开肉眼来看！这是什么？"铁证面前，殷凤珠精神防线彻底崩塌了，惊

① 黄幡绰：《梨园原》，《中国古代戏曲论著集成》（九），中国戏剧出版社1959年版，第11页。

叫起来："阿呀，有鬼吓！有鬼！啐！啐！啐！"贴作"背介"，无可奈何哀叹道："咳！已将春意漏泄到一枝。"沉吟一会儿，又"作转介"，对生大声说："啐！不要听了别人的言语，把奴肮脏。"要作最后的挣扎，但她心里十分害怕的事还是发生了，嘴虽硬，身子却不听使唤，"作发战介"。王合瑞看到时机成熟，用"滚白"的形式，在打木鱼或打鼓边的伴奏下念诗白，说出杀死奸夫的经过，并表示要回来除掉淫妇："自做江湖经纪人，搭舟海运拚倾身。逃生不惜街头乞，奉化西乡知我贫。留习烧缸聊度日，韩成借宿到窑门。醉中亲口供招定，赚得金钗果是真。杀死奸夫存首级，其余骨殖火齐焚。炼成这只黄磁物，并带回家事有因。应梦前宵诛贼汉，还将颈血染红裙。一回重把青锋试，赫！暂斩妖淫恨可伸。"事实清楚，殷凤珠知道再也无法抵赖，只好向丈夫求情，以夫妻关系软化丈夫："阿呀官人嗳！纵奴悖乱，希饶恕，感仁慈。"生一跺脚，斩钉截铁道："饶不得！"贴语带哭声，再度求情："阿呀官人吓，可看往日夫妻之情分，恕奴家一个初犯。"生板起脸，单指贴旦道："放屁！谁怕你再犯么？"贴一个叫头："阿呀！"尖声哭唱认错："哀求再四总如斯，原该万死。"王合瑞显然为哭声所动，态度缓和。

再逼自杀："吓，也罢，且看夫妻情分，把你一个全尸。哪，盐卤、索子、刀，由你寻那一门路去。"殷凤珠三求饶命："阿呀官人嗳！乞饶作妻子的一命嚯！"王合瑞不依不饶："哎！若再迟延，要待我来动手！"殷凤珠认错："啐，阿呀，殷氏吓，殷氏！你从前本失志，贪情嗜。阿呀丈夫！"王合瑞催命："快些！"殷凤珠无奈自杀："罢！到今拚服卤，将身试。"

最后虐尸：王合瑞对淫妇恨之入骨，不但逼其自杀，连尸体也不埋葬，还要惩罚："这淫妇的棺木，就将来火化了，恐外人谈论太过。若是殡葬，也没有把他这样安稳。怎么处呢？有了。前庄有个同姓不亲的，叫做王思诚。他住房间壁有所空园，可停棺木。"

三杀《雷殛》。这是一出恐怖戏，做工戏。情节紧张，形势紧迫，结构紧凑，节凑紧促，场面调度紧急。先是神圣韦驮执杵木吒执禅杖上场。韦驮受命下凡救护将遭杀害的王合瑞，木吒受遣传谕五雷正神击开棺木，将殷凤珠尸骨焚烧，二神分头走下。这段表演相当于本出开场，预告表演内容。气氛紧张，引人期待。然后是生扮王合瑞挑盏饭桶上，挨家收取施主布施的斋饭。场面平静，气氛平和。突然间小旦扮殷氏僵尸上，急追补缸匠赔缸，场面转而紧张。补缸匠未追上，却遇到夺命仇人王合瑞，殷凤珠僵尸怒火中烧，解下汗巾，要勒死仇人复仇。这是大杀之前的小杀——女鬼用汗巾杀人，场面恐怖，吓人。情势万分危急之时，王合瑞为了活命，念起大悲咒，大呼"救命"。救星韦驮及时赶来相救，场面复归平静，王合瑞解脱了危难。小杀是要加重殷凤珠的罪恶，使她成为人类的祸害，不杀不足以保护一方百姓平安。小杀也是为大杀造势。厉鬼力量强大，念起大悲咒来她也不怕，还不收手，继续施行杀人计划。观众看到这里，都希望有神佛出来除此大害。一阵惊雷，吓得殷凤珠鬼魂魂飞魄散，舞台上的小旦鬼步乱窜。"场上烟火介，小旦急下"，殷氏鬼魂小杀以失败收场。净、副、丑、外、末扮五雷正神各执斧凿上，个个威武雄豪，场面壮观。五雷正神亮明身份，说明任务，言简意赅，铿锵有力，掷地有声：

> （净）破口喧轰暮色催，一声威壮六丁雷。（副、丑）不循规获（矩）大条犯。（外、末）岂为身亡免击摧！（合）某等五雷正神是也。（净）照得逆妇殷氏，生前败坏闺门，死后伤残夫主。（副）适有普门木吒，传到大士金言。（丑）因此传集五雷，一共明彰孽报。（外）要使棺枋击碎，并将尸首焚烧。（末）世间好色贪淫，当以此为鉴照。（净）就此如勒（敕）奉行者。（副、丑、外、末）请！

五雷正神轮唱【京腔】，分三批次下场，暗示追杀厉鬼。这是大杀之前的热身。大杀表演，不用一句白，一句唱，全然用科介表演，气氛热烈，感觉痛快：

> （老旦扮鬼卒调小旦上。净、副、丑、外、末又追上。小旦作跪外场介。老旦暗下，净、副、丑、外、末作推凿放出黄烟四围打圈绕场介。小旦暗下）

大杀结束，高潮已过，缓缓收场：

> （净）殷氏棺木击开，尸骨焚化，某等同赴普门，回缴覆旨去也。（副、丑、外、末）请！（合）妙莲开趁便争辉，妙莲开趁便争辉。（同下）。

整出戏看来场面安排跌宕起伏，缓急有度，错落有致。

第三节　科介设计缜密周到

一　道具使用丰富具体，增强真实感

生扮王合瑞使用的道具有9种：《托梦》生执扫帚；《杀窑》生即厨刀；《逼毙》生挑瓦缸木桶带金钗；作出金钗介；作向木桶取出首级介；《点悟》肩背包上；《雷殛》挑盏饭桶；《钵圆》接钵盂。

小生扮的艺术形象较多，道具也不少：《拜月》扮小鬼拖钢叉；《神哄》、《园诉》扮门丞执单鞭；《点悟》扮伽蓝执禅杖；又扮和尚执木鱼或手磬；《雷殛》扮韦驮执杵；《钵圆》扮韦驮将降魔杵。

旦《拜月》扮皂隶执铁链夹竹板上；《神哄》、《园诉》扮井泉童子执如意；《点悟》扮炼魔僧点臂香，又扮和尚挂肉身灯；《拜月》扮皂吏夹竹板；《冥晤》扮鬼卒执单鞭；《雷殛》扮木吒执禅杖。

贴《佛口》扮龙女捧杨枝瓶；《赠钗》扮殷凤珠赠韩成"一副金钗小凤凰"；《逼毙》扮殷氏"作失手将缸落地跌破介"；《点悟》扮伽蓝执金杵；又扮和尚执木鱼手磬；《听经》扮侍者执锡杖；《钵圆》扮善财捧钵盂。

小旦《拜月》扮殷氏僵尸；《点悟》扮伽蓝执长枪；扮和尚执木鱼或手磬上；《雷殛》扮殷氏僵尸"作解汗巾介"；《钵圆》扮龙女执杨枝净瓶。

老旦《佛口》、《钵圆》扮观音执拂尘；《神哄》、《园诉》扮户尉执单铜；《点悟》扮老妇执铁鏊；《冥晤》扮鬼卒执短锤。

净《园诉》扮钟馗执宝剑象笏；《点悟》扮大汉执斧凿；《补缸》净扮顾老儿挑担子；《雷殛》扮五雷正神执斧凿。

副《托梦》、《杀窑》扮韩成背包；《杀窑》扮韩成向袖中取出金钗；《神哄》、《园诉》扮住宅土地执拂尘；《点悟》扮李靖执金塔，又扮和尚执木鱼或手磬；《冥晤》扮韩成戴锁铐长枷；《雷殛》扮五雷正神执斧凿。

丑《调情》扮卖水果的货郎挑着货郎担；《拜月》《神哄》《园诉》扮土地执拂尘；《点悟》扮伽蓝执画戟，又扮和尚执木鱼或手磬；《听经》扮侍者捧钵盂；《雷殛》扮五雷正神各执斧凿。

末，《拜月》扮判官夹堂簿；《神哄》、《园诉》扮瓦将军执手旗；

《点悟》扮道士执渔鼓简板；《雷殛》扮五雷正神执斧凿。

外《拜月》扮皂吏执铁链夹竹板上；《神哄》扮东厨司命执圭；《听经》扮大和尚执坤尘上；《雷殛》扮五雷正神执斧凿。

跑龙套角色使用道具也很明确，如《托梦》四小鬼执槌鞭上，四窑工匠持福礼上。

舞台设计，也不只是一桌二椅那么简单了。《托梦》场上设香案，《园诉》场上设石碑一块，上画虎头，下出"泰山石敢当"五字。《点悟》场上作设假山介。《听经》场上作设经坛，上摆五事醒木，外悬欢门，撞钟擂鼓；场上作击云板吹普庵咒。《钵圆》场上作撞钟击鼓吹打。

此外，在《调情》中丑扮卖水果的货郎挑着货郎担上场白："（丑）果儿兑起，担儿挑起。"《补缸》中净扮顾老儿也挑担上唱："忙将担子来挑起，挑起担子走街坊。"这两出挑担表演再清楚不过了，因而剧本中无须标明"挑担介"了。这样的剧本极方便于戏班准备道具和演出。

二 科介设计独特缜密，提示分明

首先，烟火燃放设计巧妙，舞台效果明显提高。

其一，以烟火代表烧缸，制造舞台效果，如第一出《佛口》：

（内放烟火）（老）下方何故一道红光直冲霄汉？护法神者看来。（小生作看介）启菩萨，下方有一王合瑞，在奉化县西乡窑内烧缸。

其二，以烟火表示神鬼出现，如第八出《拜月》殷氏第一次改由小旦扮，且扮的是僵尸：

（场上作放烟火介，小旦扮殷氏僵尸上）（末、小生、外、旦）哪哪哪，僵尸又来了，大家走暧！

其三，以烟火表示神鬼变化，角色扮演对象变化之时放烟火能够制造诡秘气氛。如第十一出《点悟》：

（小生、丑、小旦、贴扮伽蓝，执禅杖、画戟、长枪、金杵，副扮李靖执金塔上）（唱引略）某托塔天王李靖是也。照得下界王合瑞，立愿皈依，顿改生悔之心。普门大士，命俺同众伽蓝显神通下凡点化。（小生）我扮唱道情的道士。（丑）我变烧臂香的和尚。（小旦）我变磨铁鏊的老妇。（贴）我变凿山眼的大汉。（副）就去化来。（小生、丑、小旦、贴同下）（场上作放烟火，末扮道士执渔鼓简板，旦扮炼魔僧点臂香，老旦扮老妇执铁鏊，净扮大汉执斧凿上）。

此出还有一处：

（副）待我也显个神通，化一化挂灯道士，指点迷津便了。（下）（场上作放烟火介，旦扮和尚挂肉身灯上）。

第十三出《冥晤》：

（小旦）但我死成僵，已失本来面目，与人接见，定惹惊疑。不免现出在生仪容，分外添些妩媚，又把这空园一所，幻做王家庄，好觅匠人与他补缸便了。变！（场上作放烟火介。贴扮殷氏原形上）妙吓！且喜我的容颜，比在生越觉风采了。

第十四出《补缸》：

（贴白）变！（场上作放烟火介。小旦扮殷氏僵尸上）你赔也不赔？（净）阿呀不好了！鬼来了！

其四，以烟火权当雷电。如第十五出《雷殛》有两处采用烟火，一处是"吓鬼"：

（内作雷殛介）（小旦）阿呀不好了！一时魂胆丧空烟。（场上烟火介，小旦急下。净、副、丑、外、末扮五雷正神各执斧凿上）。

另一处是"焚棺"：

（老旦扮鬼卒调小旦上。净、副、丑、外、末又追上。小旦作跪外场介。老旦暗下，净、副、丑、外、末作推凿放出黄烟四围打圈绕场介。小旦暗下）（净）殷氏棺木击开，尸骨焚化，某等同赴普门，回缴覆旨去也。

其次，拟声、化物，音响效果、魔术特技效果惊人。《雷殛》拟声，"内作雷殛介"，模拟雷声，为五雷正神登场造势，起到震慑僵尸鬼殷氏的作用。《钵圆》化物，"作钵盂内现出莲花介"，以魔术手段从钵盂内升起莲花，显示神力。

最后是动作表演，提示到位。

第一，开门、关门动作到位。例如《杀窑》：

（副）吓，开门开门！（按：叫门）（生）吓，莫非窑主回来了？（副）开门！（按：敲门）（生）来了！夜深闻剥啄，局启叩原因。是那个？（按：安排开门动作）（副）请了！（生）请了！（生）足下何来？……如此请进来。（副）（进门）多谢！（按：副进门）（生关门）请了，想未曾用膳。

这里叫门、开门、进门、关门，一大套完整程式。

又如《逼毙》：

（生扮王合瑞挑瓦缸木桶带金钗上）（作叩门介）为今朝羞见桑梓。（贴上）是那个来了？【福马郎】回旋闻剥啄至，料那人象山归，伊尔欢喜死。（作开门介）可是韩……（生）是我回来了。（按：表演进屋动作）（贴）阿呀！（生）吓，为何见了我这等大惊小怪？（贴）早难道我游魂鬼恁疑之？有个缘故。（生）什么缘故？且闭了门里面说。（按：生做关门动作）

敲门、开门、进门、关门，程式也极齐全。

还有《补缸》：

（贴扮殷氏原形上）王大娘，出绣房。（净）补缸吓！（贴）忽然门外叫补缸，双手开了门两扇，那边来了补缸匠。（按：开门出来）（净）你看有个妇人开门出来，待我迁他一缸。……（贴）王大娘关门进绣房，（按：进屋关门）坐定思想补缸匠。（净）我的痴心终不死，再闯寡门也何妨？（作叩门介）开门！（贴）是那个？（净）是我。（贴）来了！（作开门介）

开门，出门，进门，关门，再开门，动作伴着歌唱如行云流水般顺畅。

第二，喝酒、灌酒表演安排也条理分明，充分生活化。如《杀窑》：

（生）这个自然。阿呀，只管讲话，连酒多不吃了，待我手敬一大杯。（按：表演满斟一杯，双手举杯递给副）（副）在下量浅（按：表演接杯，一饮而尽），只好借花献佛（按：动手斟一杯酒，双手举杯敬奉生）。（生）这是一点敬心，万万不可推却。（按：又是满斟一杯，递给副）（副）如此勉强从命了（按：表演接过酒饮干）。（生）这才是个朋友！（副）感伊款曲昭忠信，元龙谊今夜重新。（副作醉介）干！（生）好量吓！再奉一杯（按：又是满斟一杯递给副）。（副）个是直头，勿能从命个哉。（生）吃个成双杯，好与王大娘成亲。（副）好彩头！多谢！多谢！嗯说一句说话，你就拿把刀拉我颈子里不许我吃，也不能遵教个哉。（生）如此足感。请！（副）直头要吃介，直头要吃介，自然要领情的。（按：表演舍命喝酒动作）（生）湖海量由来有准，宜立饮，莫因循。（副）曲尽酒干（按：表演饮干酒，杯口朝下示意酒德高）。阿哟哟！（吐介）【急三枪】登时里，如泉涌，难安稳，倾盆吐，睡昏昏。（作吐酒伏桌介）

第三是追赶、捉拿动作设计切实易行，如《园诉》：

（场上设石碑一块，上画虎头，下出"泰山石敢当"五字介。小旦扮殷氏僵尸上）（丑扮土地执拂尘上）（旦扮井泉童子，执如意；外扮东厨司命，执圭；小扮门丞，执单鞭；老旦扮户尉，执单铜；末扮瓦将军，执手旗；副扮住宅土地，执拂尘；净扮钟馗执宝剑象笏上。）（小旦下）（丑下）（小旦上）（丑追上）（小旦下）（生扮石敢当暗上，丑作撞石碑介）（生作从石碑内跳出）（生下）（旦、外、小生、老旦、末、副、净同下）（丑下）。

又如《雷殛》：

（小生扮韦驮执杵，旦扮木吒执禅杖上）（分头下）（生扮王合瑞挑盏饭桶上）（小旦扮殷氏僵尸上）（作解汗巾介）（小生又上）（引生下）（内作雷殛介）（场上烟火介，小旦急下。净、副、丑、外、末扮五雷正神各执斧凿上）（净下）（副、丑同下）（外、末同下）（净上）（老旦扮鬼卒调小旦上。净、副、丑、外、末又追上。小旦作跪外场介。老旦暗下，净、副、丑、外、末作推凿放出黄烟四围打圈绕场介。小旦暗下）（净、副、丑、外、末同下）。

第八章

万历《钵中莲》对清代花部的重大影响

中国民间戏曲在明万历时期掀起了一个高潮，出现了诸腔争艳的鼎盛局面。明清交替之际一度沉寂，至乾隆年间又出现了一个新高潮，这就是花部勃兴。两次地方戏繁荣都是由各地声腔剧种纷纷登场争奇斗艳促成的。

花部是昆曲以外各地方戏的总称，别名"乱弹"，其发轫期当在康熙时期。刘廷玑说："近今且变'弋阳腔'为'四平腔'、'京腔'、'卫腔'，甚且等而下之，为'梆子腔'、'乱弹腔'、'巫娘腔'、'琐哪腔'，'啰啰腔'矣。愈来愈卑，新奇叠出，终以昆腔为正音。"① 其得名和勃兴则在乾隆时期。李斗说："两淮盐务，例蓄花、雅两部，以备大戏。雅部即昆山腔，花部为京腔、秦腔、弋阳腔、梆子腔、罗罗腔、二簧调，统谓之乱弹。"② 焦循《花部农谭》更是对花部的戏文及演出实际作了生动的评价："'花部'者，其曲文俚质，共称为'乱弹'者也，乃余独好之。盖吴音繁缛，其曲虽极谐于律，而听者使未睹本文，无不茫然不知所谓。其《琵琶》《杀狗》《邯郸梦》《一捧雪》十数本外，多男女猥亵，如《西楼》《红梨》之类，殊无足观。花部原本于元剧，其事多忠、孝、节、义，足以动人；其词直质，虽妇孺亦能解；其音慷慨，血气为之动荡。郭外各村，于二、八月间，递相演唱，农叟、渔父，聚以为欢，由来久矣。"③

第一节　情节构思对花部的影响

除妖捉怪是《钵中莲》的重要关目，风流少妇殷凤珠被丈夫逼死后

① 刘廷玑：《在园杂志》，中华书局 2005 年版，第 89—90 页。
② 李斗：《扬州画舫录》，中华书局 1960 年版，第 107 页。
③ 焦循：《花部农谭》，《中国古代戏曲论著集成》（八），中国戏剧出版社 1960 年版，第 225 页。

成了僵尸，却又没有拜会土地神，引起土地神不满。于是，土地神发动家堂六神、钟馗，乃至泰山石敢当向女僵尸兴师问罪，但是诸神消极对待，不愿意替土地神出大力，土地神自然对付不了僵尸，还招惹僵尸反唇相讥，自讨没趣。《园诉》二段：

> 　　（丑）呔！野鬼！【前腔】（即【四平腔】）辄敢私下三关，镇夜现形容亲幻！你恃着徼天幸未尸骸烂，竟妄自负隅为患。（小旦）自古悖而出者，亦悖而入。怎么不知自反，徒然以礼责人？
> 　　（小旦）昏旦无谕大闲，昏旦无谕大闲，怎捉得些儿破绽？怎捉得些儿破绽？（丑）胡说！【前腔】我本位列仙班，食俸久，何劳谋干？没乱里摇唇鼓舌频讥讪，怎纵得铩金杀犯。（小旦）要想拿我，除非做梦！（下）

《缀白裘·请师》副扮王法师，贴扮狐狸精，也效法此道，道术不及魔术。

> 　　（副）咳！这是没法的哩。呔！妖怪看剑！（贴使扇介）（副）【高腔】你是何方妖怪？白日里将人缠害。周小官精精壮壮，肥肥胖胖，被你迷得他面黄肌黑，癀瘦郎当，癀瘦郎当。（副、贴对杀，贴拨倒副，副爬起逃走，贴追，副躲桌下介）（贴）王道士，量你也不是我的对手，饶你去罢！（贴下）

《钵中莲·雷殛》，消灭僵尸还得靠天神韦驮和木吒带领五雷正神：

> 　　（场上烟火介，小旦急下。净、副、丑、外、末扮五雷正神各执斧凿上）【京腔】除灭奸回，雷从地起，金光遍处飞。怎遁东西，了结谄淫辈。（净）破口喧轰暮色催，一声威壮六丁雷。（副、丑）不循规获（矩）大条犯。（外、末）岂为身亡免击摧！（合）某等五雷正神是也。（净）照得逆妇殷氏，生前败坏闺门，死后伤残夫主。（副）适有普门木吒，传到大士金言。（丑）因此传集五雷，一共明彰孽报。（外）要使棺枋击碎，并将尸首焚烧。（末）世间好色贪淫，当以此为鉴照。（净）就此如勒（敕）奉行者。（副、丑、外、末）请！（净）雄烈烈先声怒发，击开了椽驻园西。（下）（副、丑）他那里行奸卖俏，俺这里首重伦彝。（同下）（外、末）他那里妆（装）

模作样，俺这里急殄奸回。（同下）（净上）他那里寻踪觅迹，俺这里立破痴迷。（老旦扮鬼卒调小旦上。净、副、丑、外、末又追上。小旦作跪外场介。老旦暗下，净、副、丑、外、末作推凿放出黄烟四围打圈绕场介。小旦暗下）（净）殷氏棺木击开，尸骨焚化，某等同赴普门，回缴覆旨去也。（副、丑、外、末）请！（合）妙莲开趁便争辉，妙莲开趁便争辉。（同下）。

《缀白裘·斩妖》生扮吕洞宾，旦扮周小官，副扮王法师。该出显然是对《钵中莲·雷殛》的模仿，情节、动作设计，甚至连唱腔、曲文的使用都颇为相似：

（生）待贫道登坛。（旦）师傅可用什么东西？（生）不用，只要净水一杯，清香一炷，法鼓三通。（副）这嘿，待我去擂起鼓来。（下）（内擂鼓介）（生仗剑喷水介）此水非凡水，昆仑碧水连；九龙喷出净天地，太乙池中万万年。我奉太上老君急急如律令敕，值日功曹符使者速降。（末扮符官打马上转，下马见生介）真人有何法旨？（生）牒文一道，速到灌口邀请二郎真君到此降妖，不得有误。（末）领法旨。（上马转下）（生）一击天门开，二击地户裂，三击神将至，奉请灌口二郎真君速降。（杂扮四小鬼，外、净、末、丑四帅，小生扮二郎神上）（合）【京腔】五色云高，氤氲飘渺旌旗烧，刀戟森森要把妖氛扫！（小生）快与我降妖者！（众）领法旨。（外）【前腔】今日里天兵来到，雾腾腾烟迷云罩。（下）（净）明晃晃剑戟如霜，火焰焰宝刀日耀。（下）（末）那怕他狰狞虎豹，遇了俺鬼哭神号！（下）（丑）看妖魔那里逃？管叫你顷刻魂消！（下）（生）此剑非凡剑，厉火锻成经百炼；出匣辉辉霜雪寒，入手森森星斗现。吾奉太上老君急急如律令，妖怪速至！（贴雉尾双刀上）（四帅逐上，各战下）（生）一击天清，二击地宁，三击五雷震动，妖怪速现原形！（贴带脸子红衣上奔，转向生拜介）（生）唗！（贴下）（跳虫扮妖原形上）（四帅各战下）（小生下椅介）【前腔】你作怪兴妖，罪业难逃。俺这里吹口气，天昏日暗；踏一脚，地动山摇。哪怕你三头六臂，怎当俺两刃尖刀！（四将齐上合战，捉住替身，妖怪脱衣逃下）（净捉空介）（小生追妖上，斩介）（小生）看淋淋血溅污钢刀！（众合）霎时间，把你残生断送了。

调情情节在《钵中莲》有两出，前调是《调情》，后调是《补缸》。花部也有许多调情情节承袭《钵中莲》套路。

　　仿作《调情》卖水果的荤话挑逗的，如《连相》中财主少爷带着书童调戏唱连厢的姑嫂四个：

> （四旦）相公，街上走路，怎么对这人怀里乱撞？（副）相公弗曾看见了。（丑）好乩，标致乩！（副）你们是做什么的？（四旦）相公，我每是打连厢的。（副）好！我相公正要打连相，几个钱套一套？（四旦）啐！这个相公好胡说！几个钱打一套，什么几个钱套一套！（副）弗差，要紧子点了，套差哉。（丑）好突骨老面皮！（副）放屁！（丑）好臭吓！（副）胡说。（丑）拉乩浆钵头里。

这种调情显然非常下流，但正是这样才能暴露财主少爷的流氓本性。
　　又如学习《补缸》顾老儿厚颜无耻的：

> 《补缸》：（贴）为何去而复来？（净）难道拜了干娘，连姓也不晓得的？请教干娘尊姓？（贴）哪，有人问我名和姓，生是生非王大娘。（净）哦！就是王大娘。唅！王大娘。呸！到底要叫干娘。唅！干娘！（贴）怎么？（净）干娘，儿子回家远了，可容我过了夜去？（贴）使不得。（净）为何？（贴）【尾声】今朝急切休留恋。（净）今晚不及，到底几时来？（贴）待等时来风便。（净）有了上句，等我索兴（性）串完。吓，殿下！那时同向金门把诏传。（贴）啐！（净）打蜜蜂秋迁（千）——倒有趣哩！（下）
> 《缀白裘·别妻》：（丑复上）吓！这个，嫂子。（贴）叔叔为何又转来？（丑）吓，嫂子，这个，这个，见个礼。（贴）吓！方才见过礼吓。（丑）吓，嫂子，老大这一去，只怕回来不成。（贴）为何出此不利之言？（丑）若他不回来，我与嫂子那个——（贴）呀，啐！（打丑下）

　　灌醉杀人是《钵中莲·杀窑》的重要情节，王合瑞套取韩成吐露实情之后，将这位给他戴绿帽子的奸夫灌醉，趁机将其杀死。

> （副作醉介）干！（生）好量吓！再奉一杯。（副）个是直头勿能从命个哉。（生）吃个成双杯，好与王大娘成亲。（副）好彩头！多谢，多谢。嗯说一句话，你就拿把刀拉我颈子里不许我吃，也不能遵教个哉！（生）如此足感。请。（副）直头要吃介，直头要吃介，自然要领请的。（生）湖海量由来有准，宜立饮，莫因循。（副）曲尽酒干。阿哟哟！（吐介）【急三枪】登时里，如泉涌，难安稳，倾盆吐，睡昏昏。（作吐酒伏桌介）（生）【前腔】颓然醉，人如死，该身殒，不使潜逃去，定除根。韩兄，再请一杯。这狗

男女已睡熟了。阿呀，我此时不下手，更待何如？呀！我且到厨房下，去取了刀来。吓，我誓把这狗男女剁为肉泥。韩成吓，韩成，你从前做过事，今日转相逢。【风入松】冤家狭路遇生嗔，誓使餐刀刃。（作虚下，即厨刀上介）狗男女，吃吾一刀！（作杀副介）立时殒命舒长眼（恨），从头把情由思忖。

花部《杀货》表演开店的孙二娘将求宿的山西商人灌醉，然后动手杀人，几次想动手试探都被对方识破。不过，最后客人还是过不了美人关，终于喝醉被杀。

（贴）吃酒。（副）又是乒乒乓乓的做什么？（贴）我见你行路辛苦，与你捶打捶打。（副）吓！你见我行路辛苦，与我捶打捶打？妙阿！（贴）我与你捶打捶打。（副）咻！为什么重重的打我一下？（贴）捶打捶打，生成要打的。（副）你不要看轻了我，出门的人是三脚猫。你怎么动手动脚？想是会几下的？我也来得嘘。（贴）我是不会的。请喝一杯罢。（副）一杯吓，我就死，把这一壶多要吃下去。（贴）只怕你吃不下吓。（副）我连二连三吃几杯，昏昏沉沉到天明。（作呆坐倒介）（贴）骂一声贼子瞎了眼，不认得江河母夜叉！叫一声——伙计们，走动吓！（净、末、老、外同上）张一头牛子在此，快与我宰了！（众应，杀副，贴自破胸介）【急三枪】把贼徒破开剥，须认我母夜叉赛活阎罗。

第二节　唱腔设计对花部的影响

《钵中莲》与众不同声的腔特色就是一戏之内除了主腔之外还吸收了六种声腔，大大丰富了唱腔艺术。这在戏曲史上是一种创举，后世能继承并发扬光大这一特色的便是乾隆时期的花部。玩花主人编选、钱德苍续选的《缀白裘》，共收剧88种，所选折子429出。主体为昆曲剧本，当中也收入当时苏州、扬州等地舞台上流行的花部31种戏曲散出，分别载于第二集（仅《赏雪》1种1出）、第三集（仅《小妹子》1种1出）、第六集（《买胭脂》等9种17出）、第十一集（全部为花部剧目，《堆仙》等20种48出）。乾隆之世，花部勃兴，花部演出远比雅部繁荣，可是《缀白裘》所收花部剧本远不及昆曲剧本多。尽管这样，这部书还是弥足珍贵的。它是迄今我们所见到的收入花部剧本最多的戏曲选本。我们仰仗它才能看到乾隆时期盛行的花部风貌。通读书中全部花部剧本散出，有一种似曾相识之感，那就是万历抄本《钵中莲》曾给人的新鲜感。花部同样是诸腔杂陈，同样是生动活泼，同样是百姓口语，而这一切却是在文人戏曲中难以看到的。

一剧多腔的现象虽说不是万历抄本《钵中莲》最早出现，但是它却是迄今为止吸收最多声腔的戏曲脚本。乾隆时期花部效法此道，俯拾皆是：

一剧五腔的有《淤泥河》，剧中用腔情况如下：《番衅》弋阳腔【点绛唇】【八声甘州】；《败房》【风入松】【乱弹腔】；《屈辱》【引】【乱弹腔】；《血疏》【乱弹腔】【高腔】【梆子腔】；《乱箭》【急板高腔】【尾】；《哭夫》【引】【乱弹腔】；《显灵》【引】【吹调】【乱弹腔】【尾】。明确标出声腔名称的有【乱弹腔】【高腔】【梆子腔】【吹调】等四种声腔。【点绛唇】【八声甘州】【风入松】【引】与【尾】为弋阳腔。

一剧四腔的有叙韩愈的《途叹》《问路》《雪拥》《点化》，采用了【梆子腔】【吹腔】【吹调】和【弋阳腔】。

一剧三腔的有《花鼓》，该剧使用了【梆子腔】【花鼓曲】和【高腔】。像《钵中莲》一样，该剧也注意吸收当时流行的民间时调，剧中采用了【仙花调】和【凤阳歌】。叙刘唐建的《宿关》《逃关》《二关》三出戏，采用了【梆子腔】【弋阳腔】【京腔】，更有意思的是使用了北方游牧民族音乐【鞑曲】。叙武松的《闹店》《夺林》采用了【吹调】【弋阳腔】和【秦腔】；叙孔怀兄妹助嫂的《磨房》《串戏》采用了【乱弹腔】【高腔】和【弋阳腔】。

一剧二腔的有《买胭脂》和叙时迁的《落店》《偷鸡》采用了【梆子腔】和【吹腔】；叙武大郎、潘金莲的《搬场拐妻》采用了【弋阳腔】和【西秦腔】；叙孙二娘、武松的《杀货》《打店》，采用了【弋阳腔】和【梆子腔】；叙王法师的《请师》《斩妖》采用了【高腔】和【京腔】。

一剧采用多种声腔可以活跃舞台气氛，振奋观众精神，适用于热闹的民间戏曲。乾隆花部沿着弋阳腔《钵中莲》这条路前进，取得了很大的成就。民间艺人深谙戏曲艺术规律，什么样的剧情采用什么样的声腔最能表现人物情绪。《钵中莲》用【山东女儿腔】来演唱打架的内容，表现双方的愤怒，用唢呐调【诰猖腔】来表演补缸的情节，表现殷氏鬼魂的风流与补缸匠的多情，获得极佳的舞台效果。《花鼓》一剧以梆子腔为主，艺人夫妇表演花鼓时则改唱轻松活泼的花鼓曲。表演结束，好色少爷强吻卖艺妇，惹得卖艺夫妇吵起架来，这时吸收了一段【高腔急板】唱腔，把戏情推向高潮：

　　　【高腔急板】（净）你好没志气！你好没志气！与人斗嘴，还是笑嘻嘻！（贴转身持净介）什么没志气！什么没志气！既有志气，不该去偷鸡！（净）偷得鸡来是你吃。（贴）说话如放屁！（净）放你娘的屁！我就一拳一脚打倒尘埃地！（贴）打倒尘埃地，告到当官去！（净）告到当官去，总是我的妻！（贴指净头，净跌介）（贴）谁是你的妻！谁是你的妻！（白）啊呀！我那妈妈吓！（净回头介）咳！老婆，不要说了，不要说了。（唱）算来总是我晦气！

以慷慨激昂的节奏急促的高腔发泄怨气，互相指责，口快心爽，可追步《钵中莲》【山东女儿腔】。

　　《杀货》简直就是《钵中莲·补缸》的翻版。风流少妇孙二娘从扮相到唱词皆模仿《钵中莲·补缸》的王大娘，而垂涎佳人的弹花匠则承袭补缸匠而来。《钵中莲》以【诰猖腔】唱之，《杀货》以【梆子腔】唱之。

　　　【梆子腔】（贴）招牌挂在高竿上，专守的来往客商人。孙二娘坐在店门前，（内咳嗽介）那边来了客商人。（副扮货郎上介）猛抬头观见日渐西，寻一所旅店把身栖。你看店门前坐下个风流女，擦脂抹粉笑嘻嘻。手中拿把白纸扇，莫非就是掌柜的？我欲待上前讲一句话，犹恐旁人说是非。有个道理在此。大娘子。（贴）客官那里来？（副）我上前深深施一礼，我是江湖上问信的。（贴）问什么信？（副）你这里可是招商店？（贴）正是。（副）今日晚上要投宿的。（白略）（贴）吃杯茶，我就开言问：贵郡仙乡那里人？（副）家住在陕西朝阳县，我流落在江河卖皮弦。（贴）什么叫做皮弦？（副）就是那个不登不登弹棉花的，叫做皮弦。（贴）吓，客官。你在江河上做生意，家中还有什么人？（副）大娘子，不要说起。只因我浑家死得早，撇我在江河受孤单。吓，大娘子，你一人在此来开店，里面当家的为甚不出来？（贴）我的夫君亡过了。客官吓，耽搁我青春有三年。（副）你守了三年寡了么？（贴）正是。

（副）亏你……（贴）亏我什么？（副）亏你熬得住。（贴）呀啐！（副）大娘子得罪。（贴）那里去？（副）告便。（贴）陪你去。（副）陪不得。（贴）怎么陪不得？（副）我要去出小恭。（贴）如此请便。（副）你看他眉来眼去似有意，必定是个要钱的。他莫非看上我的容貌好？未必他心是我心。我有句话儿里面去讲。（贴看扇子介）客官便过了么？（副）便过了。吓，大娘子，我有句话儿对你说，恐怕你着恼，不好说得。（贴）你是客，我是主，有话请说，我不着恼。（副）大娘子不着恼的？（贴）不着恼的，请说。（副）如此，告过罪儿。大娘子，是你……这个……这个——还是不说的好。（贴）说罢了。（副）大娘子当真不着恼的？再告个罪儿。（贴）你的礼数太多了。（副）大娘子，未曾开口礼当先。我见你丈夫亡得早，耽误你青春美少年。你若肯与我姻缘配，（贴）银子少吓。（副）有吓。到明朝找你一吊钱。老官板，没杂边，十足串，白铜钱，白铜钱。（贴）你若不嫌奴的容貌丑，今夜和你同枕眠。（副）阿弥陀佛。拿一壶酒来我先饮，晚上和伊谈一谈。（贴）我本待要将他下了手，（副）什么下手？（贴）我说的是酒吓。（副）酒吓？手是动不得的呢。（贴）凡事还要是三思行。（下）

《戏凤》甚至连曲情曲文都在仿作【诰猖腔】：

【梆子腔】（贴）日儿晃晃照天涯，骂一声村军是谁家？（白略）骂村军，你忒差！不该在此调戏咱。你在梅龙镇上访一访，李凤姐原是好人家。（生）说什么好人家？好人家，你鬓边不该斜插海棠花。（贴）海棠花，海棠花反被村军取笑咱。除下来，丢在地下用脚踏，奴奴就不戴这支花！（生）呀！叫一声李凤姐你好差！为甚将花丢地下？待为君的与你来拾起，再与你插上了海棠花。（贴）李凤姐看来事不好，慌忙跑转小房门。（生）前面走的是李凤姐，后面跟随朱武宗。任你走到东洋大海去，为君的赶到水晶宫。（贴）我双手就把门关上。（生）慌忙赶到小房门。酒大姐开门。（贴）门是不开的。（生）不开，为君的就打下门来。（贴）随你打，我是不开的。（生）呀！一脚踢开门两扇，将身走入卧房中。（白略）（生）胡说！【前腔】头上推开烟毡帽，网巾上现出两条龙。身上解开青号衣，里边露出滚龙袍。叫一声李凤姐近前来看宝，那一个当兵的敢穿龙？（贴）呀！骂一声凤姐瞎了眼，认不得当今圣主公。没奈何跪倒尘埃地，羞惭满脸胀通红。

相同处：两者都是对唱；两者都应用了民间说唱形式，采用第三人称说唱角色所扮演人物的故事。如《钵中莲》"前面走的王大娘，后面走的补缸匠"，《戏凤》"李凤姐看来事不好，慌忙跑转小房门""前面走的是李凤姐，后面跟随朱武宗"；《钵中莲》"慌忙跪倒尘埃地"，《戏凤》"没奈何跪倒尘埃地"。

第三节　宾白艺术对花部的影响

花部语言艺术之长在宾白，不在曲文，正与雅部相反。花部的宾白，是真正的场上之白，不独"务使心曲隐微，随口唾出，说一人肖一人"[1]，且是当时乡间百姓的日常口语，原汁原味，地地道道，毫不润色，给人以新鲜活泼、耳目一新之感，终于力克雅部，占领戏台。花部的宾白艺术，直接继承了弋阳腔《钵中莲》的衣钵，吸收了《钵中莲》宾白艺术的五大特点：

一　质朴自然，通俗易懂，给人以亲切之感

宾白，是古代戏曲的一个术语，专指对白、独白等唱词以外的台词。古典戏曲以唱为主，白为宾，故叫宾白。花部来自农村，又是为娱乐老百姓而作，贴近生活，贴近观众。

《钵中莲》和花部诸剧宾白首要一点是浅显明白，常用富有生活气息的惯用词语，就是李渔所说的"话则本之街谈巷议，事则取其直说明言"[2]。宾白比曲词少雕琢，更质直，具有鲜明的民间语言特色。《钵中莲》的宾白就是活生生的百姓语言，如《赠钗》中韩成与殷凤珠的对话：

> （副）休得取笑。（贴）取笑？你实在有些不肖！（副）什么不肖？（贴）啐！你在外边好快活吓！（副）我又不走岔路，还有什么快活？（贴）不走岔路，为何连日不来？还要支吾，打你几个嘴巴才好！（副）原该打的。（贴）怎么不该打？（副）打他一个贪嘴，把身子去换水果吃。（贴）呸！杀头的，不要含血

---

① 李渔：《闲情偶寄》，《中国古代戏曲论著集成》（七），中国戏剧出版社 1959 年版，第 54 页。

② 同上书，第 22 页。

喷人。（副）如今的事情，只要将就得过，胡涂得去，捉什么字眼，点什么清盆？（贴）噢，这么，你甘心去做闭眼乌龟？（副）况且千年田地八百主——个人那占得尽来？

殷凤珠与卖水果的偷情，被韩成撞见，心里不是滋味。韩成再度到来，她却故作正派，说韩成是"白撞"。韩成被卖水果的打败，心里十分窝火，但不敢发作，因为他与殷凤珠的关系也不过是暧昧关系。殷凤珠见他几日不来，所以讽刺他"在外面快活"，要"打嘴巴"。韩成很狡猾，故意安排圈套让殷凤珠往里钻。"原该打的"好像认错。等到殷凤珠步步为营时，他便一下子把套子套牢："打他一个贪嘴，把身子去换水果吃。"这些语言都是朴实的群众语言，却处处显露百姓的智慧。"啐""呸""提什么字眼""点什么清盆""闭眼乌龟""千年田地八百主"都是群众日常用语，绝无文人习气。

花部诸剧也传承《钵中莲》的用语传统，用通俗易懂的百姓日常口语，使宾白朴实自然。《花鼓》有一段对白，也全是活生生的百姓口语：

> （净虚下）（贴近介）大相公。（副）好吓！你几时到这里的？（贴）来了七八天了。（副）你今年多少年纪了？（贴）二十五岁了。（副）好吓！你可会做生意？（贴）什么生意？（副指贴下身介）就是这个生意。（贴）啐！（净上）怎么还不出来？（作听介）（副）外边的是你的什么人？（贴）是我的汉子。（净）不错，倒在那里问我。（副）怎么你这样一朵鲜花栽在牛屎上？（净）入娘的，把我比作牛屎！（副递银介）一锭银子，我同你顽耍顽耍罢。（抱贴介）（贴）啐！（净进见介）（副奔下）（净）好，好，好！臭蹄子！叫你出来做生意，同人家亲嘴的！（贴）那个替人家亲嘴吓？（净）是你替大相公亲嘴。（贴）几曾吓？（净）是我听见这匝。（贴）吓！这是我走进去，大相公走出来，是碰的吓。（净）碰的吓！你这臭骚奴！我同你到城隍庙里去算帐（账）！（急走介）咳！这牢锣也不要了！（贴）呸！这鼓也不要了！（掼介）（净急拾鼓看，又打介）还好，咚咚的，还是好的。（贴气介）（净）呔！臭蹄子！出来做生意，与人家亲嘴！（贴）我何曾与人家亲嘴？（净）我看见的。（贴）看见怎么样的？（净）我看见这么喷喷喷，咳！

这段对白，极富有生活气息。相公为了获得女艺人的欢心，把她比作鲜花，而一面又贬低其夫，用了一句俗话："鲜花栽在牛屎上。"这话本来也很平常，并不新鲜，但这话偏偏让做丈夫的听到了，当然激起愤怒，一句"入娘的，把我比作牛屎"，则又化平常为出奇了，逗乐了观众。相公的蛮横拥抱亲嘴，偏巧又被做丈夫的撞见，激起了新的矛盾。女艺人一肚子窝火，还来不及痛斥相公的流氓行径，反遭到丈夫迎头一顿臭骂。由于自己被亲嘴是事实，所以反击就缺乏力量。做丈夫的则把对相公的愤怒转移到妻子身上，骂出了难以入耳的话"臭蹄子"，"臭骚奴"。这正是街上村中常听到的骂妇人的话。妻子越是顶嘴，丈夫越是冒火，骂得越凶，他所提出的证据越显得坚实有力："是我听见这么匝。""我看见这么啧、啧、啧。"眼见耳闻，绘声绘色，不容对方有诡辩的余地。男艺人气得把手中的锣重重扔在地上，以示对妻子的愤慨；女艺人气无所出，也紧跟着掼鼓，以示对丈夫的抗议。她气更大，因而掼得极重。这使得丈夫把注意力转移到鼓上。作为一家之主，他对养家糊口的家当当然十分爱惜，因而急忙拾鼓，敲打几下，检验是否摔坏。他的话就很富有乡土味，生动传神："还好，咚咚的，还是好的。"他并不说："还好，还响，还能打"，"咚咚的"是摹鼓之声，"响"是声音的概念，远不及"咚咚的"来得具体生动。

和《钵中莲》一样，《花鼓》也喜用"啐！""呸！"等感情色彩强烈的感叹词。"我的汉子""鲜花栽在牛屎上""顽耍顽宴""出来做生意""同人家亲嘴""是我听见这么匝"等，都是绘声绘色的群众口语。

其次是运用谚语、歇后语、谜语、骂人话、打油诗等生动的民间语言形式，使戏曲语言通俗化。

谚语是一种有教育意义、有认识作用或含有哲理的民间俗语。《钵中莲》是民间戏曲，谚语使用既多又好。如"老虎要吃肉，还要问问山神土地哩"；"兔儿不吃窝边草"；"好汉勿吃眼前亏"；"在山靠山，在水靠水"；"自古英雄出少年"；"只恨自家麻绳短，弗怪他家枯井深"；"冷灶里一把，热灶里一把"；"将军不下马，各自奔前程"；"羊肉无得吃，倒惹一身臊"；"只要功夫深，铁錾磨成针"；"凿山通大海，心里石也穿"；"牡丹花下死，作鬼也风流"，等等。老百姓平时说话就常常使用谚语，以少胜多。花部道白中常引用谚语来说明生活道理。如《买胭脂》中书生郭华和店家女王月英的对话里就引用了谚语：

（生）吓，也吊不死的？也罢，牡丹花下死，做鬼也风流！（吊介）（贴）

呀！如今果然吊了，正是：救人一命，胜造七级浮屠。

郭华为接近对方而假装吊死，王月英是为了救人而开门，结果上了书生的当，被亲了嘴。又如《相骂》中的"桑条从小直，长大就不歪"是亲家婆责怪亲家母以前没有把女儿教育好。"家无为活计，日费斗量金"。"定盘星儿你错认了"。《借靴》中的"养军千日，用在一朝"，刘二为了一双靴不被磨损，竟要发动全家修路，真有点小题大作了。而"舌头底下压杀了人"，"一客不烦二主"等，无一不用得恰到好处，富有说服力。《花鼓》"你不知道皇帝老官也有草鞋亲？"《别妻》"为人莫当兵，做铁莫打钉。做钉被人打，当兵受苦辛。"《磨房》"人平不语，水平不流。""善恶到头终有报，只争来早与来迟"。

歇后语是比喻的变体，前半部分是比喻义，后半部分是本义，说话时常省去后半部分，故叫歇后语。老百姓的歇后语很丰富也很生动。明代戏曲选本《大明天下春》中栏就收录很多赣方言歇后语。而在古典戏曲中用歇后语用得最多最好要数万历抄本《钵中莲》了。《钵中莲》一共使用歇后语10条，每一条都妙趣横生，大大增加了戏剧效果。"鸳鸯浪打分南北"；"脚生在我肚子底下——出也由我，进也由我"；"堂前挂草——直头不是画哩"；"你有什么三个头，八个臂，鳖子门，挂单条——说得多是海话"；"我是鼓楼上的麻雀——吃惊吃吓惯的"；"三管鼻涕多一管，依官托势挂招牌"；"千年田地八百主——个人那得占得尽来"；"只怕灯草拐儿——未必靠的定吓"；"缸片剃胎头——总是囡儿吃苦哩"；"打蜜蜂秋迁（千）——倒有趣哩"。

花部诸剧也能很好地运用歇后语，如《连厢》中的"猪噜噜出豆子——好肉麻"，"恩猪八戒吃钥匙——开心哉阿拉"；《磨房》中的"旱地里急栽葱——走过来"；《落店》中"吃了灯草灰——说着轻飘话"；《宿关》中的"三月里芥菜——起了心了"；《花鼓》中"大相公到像孔夫子的尿脬——文绉绉的"等，不一而足，都能很好地表现剧中人的思想情趣。

谜语是一种有迷惑作用的语言艺术。《钵中莲》有"牢记着半边朝字韦相砌，王孙姓系仔细详推"；《堂断》则有"三女成群，岂不成'奸'（姦）？""五人共伞（傘），望大人遮盖。"

骂人话是民间百姓惯用语。元明杂剧、明清昆山腔传奇多为文人所编，讲究涵养，一般很少用粗野的骂人话。民间百姓则无此顾忌，他们编剧往往照搬生活中的骂人话，《钵中莲》就是一个样板。剧中卖水果的骂韩成"扯你娘什么嚼刮思"，连自言自语也带骂："溜他娘罢。"韩成骂卖水果的"啊哟，这个□□的倒也厉害!"王合瑞骂韩成："狗男女"，骂殷凤珠"淫妇""狗淫妇"。花部诸剧更把骂人话发展到极致，简直要把天下民间骂人脏话和盘托出，尽搬上舞台。如《落店》中时迁骂店主人"他娘的""狗囊的""王八羔子""小毡养的""浪蹄子小毡的"。《搬场拐妻》中武大郎骂赶脚驴夫："驴囚人的""狗入的""大爷，你扯住了，待我咬掉他的鸡巴"。《堂断》沈赛花骂狠心丈夫："放你娘的屁! 走你娘的路。"张古董反骂道："我把你这浪蹄子! 臭淫妇! 我把——罢，看银子面上罢!"《相骂》中亲家俩对骂更凶：

> （丑）阿唷! 好骂! 我且问你，是那个扯骚? （贴）是你扯骚! （丑）是你扯骚! （贴）是你扯骚! （打介）（丑）阿唷! 阿唷! 眉毛都拔掉了! 你这臭娟根! （贴）贼淫妇!

该剧骂人词语还有"骚辣臭""贱婢小歪喇""放闲屁""泼妇儿""骚臭毡""骚奴""贱婢小狗娟""养汉精""臭骚口"等全是民间骂法，民间百姓看戏听这样的骂人话就是习惯、过瘾。

此外还有打油诗。弋阳腔传奇为民间戏曲，喜用打油诗。《钵中莲》打油诗有《调情》"甘蔗圆又长，发火又兴阳。香甜真可口，节节有商量"；"橄榄刃头尖，一见便流涎。入口带酸涩，越嚼越香甜"；《补缸》"前头一条缝，后头一个洞。我的钻子小，叫我那个弄"，等等。和《钵中莲》一样，花部中的打油诗也都是为取笑逗乐而作的，如梆子腔《赏雪》中的宋朝太尉党普赏雪吟诗：

> （净）我老爷做诗了，你每须要记着。（众）是，小的每记着。（净）嗨、嗨、嗨，有了。复飞复飞复复飞，（丑）好飞。（净）好么? 还有好的。（想介）犹如三千六百个小鬼在那半天里洒石灰。（众）好吓。（净）两句了。（众）还有两句。（净）还有两句。哼，哼，哼，……吓，吓，吓，有了，我这里羊羔美酒吃不下，那吕蒙正在破瓦窑中冻得了不的。

毫无诗才，不通文墨的大将军喜欢吟诗凑雅，摇头晃脑，清嗓润喉，故作沉吟，虚张声势，卖弄诗才，结果不出人所料，作出的是令人捧腹的打油诗。《搬场拐妻》中的武大郎也作了几首打油诗：

> （丑）你不知道矮人有多少便宜之处。（贴）有什么便宜？（丑）做衣只消三尺长，走到街坊不恍（晃）荡。妇人女子都来笑，（贴）笑什么？（丑）笑我这样好模样。（贴）啐！（丑）在你面上得罪些。吃了晚饭来睡觉，踏了梯儿就上床。顾了上头顾不得下，一夜凑到大天光。（贴）啐！不要说了，走罢。出得门来，好天气也！（丑）这样好天气，我要做诗了。（贴）你会做什么诗？（丑）你道矮人不会做诗么？待我做与你听。（做介）闻说山东锦绣邦，门前车马响叮当。口中五谷多尝过，鼻边常带粪渣香。

这种自我嘲解也能引发现众的笑声。《看灯》丑扮瞎子上场诗白："瞎子生来眼不明，终朝下雨当天晴。饭食拿来看不见，不知吃了多少死苍蝇。"

最后是方言的使用。这是民间戏曲最能拉近地方观众的重要原因。

《钵中莲》来自民间，使用的是老百姓的语言，与当时文人编写的昆山腔传奇的语言泾渭分明。如《逼毙》中王合瑞"审妻"一段有很生动的念白：

> （贴）待我来。嗯，妙嗳，这只瓦缸，颜色不同，式样各别。（生）如何？我说你心爱的。（贴）待我来端进去。（生）这还不算稀罕。（贴）可还有什么？（生）有。（作出金钗介）哪。（贴）阿呀！（作失手将缸落地跌破介）（生）吓吓吓，阿呀呀，怎么见了金钗，这等着急？把缸都跌破了。于中有奇事，于中有奇事！（贴）吓啐！有什么奇事？不过这股金钗像是奴家的。（生）噢，像似你的？（贴）好像我的一样。（生）嗯，如何家中之物，反落在我手内？（贴）哎，蠢东西！世上同名同姓的尚多，何况这股金钗吓！（生）是吓，一些也不差。（贴）原不差。（生）你的可在？（贴）在。（生）取来我看，可以配对得么？（贴）噢……（生）吓，快去取来！（贴）是，待……（生）快去吓！（贴）阿呀！什么要紧？就是明日取来与你看何妨，这等着忙！（生）哇！真赃现获还要支吾！（贴）好扯谈，什么真赃吓？支吾？（生）哇！你还要嘴硬！还有一件东西，一发与你看了罢！（作向木桶取出首级介）哪，你睁开肉眼来看！这是什么？（贴）阿呀，有鬼吓！有鬼！啐！啐！啐！（生）可还赖得去么？

这是地道的赣方言民间口语，就像是把发生在实际生活中的话语搬到舞台之上一样保持原汁原味。如"把"字的运用就是充满赣语方言地方色彩，如《调情》丑白："要好水果，拿铜钱来卖把你"；副白："我就踢把你看"。《杀窑》生白："连那股金钗，带回家去，把那淫妇细看，使他无缝抵赖。"《逼毙》生白："怎么不把你看看。"生又白："且看夫妻情分，把你一个全尸。"

由于万历末期弋阳腔艺人领地被青阳腔、太平腔等新腔戏曲所占，不得不向北发展。要在陌生的语言环境中求生存，就不得不学习甚至应用所在地的语言。北方流行的是官话，弋阳腔艺人就盯准了官话。尽管《钵中莲》没有直接使用官话念白，但文字却向着官话靠拢。主要体现在两方面：一方面是"儿化"音词增多，如《赠钗》副白："应当通个信儿与王大娘"；副又白："忙忙碌碌没有片刻儿工夫"。《托梦》生白："不免就在神前打个盹儿"。《杀窑》副白："就是那双俊俏眼儿"；生白："要我打股钗儿"。《逼毙》贴白："又没处探听个信儿"。《点悟》末唱："道情儿，上古传。"《补缸》净白："不要着忙，缸片剃胎头，总是囡儿吃苦哩！"另一方面是官话词汇增多，如《调情》副白："你们干什么勾当！"副又白："我么，是这里一位坐坊的老爹。"《赠钗》贴白："你在外边胡乱干什么勾当？"《逼毙》贴白："这一只小小瓦缸盛不得多少水，腌不下什么菜，要他何用？"《神哄》净白："干不得什么事来"。《补缸》净白："你的东西到底是大的是小的？"

大量使用吴语方言是《钵中莲》念白上的一大特色。此前的弋阳腔传奇很少使用吴语方言的，如果使用也只是唱吴语歌曲时用吴语。就是产生于苏州的昆山腔传奇在明代也很少使用苏州话念白，到了清代才常见丑、副等角色用苏白。弋阳腔之用苏白，只是赶时髦活跃舞台气氛而已。当初弋阳腔繁盛之时，昆山腔尚未流行，弋阳腔艺人是很少注意苏白的；到万历末，昆山腔势力超过了弋阳腔红到了北京，苏州话成了时髦话。弋阳腔艺人转而学舌，在剧中大量使用苏白。全剧 16 出，用到苏白的有 6 出，即《调情》、《杀窑》、《拜月》、《神哄》、《园诉》和《点悟》，使用苏白的角色有 2 个，即丑和副。《调情》丑扮卖水果的既用苏白也用赣语。苏白如"拉罗里"，"噢来哉"，"阿是我说嗯勿识货个，来个也有口号哈：橄榄刀头尖，一见便流涎。入口带酸涩，越嚼越香甜。若以子郎中讲究没，一发好哉。橄榄答甘蔗一齐吃子没，叫做和合双美丸，大有补益。"主体语言还是赣语，如"哼哼，老虎想吃肉，还要问问山神土地哩！那里来的野虱子，思量在这里撒野！""我是不怕什么烹头的。要好水果吃，拿铜钱来卖把你。若要吃白食，只怕你困不醒还在那里做梦哩！"《杀窑》中副扮韩成主要是使用赣白，喝醉酒后似糊涂了，竟然使用苏白。如："个是直头勿能从命个哉"；"嗯说一句话，你就拿把刀拉我颈子里不许我吃，也不能遵教个哉！"《拜月》、《神哄》和《园诉》三出戏中丑扮土地话最多，使用的全是苏白，量很大，并且非常纯正。如"只可恨勾勾僵尸，硬头硬脑，百勿得一味天壳后盖地生子个样式，嗯乱勿要一厢情愿个两相答平子介千分顽梗，嗯乱首发慈心，相帮拿子里来，装我勾威势，摆摆我勾门头，直脚感激弗尽哉！请请请！"《点悟》中副扮李靖时用的是赣语，改扮和尚后用的则是苏白，如"我里护国院里大和尚拉乱讲经设法，嗯既要做和尚，竟拉我里勾搭来，我光拉院里等嗯"。弋阳腔让滑稽角色丑和副大量使用苏白对昆剧表演艺术产生了巨大的影响，清代以来昆曲舞台上丑和副也大量使用了苏白，这才是昆山腔语言真正回归到声腔本位。

《缀白裘》花部弋阳腔戏虽然已是变了味，但仍保留一些赣方言语汇。如《相骂》中乡下农妇与城里亲家母的对话看似朴实无华，实则精彩绝伦，从中我们可以体会到一种超越形象之外的言外意、弦外音、境外味。

> （丑）今年的庄稼不大怎么，借了二两银，典上几亩瓜。老天爷不肯把雨下，蝗虫蚱蜢满田爬，本钱利钱不得到家。我的亲家母吓。（贴）嗳！（丑）落下一个大窟窿，我的窟窿大。落下一个大窟窿也么窟窿大。（贴笑介）亲家母，什么窟窿这么大？（丑笑介）亲家奶奶，不是那个窟窿。我们乡里人家，欠了人的债就叫做窟窿吓。（贴）亲家母，你们做庄家的上年不收，还有下年，不像我们城市人家，往返这青石板上，好不难。来了一位客，要一件买一件，真真不便。还是你们乡里好。（丑）奶奶，我们乡里虽然有几亩薄产，却是望天收。年成不好，就不中用了。（贴）亲家母，你好久不到城中来走走？（贴）穷忙吓。（贴）我不替你借吓。亲家母，我有一句话要对你说，怕你着恼，不好说得。（丑）阿呀，我的亲家奶奶吓，当初没有扳亲呢，是两家；如今做了亲家，就是一家人了。有话就说，我是不气恼的。

这两个妇女平心静气地拉家常，"大窟窿""青石板""要一件买一件""几亩薄产""望天收""穷忙""怕你着恼"，张嘴就来，有什么说什么，热情爽快，没有扭捏作态，没有什么修饰成分，可谓平凡极了，朴素极了，但仔细品味，味道浓极了。两人的都各怀心事，互有防范。乡下妇女说起家里欠收，是为自己没有带礼物怕遭对方误认为小气。城里亲家则非常敏感，担心对方要来借钱还债，以城里人生活艰难婉拒。在发现对方并非有意借钱之事，城里亲家恶人先告状，强装客气地向亲家发难。如果说，这段对话还算是和风细雨，那么紧接着的对话便是狂风暴雨了：

> （贴）【银纽丝】告过了罪儿把话也么论，你家的令爱不成人。（丑）咻！（看旦做鬼脸耳介）（贴）不爱干净，一双的鞋子挞了后跟。头也不梳，脸也不肯洗，针线不会缝。每日里爬起来鳅打浑，贪嘴又要学舌根。敞着怀来露着也么胸。我的亲家母吓！（丑）嗨！（贴）他在我家做女儿，自然是我管；如今嫁在你家做媳妇，就是你家的人了。凡百事你该教导他，难道叫我做娘的陪着她嫁了来罢？（贴）不是这等说。桑条从小直，长大就不歪。这是你从小引惯了他，所以如此。怎么倒说我讲差了？

这可是唇枪斗舌剑，针锋对麦芒了。两个老太婆相互攻击，寸步不让，充满火药味，极具战斗色彩。

花部戏的词汇也有《钵中莲》的用语痕迹，如下例：

> 《杀窑》（生）这……其妻容貌如何？（副）咳！不要说他别的，就是那双俊俏眼儿，你见了他，也要神魂飞荡。
> 《缀白裘·买胭脂》（小生）不要说别的，只就这双眼睛，真正令人销魂也！

《缀白裘》所选花部，是面对江南江北观众的演出本，方言主要是吴语，也有赣语，如《请师》"一两银子买得动？你看，双龙戏珠，大红心子绿镶边。你的面孔生得标致列，一两银子肯卖把你"。除"把"字外，"标致"也是赣语常用词汇，如《钵中莲·调情》丑白："什么知情识趣，无非见了你这风风月月、标标致致、袅袅娜娜、齐齐整整的王大娘，弄得来藕断丝不断罢了。"

《钵中莲》学官话，花部也有类似情况。儿化音如《买胭脂》小生白："妙吓，你看他好一双小脚儿也"；净白："我借你这店门外摆个摊儿，卖几个钱用用"。《搬场拐妻》贴白："雇个驴儿才好"；副白："这么个大人儿，连账都不会算"；丑白："这里路儿又不熟，那里去买"。

　　官话词汇如《杀货》副白："为什么打我这么一下？""斟酒为什么斟到我的头上？""又是乒乒乓乓的做什么？"《借妻》小生白："怎么样？"净白："怕什么？我的兄弟，就是你的兄弟；我的朋友，就是你的朋友。"

　　文人写戏，最忌方言土语，怕有伤大雅，而民间百姓作剧，则喜用方言，别有一种乡土情韵。《钵中莲》的道白方言杂烩，大部分角色都用赣方言，而丑角、副角有时却使用苏州方言白，地方色彩极浓，能逗乐江南观众。妙用方言，使戏剧的触角得以延伸，更加深得人心。角色语言的土里土气，使该方言区的观众感同身受，产生参与的愉悦感，激发起乡情。弋阳腔让滑稽角色丑和副大量使用苏白对后世戏曲产生很大影响。

　　康熙抄本弋阳腔传奇《金丸记》第十三出《边警》副、丑扮宋守城军卒，满口杂夹吴语，与万历《钵中莲》相仿。二人上场诗白并自我介绍后，便用吴语对白：

　　　　（丑）唅，阿哥，你拉那里吃得是介烂醉？（副）兄弟，偏傇你。我偶然管子介出小闲事，方才扢个小叙馆，吃得酒醉饭饱。有趣吓！（丑）你看今夜风清月朗，我每正好巡更。只是我身上亦介冷，肚皮亦饿子，背甲里当哉，没那处吓。（副）你几日勿吃饭哉？（丑）还是昨夜吃个夜饭来，一周时哉。（副）啐，后生家三日勿吃饭，还要凸肚过桥，饿得夜把就是介样，奢意利！（丑）阿哥吓，有数说个"饥寒"二字难忍。（副）那你心上没那呢。（丑）依我没也即得，让渠饿哉那！（副）介没，兄弟，你亦饿得势，我亦饱得介极，你张开嘴来，等我吐点拉你嘴里罢。（丑）啐，说个样恶心声气，×搂！

这里"副、丑讲的都不是纯吴语，说明不是面对吴语地区方言的观众看的，因为演员担心讲纯净的吴语观众听不懂，不但起不到插科打诨的戏剧效果，反而破坏舞台气氛，因而吴语仅用来装饰点缀"①。

　　花部苏白也和《钵中莲》一样纯正，如梆子腔《买胭脂》中的货郎讲的是苏州方言，有浓重的乡土特色，使得这个角色有鲜明的本色感，受到观众的喜爱。

　　　　（净）卖杂货吓。……咦，一顿走，走子王大姐店里来哉。吓，王大姐。（贴）吓，大公。（净）王大姐，阿要买汗巾？（贴）不要。（净）介没买一个喇

---

　　① 马华祥：《弋阳腔传奇演出史》，中国社会科学出版社 2012 年版，第 332 页。

叭吹吹罢。（贴）用不着。（净）阿要买子两匣粉罢？（贴）也不要。（净）吓，
无亻奢作承我吓？有介一面镜子拉里，换子点胭脂去罢。（贴）也不要。（净）
好个青铜个嘘。（取镜自照，小生起立，贴推下介）（净）吓嘎！好宝贝！（贴）
什么宝贝？（净）我搭嗯两个人到照出三个头来哉，阿是宝贝？（贴羞介）（净
回头看介）咻！我明明看见三个头，为偧子只得两个人？真正是个咤头哉！

货郎的方言特别生动，别具商味，摹尽江南小贩声口。"阿"，"是否"的
意思；"为偧子"，即"为啥""为什么"的意思；"作承"即"作成"；
"咤头"，即"怪事情"。尤其是"吓嘎"表惊讶之语特别能扣动观众心
弦。青铜镜是一面极普通的镜，而他对镜发出惊叫，自然引起观众兴趣。
原来场上他只见到王月英，而镜子里却照见了第三个人，对他来说当然是
怪事，而对观众来说则又是明明白白的事。他被蒙在鼓里，糊里糊涂。他
的滑稽表演，方言土语，越发使观众捧腹大笑。如果换成"呵"或"吓"
"呀"就不会那么动人了。又如《闹灯》，多个角色都讲苏白：

　　（净）弗是吓，说道要拆披�，闹了半日。（贴旦）难嘿，那哉介？（净）
难嘿，许子哩明朝里去哉。（贴旦）个也罢哉。（小丑）阿二个小屍养个嘿哭死
弗活介寻阿姆，出子一堆大屎。（贴旦）阿呀！个嘿那呢？（净）亏子对门个赵
亲娘替俚收拾子介了。我说弗要哭，我去寻嗯乱娘耶，所以来寻嗯，嗯到拉里看
灯勒快活！居去罢。（贴旦）弗勒，我还要白相歇来。�，四个喜蛋先拿子居
去，我就来耶。

二　形象生动，个性鲜明，给人以身临其境之感。

民间传奇《钵中莲》道白，直取百姓口语，活泼生动，野味十足。
语言高度个性化，使剧中人直逼生活中人，使观众忘其在演戏，有身临其
境之感。如《拜月》中王家园土地与判官、皂隶的一段对话：

　　（丑）鬼判乱！（末、小生、外、旦）有。（丑）今夜施食勾多乱，嗯乱抡
子多哈羹饭归来拿出来充公，弗然就欺瞒官府哉。（末、小生、外、旦）园里祸
事到了，那有工夫出去？（丑）偧勾祸事？（末、小生、外、旦）前日抬来那口
棺木。（丑）住乱，勾是王合瑞底老，搭隔园主说合，定勾寄拉园里？快吊里
来，问里要点使用，强如抢野羹饭乱。（末、小生、外、旦）不要妄想！（旦）
他今成了僵尸，十分惫赖，不来搅扰我们，也足感盛情了，还要挑牙引缝做什
么嘎！（丑）凭里那哼尴尬，要晓在山靠山，在水靠水。拉乱我里地下怕里强拉

罗乱去，快吊里来听审。（末、小生、外、旦）我们都没本事，只好公公下乡踏勘。（丑）放屁！本官勾堂谕都弗依勾？（末、小生、外、旦）大家只好散堂了。（丑）阿唷，鼓噪公堂，着实可恶！取板子抬枷来！（末、小生、外、旦）索性取革条革了役罢。（丑）那了？（末、小生、外、旦）到好别投生路，省得同你吃苦。（丑）阿唷，刁撮撬！无有本官，拉瓦眼乌珠里及哉。嗯！做俺勾土地公公，要上表辞官了。（末、小生、外、旦）不要大装什么威势了！若见僵尸，只怕要倒霉哩！（丑）放屁！打导（道）！（外、旦）噢！（作低声吆喝介，丑）响点！

剧中的土地形象刻画得惟妙惟肖：依官托势，作威作福，贪婪成性，包揽词讼，发号施令，外强中干，俨然草包似的地方官。

《搬场拐妻》中武大郎戒备脚夫一段就很有戏剧性，语言形象生动，个性鲜明：

> （丑）老婆，我去买馍馍。且住，这赶脚的眉来眼去，有些诧异。待我转去。（副捏贴手介）我那好大娘！（丑）呔！你这狗入的！好吓！我人儿虽小，人小力大，我的拳棒利害！（副）你会拳棒，我们在江湖上走的人也会拳棒儿。（丑）也罢，和你丢个架儿！（副）来吓，来吓！（打拳介）（丑抓副卵子介）（副）阿唷！阿唷！（丑）这叫霸王请客。你服了我么？（副）伏了你了。（丑）去罢。（副跌介）阿唷，好个霸王请客！（丑）且住，虽然拳棒服了我，他的眼睛看着我的老婆，——我有个道理在此。赶脚的，这里来。（副）俺哩？（丑拿副鞭画圈介）这叫作划（画）地为牢，跳进去。你若是跳了出来，你的腿儿就要断！（副）我不敢跳出来。（丑）你把眼睛闭着。（副）俺哩？（丑）你离了我看我的房下，你的眼睛要瞎哩！（副）我就闭起眼睛来。（丑）这么一个方法就处治了。老婆，我去买馍馍，（丑下）（贴）赶脚的，为何把眼睛闭着？（副）你们这当家的说，我若看你，眼睛就要瞎。（贴）他在那里哄你。（副）哄我？如此开一个，要瞎瞎一个。咦，一个不瞎，再开一个，两个多不瞎。

这段戏妙语如珠，形象飞动。剧作者能够把握人物形象，用民间故事对照的原则来写。首先是高矮美丑的对比。脚夫高大英俊，武大郎矮小丑陋，两相比较，形象鲜明。论个头，或论力气，武大郎都不是脚夫的对手，而出人意料之外，武大郎却主动挑战，实在令人感到不可思议。其次是聪明与愚笨的对比。武大郎人小智商高，脚夫人大低能。武大郎聪明灵活，抓住战机，迅猛出击，先发制人，出奇制胜，击中要害，很快制服了庞然大物，令人开心。脚夫四肢发达，头脑简单，自负轻敌，麻痹大意，反应迟钝，行动缓慢，导致惨败，贻笑大方。再次是交战前后对比。交战前，武大郎忧心忡忡，生怕脚夫勾引他的妻子，而自己又不得不暂时离开。脚夫却自恃力大，非常放肆，武大郎才转身走开，他便迫不及待地对潘金莲调情。当武大郎提出跟他比武时，他还是得意洋洋，大有熬视江湖之势。交战之后，武大郎胜而不骄，仍严加防范，乘胜发难，"画地为牢"，软禁脚夫。脚夫一败，锐气尽失，惧怕对方手段厉害，俯首称臣，服服帖帖。对"画地为牢"这样的哄小孩玩意，一个牛高马大的小伙子竟信以为真，乖乖就范，实在可笑，戏味十足。最后是内外对比。尽管武大郎聪明绝顶，降服了脚夫，但还是无法禁止脚夫与潘金莲调情，原因就在于他严于防外，疏于治内。他的一切办法都被妻子破解，使脚夫得逞淫心。而这正是潘金莲所渴望得到的。娇妻被拐跑表面上是武大郎的疏忽，第三者插足，实际上却完全是潘金莲追求个性解放的理想的实现。

《月城》是一出同时段双场景舞台戏，道白也形象生动，富于个性化，且具有创新意义。张古董盼妻心切，等而不见，便赶往城里找人，可天色已晚，城门关闭，他被锁在月城里。这样舞台上就划分出两个场面。左场角代表月城，张古董蹲在那里。舞台正中代表古董妻沈赛花和书生李成龙所在的房子。这样张古董做张古董的戏，沈赛花做沈赛花的戏，两人谁都看不见对方在做什么，场面似乎游离，其实他们各自的心事相互都明白，因而他们虽然离得很远，但独白常常能说到一处。这种语言设计可谓匠心独运：

> （以下凡旦白，净在左场角白）（净）我想那善门是难开的；因为是好朋友，把老婆借与他，说过当日去当日回的，就不想送还了。好朋友！天理良心！（旦）张古董这天杀的！把老婆借与人，教我明日有何脸面到娘家去吓！（净）看来他每两个今夜是不回来的了，我明日怎好见人！真正见不得人！（旦）我想起来，恨不得肉也咬下他的来！（内打二更介）（净）我想这节事与李成龙没相干，都是我家那淫妇不好。他说住下罢，你该应拿定了主意要回来，怎么顺水推船住下了？这个浪淫妇，头都砍他的下来！（内打三更介）

两个人各在一方，自言自语，各说各的心事，把人性最隐秘的事都说出来了，最能表现人物性格。张古董是个老实人，虽然他欣然借妻给好朋友李成龙有图利的成分，但到底也表现了他的济人危困的侠义精神。李成龙带着借来的新"媳妇"到岳父家就可以把当初陪嫁之物悉数要回,便可以上京赶考,张古董也可以得到一些报酬。沈赛花是个泼辣好强不满现状的女性,对丈夫并非百依百顺,而是很有主见,在许多事情上都显示出她比丈夫考虑问题要周到。她随李成龙去,是丈夫硬磨软哄的结果。对于与李成龙过夜这一有失名节的事,她比丈夫更生气。因而她的话感情色彩更强烈。有趣的是他们的许多话都说到了一处,但又各显个性。如沈赛花说:"我原是不肯来的哟,他说有许多金银首饰,故此来的吓。"张古董说:"这浪蹄子睡在床上不知想什么金银首饰哩!"又如沈赛花说:"我自从嫁了张古董,这几年来,今日没了米,明日缺了柴,这穷日子怎生过吓?"张古董说:"我想那浪蹄子终日嫌我穷,那李相公又年轻,又是个秀才,自然看上了他。"这种道白,如同男女对歌,词连语接,意脉不断,听起来悦耳妥帖。

三　比喻双关,幽默风趣,给人以耳目一新之感。

民间戏曲富有生命力,其功在道白富有趣味性,即使是一些矛盾冲突并不明显,谈不上有什么故事情节的剧目也能打动观众,靠的就是道白。随便翻看一出花部戏,都会被剧中的情趣所吸引,决不会像阅读明清文人传奇那样有厌烦感。剧中的情趣是从道白中来。高尔斯华绥在《写戏常谈》中说:"情趣!一种摸不着的东西,不如花的香味那样容易闻到,是任何一件艺术品突出的也是最主要的特性!这是从剧本里飞翔出来的微妙活泼的气息。它同剧本之间的实质区别,好比咖啡因同咖啡之间的区别。"高尔斯华绥赞美的好的对话在剧本中极其难得而花部中却随处可见,美不胜收,给人以耳目一新之感。其主要的艺术手法是善用比喻,妙使谐音双关。如《花鼓》中的两段白:

　　(贴)汉子,好一个大衣架!(净)嗳!这是大人家的牌坊,多不知道么?(贴)牌坊吓?怎么上边有两个哈叭狗儿?(净)这是狮子滚绣球。(贴)吓!狮子有舅舅,老虎也该有外甥了吓?

　　(副)我大相公要你这样狗朋友!(净)你不知道皇帝老官也有草鞋亲?(副)你可晓得四书上两句?(净)那两句?(副)乘肥马,衣轻裘,与朋友共。不论,不论。(净)大相公到像孔夫子的尿胖——文绉绉的。(副)家去来。(净)老婆回去罢。(贴)为什么?(净)他要把我枷起来。

第一段中，乡下女艺人没见过世面，进城看到大牌坊惊叹为"好大的衣架"，这是比喻，既形象又生动。她又把牌坊两旁的两只石狮子说成是"叭儿狗"也是比喻，同样有趣。丈夫作了解释，妇人又不大理解，误把"狮子滚绣球"错听为"狮子捆舅舅"，因此借此说起俏皮话，为自己扳回一局。"狮子有舅舅"是谐音双关，"舅舅"谐音"绣球"。"老虎也该有外甥了吓"是类比，与前句"狮子有舅舅"类比。第二段中，采用了的修辞法有比喻，如"我大相公要你这样狗朋友"，"皇帝老官也有草鞋亲"，后者同时又是谚语；谐音双关，如"他要把我枷起来"，"枷"与前面的"家"谐音；歇后语有"孔夫子的尿脬——文绉绉的。"

第一，善用比喻，叙述形象生动。

比喻是民间语言最常用的修辞手法之一。《钵中莲》善用比喻，如《逼毙》中殷凤珠的一段话："天咳！若果他另寻门路，我何苦守株待兔？不如早早回绝奴家，也算一桩功德，就是那卖水果的，虽然小逊一筹，唔唔唔，强如闭户修斋。""另寻门路""守株待兔""闭门修斋"连用妙喻，如珠走玉盘，水到渠成。花部道白的比喻也大多如此确切、新鲜、生动活泼。如西秦腔《搬场拐妻》中潘金莲、武大郎与驴夫的一段对话就有着极为丰富多彩的比喻：

> （贴）当家的，肚中饥了，那里去买些馍馍来？（丑）这里路儿又不熟，那里去买？（副）唉，你方才不看见那个草坡儿上有这个火烧饼、油炸龟、油余棉纱线？还有这么粗、这么长的虱头蒸卷。（丑）这是你吃的！（副）你吃的。

驴夫的话有四个比喻——火烧饼、油炸龟、油余棉纱线、虱头蒸卷，都是民间百姓所熟悉的，因而武大郎一听就知所指何物，便以讥讽口吻回敬驴夫："你吃的"，显得很活泼。又如《打面缸》里的县衙四老爷说自己想唱歌："只是猫儿声，不要见笑。"这些比喻仿佛随手拈来，脱口而出，自然天成。《清风亭·赶子》周桂英的上场白连用四个比喻，表达其寂寞凄清之情："哑吃黄莲苦自知，鹭鸶守定隔冰鱼。望梅止渴，画饼充饥。"

第二，利用语言的谐音与歧义造成某种误会或强装误解，敷衍情节，强化矛盾冲突，酿成笑境，如《补缸》中补缸匠与殷凤珠鬼魂的对话：

> （净）缸在那里？（贴）夹衖里。（净）夹□里？竖进来了。（贴）啐，夹衖

里！跟我来。那，就是这只缸。（净）阿呀，前头一条缝，后头一个洞；我的钻子小，叫我那个弄！补不来的，请央好宝货。

老风流补缸匠对单身少妇殷凤珠极尽调情之能事，得寸进尺，步步为营。利用"衒""缝""洞""缸""钻""弄""补"等词，一语双关，挑逗对方。在民间调情语中是一流的。

乾隆花部也继承了这一艺术手法，取得很好的艺术效果，如《赏雪》中的一段道白：

> （净）他每吃酒不比我老爷吃得这般干净。（笑介）（丑）老爷胡子上多是了。（净）嗨嗨，嗨，嗨，（丑）老爷吃得干净。（净）好曲儿吓好曲儿！我老爷好大福，吃不了，穿不了，我不负汝，我不负汝。（旦）将军固不负此腹，但此腹负将军耳。（净）嗨，我说好大福，又不曾冻着他，饿着他，故此说好大福，你说什么腹吓，负吓。（旦）请将军自详。（净）自详？我不解。（旦）此腹但能囊酒袋饭，不曾见他流出些文水墨汁来，岂不是此腹负将军耳？（净）呔！

这段戏有几处双关语。第一处是"干净"。党普本来是夸耀自己酒量比前人大，把杯中酒饮得干干净净，滴酒不剩，而他的家人却讥讽其胡子上有酒，不干净，气得他说不出话来。第二处是"福"与"腹"谐音。党普的爱妾借题发挥，绝妙地讽刺了这位自以为是附庸风雅而不能免俗的党老爷不过是草包一个。第三处是"他"，党普指的是自己的身体，而其爱妾却指的是他的"大腹"，这就产生了情趣，引发了笑声。又如《搬场拐妻》的一段对白：

> （丑）赶脚的。（副）谁叫？（丑）是我叫。（副）青天白日那里鬼叫？（丑）是伯叫。（副）鳖叫？阿唷！原来是个矮人儿。有趣！有趣！（丑）矮人儿么？唅！哇哇！（副）哇哇头上带个帽儿，象你家爷爷。

脚夫听到有人叫喊，以为生意上门了，但回头一看，却不见大人，故问"谁叫"。武大郎个头太小，目标不大，脚夫闻其声不见其人，或者把武大郎当小孩看，不当回事，因而捉弄他。武大郎受到捉弄很气愤，要为自己大人资格正名，故说"是伯叫"。看清武大郎的确是个大人之后，脚夫才认真起来。而武大郎已经受到了取笑，怒气未消，反戈一击。脚夫以自己身高力大，恃强凌弱，又重新寻开心。

还有《买胭脂》中书生郭华与王月英的对话也富有情趣：

> （小生）看天生一对貌姿容，我和你做……（住口介）（贴）吓，要坐？请坐吓。（小生）不是吓，我和你做夫……（住介）（贴）吓！秀才不做要做夫？敢是那驴夫、马夫、脚夫？（小生）不是吓。我和你做夫妻。（贴笑）吓！掩顺些。

这里王月英活泼俏皮，以"做"作"坐"，以"夫"作"驴夫、马夫、脚夫"故意挑逗多情而又胆小的书生，使他最终大胆剖白心迹。而有些谐音则是发音不清楚导致的，如《清风亭·赶子》：

> （外）我就同妈妈一走走到大徒，吓嘎，真个是人山人海，好不闹热，一挤挤到扬州里去了！（旦）敢是阳沟里？（外）是吓，是阳沟里。

或是耳背所引发的，如《看灯》丑白："你说一只好大狗吓！"副白："是一个阳沟"。还有就是故作谐音，追求戏曲效果的，如《请师》：

> （旦）王法师，他是精。（副）他姓金吓。这嘿，金大娘，道士再做揖。（旦）嗳，王法师，他是怪。（副）要拜我就拜，再磕个头儿。（旦）不是，他就是妖怪吓。（副）他是妖怪？我不信。

第三，以幽默的道白来增强戏剧趣味性。

幽默是一种轻微的笑的情趣表现。它的作用诚如李渔所言："雅中带俗，又于俗中见雅。活处寓板，即于板处证活。此等虽难，犹是词客优为之事，所难者，要有关系。关系维何？曰：于嘻笑诙谐之处，包含绝大文章，使忠孝节义之心，得此愈显，如老莱子之舞彩衣，简雍之说淫具，东方朔之说彭祖面长，此皆古人中之善于插科打诨者也。"[①] 幽默就是要造成笑境，是民间戏曲的魅力所在。《钵中莲》的幽默往往令人捧腹，如

---

① 李渔：《闲情偶寄》，《中国古代戏曲论著集成》（七），中国戏剧出版社1959年版，第63页。

《神哄》中土地邀请家堂六神和钟馗等一道去收拾僵尸一段对话：

> （丑）哈！井泉童子，自古英雄出少年。嗯替我灭僵尸去。（旦）只晓坐井观天，不会降妖伏鬼。况且年幼，难以领教。（丑）咳！只恨自己麻绳短，弗怪他家枯井深。吓哈！灶君皇帝，嗯是一家之主，拿灶主点主意出来。（外）嗯！安静！乱动不得！（丑）哦，嗯怕倒灶了？（外）嗯什么说话？要晓得灶前管不得灶后，灶上管不得灶下。（丑）搁答勾嗯是冷灶里一把，热灶里一把，弗肯做恶人勾原故吓？阿呀，勾里越一介一段，嗯是神是鬼嗳？（末）呸！我是冠冠冕冕一位瓦将军。（丑）吓唷，将军将军，虽则烟熏，僵尸作祟，定会解纷。（末）不会，不会。（丑）为偆有其名而无其实？（末）岂不闻：将军不下马，各自奔前程？（丑）阿唷，倒推得干净乱！罢嘘！哈，门丞户尉，我搭嗯一门里出入，个个也再勿好推托勾哉！（小生、老旦）到底各家门，各家户，与某等何干？你还是寻钟仙去。（丑）勿差吓，个倒也是一句喷蛆。哈！钟老仙，降妖伏怪勾，请你飞，你不行，快点去！（净）论起来，拿捉僵尸，是俺的本等。只是还有一讲，我职守后门，不管你园中之事。不瞒你说，我自从端午消受了他几个粽子，直到如今，饿得来有气无力，干不得什么事来，另请高明。（丑）阿呀，又傍子空头哉！偆咦！嗯是住宅土地嗳？（副）便是。（丑）和你事一体个呷，嗯要替我老大个哉，看同寅面上，替我拿僵尸去。（副）咳！与你同病相怜。（丑）那了？（副）荒山土地，做不得主。（丑）呸！出来连我也拉嗯倒子锐气哉！

王家园土地在众神面前处处碰壁，满以为钟馗和住宅土地能伸出援助之手，谁知也一样婉言拒绝，绝望、无助，连自己的捉鬼锐气也荡然无存。每个角色的对话都充满幽默感，且语言非常自然、朴实。

花部诸剧也学会了这一招，靠语言的幽默来打动观众。如《搬场拐妻》中一段对话：

> （副带介）（丑）呔！赶脚的！狗入的！（唱）原何，原何不志诚？（副）呔！什么不志诚？（丑）我问你，你走路罢了，为何把房下揸手揸脚？（贴）当家的，这驴儿要到边上行，我心里害怕，故此叫他带到正道而行。（副）这个驴儿要到边上行，大娘子心里害怕，故此带到正道而行，何尝揸手揸脚？（丑）这么个原故。（副）这么意思儿。（丑）这么说，我到得罪了。（副）我也不计较。（丑）狗入的！我心里明白。

潘金莲看上了驴夫，驴夫也迷上了潘金莲的姿色，两人眉目传情，很想亲热一下，只恨武大郎碍眼。于是潘金莲提醒驴夫加快驴鞭，行路中间，甩掉小矮人。武大郎"这么个原故"语带怒气，是一幽默，驴夫"我也不计较"是幽默高潮。武大郎的"狗入的"是气急败坏，无可奈何，是幽默余波。

《戏凤》中的酒家女李凤伶俐机智，语言处处见幽默：

> （贴）军爷，要上等的酒饭，只少一件。（生）那一件？（贴）哪，过渡。（生）过渡，过渡钱？（贴）吃酒呢？（生）吃酒要酒钱？（贴）军爷，自古道："酒钱，酒钱，酒后无言。"（生）敢是你要钱么？你且站着。……拿去。（贴）放在桌儿上。（生）放在桌上，恐怕滚下地来。（贴）滚下地来，奴家会拾。（生）又恐闪了你的腰。（贴）闪了我的腰与你何干？（生）为君的有些心疼。（贴）敢是心疼你家娘？（生）好大胆丫头！拿去罢。（贴）军爷，你进店可曾见我们的店面？（生）在那里？（贴）在那边。（生回头，贴取银介）（生）倒上了这丫头的当了。

正德皇帝装扮成军爷夜宿梅龙镇龙凤酒家，看上了酒家女李凤，言谈举止轻佻狂妄。李凤独自一人在家，处处小心，对这位大款"军爷"存有戒心，但又得做好生意，不敢得罪顾客，也不能让顾客占到便宜，处处透露着机灵，幽默风趣。

又如《相骂》，处处见幽默：

> （净）母亲不是，你为何不教训他？吓，亲家母，不要见气，请里面去。儿子，把丈母娘牵了进去。（丑）啐！（净）丈母娘的驴子吓。
>
> （丑）邻居奶奶，我好端端的来看女儿，这个养汉精——（净）咻！养汉精？难道我是开眼乌龟不成？（丑）开口就骂，动手就打。
>
> （丑）住在此，恐没有睡处吓。（净）不妨，我们的床大，三个人一头睡罢了。（丑）啐！
>
> （净）儿子，走来。（小生）怎么？（净）你丈母在此，也该买些东西请请他才是。（小生）没有钱。（净）没有钱吓？我枕头底下还有七个钱在那里。（小生）七个钱好买什么？（净）打了三个钱白酒，买了两个钱豆腐，两个钱韭菜。韭菜炒豆腐一碗，豆腐炒韭菜一碗，就是两样。

《月城》净扮张古董，为了能赚些钱，把妻子借给丧妻的书生李成龙权当新娘，好让李成龙带着新娘到岳父家要回被收走的亡妻陪嫁物。约定天黑前回来，但是届时未回。张古董心急如焚，赶往城边时，城门已关，无法又进不去，只能在城外干着急，一夜无眠。一边是妻子与李成龙同居一室，一边是张古董想象妻子与李成龙亲热的情景：

> （净）三更了，天老子快些明了罢！咳！我想他们到了那里，自然留他吃了晚饭，安排姑爷姑娘睡了。罢！少不得是一间房，一张床，一个枕头。自己又年轻，李成龙又生得标标致致，棉花见了火，不着也要烧起来了！烧，烧，烧！

《堂断》一出，净扮张古董，外扮李成龙的岳父王允，丑扮县尹，旦扮张古董妻子沈赛花，副扮门子，生、末扮皂隶。张好古和王允互相拉扯到官衙告状，一登场便笑话连连，幽默不断：

> （外、净上）老爷告状。（生、末）禀老爷，有人告状。（丑）问他是城里城外。（生、末）吓！老爷问你每是城里城外？（外、净）城里也有，城外也有。（生、末）老爷，城内城外都有。（丑）嗯，怎么城里城外都有？嗯，嗯！又是他娘的革嗒事情了！带进来。（生、末）吓。（外、净）老爷告状。（丑）你两个那个是原告？（外）小的是原告。（净）小的是原告。（丑）呋！王八入的！你又是原告，他又是原告，难道我老爷倒是个被告不成？（外）就让他做原告。（丑）好吓！有个原告，有个被告，我老爷好审了吓。报名上来。（外）小的王允。（净）小的张古董。（丑）嗯，怎么叫这样浑（混）账名字？（净）老爷，不混账，小的古董，兄弟叫玩器。

案子自然涉及李成龙与沈赛花当晚同居之事，笑点更多：

> （丑）住在一个房里，两个房里呢？（小生）是一处安歇的。（丑）在一处安歇，那些混账事是不用讲的了。（小生）生员坐到天明，一言未搭。（丑）坐了一夜，一句话也没有说，那个肯信？自古说，三女成群，岂不成奸？（小生）五人共伞，望大人遮盖。（丑）请下去。带沈赛花。（生、末）沈赛花。（旦上，副看呆介）（丑）王八入的！烟袋不接，倒看堂客！打这王八入的！打！（副）老爷打人么？（生、末）打你！（副）打我吓？阿呀，老爷饶了小的罢！（丑）打！（生、末掐副介）（副）老爷，屁股疼，打肚子罢。（丑）就打肚子！（副）还是屁股。（生、末）一五，一十，十五，二十，打完。（丑）赶这王八入的出去！（生、末）出去！（副）阿呀！打杀爷爷子！（下）

第四，以夸张的道白来增强风趣。

《钵中莲·拜月》中王家园土地神的发牢骚就富有夸张性："是我晦气，即道勾是清静场合，最自在勾，拉玉皇大帝面前，千讨万讨，讨子勾缺分，罗里晓得祠庙全无，香烟断烧，弗消说的三牲福礼，永短净屠，连勾一陌纸钱，半杯清水，也无处讨。挤得我面皮越发皱哉，鬓须越发白哉，腠骨越发弯哉，身体越发短哉，弗色头。"这种夸张的形容配合矮个子土地神的表演能够使观众开怀大笑。

《借靴》也是以夸张见长。张担要去赴寿宴，为了显气派，便到刘二家借靴。想不到刘二过分小气，费了半天才借到靴，赶到主家，宴席已散。剧中刘二的道白夸张成分很重，富有趣味。如：

> （净）轻些，不要磕了，不要碰了。走来，你就把头顶出来罢。（丑拿上掼介）（净）遭瘟的！狗入的，叫你轻些，倒是一掼！（丑）这样轻的，还说掼！（副拿介）（净）他认生哩。（副）破也破了，还要见神见鬼的！（净）是我穿破的？放在厨里渍渍的，是老鼠咬吊的。咳！靴子，可怜你要出门了！来，来，磕头。（副）靴子要磕头么？（净）请教你，不磕头怎样祷告？（副）罢了，没奈何。（净）伏以主祭者进住鞠躬，伏以今年今月今日今时主祭者张担。（副）张担。（净）谨备清香净烛，谨祭牛皮大王，马皮将军，羊皮元帅，狗皮先锋，楦头判官，锥子祖宗，猪鬃奶奶，黄蜡胶火一切等神，但愿借去靴子脚手坚牢长长用；若是待慢靴子，万剐凌迟。呜呼哀哉！尚享。

刘二的道白真可谓夸张至极，诙谐透顶。他十分郑重地吩咐小二拿靴出来，好像叫拿什么贵重易碎物品似的，脚穿之物还叫人顶到头上，而且放下靴子也痛骂一通。就是这么一双自己舍不得穿却让老鼠咬穿的破靴，还要像新郎对待新娘似的千般爱意万种温存，舍不得它出门。他替借靴人所作的那一番祷告，极富有戏剧效果，把皮靴的用料、工具都冠上头衔，敬若神明。值得注意的是，他的祷告不是请众神保护靴子免遭不测，而是警告眼前的借靴人必须十分小心使用，否则将大难临头。再如，借靴之后，妻子与他斗气，怪他自己舍不得穿一次倒借给别人穿。他说："我一口闷气在心，夜饭多吃不下，睡又睡不着，心里只是想这双牢靴子，连我的心都疼了。小二，你把灯来照照我的脸怎么样？"小二说："老爹黄瘦了。"他说："咳！是了！怪不道这会掉下去，下巴只觉得尖下来了。咳。"这种夸张的道白，尽管不符合生活的真实，出乎观众意料之外，但是在特定的戏剧情境中，符合人物的性格特征，观众认可这种艺术上的夸张。

第五，泼辣土气的道白能创造一种优美的意境。

《钵中莲·补缸》顾老儿走街串巷兜揽生意，是个见过一点世面的乡下人，说话总带着好占便宜、不肯吃亏的市民习气和农民土气：

> （贴）我说你手段平常的。（净）不是手段平常。要晓得，别人弄破了，倒叫我来顶缸！（贴）正为跌破了，所以要你补吓。（净）说得不差。小娘子，你到底要补前头，要补后头？（贴）多说！快补起来。（净）容易的。看起光景，我同这个小娘子，今宵剩把银缸照，犹恐相逢是梦中。

梆子腔《相骂》讲一位村妇到城里探望女儿，和亲家婆吵了一架。开头还是挺客气的，乡下妇女谈笑风生，有一股乡土野味，富有情趣：

> （丑）苦巴巴的，我们乡里人都不吃这种茶。（贴）吃什么茶呢？（丑）我们吃的叫做满天飞。（贴）什么叫做满天飞？（丑）把茶叶抓了一起，搁在缸子里，烧了一锅滚水，一冲冲将下去，那茶叶就飞起来了。这就叫做满天飞。（贴笑介）（丑将两指伸茶杯内作烫痛泼茶介）（贴）做什么？（丑）阿呀！奶奶，我只道茶杯里是个枣儿，那里晓得是我的鼻子影儿。（笑介）见笑了。

四　重复强调，唱白同叙，给人以印象深刻之感。

美国戏剧理论家凯瑟琳·乔治说："节奏即是描述一出戏在我们身上所产生的效果的力量，即我们如何受到感染的过程——感受到了爱情、怜悯、愤怒、平静和顺从，我们如何明白，我们如何大笑大哭。"① 节奏重复，才能加深听众的印象。唱念是戏曲艺术的主要手段。戏曲的唱，来源于民歌和说唱的唱，而民歌与说唱都习惯于运用复沓的形式，重复着某些唱句，方便稳定旋律和风格，戏曲的唱其实就是民歌与说唱这种复沓方法的延伸和放大。戏曲的念来源于说话和说唱的说。说话和说唱都是以叙事为主，亦多复沓，以散白讲故事，以诗赞重复强调故事。戏曲也如此，散白叙述故事，诗白定场或上下场。《钵中莲·调情》卖水果的货郎多次重复强调他卖的甘蔗和橄榄味道好：

---

① ［美］凯瑟琳·乔治：《戏剧节奏》，张铨译，中国戏剧出版社 1992 年版。

（贴）买什么好？（丑）其长其粗个甘蔗。（贴）甘蔗性热，吃了要发火的。（丑）亦来哉！㑚是有两句口号个也：甘蔗圆又长，发火又兴阳。香甜真可口，节节有商量。（贴）有什么商量？（丑）那说无商量介？（贴）不好。（丑）勿好？勿好没，换哉那橄榄哉罢那。（贴）青果味涩，我不要。（丑）阿是我说嗯勿识货个，来个也有口号唅：橄榄刀头尖，一见便流涎。入口带酸涩，越嚼越香甜。若以子郎中讲究没，一发好哉！橄榄答蔗一齐吃子没，叫作和合双美丸。大有补益。（贴）怎见得？（丑）甘蔗是长个，橄榄是尖个。阴阳相配起来，阿哟，其味美不可言。（贴）我不信。（丑）你若不信，我答嗯就试试哉那。

之后，货郎继续用甘蔗和橄榄来调情：

　　（丑）正要一男一么，试得出甘蔗个长短，橄榄个大小。

　　（丑）只拣一根□□□□□送伯嗯酥气如何？

　　（丑）看来甘蔗好同柑榄吃了。唅，大娘。

　　花部道白多重复，易为观众接受。梆子腔《借妻》多次采用重复的手法，收到良好的戏剧效果。

　　（净）贤弟，贤弟。（小生）哥哥怎么说？（净）你嫂嫂肯去的了。（小生）吓！肯去的了？待我自己去问。（净）你去问，难道哄你不成？吓，兄弟来了。（小生）嫂嫂，兄弟请嫂嫂前去走一遭，不知可使得？（旦）叔叔，同你去走一遭便了。（净）贤弟，你家嫂嫂是极贤惠的吓。（小生）哥哥，事要趁早，今日就要去。（净）天色晚了吓。（小生）赶得回来的。（净）吓，还赶得回来的？进去梳了头就去。（旦）天色晚了。（净）吓，还赶得回来的，快些进去打扮罢。（旦）天色晚了，明日去罢。（净）还赶得回来的呵。

张古董凭三寸不烂之舌，把这么棘手的问题都解决了，急于向李成龙报喜。李成龙则大喜过望，重复张古懂的话，表明其不敢相信，决定自己亲自去问。三人之间互相重复别人的话，而被重复的话都与人的行为态度有关，不断推动着剧情的发展。李成龙提出"今日就要去"，是他成事心切，怕夜长梦多。张古董认为"天色晚了呵"，既是内心忧虑的表白，也是实际情况的反映。沈赛花重复说"天色晚了"，语气十分肯定，表明其不大愿意当天就去，是张古董一再坚持"还赶得回来的"，她才同意马上走一趟。送别之前张古董反复叮咛朋友早些回来，反映的是他放心不下的心态。

> （净）早些回来，贤弟，愚兄奉揖了。（小生）此礼为何？（净）凡事仗托，早些回来，不要过夜。请了。（小生）请了。（净）好兄弟，交情要紧，切不可过夜。请了。（小生）是。晓得了！（净）贤弟，回来！回来！（小生）还有什么？（净）这个……，这个……（小生）什么？（净）就是这句。请了。

剧作家通过重复来强化剧情，使观众对剧情更加明了。花部这种重复，比比皆是，远比文人写的戏出现得多。原因有二：第一，花部的对象主要是文化水平极低的农村百姓。因老百姓的领会能力差，重复台词能加深印象。第二，花部通常是露天演出，是不收钱的，演戏报酬由请戏人负担，管一顿饭，给几个钱即可，请戏人又多是在家中有大喜事才请戏的，请戏的目的是让更多的人来看戏祝贺，增添热闹的气氛。观众陆陆续续从四面八方赶来，有的是在开演后才赶到的，重复能使迟到的观众对前面未能看到的情节有所了解，因而即使不是从头看起，也能知道个大概。《堂断》的重复，幅度更大，不光是个别句子的重复，而且是整段话的重复。如：

> （丑）嗨，嗨，王允下去，张古董说上来。（以下净说，丑向皂隶夹说介）（净）小的有个朋友。（丑）过来，今日这椿事嚕哕！（净）叫李成龙。（丑）把点心。（净）向年曾有一拜。（丑）拿到堂上，（净）又是同窗。（丑）来吃了罢。（净）老爷、老爷。（丑）仔么？（净）小的在这里回话。（丑）你是讲，我对衙役说话，耳朵在这里听，有话只管回。（净）吓！老爷，小的有个朋友叫李成龙，向年曾有一拜，又是同窗。

两人各讲各的，张古董只得又从头开始讲。县尹只顾自己说话，一句也没听进去，张古董又得从头再讲一遍。前面的重复只是一些句子的重复，短节奏的重复，而张古董的状词都是整个重复，而且，内容全是剧中早就交代过的。大段戏词的重复也许会使观众厌烦、瞌睡，但是剧作者却很聪明。他在同一时空里让县官和张古董各说各的，互不掺和。早到的观众对张古董的状词已一清二楚，无心再听，而把注意力集中到县官身上。迟到的观众对故事前因不大清楚，则专注于张古董的戏中。另外，这样编戏还有一层意义，可以表现县官只顾私事，对案子不关心，玩忽职守，具有一定的现实意义。

五　慷慨激昂，酣畅淋漓，给人以大快人心之感。

《钵中莲》殷凤珠与韩成恋情都突破了生死界限，但还算不上一种"至情"。汤显祖《牡丹亭·题词》云："情不知所起，一往而深，生者可以死，死可以生，生而不可与死，死而不可复生者，皆非情之至也。"她只是生可以死，但死不可以复生。她和韩成关系属于婚外情人关系，毫无操守可言，因而为人们唾弃。不过，他们却又是真挚的，到了阴间仍然死死相恋。《拜月》殷氏僵尸说："自从服卤死后，棺木寄在王园，仍恋韩郎旧时恩爱，自是一灵不散，已成不坏僵尸，希图再卜来生，可践生前镜约。每在花前月下，虔心拜祷天神，倘能再结尘缘，益感天高地厚。今乃中元之夜，悄悄偷出棺材，趁此月色溶溶，不免礼拜只个。"这是一种痴情，也能打动人心：

> 【三仙桥】敛衽先加虔敬，跽阶前，通姓名。星月在上，念我殷凤珠呵！红颜女子，自来真薄命。香断头，烧更冷。今夜呵！默祷处教我未肯长目暝，纵然似井深随（坠）银瓶，难道呼天无响应？望怜悯，此衷情，言言至诚。若得个结来生，才仰感司花权柄。且漫计寿修齐，单指望医好了王大娘的心病。咳！
>
> 【前腔】把一枝金钗擎定，不成双，添悲哽。就是那只缸呵！比扬灰挫骨，十分加罪眚。还细思，谁主令？镇日夜，纵使倚傍棺椁停，怎经得见伊倍伤情！身首如何非一并，又埋没杳无凭。终朝泪零，我便是召亡灵，单恐怕阎君相病。且漫要问其他，惟愿取重会了王大娘的韩姓。

词浅意深，慷慨激昂，也是花部道白的显著特色。花部中一本戏的长度通常比文人传奇短，但其情其意则未必浅于文人传奇。如《清风亭》十分注意以人物的语言传达主题。剧本通过张继宝富贵不认恩人，使辛辛苦苦抚养他长大成人的一对老人悲愤撞头死去，深刻地揭露了中国封建社会官场上所标榜的忠孝节义善良清正的虚伪性。清人焦循谈到这个剧时说："余忆幼时随先子观村剧。前一日演《双珠》、《天打》，观者视之漠然。明日演《清风亭》，其始无不切齿，既而无不大快，铙鼓既歇，相视肃然，罔有戏色。归而称说，浃旬未已。彼谓花部不及昆腔者，鄙夫之见也。"① 《清风亭》感动人心在于张元秀老人善举善言。如《赶子》中表演的是张元秀老夫妇的养子张继宝被同学取笑，回家要老人家说出其身世。张元秀很生气，把他打了一顿，他便逃了出来，张元透追到清风亭中，恰遇养子的亲娘，张继宝要跟亲娘上京，张元秀悲不自胜。他的话感人肺腑，催人泪下：

　　（外）张继宝亲儿！（贴）阿呀！爹爹！孩儿是同母亲东京去寻父亲了。（外）不要去。（贴）去了。（外）阿呀！你真个去了？为父的还有几句言语，你可牢记着：昔日元宵十五夜，抱归抚养得成人，几番打骂何曾走？今日里呵，得见亲娘便负恩。阿呀！儿吓！你同母亲上东京回来，若在我二老门前经过，有那吃不了的饭与我二老一碗充充饥，有那穿不得的破衣与我二老一件遮遮寒体。若是二老亡故之后，你拿一碗水饭，一陌纸钱，到我坟上连连哭几声。儿吓！不但我为父的争你一点光，也好与世人抚养螟蛉之子看样。（哭介）好比燕子衔泥空费力，长大毛干各自飞。母子今朝同路去，教我年老双双谁靠依？我好苦吓！（大哭介）

张元秀的话语朴实无华，但况味凄凉，他磨豆腐、编草鞋，把一个弃婴抚养到十三岁，还供他上学，要把他培养成一个有出息的人。养了十三年，就是猫也有感情，何况人呢？张元秀付出的代价是很大的，而他的要求却又是那么微小，这正是中国农民的善良美德的体现。可是，就是这么一点微小的要求，张继宝也不让这对风烛残年的老人得到满足。养子中了状元，衣锦还乡，在清风亭休息。沦落为乞丐的张元秀老夫妇前往相认，遭到养子的拒绝。老伴气得撞死，张元秀义斥养子："小奴才，曾记得丹梁桥下拾了儿来，指望持续张门后代香烟。如今儿一步登高不认我二老，还则罢了，反将你恩母逼死，赏与为父这二百铜钱。你这奴才想来，为父的恩养儿一十三载，这二百铜钱，是够儿吃的，够儿穿的？为父的不要，赏与你这奴才钉棺材钉罢！"他要把钱"赏与不孝养子"钉棺材钉，是恨极之语，是咒死之语，宣告与养子断绝关系，就是饿死也决不会再求认亲。两位老人相继以死对不孝养子的抗争，要让世间人谴责这号忘恩负义之

---

　　① 焦循：《花部农谭》，《中国古代戏曲论著集成》（八），中国戏剧出版社 1960 年版，第229 页。

人，要让养子遭报应。这样，结尾雷打不孝子就大快人心，怪不得观众"相视肃然，罔有戏色"。

《钵中莲》对花部道白的影响是多方面的。两者都是民间艺术，未经文人染指，粗朴鄙俚，质实可喜。然而，下流猥亵之语，随口而出，骂人讥诮之话，随处可见，这些则是它们语言上最大的毛病。花部兴盛，雅部淡出，不少文人转而加入花部编剧队伍，花部道白鄙俚洗尽，日趋雅净，这就造成了本起自乡野花部的京剧主宰剧坛之后又成了新的雅部，早先的道白艺术韵味已荡然无存。只有一些地方戏或者更确切地说是地方小戏尚能找到只鳞半爪乾隆时期花部道白艺术余痕。《钵中莲》及花部道白艺术也因此独具文学史戏曲史意义。真正富有乡土生活气息的戏剧出自民间，一离开民间的土壤很快就会变种变味。戏剧只有回到民间去，才有真正的生命力，才能保持大众化，不至于雅化而缺乏艺术魅力。

第九章

清嘉庆抄本《钵中莲》对万历抄本的传承与变异

  明万历抄本《钵中莲》之后，今存最完整的演出本要数杜颖陶捐赠中国艺术研究院戏曲研究所资料馆收藏的清嘉庆抄本《钵中莲》了。孟繁树、周传家据抄本扉页上"旧小班"印记，断定："'旧小班'为清嘉庆时内廷南府戏班。由此可知其为南府演出本。"嘉庆抄本《钵中莲》共四出，具体是第一出《示谶赠钗》，第二出《托梦除奸》，第三出《冥会补缸》，第四出《雷击僵尸》。实际上这种分出法是不符合舞台演出习惯的。无论是用人物上场、下场来分出，还是按音乐结构来分出都不应该是现在这个样子。这四出戏，只有第四出《雷击僵尸》相当于万历抄本的第十五出《雷殛》，可成为单独一出戏。第一出《示谶赠钗》包容了三出戏，即《观音示谶》、《货郎调情》和《凤珠赠钗》，相当于万历抄本的《佛口》、《调情》、《赠钗》三出戏。第二出《托梦除奸》亦包括了三出戏，即《窑神托梦》、《杀死奸夫》、《逼死淫妇》，相当于万历抄本的《托梦》、《杀窑》和《逼毙》三出戏。第三出《冥会补缸》含两出戏，即《情鬼冥会》、《大娘补缸》，相当于万历抄本的《冥晤》、《补缸》两出戏。而以第四出《雷击僵尸》最后一支曲子【泥里鳅】判断，这部戏已完结，不再有第五出了。这样，名为四出戏，实为九出戏，万历抄本十六出戏，舍七留九。去掉的是生主演的《思家》、《点悟》、《听经》、《钵圆》和小旦扮殷凤珠僵尸登场的《拜月》、《园诉》以及土地爷与家堂六神等神灵登场的《神哄》。不过，嘉庆本《钵中莲》还是基本上保留了原剧的重场戏。原剧重场戏是"一点二调三杀"，新剧传承了热闹的二调三杀，省去了冷静的"一点"。

  嘉庆本《钵中莲》改编的结果是戏的主角和主题都发生了变化。万历抄本《钵中莲》的主角是王合瑞，主题是表现王合瑞除奸出家修道成正果，嘉庆抄本《钵中莲》的主角是殷凤珠，主题是严惩淫荡，维护风化。正如第四出《雷击僵尸》中黑云、电母、雷公、风伯、雨师、龙等众神所唱的【沽美酒带太平令】："奉论音下九霄，淫邪鬼肆咆哮，陷害平人怎恕饶？因此上彰天讨，殄除这祸根苗。阳世里行奸卖俏，到阴司贪淫予恶，恁呵，逃不过今朝法条，一会价焚烧孽消。呀！须知道难逃果报。"

任何古典戏曲的改编都会出现一些新的时代特征的。清代是异族统治朝代，文字狱史上最惨烈，时人用语有许多禁忌，像"大明天下"这样的词语是严禁使用的，稍有不慎犯了禁，就会大祸临头。如乾隆十八年的丁文彬逆词案，就有"大明"为证。乾隆十八年六月初三日孔昭焕《奏丁文彬冒充亲戚并搜获所携书籍折》云：

> 衍圣公臣孔昭焕谨奏，本年五月二十八日据臣守门人役禀称，有一浙江人来，口称姓丁名文彬，系衍圣公亲戚，现在携有书籍，要通知进见，因看其人行止可异，不为通报，伊咆哮不去，现在同伊挑行李人在外等语。臣思并无浙省姓丁亲戚，因遣人向伊询问，据丁文彬亲书一纸交役送进，臣见其字中皆狂诞虚拟之词，即意其必属匪人，随搜其行李，得其所撰书籍二部计十本，面书"文武记"，旁书"洪范春秋"，书面中间写"大夏"、"大明"，新书内多大逆不道之言，又另有伪时宪书六本，旁书"昭武"伪年号。臣阅视不胜发指愤恨，不意光天化日之下竟有此等丧心悖逆之徒，今其自投到此，得以败露，未始非天夺其魄也。但该逆犯状托疯魔，踪疑诡谲，所造逆书未必尽出一人之手，且有人担负相随，或在此外尚有同伙逆党亦未可知，亟宜严速穷究，庶不致使有漏网……①

尽管丁文彬被审时辩称"至于书面上写'大夏'、'大明'，那是取'明明德'的意思，'大夏'是取'行夏之时'的意思"②也无济于事，免不了凌迟处死的悲惨命运。又如徐述夔《一柱楼诗》案也牵涉复兴"明朝"之罪：

---

① 上海书店：《清代文字狱档》（增订本），上海书店 2011 年版，第 9 页。
② 同上书，第 16 页。

　　诘问陶易：那徐述夔诗内"明朝期振翮，一举去清都"二句，不用"明当"而用"明朝"，不用"到清都"而用"去清都"，这实系借"朝夕"之"朝"读作"朝代"之"朝"，意欲兴明朝而去我本朝，其悖逆显而易见，你如何不办呢？况你是举人出身，懂得文理的。那蔡嘉树控告徐良田隐匿其祖逆词呈内并粘单所列诗句，你见了并不切齿痛恨，转欲将蔡嘉树反坐并斥其挟嫌倾陷，是何意思？……

　　据供：……至徐述夔诗内"明朝期振翮，一举去清都"二句，如今仰蒙皇上指出实是他要兴前朝、去本朝的意思，这样悖逆等话实属从来所无的，况本朝列祖列宗深厚仁泽，我皇上爱民如子，恩膏沦浃，真为亘古未有。徐述夔自其高、曾祖父以来食毛践土，理应感颂，乃敢如此狂吠不法，真狗彘不食其余。至我原系一穷举人，仰蒙皇上天恩，由州县府道超擢藩司，祖父皆蒙荣耀，而于徐述夔又毫无瓜葛，乃于此等逆诗呈告到我手里我不详细看出，立时详报督抚严行查办，转偏着徐述夔一边批发，这实是我的罪孽竟与徐述夔无异，万死不足以蔽辜，只求皇上把我立正典刑以彰国宪，所供是实。①

　　嘉庆本《钵中莲》第一出《示谶赠钗》观音白："吾乃观自在菩萨是也。今当春朝，正值瑶池蟠桃初熟，昨承金母折简相招，应会诸天圣贤，共付（赴）千秋盛宴。众神将，就此驾云前往。"这里与原本相比，省略了许多文字。万历抄本原文是：

　　吾乃观音菩萨是也。西天证果，南海栖真，观音妙音，到处现身设海；缘觉正觉，随时护戒证空；定生胜业，妙闻思静，发慧根，宏造化。今当下界大明天下嘉靖壬午春潮，正值瑶池蟠桃初熟，昨承金母折简相招，应会诸天圣贤，共赴千秋盛宴。

观音的法力神迹省略不省略没有什么关系，可是"今当下界大明天下嘉靖壬午春潮"删改为"今当春朝"情况就完全不同了。万历抄本直接道出故事发生的时间是"大明天下嘉靖壬午春潮"，明显是明人用语，如明万历戏曲选本有《鼎锲徽池雅调南北官腔乐府点板曲响大明春》、《精刻

---

①　上海书店：《清代文字狱档》（增订本），上海书店 2011 年版，第 624—625 页。

汇编新声雅集乐府大明天下春》等。在明朝称"大明天下春"、"大明春"是再正常不过的，可是到了清朝就犯忌了，很容易被扣上"反清复明"的罪名。嘉庆本是内府演出本，禁忌更多，因而将犯禁的"大明天下嘉靖壬午"字眼坚决删除，只保留了"今当春朝"四字，且将"潮"改为"朝"或许多少有些有歌功颂德之意。至于《儒林外史》第一回《说楔子敷陈大义借名流隐括全文》提到"不数年间，吴王削平祸乱，定鼎应天，天下一统，建国号大明，年号洪武。乡村人，各各安居乐业"，也有"大明"字眼，却不被禁，恐怕是只题朝代名，直书史实的缘故。

第一节　唱腔设计与演唱的传承与变异

嘉庆《钵中莲》主体音乐基本上与万历《钵中莲》保持一致，仍为弋阳腔曲调，其唱腔有如下特点：

（一）传承原剧弋阳腔曲牌名称、曲调及曲文，演唱方式不变。

（二）新增曲子为曲牌体音乐、民间曲词。如《雷击僵尸》中的【泥里鳅】"堪笑顾老，年高尚迷娇。情物击碎，怎肯轻恕饶？怎肯轻恕饶？"

（三）改编曲子。如《示谶赠钗》中殷凤珠唱【满江红】：

> 乍闻言，魂先丧，禁不住泪汪汪。自相逢，男贪恋，女爱何消讲？没来由黑魆魆平地兴风浪。宁波过长江，此去保安康。吉人天庇佑，嘱咐有情郎，莫把奴撇漾。赠与你小金钗，常挂心儿上，常挂心儿上。

第一至第七句话用原剧以民歌为剧曲的首支【风花对】中的句子，为便于新曲牌演唱稍作了些文字上的调整。原曲为：

> （贴）一闻别离魂先丧，登时不住泪汪汪，（副）自相逢，男贪女爱何消讲？（贴）没来由，黑越越（魆魆）平地兴风浪。（副）此去宁波过海洋，拚微躯鱼肠鳖腹为坟葬。（贴）且宽心，吉人自有天公相。

后数句则改写原剧民歌入曲的【剪剪花】曲词：

（贴）毫无表记送情郎，嗳，一副金钗小凤凰，怜念我衷肠。阿呀阿呀呀。（副）多承厚赠亲收好，嗳，时时刻刻不暂忘，诸事总图长。阿呀阿呀呀。

（四）改调歌之。《示谶赠钗》中【玉芙蓉】，原剧曲牌名为【弦索玉芙蓉】，为弦索腔曲子。【玉芙蓉】为南正宫过曲，新剧【玉芙蓉】不标明何种声腔，实际上就是表明与主体音乐同腔，也就无须标明。头两支曲文与原剧无一字出入。第三支第二句"将伊拌蜜酥用"，比原曲少了"蜜儿"的"儿"字。事实上演唱时方言的"儿"字还是发出来的，因为"儿"化之字不写"儿"并不影响发"儿"音。第四支【玉芙蓉】为新增曲：

　　（韩成唱）何来一卖佣，敢把风情弄？癞蛤蟆想鹅肉，怎地相容？谩言扭向官司控，先吃我拳头一顿春！（卖果人唱）非夸勇，双拳最工。且尝咱沙家手段少林风。

曲中"癞蛤蟆想鹅肉"、"吃我拳头一顿春"和"沙家手段少林风"等句子也同样是地地道道的民间语言。该曲曲文仍依稀可见原剧【山东女儿腔】旧曲词痕迹，如"谩言扭向官司控"与"立时索你见官去"，"先吃我拳头一顿春"与"我有不装柄的拳头打得你头颈歪"。【山东女儿腔】乾嘉年间还在流行，新剧舍此不用，大概是戏曲艺人觉得【山东女儿腔】曲调太俗，不入雅人之耳，不该是不会唱。类似情况还有《雷击僵尸》，原剧中五雷正神唱的是【京腔】，新剧舍去不用，改用弋阳腔集曲【沾美酒带太平令】，曲词是新编的。【京腔】最早见于万历抄本《钵中莲》，属于弋阳腔流传到北京后形成的新腔，康熙时王正祥所说的京腔，就是指当时流行于北京的弋阳腔。京腔在乾隆年间已失势了，被秦腔、京剧击败，到嘉庆时都快销声匿迹，内府本《钵中莲》是幸存的弋阳腔传奇珍本。同样，原剧《补缸》出中的【西秦腔二犯】也被新剧舍弃，事实上【西秦腔】乾嘉时期正流行，乾隆年间的《缀白裘》就收录有西秦腔剧目《搬场拐妻》。【西秦腔二犯】为梆子腔曲调，为一般民众所喜爱，但这么粗俗的曲子进入宫廷就不那么容易了。新剧改编者舍去【西秦腔二犯】，增加了两支属于弋阳腔主体音乐的【耍孩儿】。看样子作者改编的目的不

是追求反映原剧风貌，而是让全剧戏曲音乐更为统一，更便于登大雅之堂
演唱。

（五）保留原剧采用的诰猖腔。原剧除主腔外，一共采用六种声腔，
新剧只保留诰猖腔一种，称为【诰昌歌】。原剧诰猖腔应用于《补缸》一
出中，以七言句为主，109 句，全是民间口语，由贴扮殷凤珠原形与净扮
补缸匠顾老儿对唱，非常动听，深受民众喜爱。除了舞台传播还在舞台之
外口头广为传播。清代乾隆六十年天津三和堂曲师颜自德辑录举子王廷绍
点订的俗曲总集《霓裳续谱》卷八《杂曲》就收录《本在西村》：

> 【西岔】本在村乡，我可打扮得非常。俺家里住在了王家庄。可
> 是可是王家庄。【西腔】王大娘巧梳妆，哎呀哎呀呀，换上一件新衣
> 裳。哎呀哎呀呀，小小的金莲刚三寸，哎呀哎呀呀，轻移莲步出了卧
> 房。哎呀哎呀呀，前行来到大门外，哎呀哎呀呀，忽听吆喝锯破缸。
> 哎呀哎呀呀，点手高叫定巧匠，哎呀哎呀呀，随我进来钉钉缸。哎呀
> 哎呀呀，不给多来不给少，哎呀哎呀呀，铜钱只给你二十双。哎呀哎
> 呀呀，那人点头说凭大娘赏。哎呀哎呀呀，放下担子就钉缸。哎呀哎
> 呀呀，眉来眼去将奴戏，哎呀哎呀呀，只顾看奴不顾缸。哎呀哎呀
> 呀，奴家一见伴不睬，哎呀哎呀呀，吧，（白）吧咧坑死我咧，（正
> 唱）走了锤子砸了缸。哎呀哎牙呀，他倒说买个新的来还我，哎呀
> 哎呀呀，新缸那有我旧缸光。哎呀哎呀呀。【西岔尾】街坊邻居休教
> 他丢下跑了。（白）你若是块光棍儿王顶子，（唱）等我当家的回来
> 合他刨，刨上一刨。你拿着那好人家来调情，就是块好吃的哼糖咧。

这套曲子实际是唱戏曲故事的俗曲，以《补缸》一出鬼变原形美女
的殷凤珠的口吻来编歌词，属民间俗曲，不少歌词都保持了万历《钵中
莲》原味。曲中的【西腔】句法极似诰猖腔，但它每句都带有有腔无义
的语气句"哎呀哎呀呀"伴唱曲尾，则是民歌小调的形式，显然这是戏
曲小调化，相当于将唢呐腔句尾唢呐伴奏"的打的打打"换成口头伴唱，
以便在民间传唱。不过戏曲舞台上还是唱戏曲，不是唱小调。用诰猖腔唱
《补缸》久行舞台，深入人心，实在无法用别的声腔、曲词来代替，新剧
只好照搬过来了，这说明原剧诰猖腔的音乐在嘉庆时还流传并且由乡土流
入宫廷。宫廷艺人大概不知诰猖腔在万历时已发展为一种民间戏曲声腔曲

调，只把它当作一种普通的说唱式小调，而轻易的更名为【诰昌歌】。与原剧曲词相比少多了，新剧只保留了 69 句，但基本上还是把精彩句子保存下来了。

第二节　念白的传承与变异

从明万历末至清乾嘉时期，社会虽然发生翻天覆地的变化，但语言没有发生多大的变化。昆曲的表演更是如此，从《缀白裘》选录的昆曲演唱剧目来看，乾隆时期舞台演出的剧目和明万历昆曲剧目的语言基本上保持一致，都主要是用官话唱念，只不过是丑和副两种角色增加一些吴语道白而已。就是现在通行白话文的时代，语言发生了很大变化，昆曲语言仍和明代没有什么两样，观众还是乐意接受。弋阳腔则不同，它是民间戏曲，地方性很强，流行到哪里就跟那里的方言结合，因此弋阳腔剧目语言常发生变异，宾白的变异比唱词的变异更大。万历抄本《钵中莲》唱词还能看出赣方言母语的一些特色，宾白由于丑角、副角有时采用了苏白，赣方言与吴方言完美结合，光从原句上看就很难看出何句是原汁原味的赣方言了。从万历末到嘉庆时期，弋阳腔从江南流传到山东，直入北京，方言一再变异，几乎完全京腔化了。如果嘉庆本《钵中莲》不是音乐上还保持弋阳腔音乐，压根就不再算是弋阳腔剧目了。

嘉庆抄本《钵中莲》念白的变异最大之处就是由赣、吴方言转变为北京话。

一方水土养一方人，一方人兴一方语言。江西人喜赣白，江浙人喜吴白，山东人喜鲁白，北京人自然爱京白。地方戏都是以方言曲调为特色的，这既是地方戏能在当地得以盛行的主要原因，同时又是局限地方戏扩大流传范围的原因所在。余姚腔传播不广是因为余姚方言受众少，以及只使用本地方言的缘故。弋阳腔流传广，是因为赣方言受众广，且其向外地扩张的王牌武器是采用所到之处的方言，这就使得弋阳腔形成许多新腔，且母腔也得以长期流传。弋阳腔流传到北京，形成了京腔。京腔也好，弋阳腔也好，在北京上演就得采用北京方言，才容易被北京人接受。《钵中莲》在宫廷演出，宫廷观众当然爱听北京方言，如果仍用赣方言或杂用吴方言，就根本无法在宫廷舞台立稳脚跟。

万历抄本《钵中莲》丑角的科诨多用苏白，嘉庆抄本《钵中莲》则一律改为京白。下面以《调情》的一段丑白为例，说明嘉庆《钵中莲》与万历《钵中莲》的不同：

万历抄本：（内）长酥无渣，蜜果橄榄吓！（贴）那边有卖水果的来了，何不买些，等韩郎到来，也好与他配酒。卖水果的这里来吓！（丑上）拉罗里？（贴）在这里。（丑）噢，来哉！果儿兑起，担儿挑起。（贴）卖水果的！（丑）呵！娇娘唤起，弄得我好像□起。（贴）多说！你有什么水果？（丑）阿哟，一位好娘娘！要奢物事？（贴）你有什么东西？（丑）哪，我这里货都制起，听凭拣起，价钱讲起，吃下肚皮拱起。（贴）啐！什么肚皮拱起！（丑）勿……，拱者，是饱也。（贴）买什么好？（丑）其长其粗个甘蔗。（贴）甘蔗性热，吃了要发火的。（丑）亦来哉！个是有两句口号个也：甘蔗圆又长，发火又兴阳。香甜真可口，节节有商量。（贴）有什么商量？（丑）那说无商量介？（贴）不好。（丑）勿好？勿好没，换哉那橄榄哉罢那。（贴）青果味涩，我不要。（丑）阿是我说嗯勿识货个，来个也有口号哈：橄榄刃头尖，一见便流涎。入口带酸涩，越嚼越香甜。若以子郎中讲究没，一发好哉！橄榄答蔗一齐吃子没，叫作和合双美丸。大有补益。（贴）怎见得？（丑）甘蔗是长个，橄榄是尖个。阴阳相配起来，阿哟，其味美不可言。（贴）我不信。（丑）你若不信，我答嗯就试试哉那。

嘉庆抄本：（内白）卖果子嘎！（殷氏笑科，白）咦！那边有个卖水果儿的来了。嘎，待我买些下酒的果儿，等韩郎到来与他吃。唅！卖果儿的，这里来！（内白）来了！等这儿给了钱就过去。（殷氏白）快些来！（卖果人上，白）蜜蜂儿错搭窝两钱！（殷氏白）住了。唅！卖果儿的，为什么蜜蜂搭错了窝，搭在西瓜里头去呢？（卖果人白）谁不是那么吆呼呢？（殷氏白）我一向正要问这个缘故，为什么蜜蜂儿的窝要搭在西瓜内呢？（卖果人白）你老一成子早要问这件事？（殷氏白）正是。（卖果人白）卖瓜的多着呢！你老为什么不问别人呢？（殷氏白）嗯，我看你还明白些，故此来问你嘎！（卖果人白）罢了我了，这不过说这个西瓜甜的这么个意思嘎！（殷氏白）嘎，原来如此！（卖果人白）奶奶你老吃？（殷氏白）我不喜吃西瓜，喜吃东瓜。取东瓜来！（卖果人白）你老又闹了，东瓜是用来做菜的，不是卖果子的卖的。（殷氏白）你既有西瓜，就该有东瓜，难道不是一样的瓜吗？（卖果人白）瓜和瓜不同，难道说我还管卖木瓜么？（殷氏白）这也罢了。你担内这许多，多是些什么瓜果？（卖果人白）我这担子里瓜果多着呢，我数给你老听：桃儿、苹果、火梨、沙果子、西瓜、香瓜、莲蓬、藕。（殷氏白）怎么你一人卖这许多东西？（卖果人白）我每样儿只一个，要其个有。（殷氏白）这是什么卖法？（卖果人白）我就是这种标卖。（殷氏白）嗯，你可有李子？（卖果人白）胰子，香蜡铺里有。你老这模样儿够好看了，还吃胰子？（殷氏白）啐！我问的是李子。（卖果人白）李子卖完了，你老吃藕罢。（殷氏白）藕淡而无味，有什么好处？（卖果人白）怎么不好？古人说得好，书上说得妙，况且有诗为证。（殷氏白）嘎，你还知道诗句？到要听一听。（卖果人白）大奶奶听启：白花藕，圆又长。能通气，有清香。粉嫩真可口，是节节有商量。（殷氏白）不好。（卖果人白）这么好诗，念给你老听了还不吃？你老吃莲蓬罢。（殷氏白）莲蓬也没甚好吃。（卖果人白）岂不闻张天师有云：莲蓬两头尖，又不涩又不酸，剥了皮儿吃艮好，好歹别整咽。况医家说得好，莲蓬藕一块儿吃，叫做藕莲和合丸。（殷氏白）那有此事？我不信。（卖果人白）不信就试试。

明显看出，二剧所采用的方言是完全不同的。首先是语气词不同。弋白、苏白习惯用的是"吓"、"噢"、"阿哟"、"啐"、"哪"等，京白是"咦"、"嗯"、"哈"、"嘎"、"呢"等。其次是称谓不同。万历抄本殷凤珠称卖水果人为"卖水果的"，嘉庆抄本则称"卖果儿的"。万历抄本卖水果人先称殷凤珠为"娇娘"、"好娘娘"，后来问知其夫姓后则称"大娘"、"王大娘"，嘉庆抄本则称"你老"，"奶奶"，后来又称"大奶奶"、"大嫂子"、"大姐姐"、"太太"、"我的妈"、"我的亲妈"。旧剧称呼和明代弋阳腔传奇一致，新剧则是地道的北京话。最后是苏白全部换成京白。明末清初戏曲舞台上，南方丑角流行苏白，北京则流行京白。

将南方方言改为北京方言，也使富有南方地方色彩的弋阳腔传奇被涂抹上了一层浓重的京都特色。首先是人物性格改变了，殷凤珠由一个聪明伶俐、风流活泼的乡村少妇变成了孤陋寡闻、矜持造作的京城太太。卖水果人也从一个幽默风趣、知情识趣、大胆好色的野汉子变成了一个谨小慎微、老实本分、寡欲少情、精打细算、见多识广的生意人。其次是所卖水果有异，旧剧卖水果人卖的是南方特产水果——甘蔗和橄榄，新剧卖水果人卖的是京城常见的北方水果：西瓜、桃儿、苹果、火梨、沙果子、香瓜、莲蓬、藕。再次是叫卖法不一样，旧剧卖水果人叫喊"长酥无渣，蜜果橄榄吓！"新剧卖水果人叫喊"卖果子嘎！"和"蜜蜂儿错搭窝两钱"。最后是用语有异，旧剧用"配酒"、"这里"、"你有什么水果"、"何不买些"、"听凭捡起，价钱讲起，吃下肚皮拱起"等词句，新剧用"下酒"、"吆呼"、"这儿"、"多是些什么瓜果"、"桃儿"、"罢了我了"、"每样儿"、"这不过说这个西瓜甜的这么个意思嘎"等。以上诸点不同，可以明显看出两剧演出时采用的是不同的方言，连卖水果人的性格特征都改变了，一个南方戏曲人物便改造成了一个北方戏曲人物了。旧剧卖水果的是进攻性强的人物，是一个走村串寨的乡村小贩，在乡村中是经济颇富裕的，社会地位明显高于少妇殷凤珠，他敢于调戏这个少妇。新剧卖水果人则是京城小贩形象，在城市中地位低下，对城中太太只能仰视，不敢生非分之想，因而处处被动。这似乎是经济地位使人性格改变，其实是创作者的思想意识不同导致了人物形象有异。旧剧编剧、演员是地道的乡下民间艺人，他们思想活跃，无所顾虑，想说便说，欲唱即唱，说调情话也放得开。改编者则是宫廷艺人，受到了宫廷文化，尤其是太监文化的影响，思想保守，压抑个性，清心寡欲，心存疑虑，谈性色变。因而塑造出来的调情汉就显得苍白无力，缺乏调情该有的进攻性。水果的异同是因演员面对的观众而决定的。旧剧面对的是东南一带的观众，当然是卖东南水果更具真实感，能引起观众的条件反射而产生兴趣。新剧面对的是皇宫观众，叫卖北方水果能使观众耳熟能详产生共鸣。

　　叫卖法和用语的不同是各地方言习惯不同所致。北京方言是汉语中进化最快的汉语方言，古老的入声字念法淘汰殆尽了，全部派入平、上、去三声，只有平声分阴阳，一共是四声。北京方言双音节词、多音节词大量增加，说话长句子也就随之增加。赣方言、吴方言进化缓慢，仍保留入声，平、上、去、入几乎都分阴阳，一共是七、八声，仍以单音节字为主，不少词汇仍沿用至今。因而北京方言更接近现代白话，句子较长。赣方言、吴方言与现代白话仍有一定的距离，句子较短。

　　从观众的角度看新旧两剧都是成功的，都照顾到了自己面对的观众，都能被观众接受。但以现实主义创作原则衡量，万历抄本是完全忠实于生活的，嘉庆抄本则有点背离了生活。殷凤珠家住江西九江府湖口县王家庄，身为商人妇、村妇，对瓜果的名称、功用、叫卖之法都是谙熟的。一听到"长酥无渣，蜜果橄榄吓！"就知道"那边有卖水果的来了"。提起甘蔗，就意识到"甘蔗性热，吃了要发火的"。提到橄榄，便明言："青果味涩，我不要。"而嘉庆抄本中的殷凤珠则浅薄无知。"为什么蜜蜂搭错了窝，搭在西瓜里头去了呢？""为什么蜜蜂儿的窝要搭在西瓜内呢？"这样的问题显得幼稚、弱智。"我不喜吃西瓜，喜吃东瓜，拿东瓜来！""你既有西瓜，就该有东瓜，难道不是一样的瓜吗？"简直是无理取闹，且不说是有东瓜无东瓜，即便其说的就是冬瓜，再无知的城市太太也不至于把冬瓜当作水果，而向卖水果的买冬瓜。卖水果的也似乎昏了头，把藕也挑来当水果卖了。不过，新剧在宫中演出，糊弄宫中人还是行得通的，要是到宫外演出，准会让观众笑掉牙。在当时交通运输不发达商品流通渠道不畅的情况下，说橄榄两头尖可以，说莲蓬两头尖实在是牵强附会了，恐怕说的不是莲蓬而是菱角吧？再说江西的水果小贩也卖起了京城水果——苹果、沙果，也有点勉为其难了。

新剧改自旧剧，且又是同一声腔剧种，只不过是产生了流变，尽管两者出现了许多不同，但原创者和改编者的用心是一样的，都是为了满足观众，娱乐观众。面对江浙的观众，就要把戏曲创作得富有江浙生活特色；面对北京观众，则要把戏曲创作得富有京城特色。

新剧传承了旧剧《钵中莲》清新自然的民间风格，巧妙熟练地使用活生生的群众口语。旧剧语言非常简练，富有韵味，说一人肖一人，卖水果人的语言活泼风趣，富有煽情性："只要王大娘见爱，我就耽搁上一年，也不值得什么"，"什么知情识趣，无非见了你这风风月月、标标致致、袅袅娜娜、齐齐整整的王大娘，弄得来藕断丝不断罢了"，"我有句刮肠刮肚的说话在这里，不知可说得么"。新剧卖水果的比起来略逊一筹："王大嫂子么？短敬。你老过来拉拉手呢"，"只要大嫂子疼我，就在这儿歇了一年，我也是愿意的"，"什么知情，我见了你老这么个小模样儿，阿呀！我就动不得劲儿了。大奶奶，大嫂子，大姐姐，我那大嘴的太太"，"我叫错了，我的妈！我有一句闷恶心、闷肉麻的这么一句话，不敢说，怕你老怪"。

第三节　科介表演的演化

一　开天眼看红光

旧剧和新剧第一出都有这个动作表演。

　　万历抄本：（内烟火介）（老）下方何故，一道红光直冲霄汉？护法神者看来。（小生）领法旨。（作看介）。
　　嘉庆抄本：（场上放彩火，观音白）下方何故，一道红光直冲霄汉？护法神看来。（众白）领法旨。（作看科）

两剧不同之处在于旧剧是韦驮执行任务，新剧则是众伽蓝领旨。民间传说中的韦驮有三只眼，一只是天眼，位于前额。弋阳腔一脉的川剧高腔表演这种动作时技巧高超，演员事先将一画有一只眼睛的纸片贴于鞋尖，表演开天眼时便飞起一脚，脚尖直抵前额，涂有黏液的纸片便贴于前额，观众惊讶地看到韦驮的第三只眼，能收到强烈的舞台效果。我们无法断定万历时期的弋阳腔演员是否已掌握了这个动作要领，但至少演韦驮的演员会有一个手搭凉棚俯视地面的动作。新剧让众神领旨，那就是大家同看下界了，回复观音也是众人异口同声，震撼力得到加强了，但艺术的真实性不及前者。

二　赤手空拳打架

旧剧和新剧都表演了韩成与卖水果人赤手空拳打架一段戏。两者表演都很生动，很成功。

　　万历抄本：（丑）我是不怕什么烹头的。要好水果，拿铜钱来卖把你；若要吃白食，只怕你困不醒还在那里做梦哩！（副）不肯？跌翻你的担子！（丑）啊哟！你有什么三个头，八个臂，鳌子门，挂单条，说的多是海话？（副）不见棺材不掉泪，看来要出点血了。（丑）我是鼓楼上的麻雀，吃惊吃吓惯的。扯你娘什么嚼刮思，驾什么潮头！（副）噢！说我驾潮头，我就踢把你看。（丑）啊哟！哪里来的野贼，照打！

　　嘉庆抄本：（卖果人白）你到别薰我，你也是这儿混串，我也是这儿瞎走。你要是管我，算你困了。（韩成白）什么困了？你该死的贼囚！（卖果人白）什么？你骂我土子球？（韩成白）还不走出去！（卖果人白）我直不出去。（韩成白）我就踢翻你的担子！（卖果人白）我亥你凿出点儿血来！（韩成白）好狗头嘎！

　　两者都能把打架的气氛制造出来了。韩成仗势欺人，气急败坏要踢翻卖果人的担子。卖果人凭武力壮胆，不甘示弱。韩成飞脚踢翻卖果人的担子，卖果人挥拳向前。打架表演是在歌唱时进行的。在紧锣密鼓的伴奏下，双方展开恶斗。旧剧唱的是【山东姑娘腔】，副、丑对唱，每人基本是两句一顿，只有最后两句是一人一句，共 26 句。演员在唱歌时表演动作，对唱完一次（4 句或 2 句一次），对打一次，一共打 7 次，打法有变化，把村夫野汉的打架动作尽情地搬到舞台上，逗乐观众。嘉庆本也是两人对唱，唱的是【玉芙蓉】，歌词只有 9 句。韩成唱 6 句，卖果人唱 3 句。

韩成唱罢"先吃我拳头一顿春"表演一次打架。卖果人唱罢"且尝咱沙家手段少林风"又安排一次,这样打架的表演简单得多,打架动作一般都是安排在歌声暂停和终了之时,很少边唱边打,因为那样做演员太累,舞台表演也太杂乱,观众也顾此失彼,听不清演员在唱什么。从打架所配的唱词看,新剧词风豪放,打拳动作也来得猛烈,属北拳路数,表演特点是短、快、狠,北方人看北拳表演更来劲。旧剧主要是演给南方人看的,表演的是南拳动作,表演特点是长、慢、文。

三　搂抱亲热

打架表演可以使人提神,色情表演可以让人着迷。色情表演是舞台艺术最方便最经济而又最吸引观众的一项艺术,旧剧和新剧都有一段色情表演:

> 万历抄本:(贴)【清江引】今宵欲写风流帐(账),有恨休登上。(副)满拚酆都贴补云情旷。(贴)韩郎吓!(副)噢!(贴)恨不得把奴躯壳,团一片才停当。(副)阿呀,我的□娘!(抱贴下)
>
> 嘉庆抄本:(殷氏唱)【清江引】今宵欲写风流帐(账),有恨休登上。(韩成唱)满弃(拚)到酆都,贴补云情旷。(殷氏白)吓,韩郎!(唱)恨不得双躯壳,团一片才停当!(下)

两段文字看似无甚差异,表演的热烈度却不一样。南方人长于表演才子佳人爱情剧,北方人长于演出金戈铁马武打戏。在色情表演上北方人不及南方人细腻、热烈。风流少妇柔声喊一句"韩郎吓",韩成为之心动,已体会对方情之热。自己也禁不住柔声柔气的回应了一声"噢",敞开胸怀接受情人的投入。少妇唱"恨不得把奴躯壳,团一片才停当"之后,投入韩成的怀抱。韩成一阵冲动,把持不住,脱口而发出淫荡之声"阿呀,我的□娘!"最后是忘情地把殷凤珠抱下舞台,留给观众许多遐想。新剧表演则粗糙一些,得其形而不得其神。少妇殷氏喊"吓!韩郎!"似有什么事情要交代,提醒对方的注意。对方注意力在于洗耳恭听有何吩咐。而旧剧"韩郎吓"则不同,是抒情,是叫春,唤起对方的情欲。新剧改"奴"为"双",文字的确比旧剧更准确更理性,因为"双躯壳"才能"团一片",但感情色彩远不及旧剧浓烈。"奴"抒发自己强烈的爱欲感受，情欲之盛，溢于言表，此时心中只有自我之迷恋，强烈需要对方搂抱，无暇顾及对方是否有同样的需要。"双躯壳"则考虑太周到，不似情人所语。最后的舞台提示"下"不及"抱贴下"明确，刺激。一个"下"字，一般演员就是携手而下，这种表演当然不及"抱贴下"能给观众留下深刻美好的印象。

四　操刀除奸

　　万历抄本：（作虚下，即厨刀上介）狗男女，吃吾一刀！（作杀副介）（作砍下首级介）……（拖副下）。

　　嘉庆抄本：（取刀科，白）狗男女，吃吾一刀！（杀科，韩成扑，鬼卒做拉倒）

　　两者表演相同之处是生扮王合瑞都有虚下取刀的动作，举刀时都说同样气愤的话，都有举刀砍脖子的动作。所不同的是，旧剧把割脑袋的动作做明场处理，以假头做真头，让观众看到身首异处的情景，给贪淫者予恐惧感。新剧虽然舞台上不去表演割脑袋的动作，但演员表演韩成挨刀后气尚未断，扑腾一下，更具真实感，同样具有警戒的作用。旧剧让王合瑞直接拖韩成的尸体下，新剧则安排鬼卒将韩成拉倒，拖下。由此看来，旧剧表演更细腻，整套杀奸动作更连贯顺畅圆熟。

五　开门惊吓

　　万历抄本：（作叩门介）为今朝羞见桑梓。（贴上）是那个来了？【福马郎】回旋闻剥啄至，料那人象山归，伊迩欢喜死。（作开门介）可是韩……（生）是我回来了。（贴）阿呀！（生）吓，为何见了我这等大惊小怪？

　　嘉庆抄本：（叩门科，唱）为今朝羞见桑梓。（殷氏上白）是那个回来了？【福马郎】回旋闻剥啄至，料那人象山归，伊迩欢喜死。可是——（王合瑞白）是我在此。（殷氏白）阿呀！（王合瑞白）为何见了我这等大惊小怪？

　　叩门，开门，中国古代戏曲有一套完美的表演程式，在表演上嘉庆抄本和万历抄本没有多大变化。生角的心情沉重、愤怒、质问都表演很充分，贴角的欣喜、吃惊、失望、恐惧、紧张也都很好的表现出来。不同的是万历抄本在"可是"后还有一个"韩"字，这可把整段戏推向了高潮。

一个"韩"字，表达了殷凤珠的全部期待，几个月的欲火难禁，将得到一下子释放，欢喜之情在表情、体态、动作尽可以夸张表演，可是一旦看到来者是亲夫，而非情人，殷凤珠立刻大惊失色。她有理由害怕，因为自己说漏了嘴，提到了"韩"，偏偏自己的话又让亲夫听到了，再也收不回来了，因而惧怕泄露自己与韩成通奸的消息，所以"阿呀"一声，几乎精神崩溃，跌倒。而王合瑞也正因为听到一个"韩"字，更加证实了妻子与韩成的奸情，因而怒火中烧，一句"我回来了"，简直是在殷凤珠的脑袋上放了一个响炮，是那样的斩钉截铁，那样的响亮有力，这更加深了殷凤珠的疑虑、恐慌。这"韩"字就是这段表演的"戏眼"、"戏魂"。由于流传久远和流传地转移，而民间戏曲又很少有刊本传世，都是靠民间艺人口口相传，传得久了，一些关键词就会遗漏，因而，嘉庆抄本便将最具魅力的"韩"字给遗漏了，还好，它将"是"字声音拉长，"韩"字变成潜台词，当然也能收到很好的艺术效果。不过，民间百姓的理解力并不一定能听出潜台词来的，他们更喜欢听个明白，看个爽快，因而有"韩"和没有"韩"是不可同日而语的。

六　雷殛

　　万历抄本：（老旦扮鬼卒调小旦上。副、丑、外、末又追上。小旦作跪外场介。老旦暗下，净、副、丑、外、末作推凿，放出黄烟四周打圈绕场介。小旦暗下。）（净）殷氏棺木击开，尸骨焚化，某等同赴普门，回缴覆旨去也。（副、丑、外、末）请！

　　嘉庆抄本：（众神上，追殷氏魂下）（原形上，作围击死科）（众神白）已击棺焚骨，就此回覆大帝敕旨去者。

　　新剧的表演简洁、明了、直观。在短短的几分钟表演里殷氏以两种面貌出现，一是殷氏魂，一是殷氏僵尸形象。僵尸遭众神围攻，当场被雷电击死，非常吓人，起到了震慑作用。新剧的出色之处是借助舞台技术手段，用放黄烟表现雷击也有一定的舞台效果。不过安排小旦暗下倒不如新剧让其毙于场上更具警示震撼作用。当然小旦暗下方便演出，利于收场。

　　万历抄本的舞台表演设计比嘉庆抄本灵活、详尽一些。如烟火的采用，万历抄本一共有5次，其中有两次是以场上放烟火帮助殷凤珠变脸。一次是在《冥晤》中，殷凤珠变僵尸为原形，以便请人补缸；另一次在《补缸》中，殷凤珠追补缸匠，变原形为僵尸。这两次表演，都有烟火相助，由演员完成。弋阳腔传奇常常是在祭祀活动时演出，多神佛鬼怪节目，多变相的表演。旧剧大量使用烟火，可见万历之时习惯于用烟火助变脸。新剧《雷击僵尸》一出中不用烟火，只是让扮演殷氏魂的演员下场，另一个扮演殷氏原形的演员上场，不但没有什么发展，反而是一种退步。近代有些地方戏曲由场上放烟火发展为演员表演吐火，吹金粉盆使脸变金色，川剧更是把变脸术发展到了艺术的巅峰。川剧扯脸表演方法是在演员脸上套数张绸子脸谱画，乃至十数张绸子脸谱画，每张皆以丝线系之，丝线一端系与腰带之间，表演时演员以一袖挡脸，或转身，观众注意的只是演员的头部，而另一手已扯线，将一假脸收之，演员露脸时就变成了另一张脸。吹金粉变脸也好，假脸变脸也好，都是由弋阳腔以烟火助变脸这一民间表演艺术思路发展而来。由此我们可以看出民间艺人具有非凡的想象力和创造力，不断追求更完美的艺术形式。

新剧在表演上也有不少高于旧剧的地方，比如增加了殷氏僵尸吓死补缸匠的表演：

（白）你当真不赔？（顾老儿白）其实赔不起。（殷氏魂白）果然？（顾老儿应科，殷氏魂白）罢！变！（下）（扮原形上，做赶科）（顾老儿白）阿呀！鬼来了！跑嘎！（跑科）（原形唱）休怪俺厉鬼作耗，端为他特把灾招。（作唬死顾老儿科，下）

这段表演非常圆熟，应该是旧剧在民间演出的过程中逐渐丰富起来的。殷氏追赶顾老儿，顾老儿回头看到一个美女突然换成了一个恶鬼，大惊失色，一声"阿呀！鬼来了！"更增加舞台的恐怖气氛。一人一鬼，一鬼追一人，在舞台上打圆场，很能扣紧观众的心弦，最后顾老儿被鬼吓死，人们便由怨顾老儿年老风流，贪花招祸转变为恨殷氏僵尸伤人害命，为其日后遭雷击打下了感情基础。旧剧只是僵尸鬼在追顾老儿途中突遇王合瑞："补缸的狗男女，快快赔我缸来吓！你是王合瑞吓！"这种表演能使剧情连贯，使殷凤珠与王合瑞这两条分离了的线重合到一块。虽然僵尸也在作恶，要勒杀王合瑞，但是却放过了顾老儿，这就减轻了僵尸罪过。

又如《补缸》的开门表演：

万历抄本：（净）补缸吓！（贴）忽然门外叫补缸，双手开了门两扇，那边来了补缸匠。（净）你看有个妇人开门出来，待我迁他一缸。唉，小娘子。闻知你家有缸补……

嘉庆抄本：（顾老儿白）补缸吓！（殷氏魂唱）忽听门外叫补缸，双手开了门两扇。（顾老儿白）你看有个妇人开门出来，待我吆呼一声。（殷氏魂唱）那边来了个补缸匠。（顾老儿白）唉，小娘子。（唱）闻知你家有缸补……

在表演上，嘉庆抄本作了很大的改进，将殷氏的一次三句唱分两次进行，中间插入顾老儿念白，有利于演员表演。当殷氏双手开门出来，顾老儿立即有了反应，要寻生意。殷氏出门，抬头看到顾老儿，这才唱"那边来了个补缸匠。"表演一气呵成，能使戏曲情节紧凑，唱白相间，冷热相济，演员苦乐均匀，观众舒坦。

余 论

进入 21 世纪 10 多年来，笔者一直从事明清诸腔传奇研究，而这些研究最大收获是弋阳腔传奇剧目与演出史研究，海盐腔、青阳腔、泉州腔、昆山腔也有所染指。这一切研究都从《钵中莲》研究开始。《万历抄本〈钵中莲〉剧中归属考辨》得出结论：《钵中莲》为民间戏曲，属改革后的"弋阳腔"剧本，解决了学术界长期悬而未决的问题。安徽师范大学孔文光研究员在笔者参评教授职称送审的这批论文评价说："对该剧的剧种归属问题进行系统、全面的考辨，本文当是迄今所见的专论。"该文获2003 年度河南省社会科学优秀成果三等奖。此外，《明万历弋阳腔〈钵中莲〉曲律辨析》、《论〈钵中莲〉的人物设计》、《论〈钵中莲〉的演唱艺术》等系列论文从不同侧面研究了《钵中莲》的剧种特点，不少在学界引起较强烈的反响，争鸣不断。

论争的主要问题有三：一是民间抄本《钵中莲》抄写时间问题。到目前说法主要有"万历庚申说"、"康熙时期说"和"乾隆时期说"。二是民间抄本《钵中莲》主腔归属问题，有两种认识，一为归属昆曲，二为归属弋阳腔。三是剧作者身份问题，看法有二，一为出自文人之手，二为出自民间艺人之手。经过 10 多年的深入研究，笔者还是认为该剧为万历末民间艺人创作的弋阳腔传奇。

令人高兴的是很多学者加入《钵中莲》的研究中来，尤其是音乐界学者的参与为戏曲声腔研究极大地提高了戏曲音乐研究水平。遗憾的是迄今为止还没有语言学家尤其是方言学家加入研究队伍中来，未能对剧中的官话与方言进行全面深入的研究。

近几年笔者主要从舞台演出的角度对《钵中莲》进行全新研究。首先是研究排场科介艺术，从开场、上下场、场面调度、科介设计等方面展开探讨，得出一些新认识。其次是研究《钵中莲》对清代花部的重大影响，主要是就故事构思、唱腔设计和宾白艺术等方面具体来谈，发现《钵中莲》的影响无所不在。最后是分析嘉庆内府抄本《钵中莲》的改编艺术，也总结出了一些戏曲发展规律。

　　《钵中莲》是一部令人着迷的戏，也是一部令人费解的戏：它的长度只有 16 出，不管在明朝还是在清代都是罕见的；一剧之中包含七种声腔，而且好几种是来自相隔甚远的异地声腔；除了官话，同时使用赣方言、吴方言等两种方言；口语化程度非常高，不少口语都已接近今天的普通话；文学风格不统一，雅言俗语不协调，雅言显得生硬，俗语则非常地道；科介设计异常细致，可以和《审音鉴古录》相提并论；对传统脚色大突破，以小旦、贴取代旦的女主角地位；取消副末开场形式；长短句联曲体与齐言板腔体相结合等等，不一而足。这种种现象仍有待于日后更多的学者来研究。这本小册子只要能起到抛砖引玉的作用笔者就知足了。

　　该剧的研究具有一定的学术价值：一是改变了学者普遍认为弋阳腔传奇都是改本没有创作本的看法。该研究以大量的证据证明《钵中莲》是民间原创弋阳腔剧本。二是打破以往独重文人昆腔传奇的研究格局，将研究引入明代更为流行的民间弋阳腔传奇的研究。弋阳腔兴盛比昆腔早，是当今流行的皮黄腔、高腔的不祧之祖。研究《钵中莲》可知万历弋阳腔之流变，有助于帮助我们保护和利用戏曲文化遗产。

附录一

《钵中莲》（明万历民间传奇脚本抄本）

第一出　佛口

（外、末、净、副扮四揭谛，小生扮韦驮，旦、丑扮侍者，贴扮善才合掌，又贴扮龙女捧杨枝瓶，引老扮观音执拂尘上）（老）

【诵子】潮音洞外海涛来，紫竹深处雾色开。普渡慈航登彼岸，圣辉先是现莲台。（合）南无佛！南无观世音菩萨！

（老）善哉！善哉！广长欲吐舌，先动海潮音。愿以此功德，慈渡洒甘霖。若有见闻者，悉发菩提心。皈依三宝后，才识度金针。吾乃观音菩萨是也。西天证果，南海栖真，观音妙音，到处现身设海；缘觉正觉，随时护戒证空；定生胜业，妙闻思静，发慧根，宏造化。今当下界大明天下嘉靖壬午春潮，正值瑶池蟠桃初熟，昨承金母折简相招，应会诸天圣贤，共赴千秋盛宴。护从！（众）有。（老）

【番竹马】就此驾起祥云缥缈。
（众）领法旨。（合）
巧趁取艳阳时，雨顺风调。把鸾车引导，间焕幡幢五色，掩映得朱曛暄耀。望昆仑，还隔住晴霞照。徐行过海天遥，涛声渐远喧嚣。

（内放烟火）（老）下方何故？一道红光直冲霄汉。护法神者看来。（小生）领法旨。（作看介）启菩萨，下方有一王合瑞，在奉化县西乡窑内烧缸，故此光冲霄汉。（老）善哉！善哉！此人原籍江西，凤有佛门根器，可参大道，诚证菩提。今在奉化土窑，聊且烧缸度日。查得其妻殷氏，数应淫乱戕生，死后成僵，复遭雷殛。再思吾莲座前，缺一捧钵侍者，应俟因缘到日，吾当济度王合瑞到来，付与钵盂，以成正果。（小生）原来有此一桩公案！（众）菩萨慈悲，圣寿无疆！（老）速驾祥云赴蟠桃宴去者。（合）

本唯人自招，从别出青红和那皂。想尘缘尚有烟花扰，且今日莫与推敲。咫尺群真并到，会蟠桃，三千岁一度征招。（齐下）

第二出　思家

（生上）

【女临江】【女冠子】寻烦惹恼因留发，未披剃，恋身家。【临江仙】陶渔耕稼纵争夸，人生遭落魄，聊且度年华。【如梦令】自是栖迟异地，俯仰全无惬意。身体幸平安，刻感佛天遮庇！生计，生计，勉强土窑萍寄。

卑人姓王名合瑞，本贯江西九江府湖口县人也，向走江湖，做些经纪。不想昔年海运遭风，打至舟山，虽然舟覆逃生，乏有还乡盘费。无奈沿途求乞，行至奉化西乡，多蒙窑主李思泉收留，传我烧缸行业，聊为糊口。今已多年，想我家住王家庄，还有发妻殷氏，芳年二十。但天涯远隔，音信难通，料我必死他乡，怎肯青年守寡？此时再醮，也未可知。咳！若果别抱琵琶到干净，倘或做出不尴不尬的事来，岂不玷辱门风！吓，我若有还乡之日，誓把奸夫淫妇斩尽杀绝，断不干休！王合瑞，你好痴也！

【九回肠】【解三酲】料山荆必高身价，岂胡为迹类杨花！纵为人转背难拿，把乱嫌猜自认先差。
且住，想我在此，定无出头之日，欲回乡井，无从设措盘缠，不如早早焚修，强似烧缸度日。咳！虽然如此，还要探听家中个下落，方好祝发为僧。

若果是鸳鸯浪打分南北，那时节拚此形孤，誓出家，无虚假。

（外上）

【三学士】年来运好经营大，拟收回放账增加。

 （生）窑主。（外）合瑞兄，小弟开此土窑，烧缸贩卖，承兄不弃，帮我经营。且喜生意日盛一日，外边账目甚多，我欲去收回，免使历年挂欠。看你行动举止，十分持重老诚，窑内诸事，奉托主张，我好放心出去。（生）在下流落他乡，多感窑主收录，又承倚为心腹，敢不黾勉代劳。（外）如此足感王哥。还有一说，自古英雄失意，亦常版筑鱼盐。就是托业烧缸，也不要太小觑了。

河滨盛典传虞帝，你莫用衔悲挂齿牙。

 （生）虽承窑主劝慰，耐我离家已久，岂不思忆乎！（外）家乡念切，理所当然。吓，也罢，待我讨账回来，聊奉盘费，回府一顾。务望速返，幸勿弃我，久羁乡井。

【急三枪】聊资助，回桑梓，重欢聚，宽心待，断不受波查。

 （生）多谢窑主！（外）好说。（生）不知窑主何日起程？（外）适有一支便船，即刻起行了。（生）如此待相送下船。（外）不敢有劳。（生）说那里话。（外）内顾无忧任远行。（生）请承重委献忠诚。（外）索遄来往乘风便。（生）赠贶还应感厚情。（同下）

第三出　调情

（贴上）

【绕池游】浮生若梦，守节终无用。趁青春眼前胡哄。非吾作俑，偷香传颂；学风流，兰桥水通。

嫦娥活守青年寡，怎得临崖收意马？野火烧眉顾眼前，无情却说知情话。奴家殷氏，小字凤珠，自幼嫁在王家庄，与王合瑞为室。那知这薄倖的，久客江湖，一去多年，杳无音信。但我年方二十，性喜风流，如何受此凄凉？不如别寻头路，免得守此活寡。天吓！但愿那短命的早报死信回来，倒好安心择人再醮。如今弄得不伶不俐，进退两难，只得将露水恩情，聊且充饥止渴。因此放下胆儿，结识一位少年，名唤韩成，充当湖口县捕快。颇有银钱使用，家中衣食无亏。又喜他识趣知情，消受些风花雪月。怎么连日不见来？吓，莫非别恋烟花，又把奴来撇？吓，或者公门有事，不能脱身？咳！只是冷冷清清，难蹲难坐。吓，不免到门首盼望一回，消遣闷怀，多少是好！

【弦索玉芙蓉】奈情郎没影踪，徒使我春心动。把云巢雨窟判隔西东，满腔儿幽怨有谁人懂？只待知音诉与咫尺中。风流种，怕拦门等，空慰无聊，且拼今夜做孤鸿。

（内）长酥无渣，蜜果橄榄吓！（贴）那边有卖水果的来了，何不买些，等韩郎到来，也好与他配酒。卖水果的，这里来吓！（丑上）拉罗里？（贴）在这里。（丑）噢，来哉！果儿兑起，担儿挑起。（贴）卖水果的！（丑）呵！娇娘唤起，弄得我好像□起。（贴）多说！你有什么水果？（丑）阿呦，一位好娘娘！要奢物事？（贴）你有什么东西？（丑）哪，我这里货都制起，听凭拣起，价钱讲起，吃下肚皮拱起。（贴）啐！什么肚皮拱起！（丑）勿……拱者，是饱也。（贴）买什么好？（丑）其长其粗个甘蔗。（贴）甘蔗性热，吃了要发火的。（丑）亦来哉！个是有两句口号个也：甘蔗圆又长，发火又兴阳。香甜真可口，节节有商量。（贴）有什么商量？（丑）那说无商量介？（贴）不好。（丑）勿好？勿好没，换哉那橄榄哉罢那。（贴）青果味涩，我不要。（丑）阿是我说嗯勿识货个，来个也有口号哈：橄榄刃头尖，一见便流涎。入口带酸涩，越嚼越香甜。若以子郎中讲究没，一发好哉！橄榄答蔗一齐吃子没，叫作和合双美丸。大有补益。（贴）怎见得？（丑）甘蔗是长个，橄榄是尖个。阴阳相配起来，阿呦，其味美不可言。（贴）我不信。（丑）你若不信，我答嗯就试试哉那。（贴）咳！

【前腔】这言辞太不通！

（丑）倘个不通？当面一试就晓得。（贴）

面试成何用？

（丑）那说没有？（贴）

你昂藏汉子我是娇红。

（丑）正要一男一女么，试得出甘蔗个长短，橄榄个大小。（贴）

分明蔑礼欺孤凤！

（丑）那个欺你？（贴）

惫赖心肠露口风。

（丑）实出好心，并无歹意。（贴）

非讥讽，免奴家气冲。

（丑）只拣一根□□□□□送伯嗯酥气如何？（贴）

有谁来白图饕餮假含容！

（丑）阿哟！到勿吃白食个，到底要买什么水果？（贴）可惜没有桃子。（丑）要□子广有。（贴）担子里现在没有。（丑）这是随身法宝，怎说没有？（贴）取出来。（丑走下丢眼色介）（贴）做什么？（丑）里面去好取出□子出来。（贴）啐！要死吓！我要的是桃子。（丑）噢，桃子，我只道是□子了。大娘，如今深秋时节，久已过市，明年再做交易罢。（贴）如此去罢。（丑）且慢。我还要动问大娘的尊姓。（贴）哪，生是生非的王大娘，就是我了。（丑）失敬。（贴）卖水果的。（丑）在。（贴）你在此耽搁久了，可不抱怨我么？（丑）只要王大娘见爱，我就耽搁上一年，也不值得什么。（贴）你这个人倒也知情识趣。（丑）什么知情识趣，无非见了你这风风月月、标标致致、袅袅娜娜、齐齐整整的王大娘，弄得来藕断丝不断罢了。（贴）也难为你。（丑）看来甘蔗好同橄榄吃了。哈，大娘。（贴）怎么？（丑）我有句刮肠刮肚的说话在这里。不知可说得么？（贴）但说不妨。（丑）不好，恐怕就要面试起来，你不要怪我的。（贴）谁来怪你！（丑）如此我个王大娘吓，我见子嗯是——

【前腔】心头不放松，将伊伴（拌）蜜酥儿用，有收魂符咒，荡漾随风。（贴）知情识趣言奇中，教我动忽怜才意倍浓。（丑）如邀宠，愿终身服从，望娘行鉴吾生死效愚忠。（贴）

【前腔】何尝不乐从？露水恩情重，怕扬声出外，物议难容。（丑）只图欢爱谐鸾凤，顾什么墙茨难除刺卫风！（贴）相和哄，比醍醐更浓。

（副上）花柳情深才会合，崔符案重主分离。（丑）谢娇娘灵犀一点暗香通。

（副）吒！你们干什么勾当？（贴）阿呀！放手！放手！（下）（副）吓！你每什么人？（丑）我是卖水果的。（副）怎不站在门外？闯进里面去做什么勾当？（丑）脚生在我肚子底下——出也由我，进也由我。（副）这里不是菜园门，不是你娘房里。（丑）就不是菜园门，不是我娘房里，你是那里来的闲汉，大胆管我老伯的闲事？堂前挂草——直头不是画哩！（副）我么，是这里一位坐坊的老爹。（丑）也不怕衙门托势。（副）哼哼，老虎想吃肉——还要问问山神土地哩！那里来的野虱子，思量在这撒野！（丑）阿哟！你道恶龙难斗地头蛇，我也是驮驴子劈大刀——地面上的老朋友哩！眼睛多不生的！（副）可又来，兔儿不吃窠边草，还要充什么老朋友，在这里横不法？（丑）不瞒你阴灵说，我就在面上寻些野食儿，只算我的本分，钱总轮不着你来核（讹）诈！（副）就算我来核（讹）诈你，拿些好水果请老伯吃吃。（丑）我是不怕什么烹头的。要好水果，拿铜钱来卖把你。若要吃白食，只怕你困不醒，还在那里做梦哩！（副）不肯？跌翻你的担子！（丑）阿哟！你有什么三个头，八个臂，鳖子门，挂单条——说的多是海话？（副）不见棺材不下泪，看来要出点血了。（丑）我是鼓楼上的麻雀——吃惊吃吓惯的。扯你娘什么嚼刮思，驾什么潮头！（副）噢！说我驾潮头，我就踢把你看。（丑）阿哟！那里来的野贼，照打！（副）

【山东姑娘腔】谁家内外不分开？胆敢胡行闯进来！（丑）有数春天不问路，任凭出入理应该。（副）借端调戏人家小，我也知伊怀鬼胎。（丑）正直无私图买卖，不因进内便为呆。（副）不公不法都容你，要甚巡查特点差！（丑）三管鼻涕多一管，倚官托势挂招牌！（副）立时锁你当官去，打了还应枷大街。（丑）若到公堂咬定你，无故札局诈钱财。（副）癞皮光棍千千万，惟有伊家会使乖。（丑）既晓区区神本事，看人不起乱胡柴？（副）还强嚼，不安排。（丑）什么安排？我倒极难猜。（副）磕头陪（赔）罪才饶你。（丑）我有不装柄的拳头，打得你头颈歪！

（作打介）（副败下）（丑）好兴头！打得燥皮，有趣！且住，这个狗头，说是这里坐坊，一定当什么牌子的，今日着打，怎肯干休？有数说的，好汉勿吃眼前亏。吃官司，划不来。收拾汤团担——溜他娘罢。只是放不下我的好王大娘！罢，打听事情平静，再来想枣儿汤罢。列位走开点，无敌大将军得胜还朝了！（下）

第四出　赠钗

（副上）阿哟！这个□□的倒也利害！且住。【西江月】若论百般武艺，完全只是区区。飞天盗贼看成蛆，岂在浮头撞遇！不可将人赶上，存些退步何如？一时诈败出街衢，好把来由表叙。我韩成，在湖口县内充当一名捕快，蒙本官恩德，点作捕头。银钱尽够我嫖赌消（逍）遥，只靠着歪时运，银钱来得却也容易，办公事全赖别人。因此走动了王家庄上的王大娘，露水恩情，十分浓厚。只要他丈夫一个死信，就好迎娶他回来，那时才得天长地久，永无后患。连日身在公门，伺候官府，今日偷得闲定，思量去看王大娘。那知本县太爷传我到后堂去，吩咐我说有要紧关文一角，差往象山关提监犯并起赃物，明早就要起身。阿呀！此去象山，路途遥远，转回也需数月。应当通个信儿与王大娘，使他知我行踪，免得在家悬望。不想方到他门首，遇见个卖水果的，一时性发，两下争锋，我想为人须见机而行，不是一味斗势的。转个念头，与他争什么英雄？所以佯输走了。想那卖水果的，此时一定走了，为此仍归转来。不免到王家里去作别一番。咳！想我韩成呵！

【寄生草】心上心上心儿上，牵挂单为那个多情况。早回转，惯旧游风月场。

（内）阿呀，天吓！男子汉不在家里，被人欺到这个地位！（副）

进门墙，忽听娇莺翻变嗓，忽听娇莺翻变嗓。

（贴上）

【前腔】孤旷孤旷添孤旷，因甚蓦地忽有人声响？我心里到有十分疑得慌。

　　（副念）是我韩成在此。（贴）
不当场，还须认你为白撞，还须认你为白撞。

　　（副）休得取笑。（贴）取笑？你实在有些不肖！（副）什么不肖？（贴）啐！你在外边好快活吓！（副）我又不走岔路，还有什么快活？（贴）不走岔路，为何连日不来？还要支吾，打你几个嘴巴才好！（副）原该打的。（贴）怎么不该打？（副）打他一个贪嘴，把身子去换水果吃。（贴）呸！杀头的，不要含血喷人。（副）如今的事情，只要将就得过，胡涂得去，捉什么字眼，点什么清盆？（贴）噢，这么你甘心去做眼乌龟？（副）况且千年田地八百主——个人那占得尽来？（贴）啐！你在外边胡乱干什么勾当，所以连日不来，要这般贼做大？（副）这么，错怪了人了。我连日在衙门里答官府，阿呀呀，有带（待）审的，有起赃的，还有踏勘贼洞的，买线访拿的，忙忙碌碌，没有片刻儿工夫。今日略略空闲，指望走来同你说说闲话，叙叙旧情。不想好事多磨，明早就要长别你了。（贴）什么长别？（副）奉本官差遣，要到象山县去关提盗犯，所以连晚来会你一会，明早就要长行了。（贴）此去象山有多少路？（副）有二千余里。（贴）几时回来？（副）极快也得三个月。此去隔江过海，还不得知再会得成再会不成了！（贴）阿呀！

【风花对】一闻别离魂先丧，登时不住泪汪汪。（副）自相逢，男贪女爱何消讲？（贴）没来由，黑越越（魆魆）平地兴风浪。（副）此去宁波过海洋，拚微躯鱼肠鳖腹为坟葬。（贴）且宽心，吉人自有天公相。（副）
【前腔】仗伊洪福身无恙，回来加倍待娇娘。（贴）趁今宵怀中贮有葡萄酿。（副）怕将来一滴滴难到黄泉壤。（贴）且自图欢娱共举觞，拚酩酊添些酒力风流壮。（副）色媒人从不扯无凭谎。

（贴）吓！韩郎真个明日就要起身么？（副）那个哄你？（贴哭介，副）阿呀，我那娘吓！你不要哭，你一哭，我心里就无主意了。（贴）咳！想你我前世宿缘，才得今生欢会，正欲思量一长久之计，不想又要远行，教奴怎不伤心吓！（副）不妨。我到了那边，公事一完，连日晓夜，火速赶回。除非我丧于途中，阿呀，那时就不能见你了。（贴）唪！

【剪剪花】毫无表记送情郎，嗳，一副金钗小凤凰，怜念我衷肠。阿呀阿呀呀。（副）多承厚赠亲收好，嗳，时时刻刻不暂忘，诸事总图长。阿呀阿呀呀。（贴）

【前腔】虽然鉴谅我凄凉，嗳，尚要从头问短长，何日转家乡？阿呀阿呀呀。（副）归期约定须三月，嗳，不敢停留在浙江，安稳守空房。阿呀阿呀呀。（贴）

【清江引】今宵欲写风流账，有恨休登上。（副）满拚鄹都，贴补云情旷。

（贴）韩郎吓！（副）噢！（贴）

恨不得把奴躯壳团一片才停当。

（副）阿呀，我的□娘！（抱贴下）

第五出　托梦

（场设香案，四小鬼执槌鞭上，跳文武判官介，引窑神上）

【粉蝶儿】纠察无私，掌窑门赫然声势。庙千秋升降扬威，受馨香，昭赏罚，先形梦寐。试问伊谁，一人陶佛家根器。

正直聪明定一尊，财帛当旺火常温。瓦窑虽是无多地，统摄阴阳祸福门。吾乃奉化县西乡土谷正神，司窑使者是也。职掌阴阳祸福，兼摄土窑成器。今乃小圣诞辰，合窑匠工，祭赛庆祝。查得王合瑞之妻殷氏，向与韩成通奸。今夜借宿本窑，数当亲夫杀死。即将尸骨锻炼成缸，归示其妻。数该逼死，复缨雷殛，报应昭彰。其夫披剃焚修，后为佛门弟子。有这一桩公案，吾当暗显神通。且待王合瑞到来，梦中

指示一番，以彰报应。鬼卒，整肃威仪者！（众）领法旨。（生执扫帚上）

【泣颜回】羁旅荷神庥，托业聊糊口。恭逢华诞，椒馨仰答高厚。

我王合瑞，前受窑主之托，小心照料土窑，且喜烧出缸来并无伤损。今日窑神圣诞，伙计们公斗份金，准备福礼三牲，已在厨下整治。为此携着帚儿，自到神案前洒扫一回。

酬恩赛愿，为明烟正洁供箕帚，望东君及早言旋，阮囊助得回江右。

（欠伸介）阿呀！一霎时身子困倦。我想端正福礼还有一会耽搁，不免就在神前打个盹儿，有何不可！衣食虽然谋客路，梦魂先已到家乡。（作困介）（窑神）过来，揭起睡魔。（判应介）（窑神）王合瑞，听吾吩咐。

【石榴花】恁只想到家园梁孟效齐目（眉），到不如漂泊守天涯。牢记着半边朝字韦相砌，王孙姓系仔细详推。也多是命途中，也多是命途中，前生勾结难逃避，奇奇幻幻枕中藏秘。缘何你夙根器，缘何你夙根器，慈航渡，先留意，因此向模糊客梦示玄微。

（生醒介）阿呀，神圣！阿呀，原来是一场大梦。阿呀，方才明明神圣吩咐道：牢记着半边朝字韦相砌，王孙姓系仔细详推。未知吉凶如何？吓，神圣吓，弟子愚昧，详解不出，望神圣指示呢。吓，呸！神圣的偈语，岂可一时解到？后来自有明白，自有应验。（四窑工匠持福礼上）沁芳盈酒盏，肥肴见牲盘。王哥，福礼完备，就请拈香。（生）占了。（众）好说。（生）神圣在上，弟子王合瑞及众窑工匠人等献祝千秋。（合）

【泣颜回】蒙庥，财帛易营求，感激常悬心口。馨香明德，神祇鉴纳忱由。迎时祈佑，祝无疆！竞献芹私有。

（生）祭赛已毕，大家里面饮福去。（众）有理。（合）

饮和时把酒言欢，似乡社馂余消息。（同下）

（窑神）你看这些工匠，好十分诚敬也！

【斗鹌鹑】生受恁炽腾腾宝蜡烧成，炽腾腾宝蜡烧成，馥芬芬明香爇起。摆列着壮骙骙博硕牲牷，壮骙骙博硕牲牷，美甘甘清醇醇也那酒醴。俺这里照鉴精诚保护伊，一迷价分椒醊，定安危。才显得赫明明赏罚无私，赫明明赏罚无私，洁清清焚修可贵。

（众同生上）

【扑灯蛾】喜孜孜看从散福来，问微微将颓玉山否。感重重佛天相呵护，管年年胙余消受。
　　（众）王哥，我们今日多要回家看看，你一人在此，未免寂寞，怎么好？（生）不妨。列位早去就来，生活要紧，不可耽搁久了。（众）不过两三日就来上工的。（生）如此甚好。（众）我等告辞了。（生）慢去。（众）
急煎煎归家正理，怕沈沈斜阳渐西流。（齐下）

　　（生）天色将晚，他们各自回家，只我一人归期未卜，若到晚间，分外凄凉。不免收拾些剩酒残肴，消我胸中块垒。一面把神圣梦语，细细详解一番，望到天明，再作道理。

免啾啾须寻曲蘖，趁醺醺把梦语细推求。（下）

　　（窑神）鬼判。（众应）如今日将西下，韩成尚在慈谿。要应劫数难逃，顷刻如何得到？鬼卒，尔等呵！

【上小楼】须索把奸回毙，怎恁他时刻稽？多只为数定由天，多只为数定由天，祸召唯人事。到临歧逼拶得无路逃生，逼拶得无路逃生，因奸致死将尸立毁。
　　（众）领法旨。（同下）（窑）收拾威仪者。
更谁许土缸留世。（齐下）

（副背包上，前鬼引副上）（合）

【扑灯蛾】稳稳的舟停自由，紧紧的风催疾走，悠悠的魂魄钩，森森的刀斧候，凄凉落寞，亲夫儿等久。杂纷纷残肴未收，浑浊浊剩酒相留，浑浊浊剩酒相留，专待你明明亮亮的私情细剖，狠狠的杀机陡的起了冤仇。

（众围副坐定介）（众下）（副）阿呀，我韩成，奉本县太爷之命，差往象山关提监犯，行了多日，来到慈豁，方才坐在船中，忽然天昏地黑，只听耳内风声疾疾，把我吹到此间，随风落地。如今天色已晚，不知什么地方。你看，一带荒郊，又没个宿店，不知今夜何处安身。我且到前面，再作区处。

【尾】在穷途苦况难消受，怪异事身遭倍唧啾。
（内鸦噪介）（副）咦！
恼恨着报祸鸦声分明添掣肘。
好奇怪！好奇怪！（下）

第六出　杀窑

（生上）

【虞美人】家乡千里何时返？废寝长叹。萧条形影伴谁人？孤月凄清消闷强移樽。下酒何消看汉书，乡情恋恋极难舒。今宵坐对孤灯闪，且破工夫忆梦初。

我王合瑞，只为窑主远出，今夜伙计们各自回家，只我一人独自守窑，不安夜寝。方才饮福之后，收拾些残肴剩酒，聊破愁怀，安排独酌，虽则杯盘狼藉，还堪借此怡情。今晚呵！

【步步娇】只见月色朦胧灯光引，闪照添烦闷。
且住，家乡远隔，插翅难飞，想也徒然。且吃酒罢！
孤宵曲蘗亲一醉，消愁计较多稳。

方才朦胧睡去，神道吩咐我说："牢记着半边朝字韦相砌"。吓，这
是什么偈语？(将酒写介)"朝"字去了左边，加上一个"韦"字。
那有此字？若是去了右边，加上一个"韦"字，这是"韩"字了。
分明是"韩"字。阿呀，我的亲戚朋友，并没姓韩之人。这也作怪。
神道又说道，王孙姓系仔细推详。难道是个姓王的？姓孙的？与我有
什么瓜葛？吓，圣意幽深，断没有这样明白。且住，前汉韩信，又称
韩王孙，莫非仍旧是个姓韩的？与我妻小面上干什么不楷的事故？叫
我思想回家，不若天涯漂泊。若果如此吓！

不共戴天仇，难道逆受甘容忍。

什么说话，还是吃酒去罢！干！
(副背包上)

【前腔】忽被罡风吹来狠，异事猜疑尽。莫非三生凤有因，赋作滕
王运至帮衬。怎奈少旗亭！隐现窑门近。

阿呀呀，好了！且喜有座土窑在此，不免借宿一宵。吓，开门开门！
(生) 吓，莫非窑主回来了？(副) 开门！(生) 来了！夜深闻剥啄，
扄启叩原因。是那个？(副) 请了！(生) 请了！足下何来？(副)
在下是往象山公干的，行到此间，寻不着宿店，暂借贵窑一宿。明日
早行，自有房金奉谢。(生) 阿呀呀，这到不消，只是地方窄小，不
便居停。(副) 但得坐到天明，未为不可。(生) 如此请进来。(副)
多谢！(生)(生关门) 请了。想未曾用晚膳？(副) 不要说起。一
带荒郊，并无饭铺。(生) 若不嫌残，有现成之物在此，请进来。
(副) 怎好相扰？(生) 哟！四海之内，皆兄弟也！不消客气，请过
来。(副) 吓，从命了。多谢！(生) 好说。请用一杯。(副) 请！
干！(生) 请问尊姓？(副) 在下姓韩。(生) 阿呀呀！

【风入松】分明奇遇梦中人！
(副) 在下有缘，并不是梦里相逢也。(生) 幸识荆州丰韵。(副)
忒过誉了。(生) 大名？(副) 岂敢。叫做韩成。(生) 仙乡何处？
(副) 敝地江西。(生) 那一府？(副) 九江府。(生) 那一县？(副)

湖口县。（生）阿呀！涉远而来，太劳苦了吓！（副）哟！常言道，无役不贱。又道，上命差遣，概不由己。（生）是吓！

一身入官虽劳顿，比残业银钱多趁。

（副）虽然钱财容易得，但到底身不入官，那里比得你们做手艺的，趁几个本分钱，真正安逸快活。（生）好说。足下既是湖口县，可认得一个王合瑞么？（副）素闻其名，从未会面。他的尊阃么，与我倒有交往。（生）什么交往？（副）阿呀，失言了。（生）哟，风花雪月，人之常情。你我虽系初交，渐渐已成莫逆。

何用得言参假真？纵把风情卖，不算败闺门。（副）

【前腔】邻居灯火素相亲，没个些儿胡混。

足下为何知道王合瑞呢？（生）他曾昔年到我窑内做些交易，如今许久不来，闻说早已死了。（副）呵，竟死了！（生）死了耶。（副）阿呀呀，谢天地！

伊妻可免长孤窘，不消守松筠清韵。

（生）这……其妻容貌如何？（副）咳！不要说他别的，就是那双俊俏眼儿，你见了他，也要神魂飞荡。（生）在下没福，那里如得足下！（副）奢说话！（生）他既是寡居，足下何不娶了呢？（副）我亦有心久矣，恐怕外人谈论。（生）谈论什么？（副）道是先奸后娶了。（生）如此说来，足下与他妻子早已交往的了。（副）吓，有交往。没交往也梦不消说了。

难道桃源洞门，刘郎去阻迷云？（生）

【急三枪】三生石，留根蒂。真缘分，如我多俺（淹）蹇，困窑门。

（副）老兄！

【前腔】感他临行别，把金钗赠，情无尽。

（生）金钗？可怪吓，他以金钗相赠！（副）脱金钗。（生）不知可曾带来？（副）随身佩戴。（副向袖中取出金钗介）哪！（生）如此可能与弟一观？（副）看看何妨。（生）乞借一观。（副）

似此贻彤管，极衔恩。

（生作背介）阿呀！

【风入松】原赃亲认果然真，难教心中容忍。

 （生）且住。这一股金钗，分明是我家之物。吓，我有个计较在此。（作转介）韩兄，小弟也有个相好，要我打股钗儿，只是没有好式样。今见足下之钗，甚是合用。可肯借与小弟，明早拿到首饰铺，照样打就，即将原物奉还，不知可否？（副）这又何妨。唅，但千万不可遗失了吓。（生）这个自然。阿呀，只管讲话，连酒多不吃了，待我手敬一大杯。（副）在下量浅，只好借花献佛。（生）这是一点敬心，万万不可推却。（副）如此，勉强从命了。（生）这才是个朋友。（副）

感伊款曲昭忠信，元龙谊今夜重新。

 （副作醉介）干！（生）好量吓！再奉一杯。（副）个是直头勿能从命个哉。（生）吃个成双杯，好与王大娘成亲。（副）好彩头！多谢！多谢！嗯说一句话，你就拿把刀拉我颈子里不许我吃，也不能遵教个哉！（生）如此足感。请！（副）直头要吃介，直头要吃介，自然要领情的。（生）

湖海量由来有准，宜立饮，莫因循。

 （副）曲尽酒干。阿哟哟！（吐介）

【急三枪】登时里，如泉涌，难安稳。倾盆吐，睡昏昏。

 （作吐酒伏桌介）（生）

【前腔】颓然醉，人如死，该身殒。不使潜逃去，定除根。

 韩兄，再请一杯。这狗男女已睡熟了。阿呀，我此时不下手，更待何如？呀！我且到厨房下，去取了刀来。吓，我誓把这狗男女剁为肉泥。韩成吓，韩成，你从前做过事，今日转相逢。

【风入松】冤家狭路遇生嗔，誓使餐刀刃。

 （作虚下，即厨刀上介）狗男女，吃吾一刀！（作杀副介）

立时殒命舒长眼（恨），从头把情由思忖。

吓吓吓，好！杀得爽快！杀得爽快！这厮天网恢恢，疏而不漏，自来
送死，岂不是神灵有感！阿呀，且住。自古捉奸见双，如今正杀得一
人，又不杀在奸所，一些没有质（指）证，纵使埋好了尸首，终非
美事。幸亏窑主远出，伙计又各自回家。我今把这厮拖到后边，将他
的头先割下来。阿唷，这狗男女多是些骨头，全要用些气力了。（作
砍下首级介）驴头割下来，把石灰炝了。连那股金钗，带回家去，
把那淫妇细看，使他无缝抵赖。一面将他尸骨和上泥土，又入窑内，
锻炼成缸。一来可以灭迹，二来胜似扬灰，岂不两全！阿呀，我王合
瑞，感得神明梦中指示，方得泄此隐恨。待窑主回来，作急告辞，转
回家乡，杀却淫妇便了。韩成，韩成！今宵之事，非我不仁。

锋镝付重遭火焚，这是贪淫报先已祸临身。

真个神道有灵，如今已全应了。（拖副下）

第七出　逼毙

（贴扮殷氏上）天涯人去信难通，屈捐（指）归期已订定。孤帏寂寞
无人问，新愁旧恨上眉峰。

【粉孩儿】茕茕的守孤帏愁闷死，怕翻云覆雨薄情如纸。杨花落地深
（漂）泊时，更难堪瘦损腰肢。

　　奴家与韩郎别后，不觉四月有余。屈指归期，已经失约。未知借端逗
　　留呢，还不知果未回来，又没处探听个信儿，使我好生委决不下也。
　　天咳！若果他另寻门路，我何苦守株待兔？不如早早回绝奴家，也算
　　一桩功德。就是那卖水果的，虽然小逊一筹，唔唔唔，强如闭户
　　修斋。

岂贪饕，陇蜀相兼，伤春去寒（零）落红紫。（下）

（生扮王合瑞挑瓦缸木桶带金钗上）

【红芍药】回故土目击些儿，风景美照旧如丝（斯）。不幸唯吾至于此，
誓归来扫除墙茨。

我自杀了韩成，割下首级，即把石灰炀好，收拾端正，木桶装成（盛）。正要挫骨扬灰，付与无情烈火，腰边掉出公文一角。我已备悉来踪，遂将尸骨关文，一并焚化，不多一日，锻炼成缸。伙计们才来上工，恰好窑主也就回转。谢天地！且喜一些儿不漏机关。我就算清账目，一一交明，辞别窑主。蒙赠盘缠，取了一条扁担，一个瓦缸木桶，和那一对（付）行李，并带金钗，星夜赶回，便宜行事。天吓！只愿那贪淫的泼贱，早早死了，我也好祝发焚修，免得被人笑。自离奉化，不惮间关，一竟（径）倍道而来，离家不多路了。

私情莫用再访咨，定供招，罪名应死。到家耐性轻敲。

（作叩门介）

为今朝羞见桑梓。

（贴上）是那个来了？

【福马郎】回旋闻剥啄至，料那人象山归，伊迩欢喜死。

（作开门介）可是韩……（生）是我回来了。（贴）阿呀！（生）吓，为何见了我这等大惊小怪？（贴）

早难道我游魂鬼恁疑之？

有个缘故。（生）什么缘故？且闭了门里面说。（贴）官人嗳！

睽违已多时，添羞涩作惊词。

（生）哈哈哈，且自由他。（贴）官人，你一去几载，竟没个信儿寄回来。（生）你一定道我死了。（贴）阿呀！什么说话！可怜奴家是日夜悬望嘘！（生）阿呀！这到难为你吓。（贴）一向存身何地？平安若何？怎么直至今日才回？一一说与奴家知道。（生）咳！不要说起！

【耍孩儿】自别故乡遭变事，涉海人几死，没乱里怅怅奚之？（贴）说也可怜。（生）三年碌磕磕光景长如是。

（贴）阿呀吃苦了。（生）咳，怎比你在家里快活。（贴）你做妻子的衣食无度，快活何来？（生）咳！

也比我乞食过吴市，还较胜多般耳。

（贴）

【会河阳】不谅些儿，是何说词？分明乔试故如斯。

（生）唔唔，有之。

（贴）须知游戏无心，谁怪伊一丝。

（生）也难怪我吓。（贴）从今后休多事。（生）吓，怎么说是多事？嗯，我倒不多事。（贴）吓，难道倒是奴家多事？（生）唔，差也不多。（贴）阿呀，这话好生作怪！（生）作怪作怪非作怪，一边已了相思债。（贴）好蹊跷吓！（生）六尘无我始安心，可奈杨花留蒂芥。（贴）阿呀！

出奇，如背上添芒刺。析疑，还口里生渣滓。

（生作背介）

【缕缕金】无明证一些儿，有罪谁输伏？力排之！

（贴）官人，夫妻久别，今日重会，合当欢喜，怎么反自言三语四？这些话，奴家一点儿不解。（生作转介）阿呀，我到忘了。（贴）忘了什么？（生）带得些土仪在此，怎么不把你看看！（贴）什么土仪？（生）哪，

郑重罂缸贵，伊休轻视。

（贴）阿呀，这一只小小瓦缸，盛不得多少水，腌不下什么菜，要他何用？（生）若说无用，也就不该死死的恋着他了。（贴）谁去恋他？（生）这也难得。来，你再仔细看看，如此的颜色，这样的式样，由韩而至，可还寻得出第二只么？（贴作背介）怎么带个"韩"字？（生）韩嘎！（贴）嗯嗯，要问这个"韩"嘎！（生）哪，

本三韩成就出高赀。

（贴）原来是个"韩"字。（生）原是一笔写不出两个"韩"字耶。你可看得明白么？（贴）待我来。嗯，妙嗳，这只瓦缸，颜色不同，式样各别。（生）如何？我说你心爱的。（贴）待我来端进去。（生）这还不算稀罕。（贴）可还有什么？（生）有。（作出金钗介）哪。（贴）阿呀！（作失手将缸落地跌破介）（生）吓吓吓，阿呀呀，怎么见了金钗这等着急？把缸都跌破了。

于中有奇事！于中有奇事！

（贴）吓啐！有什么奇事？不迖这股金钗像是奴家的。（生）噢，像似你的？（贴）好像我的一样。（生）嗯，如何家中之物，反落在我手内？（贴）哎，蠢东西！世上同名同姓的尚多，何况这股金钗吓！（生）是吓，一些也不差。（贴）原不差。（生）你的可在？（贴）在。（生）取来我看，可以配对得么？（贴）噢……（生）吓，快去取来！（贴）是，待……（生）快去吓！（贴）阿呀！什么要紧？就是明日取来与你看何妨，这等着忙！（生）哇！真赃现获，还要支吾！（贴）好扯谈，什么真赃吓？支吾？（生）哇！你还要嘴硬！还有一件东西，一发与你看了罢！（作向木桶取出首级介）哪，你睁开肉眼来看！这是什么？ （贴）阿呀，有鬼吓！有鬼！啐！啐！啐！（生）可还赖得去么？（贴作背介）咳！

【越恁好】已将春意漏泄到一枝。

（生）阿呀淫妇吓，淫妇！我不在家，怎么就做出这样事来！（贴作转介）啐！不要听了别人的言语，把奴肮脏。（生）若是别人说的呢，何足为凭。（贴）难道有人亲口招供不成？（生）罢，我实对你说了罢！（贴作发战介）（生）自做江湖经纪人，搭舟海运拚倾身。逃生不惜街头乞，奉化西乡知我贫。留习烧缸聊度日，韩成借宿到密门。醉中亲口供招定，赚得金钗果是真。杀死奸夫存首级，其余骨殖火齐焚。炼成这只黄磁物，并带回家事有因。应梦前宵诛贼汉，还将颈血染红裙。一回重把青锋试，赫！暂斩妖淫恨可伸。（贴）阿呀官人嗳！

纵奴悖乱，希饶恕，感仁慈。

（生）饶不得！（贴）阿呀官人吓，可看往日夫妻之情分，恕奴家一个初犯。（生）放屁！谁怕你再犯么？（贴）阿呀！哀求再四总如斯，原该万死。（生）吓，也罢，且看夫妻情分，把你一个全尸。哪，盐卤、索子、刀，由你寻那一门路去。（贴）阿呀官人嗳！乞饶作妻子的一命嘘！（生）哎！若再迟延，要待我来动手！（贴）啐，阿呀，殷氏吓，殷氏！

你从前本失志，贪情嗜。

阿呀丈夫！（生）快些！（贴）罢！

到今拚服卤，将身试。（下）

（生）阿呀狗淫妇呵！

【红绣鞋】若非明示身尸，身尸，尚图胡赖些儿，些儿。

吓，这狗淫妇进去了半晌，怎么一些声也没有？不知干什么勾当，待我看来。（作看鬼门介）吓，原来服卤而死了！哈哈哈！好！
才是我气消时。虽泼贱自寻死，如暴露，失仁慈。

我如今把这股金钗，仍旧与他戴上，一面买棺木盛殓。把韩成的首级，将来掩埋，免遗后患。这只瓦缸，留他何用？待我打碎了罢。咳！自古成功不毁，且把他做只化纸缸罢。

【尾声】恼恨萧蔷起祸时。

且住！了结之后，我自然打点出家，要这所房子何用？决意要别售了。这淫妇的棺木，就将来火化了，恐外人谈论太过。若是殡葬，也没有把他这样安稳。怎么处呢？有了。前庄有个同姓不亲的，叫做王思诚。他住房间壁有所空园，可停棺木。我如今呵！
准备着木椁，移园借一支。

吓，才出我胸中之恨！吓吓，且买棺木去罢。（下）

第八出　拜月

（丑扮土地执拂尘上）

【普贤歌】荒园冷落奈如何，庙宇原无栖草窠。香火不望他，打盹终日过，这样为神真不可。

小圣乃王家园土地勾便是。几里叫作王家庄，有个土财主王思诚，里氐住屋就拉隔壁，勾所空园虽是里勾祖产，嗯看花草全无，亭台罕有，时常封锁，没人往来。是我晦气，即道勾是清净场哈，最自在勾。拉玉皇大帝面前，千讨万讨，讨子勾缺分。罗里晓得祠庙全无，香烟断绕。弗消说三牲福礼，永短净屠，连勾一陌纸钱，半杯清水，也无讨处。挤得我面皮越发皱哉，鬓须越发白哉，腰骨越发弯哉，身体越发短哉，弗色头。住哎，今夜七月十五日，大街小巷，才是施食勾。我里勾星鬼判，一个也弗拉里相伴位祀，孤勾场哈抢野羹饭去哉！且候哎归来，看有勾思路介。（末扮判官夹堂簿；小生扮小鬼拖钢叉，外、旦扮皂隶执铁链夹竹板上）咳！

【前腔】财东尚且没思罗，伙计焉能安饱过？淫鬼实在多，已难驱逐他，着其（甚）来由添一个？

（丑）鬼判哎！（末、小生、外、旦）有。（丑）今夜施食勾多哎，嗯哎抢子多哈羹饭归来拿出来充公，弗然就欺瞒官府哉。（末、小生、外、旦）园里祸事到了，那有工夫出去？（丑）俏勾祸事？（末、小生、外、旦）前日抬来那口棺木。（丑）住哎，勾是王合瑞底老，搭隔园主说合，定勾寄拉园里？快吊里来，问里要点使用，强如抢野羹饭哎。（末、小生、外、旦）不要妄想！（旦）他今成了僵尸，十分惫赖，不来搅扰我们，也足感盛情了，还要挑牙引缝做什么嗄！（丑）凭里那哼尴尬，要晓在山靠山，在水靠水。拉哎我里地下怕里强拉罗哎去，快吊里来听审。（末、小生、外、旦）我们都没本事，只好公公下乡踏勘。（丑）放屁！本官勾堂谕都弗依勾？（末、小生、外、旦）大家只好散堂了。（丑）阿唷，鼓噪公堂，着实可恶！取板子抬枷来！（末、小生、外、旦）索性取革条革了役罢。（丑）那了？（末、小生、外、旦）到好别投生路，省得同你吃苦。（丑）阿唷，刁撮掐！无有本官，拉哎眼乌珠里及哉。嗯！做俏勾土地公公，要上表辞官了。（末、小生、外、旦）不要大装什么威势了！若见僵尸，只怕要倒霉哩！（丑）放屁！打导（道）！（外、旦）噢！（作低声吆喝介，丑）响点！（外、旦）恐怕他听见了，大家没得安稳。（丑）弗番道，就便弄点俏未完出来，隔壁屋里勾星家堂六神，事同一体，难道坐观弗管哉俏？（末、小生）只怕灯草拐儿——未必靠得定嗄！（丑）弗要长他人志气，灭自己威风。都跟我来！（末、小生、外、旦）晓得。（丑）且趁中元一晚，掏摸螺蛳羹饭。（末、小生、外、旦）只怕乘兴而来，难免败兴而归。（丑）唏唏唏！放屁！放屁！（末、小生、外、旦引丑下）（场上作放烟火介，小旦扮殷氏僵尸上）

泄露机关起祸芽，枉将风月葬荒沙。灵魂不灭成僵后，愿结他生望眼
睑。奴家殷氏，自从服卤死后，棺木寄在王园，仍恋韩郎旧时恩爱，
自是一灵不散，已成不坏僵尸，希图再卜来生，可践生前镜约。每在
花前月下，虔心拜祷天神，倘能再结尘缘，益感天高地厚。今乃中元
之夜，悄悄偷出棺材，趁此月色溶溶，不免礼拜只个。

【三仙桥】敛衽先加虔敬，跽阶前，通姓名。

　　星月在上，念我殷凤珠呵！

红颜女子，自来真薄命。香断头，烧更冷。

　　今夜呵！

默祷处教我未肯长目瞑，纵然似井深随（坠）银瓶，难道呼天无响应？
望怜悯此衷情，言言至诚。若得个结来生，才仰感司花权柄。且漫（慢）
计寿修齐，单指望医好了王大娘的心病。咳！

【前腔】把一枝金钗擎定，不成双，添悲哽。

　　就是那只缸呵！

比扬灰挫骨，十分加罪眚。还细思，谁主令？镇日夜，纵使倚傍棺椁停，
怎经得见伊倍伤情！身首如何非一并，又埋没杳无凭。终朝泪零，我便是
召亡灵，单恐怕阎君相病。且漫要问其他，惟愿取重会了王大娘的韩姓。

（末、小生、外、旦引丑上）他虽似人非人，我却见怪不怪。（末、
小生、外、旦）哪哪哪，僵尸又出来了，大家走嗳！（又同下）（丑）
即好硬汉子头皮，搭里鬼打诨乱！咄！罗里来勾野鬼，规矩多弗识
勾？（小旦）什么规矩？（丑）好一副诈呆面孔！阿晓得我几里弗是
容易拉勾场哈？（小旦）怎见得？（丑）

【忆多娇】踪迹停，须表情。檀树银包本不兴，许久缘何无一星？

　　（小旦）你是什么勾当，敢想我的使用？（丑）弗要鬼哈哈，且张开
　　鬼眼来认我。

土谷神灵！

　　（小旦）原来是土地尊神。（丑）

土谷神灵，一体阴阳奉承。（小旦）

【前腔】加行礼，心至诚。宽恕娇魂失远迎，肃拜阶前如负荆。

（丑）请起。即要拨我介点使用，礼貌到可以弗必。（小旦）悯此孤茕。（丑）那道里有数说勾，衙门虽小，法度一般。我几里弗见僖白叨情勾场哈，阿是魇倒僖。（小旦）

悯此孤茕，委实腰无半星。（丑）哎！

【斗黑麻】悭吝为怀，实非理应。希图保平安，及早调停。

（小旦）分文无措，还望鉴怜。（丑）僖说话，要晓得我做公公勾。

收规礼，靠营生。

（小旦）奴家只好以礼相求，使用实难从命。（丑）

甚的心贪，虚头奉承？伊何依凭，负隅全不惊！

（小旦）奴家一无所靠，总想破格垂青。（丑）

要想垂青，要想垂青，梦还未醒。

（小旦）

【前腔】哀告多番，半些不听。分明是持（恃）强，一迷欺凌。

（丑）罗勾欺嗯？（小旦）公公强索长（常）例，难道不是欺我？

（丑）就算欺嗯，我就拨嗯点手段看看勾。弗是鬼话嘎！（小旦）哦，你诈赃不遂，妄想行强。就装什么威势出来，也多奈何我不得。

（丑）且搭嗯爆看。阿唷，诈赃不遂，辄驾大题，凶虬！（小旦）罢！

如依旧，悯零丁，且待将来，聊聊尽情。

（丑）等弗得。（小旦）果然等不得？（丑）直脚等弗得。（小旦）

宁甘抗衡，要钱难奉承。

（丑）弗怕嗯弗拿出来。（小旦）那个耐烦睬你！

任尔施行，杳无吃惊。（下）

（丑）阿唷！好大得收弗小虬！那间兴子云，少弗得要落点雨句（勾）。让我奔拉隔壁去搭勾星家堂六神相商相商，打合打合，拨里介点辣手段使使，阿通介。咳！为了牢钱，枉自纠缠。众人着力，还怕徒然。（下）

第九出　神哄

（旦扮井泉童子，执如意；外扮东厨司命，执圭；小扮门丞，执单
鞭；老旦扮户尉，执单铜；末扮瓦将军，执手旗；副扮住宅土地，执
拂尘上）

【四边静】本天班官尹，咫尺里驻节良家，各定一尊。羡正直为神，猛可
也循职把门庭镇。生受他年少苾芬，早降下了福泽时常稳。

（旦）夏冷冬温天运周。（外）燃薪执爨顺时谋。（小生、老旦）从
来启闭招仁惠。（副、末）镇宅平安并瓦头。（旦）小圣井泉童子。
（外）小圣东厨司命。（小生）小圣门丞。（老旦）小圣户尉。（末）
小圣瓦将军。（副）小圣住宅土地。（合）请了。（外）某等家堂六
神，专主王门家政。（旦）职事虽然各掌，官阶共有常尊。（小生）
王门世代贤良，屡屡阳行善事。（老旦）每逢春秋祭享，举家明德荐
馨。（末）某等转奏天廷，上帝准行赐福。（副）因此百灵呵护，一
门永远平安。（合）说话之间，后门钟馗来也。（净扮钟馗执宝剑象
笏上）

【临江仙】忆自金门赴试，中途忽变芳颜，胪传惊驾落孙山。捐躯魂缥
缈，后宰沐恩颁。职掌降妖伏怪，平安永镇人间。六神虽是同班，一般图
祭祀，谁破半钱悭？

（外、旦、小生、老旦、末、副）今从何来？（净）小圣呵！

【耍孩儿】四时胙蚃多无分，倒碌碌守获朝昏。偶偷闲一刻息辛勤，莫辜
负他美景良辰。（旦、外、小生、老旦、末、副）作何消遣？乞道其详。
（净）不过箫吹月下聊消痞，剑舞风前当受餐。
　　俺与你六神呵，
猛可也悬殊很。
　　（旦、外、小生、老旦、末、副）某等虽受一家祭享，并非庙食千

秋，与你钟仙不差累黍。（净）

好笑恁贪饕庙，争如俺断绝香薰。（外、旦、小生、老旦、末、副）

【五煞】恁道是杳沉沉断宝香，冷清清守后门。天中像挂华堂镇，芽茶蕴玉偕花献，角黍包金杂俎陈。

（净）

俺不过望到端阳，领教他几个粽子，怎如你三牲福礼，一年有几顿饱餐！

（旦、外、小生、老旦、末、副）

多和寡，争分匀。须知俺同餐祭品，怎如你独享佳辰？

（副扮土地执拂尘上）

【四煞】蓦地里逆焰留，虽未有劣迹陈，奈分文不破还兀自无柔顺。因此上专诚往会同僚辈，协力来除幻化身。

阿唷！嗯乜才拉几里请哉请哉！（旦、外、小生、老旦、末、副、净）请了。（丑）嗯乜阿晓得我勾来意介？（旦、外、小生、老旦、末、副、净）某等不知。（丑）阿唷！看嗯乜勾付式样，好自在乜！（旦、外、小生、老旦、末、副、净）为何？（丑）那间隔壁园里哈持子一个僵尸出来，嗯乜吃粮弗管事，倒又是装聋作哑，那道理？（旦、外、小生、老旦、末、副、净）隔壁园内出了僵尸，这是你土地的该管，与某等何干？（丑）好，说得倒干净乜！我且问嗯乜，今日之间，嗯乜受俫人家香火个？（旦、外、小生、老旦、末、副、净）不消问得，是王家庄上王思诚家里香火。（丑）可又来！难道隔壁勾所空园，弗是王思诚勾？那间出子僵尸，嗯乜该坐视弗管勾？唅！一家生意，弗要做两样价钱嗄！（旦、外、小生、老旦、末、副、净）某等各有专职，不能越俎代庖。（丑）哎！

直恁的忘思忖，一谜（迷）的推三阻四，枉了我负屈求伸。（旦、外、小生、老旦、末、副、净）

【三煞】可笑恁意见痴，枉费尔口舌纷。尸僵纵出桐棺混，却没些些款迹应诛戮，何用着赫赫神灵去并吞？

（丑）有数说勾，小节不知戒，因循成大眹。那间虽无俫尴尬事务了，倘然到子后来勾日脚弄点未完出来，那呢？（旦、外、小生、老旦、末、副、净）某等闻知殷氏，也还是知安分，不问我猖狂犯界，怎为你勉强行军？（丑）唔！

【二煞】虽则是不一心，早难道尽闭门？

哦，有拉里哉，

且随人问去，终有个安然肯。

哈！井泉童子，自古英雄出少年。嗯替我灭僵尸去。（旦）只晓坐井观天，不会降妖伏鬼。况且年幼，难以领教。（丑）咳！只恨自己麻绳短，弗怪他家枯井深。吓哈！灶君皇帝，嗯是一家之主，拿灶主点主意出来。（外）嗯！安静！乱动不得！（丑）哦，嗯怕倒灶了？（外）嗯什么说话？要晓得灶前管不得灶后，灶上管不得灶下。（丑）搁答勾嗯是冷灶里一把，热灶里一把，弗肯做恶人勾原故吓？阿呀，勾里越一介一段，嗯是神是鬼嗳？（末）呸！我是冠冠冕冕一位瓦将军。（丑）吓唷，将军将军，虽则烟熏，僵尸作祟，定会解纷。（末）不会，不会。（丑）为偌有其名而无其实？（末）岂不闻：将军不下马，各自奔前程？（丑）阿唷，倒推得干净吷！罢嗻！哈，门丞户尉，我搭嗯一门里出入，个个也再勿好推托勾哉！（小生、老旦）到底各家门，各家户，与某等何干？你还是寻钟仙去。（丑）勿差吓，个倒也是一句喷蛆。哈！钟老仙，降妖伏怪勾，请你飞，你不行，快点去！（净）论起来，拿捉僵尸，是俺的本等。只是还有一讲，我职守后门，不管你园中之事。不瞒你说，我自从端午消受了他几个粽子，直到如今，饿得来有气无力，干不得什么事来，另请高明。（丑）阿呀，又傍子空头哉。偌咦！嗯是住宅土地嗳？（副）便是。（丑）和你事一体个呷，嗯要替我老大个哉，看同寅面上，替我拿僵尸去。（副）咳！与你同病相怜。（丑）那了？（副）荒山土地，做不得主。（丑）呸！出来连我也拉嗯倒子锐气哉！

似这般循环党锢拴连，到还情谁扑灭妖气杀我真？咳！端的无时运，全没甚青龙获体，倒撞着白虎缠身。（旦、外、小生、老旦、末、副、净）

【一煞】见只恁闷昏昏好感怀，惨凄凄欲断魂，好教我同舟谊重生怜悯。

（丑）只可恨勾勾僵尸，硬头硬脑，百勿得一味天壳后盖地生子个样式，嗯丑勿要一厢情愿个两相答平子介千分顽梗。嗯丑首发慈心，相帮拿子里来，装我勾威势，摆摆我勾门头，直脚感激弗尽哉！请请请！（旦、外、小生、老旦、末、副、净）知道他什么来历？不可冒

昧行事！（丑）介没倒要请教据嗯瓯个尊裁那嘘？（旦、外、小生、老旦、末、副、净）

也只好观伊风色，如为祸，助你声灵待解纷。若果无瑕衅，且一任寸丝暂系，总不令尺蠖求伸。

（丑）阿呀，桥得来昏天黑，是介一桩事物竟忘记哉。（旦、外、小生、老旦、末、副、净）忘了什么？（丑）有数说句（勾）：万恶淫为首。勾个冷魂在生勾晨光，搭韩成云云等情，了拨勾家主公，逼里服卤死勾，勾就是犯条款勾事物，那哼还容得里介？（旦、外、小生、老旦、末、副、净）生前已彰恶报，再看死后如何。某等此去，相机行事便了。（丑）有理勾。（合）

【煞尾】且将这色相开，一般向苑囿陈，但观风望气无轻进。

某等今夜呵，

把割不断的魔缘，共在暗儿里仔细认。（同下）

第十出　园诉

（场上设石碑一块，上画虎头，下出"泰山石敢当"五字介。小旦扮殷氏僵尸上）

【四平腔】叵耐一味持蛮，索使用公然为难。那知我孤坟没主无羹饭，况化纸一缸从办？今晚如船过滩，禁不住风波恶悍，禁不住风波恶悍。

（丑扮土地执拂尘上）嗯瓯都跟我来。劳碌总因神倒运。（旦扮井泉童子，执如意；外扮东厨司命，执圭；小生扮门丞，执单鞭；老旦扮户尉，执单铜；末扮瓦将军，执手旗；副扮住宅土地，执拂尘；净扮钟馗，执宝剑象笏。上）征招慢（漫）谓事无因。（丑）吠！野鬼！

【前腔】辄敢私下三关，镇夜现形容亲幻！你恃着徼天幸未尸骸烂，竟妄自负隅为患！

（小旦）自古悖而出者，亦悖而入。怎么不知自反，徒然以礼责人？

（旦、外、小生、老旦、末、副、净）

骄慢先窥一斑，骄慢先窥一斑。

　　（丑）那间约齐子隔壁多哈家堂六神，特来拿嗯勾野鬼。（旦、外、
　　小生、老旦、末、副、净）

急勒马临崖未晚，急勒马临崖未晚。

　　（小旦）阿呀，列位神在嘎！

【前腔】非我不破囊悭，也只为分文难办。那里去人情强做邀青盼，因此
上诈言千万。

　　（旦、外、小生、老旦、末、副、净）原来不受需索，故尔巧作煽
　　言。若非当面道明，险些听人驱使。（丑）哎，并无此事，不要睬
　　他。（小旦）

昏旦无谕大闲，昏旦无谕大闲，怎捉得些儿破绽？怎捉得些儿破绽？

　　（丑）胡说！

【前腔】我本位列仙班，食俸久，何劳谋干？没乱里摇唇鼓舌频讪讪，怎
纵得铄金杀犯。

　　（小旦）要想拿我，除非做梦！（下）（丑）怕嗯逃拉罗里去！（下）
　　（旦、外、小生、老旦、末、副、净）

谁敢来？谁敢来？

　　（小旦上）（丑追上）怕嗯逃拉罗里去！（小旦下）（生扮石敢当暗
　　上，丑作撞石碑介）阿唷！（生作从石碑内跳出）呔！俺石敢当在
　　此，个眼也生的，擅敢撞我！（丑）我土地公公若生子眼乌珠了，再
　　也弗吃眼前亏哉！（旦、外、小生、老旦、末、副、净）天下本无
　　事，庸人自扰之。这是你自作自受。（丑）晦气晦气！羊肉无得吃，
　　倒惹一身臊。好弗色头。（生）你道这僵尸日后没有什么报应的了？
　　（旦、外、小生、老旦、末、副、净）有何报应？（丑）且说一看。
　　（生）缸合匠工击碎，尸应雷火殛烧。才把相思孽债，始终一笔勾消
　　（销）。（下）（旦、外、小生、老旦、末、副、净）原来有这一段公

案，且任他逗留在此，某等各安职守去者。（合）

【碧玉环带清江引】【碧玉环】预作安排一青复一蓝，且任癫狂半暗。莫把缸留暂，籍端风浪撼。立剖疑团，才知定数含。【清江引】诸惟自有天昭鉴。恶报休言，惨死又不安宁，始破奸顽胆。

（旦、外、小生、老旦、末、副、净同下）（丑）才间做得拉闹热，朋生那间吆桥得拉冰清水冷。咳！

世间上，钱无分，彰秽行，谁如俺？（下）

第十一出　点悟

（生扮王合瑞肩背包上）细算姻缘总是魔，初心窃愿老头陀。男儿自有凌云志，漫谓逃禅缺陷多。我王合瑞，自灭奸夫淫妇，一心出外焚修。行至中途，扪心自问，虽则家遭不造，已成瓦解冰消。才交强仕之年，何必舍身入寺？趁此图些事业，决意仍转家门。吓，迤逦行来，好计较也。

【北醉花阴】功业铮铮好轰烈，也都是由人完结。那里有天竺国志豪杰，黑濛濛改易前辙？

我想修行事，必图造极登峰，就使做到如来，此时尚是赊帐。不若还我本等，仍然贸易江湖；况我又是单传，当以宗祀为重。因甚的计儿拙！

今日呵，

煞强似逃墨必归儒，须索把猛回头心事决。（下）

（生、丑、小旦、贴扮伽蓝，执禅杖、画戟、长枪、金杵，副扮李靖执金塔上）

【南画眉序】龙象两飞翻，佛教庄严莫轻慢。耐心生翻悔，有失诚专。

（副）某托塔天王李靖是也。照得下界王合瑞，立愿皈依，顿改生悔之心。普门大士，命俺同众伽蓝显神通下凡点化。（小生）我扮唱道情的道士。（丑）我变烧臂香的和尚。（小旦）我变磨铁錾的老妇。

（贴）我变凿山眼的大汉。（副）就去化来。（小生、丑、小旦、贴同下）（场上作放烟火，末扮道士执渔鼓简板，旦扮炼魔僧点臂香，老旦扮老妇执铁錾，净扮大汉执斧凿上）。（合）

把禅门广神通，暗度力金针不短。

（同下）（副）果然化得奇异，待我也显个神通，化一挂灯道士，指点迷津便了。

管伊从此无疑二，早共看钵中莲满。

变！（下）

（场上作放烟火介，旦扮和尚挂肉身灯上）妙吓，都已化就。那边王合瑞来了，我等赶上前去，心空成我，且念起来者。（生上）一家骨肉虽星散，百世香烟注意深。（旦）

【佛经】天留甘露佛留经，人留儿女草留根，天留甘露生万物，佛留经典度人身。人留儿女防身老，草留根在再逢春。根枯草死逢春发，人老何曾再俊生。观世音菩萨！善人吓！为人好比一间房，口为门户眼为窗，两手两脚为四柱，背脊弯弯是正梁，二十四根肋骨好椽子，周围四处是垣墙，五脏六腹为家伙，舌头却是管家郎。有朝一日无常到，关了门儿闭了窗，要去见阎王。南无观世音菩萨！

（下）（生）吓！

【北喜迁莺】言儿内虽藏真诀，言儿内虽藏真诀，已回头着甚交迷心也么奢，单指望眼前功业，那里弄沙门讨账赊？纵使这老释迦，亲把俺利名人延为上客，也不耐世事得个长别，也不耐世事得个长别。

（内作敲渔鼓执简板介）（生）那边唱道情的来了，我且听一回去。（末上）

【耍孩儿】道情儿，上古传。论人生，善为先。昭彰报应原非浅，贪财斗气多遭怨，恋酒迷花易弃捐。须及早知龟勉也，只为心肠易变，唱一曲醒世良言。

（生）道长请了。（末）居士请了。（生）动问儒、释、道三教，以那一教为先？（末）三教各有妙处，佛力更浩大了。（生）怎见得？（末）且听贫道说来。（生）正要请教。（末）

【南画眉序】洁净以心观，默运潜浮见功缓。

（生）你既身归道教，怎么倒赞助如来？（末）
岂推崇西释，蔑视黄冠？论规模鼎足三分，到极处归一贯。

居士，你且把儒道丢过一边，
眼前如奉慈悲教，怎不是手操神算？

（下）
（生）嗯！这也作怪！

【北出队子】俺处在彷徨时节，越弄得梦中人向歧路嗟，只怕壮年时虚度隙驹捷。才转眼，才转眼一事无成已耄耋。到头来，早难道依旧安禅去免挫折？

（外扮炼魔僧带小生、丑、副、贴扮和尚执木鱼手磬上）（合）

【南滴溜子】为指引迷津，别成疑段。想人心善转，定知长短。只因中无雄断，我安排再贝间微言，暗喧唤，及早皈依，才是胜算。

（外）师弟们，这里是三岔路口，摆起来化几个香钱。（小生、丑、副、贴）有理。（合）

【赞子】阿弥陀佛，南无阿弥陀佛也。（外）我东边要化那庞居士，西边要化孟尝君。（合）阿弥陀佛，南无阿弥陀佛也。（外）男要修来女要修，男女双修各有头。（合）阿弥陀佛，南无阿弥陀佛也。（外）男人修到为罗汉，观音菩萨倒是女人修。（合）阿弥陀佛，南无阿弥陀佛也。（外）灵山会上千尊佛，尊尊多是舍财人。（合）阿弥陀佛，南无阿弥陀佛也。（外）看香到底是疼难受，火气腾腾往下焚。（合）阿弥陀佛，南无阿弥陀佛也。（外）三十二十个难舍施，一个两个好发心。（合）阿弥陀佛，南无阿弥陀佛也。（外）罢罢罢，休休休，苦把名香烧到了跟（根）。（合）阿弥陀佛，南无阿弥陀佛也。（外）多蒙那位护法舍我几个铜钱当斋僧，当斋僧，保佑你福也增来寿也增。（合）阿弥陀佛，南无阿弥陀佛也。（外）贫僧不敢私领受，上对天，下对地，中对日月三光照神明。舍一文，又一文，诚心惊动了蒲州解梁县那位老爷本姓关。头戴三山帽，身穿绿龙袍，丹凤眼，卧蚕眉，五柳长须飘。坐下赤兔胭脂马，手执青龙偃月刀。过五关，斩六将，擂鼓三通斩蔡阳。佛爷见了神通大，坐在三十三天。云端里坐莲台，坐宝台，照见凡间好善人。若然居土来发心，保佑你官官们。一岁关，两岁关，三六九岁关。将军箭，断桥关，可入东洋大海关，关煞开通一善人。（合）阿弥陀佛，南无阿弥陀佛也。

（生）《孝经》云：身体发肤，受之父母，不敢毁伤。咳！你们这些和尚，把父母遗体，如此作践，解了香罢！（外）我有这，嗯居士站在三岔路口，投东也好，投西也好，自己还没有定见，如何倒责备别人？要晓得，出了家都想成佛作祖，若仅半途而废，后来百事无成。不如及早焚修，还好保存遗体。（生）

【北刮地风】嗳呀，只这数说包藏天地也，猛可的已明露袖里龙蛇，好教俺两歧中着甚昭刚决。

　　（外、旦）且自由他，我们去罢。（下）（小生、副、丑、贴）有理。
　　（同下）（生）且住，我若仍然奔走江湖，做些经济。
单怕煞已覆前车，未免将来末路兴嗟。
　　还是削了发吧！
仍旧向鹫峰前，做一个终身了结。倒或者有招邀，显出个保身明哲。
　　虽然如此，
还防着九仞为一篑亏，徒然心热转关儿，如今先甚捷，端的要证菩提立与提揭。（下）

　　（老旦扮老妇上）

【南滴滴金】纵回头是岸尘心断，尔休游移身又窜。（作磨铁錾介）须索把幽玄枕秘昭条贯，管教一成中无变换。

（生上）嗜欲一般多已矣，修行不到也徒然。吓，妈妈，你手磨何物？（老旦）主母在家刺绣，一时无处觅针，因将铁錾磨成，以应闺中急用。

似这的寻常计算，不用问其中长共短。

（生）什么说话！偌大一根铁錾，如何磨得绣花针来？（老旦）须记俗言，有凭据怎瞒？

（生）什么凭据？（老旦）岂不闻俗语云：只要功夫深，铁錾磨成针！（生）是吓，凡事只要功夫精到，自然有日成功。

【北四门子】似这等机关大有包罗也，顿教俺梦醒蝴蝶，咫尺里一心儿已把行藏决。败缁门终算呆。

（老旦）分明计较分明说，仔细端详仔细推。（下）（生）从此要健捷，急忙先打迭。就使惹愁魔，始终无惧怯。果将愿所奢，兴不赊，敢将来重生枝叶？（下）

　　　　　　（净上）

【西江月】盘古开天治世，巨灵擘华通泉。神机智术推迁，借向空山有眼。

（场上作设假山介）（副——应为"净"）要使坚心通大道，全凭斧凿钻研。根除烦恼有在言，自此一成不变。说话之间，那边王合瑞来了。

【南鲍老催】保全善端，开山凿石来独专。春光漏，与谁隐瞒？猛可也攻极坚，雷霆走，光华焕，牢宠巧妙全神贯。晨钟一觉规模换，知非后，无离叛。（生上）

【北水仙子】俺俺俺俺不呆，俺俺俺俺心不呆，管管管管自此繁华皆水谢。想想想想一般儿多见是禅机，又又又又奇异忽然交接。

吓，那边大汉凿山，不知何用，待我问来。吓，大汉，你凿山何用？（净）凿透山眼，要通大海。（生）嗯！

顿顿顿顿疑团结一些。

　　（净）岂不闻俗语说得好。（生）

甚甚甚甚么的俗语关涉？

　　（净）凿山通大海，心坚石也穿。（生）是吓，好个心坚石也穿！

比比比比如那铁錾磨针无各别。

　　（净）那边还有人来点化你了。（下）（生）在那里？在那里？阿呀！

怎怎怎怎毫无影响成孤子？

　　吓，大汉，阿呀，怎么一霎时竟不见了？哦，是了！

总总总总蒙我佛暗掀揭。

　　（副扮和尚上）

【南双声子】风光满，风光满，讲席设，无迟缓。

　　（生）那边来的首座，莫非也是点化我的？待我上前问来。

常职专，常职专，禁条奉，休胡乱。

　　（生）首座可有什么话，点化我么？（副）点化点化，实拉一场笑话。

（生作扯副介）不要咨教。（副）那间扯住洒家，直脚弗知高下！

（生）难道认差了？（副）认差子人弗看道，单弗要是差子路头？

（生）我如今立志焚修，再不走差路头的了。（副）是介说，嗯也要

做和尚僜？（生）便是。（副）让我指引嗯一条门路。（生）请教。

（副）我里护国院里大和尚拉爪讲经设法，嗯既要做和尚，竟拉我里

勾搭来，我光拉院里等嗯。

此一端，真放宽。

　　（生）如此足感。（副）

恰正好慈宫阐教与众同欢。（下）

　　（生）且住，素闻护国禅院，乃是清净道场。大和尚功行非常，我亦

折衷有自了。

【北煞尾】仰止高山景行切，保从今永不更迭，惟愿向释天中衣钵接。

（下）

第十二出 听经

（场上作设经坛，上摆五事醒木，外悬欢门，撞钟擂鼓介。末、小生、净、副、老旦、旦扮和尚合掌上）

【朝元令】罗罗哦罗，义帝包藏大南无佛。阿弥陀佛，伽陀台，法界轮流过。南无阿弥陀佛！律子皈依，六时打坐。南无阿弥陀佛！只听朝思（钟）暮鼓，般若波罗，安禅悟心随愿多。南无阿弥陀佛！运偈震恒河，珠幢耀慧波，南无阿弥陀佛！

（丑扮侍者捧钵盂上）序列！（末、小生、净、副、老旦、旦、丑）宣扬福果，顷刻里列班排妥，列班排妥。

（丑）序列已毕，大和尚有请！（场上作击云板吹普庵咒介，外扮大和尚执拂尘上，贴扮侍者执锡杖随上，外拜佛升座，末、小生、净、副、老旦、旦知南介）善哉善哉！红尘滚滚是迷坛，谁识西来意万端。舌本广长因说法，赫，棒头一喝定心寒。大众，老僧今日登坛现身设法，不过替天行正，代佛驱邪，只存度世婆心，劝登彼岸。但恐众生迷而不悟，堕厥轮回，甚至莫解宿愆，难复今孽，阱上加阱，解脱无由，六道四生，噬脐何及！（生扮王合瑞上）欲断凡心染，还希慧眼留。（外）纵道宏慈象教，不能地狱超生。倘然四谛非也，六尘无我，本来直认了取死生，断缔结之网，撤尘劳之锢，一条洒洒，不碍去来，无系无拘，消（逍）遥自在，种心放之壳外，真生脱彼轮回。即此定识潜融，惠机幽悟。仝见非人非物，高生四大之中，百德百功，永超福报之上。偈云：佛祖无奇业，但作功不作孽。早知世事尽成魔，莫把金枝顿改柯。花底莺声听不惯，及时醒悟念弥陀。这般说，难道都劝世人，一体焚修，空留世界，有亏人道，大失本原矣？非也。西方东土，总属一体。信佛即归西极，信道即历东土。四生同一理，何必异东西？若道全清醒，其中已着迷。若不早醒，有如孤猿叫落中秋月，野客吟残半夜灯。此境此时如会意，白云深处尽高僧。（合）普供养，吽字涌出花香，天母一面四壁放光明。上二手印手印妙等涂，下二手印手印轮相交。吽唵哑讫呷哑，妙果乐天母供养佛，愿我佛慈悲哀纳，南无普供养菩萨摩诃萨，南无普供养菩萨摩诃萨，南无普供养菩萨摩诃摩诃萨摩诃萨！（丑）讲经已毕，大众各归禅房。（末、小生、净、副、老旦、旦）南无阿弥陀佛！（同下）（外）老僧下座去也。（生）阿呀，大和尚吓！

【入破】伏望早垂念，轻舒神手援昏垫，脱离人生倾险。（外）着甚来由，排闼入希濡？（生）欲效髡钳，应不偷安，寮舍工夫欠。悬渡莲航，超登彼岸。心儿餍，便结草衔环有征验。（外）莫用悲伤，说明踪迹休遮掩，定与你磨瑕玷。（生）我怎敢蔽藏实话，分明到舌尖。（外）姓甚名谁？（生）合瑞为名，王姓谁嫌？

（外）家住那里？（生）

向村落身淹，村落身淹，举首胆与梵字（宇）邻灯闪。（外）你作甚胶粘学老禅？满情欢，还把当躬壮年垂念。（生）吃尽酸盐，吃尽酸盐，休再问年华荏苒。蒙鉴纳，削发披缁，感惊难敛。（外）

【中滚】意果安恬，意果安恬，济方舟定为伊家点染。（生）若雨露亲沾，雨露亲沾，料此生免惊闪。（外）莫要陇蜀相兼，陇蜀相兼，清修惟一念。暮鼓晨钟，但求无忝。（生）

【出破】我坚如铁石无他念，莫生疑安禅有验。

　　（外）如此，我且留你在此。待择吉期，与你披剃便了。（生）多谢
　　大和尚！（外）

惟愿取钵底莲花微笑拈。

　　捎引他到寮房安担去罢。（丑）晓得。（生）弟子告退。此后依归长
　　奉绛。（丑）这里来。（生）而今侥幸得垂青。（原注：此处有【江
　　神子】一曲在后，然此本后面并无此曲想系失去。）（丑引生下）
　　（外）这王合瑞大有根器，今得收在门下，可谓青出于蓝矣。择吉日
　　极是容易，与伊摩顶受记，他年诚证菩提，谁不信为神异！（贴随外
　　下）

第十三出　冥晤

（小旦扮殷氏僵尸上）

【北赏花时】纵似蚕僵不悔淫，重出桐棺待访寻。谁知风月暗成阴，到那里去伴花安寝，抵多少遗恨在园林。

　　奴家自成僵尸后，一心系念韩郎，杳无会期，倍增悲泣，今夜月明如画，一时难按春心，为此重出棺材，私探韩郎消息。咳！

【么篇】非不晓露水夫妻只寸阴，勉强在无可寻时抵死寻，俺这里终始未忘心。
　　我韩郎吓，
你做了鬼也理应来稔。若迟呵，辜负了芳意到如今。

　　（老旦、旦扮鬼卒，执短锤单鞭带副扮韩成戴锁铐长枷上）

【南梁州赚】往日阳台，到于今云情何在？
　　（小旦）吓，那来的不是韩郎么！
形容甚惫，当年风月全消败！
　　（副）吓，这是王大娘吓！
阴司界，重邂逅，聊舒闷怀。
　　（小旦）阿呀韩郎吓！（副）阿呀王大娘吓！（小旦）
原无奈，徒然暌隔休轻怪。（副）多因报仇未来。（小旦、副）且图一快！

　　（老旦、旦）吠！这是什么所在！

【前腔】辄敢胡柴，入酆都休图欢爱。
　　（小旦、副）望二位大哥方便！（老旦、旦）你们这两个孽障！
生前罪大，如何身死牵带！
　　（小旦、副）阿呀，二位大哥吓！
还心揣，方便事，公门正该。
　　（老旦、旦）虽则公门里面好修行，如何方便得你们来吓？（小旦、副）
风流债，牡丹花下依然在，虽为鬼时谁（难）撒开！
　　（老旦、旦）好个牡丹花下死，做鬼也风流！说得有趣。且容你们略

　　　　叙一叙，不许耽搁久了。

转多贻害。

　　　　（副、小旦）这个自然。（副）阿呀王大娘呵！我和你前缘前世，一
　　　　缘一结。这样收场，有话难说！（小旦）阿呀韩郎呵！

【南香罗带】当初遗凤钗，谁知祸胎，冤遭杀身锻炼来。我命难挨，又并
赴泉台也，浪打鸳鸯永拚分开。（副）何期卜后会，重与告哀。别有关怀
也，愿共伊他生鸾凤偕。（小旦）
【前腔】同心期后来，鸾凤再偕。恩酬彼苍岂惜财，转世投胎。若果遂私
怀也，例守松筠，莫敢胡歪。（副）卿卿纵实意依恋不才，怎没安排也。
　　　　（小旦）韩郎何出此言？（副）我的骨殖被你丈夫烧毁，锻炼成缸，
　　　　留在人间也还是一件完全之物。被你失手跌破，年深日久，必成瓦
　　　　砾。这也不算什么大事，当不起我的骨殖抛散不全。如何觅得匠工，
　　　　与我将缸补好。（小旦）不消烦闷，在我身上，与你补好便了。（副）
　　　　若果如此，

永感伊成全完百骸。

　　　　（老旦、旦）耽搁久了，趱路！（小旦）阿呀，二位大哥吓！才得重
　　　　逢，如何就别？（副）还望二位大哥方便。（老旦、旦）吠！奉冥府
　　　　吩咐，立刻打下刀山地狱受苦楚去，还不快走！（小旦）阿呀韩郎
　　　　吓，你这般瘦怯怯的身躯，怎经得那般痛苦！（副）阿呀大娘吓！这
　　　　也是乐极生悲，不消说了。（老旦）快些趱路！（副）大娘请上，我
　　　　就此拜别！（小旦）奴家也有一拜！

【临江仙】镜碎难圆谁喝彩？（副）重逢忽又分开。（小旦）东西遥隔各天
涯。今朝轻别后，何日再魂来？

　　　　（老旦、旦）走！（副作欲下又上介）大娘，补缸要紧！（小旦）奴
　　　　家牢记在心，不消嘱咐。（老旦、旦）走！走！（带副下）（小旦）

【前腔】寸断肝肠难布摆，缸存且与安排。

但我死成僵，已失本来面目，与人接见，定惹惊疑。不免现出在生仪
容，分外添些妩媚。又把这空园一所，幻做王家庄，好觅匠人与他补
缸便了。变！（下）（场上作放烟火介。贴扮殷氏原形上）妙吓！且
喜我的容颜，比在生越觉风采了。吓！旧，
原形如旧莫嫌猜。韩郎吓！纤毫无罅漏，完好任裙钗。（下）

第十四出　补缸

（净扮顾老儿上）修补缸坛是独行，那知趁息极平常。不安本分图风
月，就有银钱一扫光。自家顾老儿的便是。年过五十，性爱风流。家
室全无，补缸为业。连日天气下雨，一步也不出门。今朝天气晴明，
上街做些生意罢。

【诰猖腔】忙将担子来挑起，挑起担子走街坊。前街走到后街上，不觉来
到王家庄。（贴扮殷氏原形上）王大娘，出绣房。
　　（净）补缸吓！（贴）
忽然门外叫补缸，双手开了门两扇，那边来了补缸匠。
　　（净）你看有个妇人开门出来，待我迁他一缸。哈，小娘子！
闻知你家有缸补。
　　（贴）正要寻你补缸。（净）好利市哩！
借你宝缸来开张。
　　（贴）师父，
大缸要钱几多个？小缸要钱几多双？
　　（净）主顾生意，不讨虚价。
大缸要钱一百二。
　　（贴）小缸呢？
（净）小缸要钱五十双。
　　（贴）一些影儿也没有。（净）为何？（贴）
一百二，五十双，再添几个买新缸。
　　（净）你到底是个外行。
新缸那有旧缸好？新缸那有旧缸光？
　　（贴）不要噜苏，快说个老实价钱。（净）有数说的：上天讨价，落

地还钱。丢开我的，只说你的，还我多少？（贴）一分银子。（净）我是不识什么数目的，一分银子，不折不扣，不缺底串，实在该有多少铜钱？（贴）准准把你七个大钱。（净）呸！

出门遇你来打岔，好生混账不成腔。

补缸吓！（贴）

叫声师父转来罢，奴家与你有商量。

转来吓！（净）商量什么？（贴）

大缸与你一百个。

（净）还不离筋！小缸呢？（贴）

小缸与你四十双。（净）一百个，四十双，再添二十有何妨？

（贴）亏你还要再说！（净）小娘子，你的东西到底是大的是小的？

（贴）啐！且跟我里面来。（净）来了！（贴）

前面走的王大娘。（净）后面跟的补缸匠。

小娘子请见一礼。（贴）不消。（净）恭喜小娘子前后发财！（贴）多谢师父！大家发财！（净）我倒不指望。（贴）为何？（净）我晓得你的□□，你也该晓得我的□□。（贴）啐！（净）我们做手艺的，趁钱微薄，只算一只黄沙缸，没锈水的。（贴）三句不脱本行。（净）只好度日而已，那里发得财来？（贴）好说。你的手段如何？（净）不是夸口说，三十六天罡都是我补好的。（贴）啐！这是星斗。（净）武松打虎景阳岗，难道不是我补好的？（贴）这是地名。（净）四大金刚，月老吴刚，那个不晓得亏我补好的？（贴）这是神道。（净）李刚、薛刚、袁天罡、宋金刚，难道也不算我补好的？（贴）这是人名。（净）还有整夫纲，炼口纲，加说纲，用急纲，久炼成钢，纸糊金刚，扛来扛去，扛上扛落，扛东扛西、扛猪扛狗，脱出肛门，跌落粪缸，率性打句绍兴乡谈把你听听：伯嚭过钱塘江。（贴）住了！一味都是混话，手段料想平常。去罢！（净）我又不见你的宝缸，你又不见我的补法，那里就晓得平常吓？（贴）是吓！（净）缸在那里？（贴）夹衖里。（净）夹□里？竖进来了。（贴）啐！夹衖里！跟我来！哪，就是这只缸。（净）阿呀，前头一条缝，后头一个洞。我的钻子小，叫我那个弄！补不来的，请央好宝货。（贴）我说你手段平常的。（净）不是手段平常。要晓得，别人弄破了，倒叫我来顶缸！（贴）正为跌破了，所以要你补吓。（净）说得不差。小娘子，你到底要补前头，要补后头？（贴）多说！快补起来。（净）容易的。看起光景，我同这个小娘子，今宵剩把银缸照，犹恐相逢是梦中。（贴）

王大娘，进绣房，打开云鬟巧梳妆。前边梳起盘龙髻，后边梳起拣花香。忙将花粉搽了脸，拿了胭脂点嘴旁。大红紬衫来穿起，八幅罗裙片锦镶。忙将白布来裹脚，大红弓鞋子三寸长。开了门儿往外走，看看老儿来补缸。

补得好些！（净）在行的，不用说得。

忽然抬起头来看，小小一个俏娇娘。青丝挽就时新髻，大红头绳扎中央。翠花一对双蝴蝶，还带一枝玉扁方。两耳珠环悬空挂，裹金镯子放毫光。包头乃是全苏式，还把蛾眉画得长。芙蓉宫粉擦了脸，血泼胭脂点嘴旁。身穿一件红袄子，生活出产在钱塘。外罩一件小马甲，汗巾拴腰理正当。八幅湘裙拖着地，团花却是绣鸳鸯。白绫膝裤钉综线，左右鲜红带一双。裹脚虽然看不见，三寸弓鞋露外厢。松花帕子拿右手，紫竹扇子象牙镶。坐在一把交椅上，犹如西子共王嫱。左看右看真好看，一时失手打破你的缸。

（贴）阿呀！怎么打碎了！（净）不要着忙，缸片剃胎头——总是因儿吃苦哩！

叫声娘子休要怪，买只新缸赔旧缸。

（贴）你好前言不应后语吓！（净）怎见得？（贴，）你方才亲口说的。（净）我说什么？（贴）

哪。新缸那有旧缸好？新缸那有旧缸光？

（净）这句说话原是有的。

没有什么来赔补，只好当面脱衣裳。（贴）这样尸皮那个要？没些当管怎赔裳（偿）？（净）合着《牧羊》一句白。

（贴）怎么说白？（净）

虎落平阳怎脱岗。

（贴）胡说！

我今扯你当官去，打你四十大翻黄！（净）老儿一见事不好。

（贴）同你当官去！（净）

那边不□发颠（癫）狂。（贴）不但打了就饶你。

（净）看来用不着硬缸，要用软缸了。（贴）

还要枷号在街坊。（净）慌忙跪在尘埃地，我今拜你做干娘。（贴）拜干娘，不敢当，奴家心里最慈祥。叫声老儿起来罢！

　　（净）多谢干娘。（贴）只要放稳重些。

奴家不要你赔缸。

　　（净）干娘教训的极是。

对天发下千般愿。

　　（贴）发什么愿？（净）

从今再不看娇娘！

　　（贴）这便才是。天色晚了，回去罢！（净）晓得。

挑起担子连忙走，走到前街叫补缸。（贴）一见老儿回转去，他今再不到王家庄。（净）看看日已西沉了，就做生意也平常。（贴）王大娘关门进绣房，坐定思想补缸匠。（净）我的痴心终不死，再闯寡门也何妨？

　　（作叩门介）开门！（贴）是那个？（净）是我。（贴）来了！（作开门介）（净）咒！（贴）为何去而复来？（净）难道拜了干娘，连姓也不晓得的？请教干娘尊姓？（贴）哪，

有人问我名和姓，生是生非王大娘。

　　（净）哦！就是王大娘。唅！王大娘。呸！到底要叫干娘。唅！干娘！（贴）怎么？（净）干娘，儿子回家远了，可容我过了夜去？（贴）使不得。（净）为何？（贴）

【尾声】今朝急切休留恋。

　　（净）今晚不及，到底几时来？（贴）

待等时来风便。

　　（净）有了上句，等我索兴（性）串完。吓，殿下！

那时同向金门把诏传。

　　（贴）啐！（净）打蜜蜂秋迁（千）——倒有趣哩！（下）（贴）阿呀！这一只缸，乃是韩郎所托，今被击碎，还有何颜见韩郎于地下？罢！我今急急赶上前去，寻着缸匠，要他补好还我，才肯干休。倘有差池，与他势不两立。哎！

【西秦腔二犯】雪上加霜见一班，重圆镜碎料难难。顺风逆赶无耽搁，不

斩楼兰誓不还。

（急下，净上）

生意今朝虽误过，贪风贪月有依攀；方才许我□（偕）鸾凤，未识何如筑将坛。欲火如焚难静候，回家五□要相烦；终须莫止望梅渴，一日如同过九滩。

（贴上）吙！快快赔我缸来！（净）干娘！

说定不赔承美意，一言既出重丘山。因何死灰重燃后，后悔徒然说沸翻？

（贴）胡说！谁说不要你赔？快快赔我缸来！万事休论。（净）

我是穷人无力量，任凭责罚不相干。

（贴）当真？（净）当真。（贴）果然？（净）果然。（贴）罢！

奴家手段神通大，赌个掌儿试试看。

变！（下）（场上作放烟火介，小旦扮殷氏僵尸上）你赔也不赔？

（净）阿呀不好了！

鬼来了！恶状狰狞真厉鬼，将何驱逐保平安？（小旦）若然一气拴连定，难免今朝□用蛮。（净）怕火烧眉图眼下，走吓！快些逃出鬼门关。

（下）（小旦）怕你逃到那里去！

势同骑虎重追往，迅步如飞顷刻间。（下）

第十五出　雷殛

（小生扮韦驮执杵，旦扮木吒执禅杖上）

【朱奴插芙蓉】【朱奴儿】枕中秘今当兆现，承提命汲引良善，不殛奸邪怎瓦全？显彰瘅果有成（威）权。

（小生）某韦驮。（旦）某木吒。（合）请了！（小生）韩成为色戕生，死后应遭毁烂，复令将缸击碎，不使留祸人间。王合瑞将证菩提，岂殷氏所能加害？为此亲奉金旨，下凡救获上山。（旦）菩萨今遣某来了。为殷氏自成僵后，怙恶不悛，传谕五雷击开棺木，即将尸骨雷火焚烧。（小生）似此死不相饶，律昭好色贪淫之报。（旦）某等分头前去，如敕奉行。（合）请！

加天谴，难容苟延。【玉芙蓉】好安排紫金香钵涌青莲。（分头下）

（生扮王合瑞挑盏饭桶上）

【朱奴剔银灯】【朱奴儿】受披剃坚贞不变，承师命敢惜劳勉？盏饭长生结饭缘，募归去，去食众安禅。

　　我王合瑞，自在护国院披剃，蒙和尚赐取法名肇修，一念焚修，六尘无我。又承各护法每家布施斋饭一钟，大和尚命我出来，沿门收取。

【剔银灯】争把行担效绵。

　　如今天色将晚，盏饭又已打完，不免回去罢！

赖檀越，饕餮极便。

　　（小旦扮殷氏僵尸上）补缸的狗男女，快快赔我缸来吓！你是王合瑞吓！（生）咦！鬼乜邪，休得无礼。（小旦）自古仇人相见，分外眼明。

【朱奴带锦缠】【朱奴儿】在生日冤遭损践，今为厉那怕摧剪？

　　（生）凭你怎样打墙，补起大悲咒来，不是当耍的，还不回避！（小旦）

【锦缠道】梵咒总陡（徒）然。

　　（作解汗巾介）罢！

重仇莫报，缣丝了万缘。

　　（生）阿呀不好了！快救命吓！（小生又上）吾神救你来也。（引生下）（小旦）阿呀！

到口难吞咽。

　　（内作雷殛介）（小旦）阿呀不好了！

一时魂胆丧空烟。

　　（场上烟火介，小旦急下。净、副、丑、外、末扮五雷正神各执斧凿上）

【京腔】除灭奸回，雷从地起，金光遍处飞。怎遁东西，了结诌淫辈。

　　（净）破口喧轰暮色催，一声威壮六丁雷。　（副、丑）不循规获

　　（矩）大条犯。（外、末）岂为身亡免击摧！（合）某等五雷正神是

也。（净）照得逆妇殷氏，生前败坏闺门，死后伤残夫主。（副）适有普门木吒，传到大士金言。（丑）因此传集五雷，一共明彰孽报。（外）要使棺枋击碎，并将尸首焚烧。（末）世间好色贪淫，当以此为鉴照。（净）就此如勒（敕）奉行者。（副、丑、外、末）请！（净）

雄烈烈先声怒发，击开了樣驻园西。

（下）（副、丑）

他那里行奸卖俏，俺这里首重伦彝。（同下）（外、末）

他那里妆（装）模作样，俺这里急殄奸回。（同下）（净上）

他那里寻踪觅迹，俺这里立破痴迷。

（老旦扮鬼卒调小旦上。净、副、丑、外、末又追上。小旦作跪外场介。老旦暗下，净、副、丑、外、末作推凿放出黄烟四围打圈绕场介。小旦暗下）（净）殷氏棺木击开，尸骨焚化，某等同赴普门，回缴覆旨去也。（副、丑、外、末）请！（合）

妙莲开趁便争辉，妙莲开趁便争辉。（同下）。

第十六出　钵圆

（小生扮韦驮将降魔杵引生扮王合瑞上）

【点绛唇】只为恁命竟如何？呵护得愁魔尽去。休疑虑，且是从予，微笑向拈花处。

（生）请问神圣，可是三洲感应护法韦驮尊者么？（小生）然也！（生）阿弥陀佛，弟子何幸，得荷生成！（小生）怜悯有情，不违本誓。（生）动问尊者，那个是什么厉鬼？（小生）就是汝妻殷氏。（生）怎么这般模样？（小生）死后成僵，执迷不返。不但缸已击碎，连殷氏也遭雷殛了。（生）弟子一路跟来，并不听见什么雷响。（小生）痴子吓！

【混江龙】怕您再添惊惧，因此上悄无音响过云衢。

（生）如此说来，去护国院远了。（小生）

护国寺谁堪挂锡？

　　（生）到那里去安担？（小生）

普陀山上尽足停车。

　　（生）那普陀山有何景致？（小生）待俺数与你听。（生）是。（小
　　生）

有一座落迦峰高接起青宵（霄）布获，一个潮音洞府迎着碧浪萦纡。一
只白鹦哥随下上飞鸣福地。一带紫竹林真乃是任西东掩快（袂）禅居。
一枝洒甘露的小垂柳随时香漫。一件藏法雨的大瓶到处见光铺。

　　（生）素闻普陀山乃观音菩萨道场，不知大士可常在那里么？（小生）

其间无日夜现在毫浮月面栖迟南海，有时即驾鲵床乘鳌背游幸西湖。

　　（生）望尊者就带弟子到普陀山去瞻仰金容，曷胜幸甚！（小生）且
　　合了眼，随我过大海去。（生）是。（小生）

瞬息中随风去，把鲸鲵度，且见浮图，龙倚钟鼓，听须臾。

　　到了普陀山了！开了眼罢！（生）只听得一阵风声，来的恁快！（场
　　上作撞钟击鼓吹打介，小生）你听，钟鼓齐鸣，旛幢风动，菩萨将
　　次升殿，你且在此伺候者。（生）是。（末、外、净、副、丑、旦扮
　　罗汉，贴扮善财捧钵盂，小旦扮龙女执杨枝净瓶，引老旦扮观音执拂
　　尘上）（合）

【沽美酒】捧钵盂为钵盂，寻有缘愿已符。笑吟吟毫相现斯须，宝殿高登
做个翼扶。诸天圣贤意气舒，拥护慈庭疾疾的呼，道莲花焰吐焰吐，赏心
俱尚在暗包藏天地处。

　　（小生）菩萨在上，弟子缴旨。（老旦）把寻来的捧钵人唤过来。（小
　　生）领法旨！进去见了菩萨。（生）是。菩萨在上，弟子叩参，愿菩
　　萨圣寿无疆！（老旦）众罗汉！（末、外、净、副、丑）有。（老旦）
　　可将他三世之事逐件点醒他，证明一番，方好付钵。（末、外、净、
　　副、丑）领法旨。痴汉！（生）有。（末、外、净、副、丑）你可对
　　天跪下。（生）是。（作朝外跪介）（末）

【浪淘沙】静听说当初，一世为儒，有同袍情重友恩辜，那恶汉的心肠奸

恶也，报应何如？

（生）报应是何如！（净）

【前腔】此是祸根株，再世进呼，你淫伊闺女奔他途，致彼父终身蒙玷也，报应何如？

（生）报应果何如！（净）

【前腔】孳债天乘除，贴补非虚，致今生漂泊困江湖，向奉化窑门酿祸也，报应何如？

（生）报应果何如！（净）

【前腔】强合在中途，杀死奸夫，那缸成骸骨已全无，把祸种重遭星碎也，报应何如？

（生）报应果何如！（丑）

【前腔】债欠补妻孥，欲海模糊，纵甘心伏罢丧冥途，怕到底冤索难断也，报应何如？

（生）报应果何如！（旦）

【前腔】总是尔□愚，定见毫无，致招灾鬼祟绪当途，一霎里难逃雷火也，报应何如？

（生）报应果何如！（老旦白）过来。（生）有。（老旦）三世因果，既经逐一指明，总因报应循环，丝毫不漏。但你既皈依佛教，不应顿起悔心，故遇僵尸一场惊吓。要晓得从自己心上感召而来，如今已觉迷途，可还有别见否？（生）菩萨在上，念弟子呵！

【沉醉东风】再不敢彷徨半途，只一念修行自图。（小生）慈悲悯子身，早赐莲航渡，沾得润苗膏雨。（老旦）退悔伊如，到底无定，派在菩提位数。（生）

【前腔】晨钟觉翻然悔悟，保从今挣脱了那危途。（小旦）到底清修事应见真，岂受着沾泥絮？望垂慈加与吹嘘。

　　（老旦）把钵盂付与他罢。（贴）是。

面授薪传付钵盂，体不寻常休小觑。

　　（生接钵盂介）

【前腔】受真传拳拳在吾。（作拜老旦介）对莲台顶礼倾输。（末、外）那魔缘已尽消，没个勾留庐。（净、副）喜孜孜顿改规模。（丑、旦）不似当年卓识，无任徘徊临歧末路。（生）

【前腔】剃了发全不似须眉丈夫，托着钵已安然水月浮图。（作钵盂内现出莲花介）金莲一朵开，肯受淤泥污？（合）比人心清净如何？渣滓消融半点无，才见得庐山面目。（老旦）

【煞尾】莲境清凉借力嘘。（生）钵中花艳发将尘心去。（合）奉你世人不贪淫天佛助。（同下）

附录二

《钵中莲》（嘉庆南府传奇脚本抄本）

第一出　示谶赠钗

（扮哼哈二将、哪吒、伽蓝、揭谛、韦陀天王上，跳舞科。扮善、龙女引观音上同唱）

【诵子】潮音洞外海涛来，紫竹林深霁色开。普渡慈航登彼岸，圣辉先是观（现）莲台。（合）南无佛！南无观世音菩萨！

（白）广长欲吐舌，先动海潮音。愿以此功德，慈渡洒甘霖。若有见闻者，悉发菩提心。皈依三宝后，才识度金针。吾乃观自在菩萨是也。今当春潮，正值瑶池蟠桃初熟，昨承金母折简相招，应会诸天圣贤，共付（赴）千秋盛宴。众神将，就此驾云前往。（众应科，扮云使上，同唱）

【番竹马】驾起祥云缥缈，巧趁取艳阳时雨顺风调。把鸾车引导，间焕幡（幢）五色，掩映得珠暾宣（暄）耀。望昆仑还隔住晴霞照。待行过海天遥，涛声渐远喧嚣。

（场上放彩火，观音白）下方何故一道红光直冲霄汉？护法神看来。（众白）领法旨。（作看科，白）启菩萨，下方有一王合瑞，在奉化县西乡窑内烧缸，故此光冲霄汉。（观音白）善哉！善哉！此人原籍江西，凤有佛门根器，可参大道，域（诚）证菩提。今在奉化土窑，聊且烧缸度日。查得伊妻殷氏，数应淫乱戕生，死后成僵，复遭雷击。再思吾莲座前，缺一捧钵侍者，应俟因缘到日，吾当济度王合瑞

到来，付与钵盂，以成正果。众护从神！再往前途行者。（众白）领
法旨。（同唱）

本惟人自招，纵（从）别出青红和那皂，想尘缘尚有烟花扰。且今日莫
与推敲，咫尺群真并到，会蟠桃，三千岁一度征招。（下）

（扮殷氏上，唱）

【玉芙蓉】奈情郎没影踪，徒使我春心动。把云巢雨窟判隔西东，满腔儿
幽怨有谁人懂？只待知音诉与咫尺中。

（白）奴家殷氏，小字凤珠，自幼嫁在王家庄，与王合瑞为室。那知
这薄倖的久客江湖，一去多年，杳无音信。但我年才二十，性喜风
流，如何守此凄凉？天嘎！但愿那短命的早报死信回来，也好安心拣
人再醮。如今弄得来不伶不俐，进退两难，权将露水恩情，聊且充饥
止渴。因此放个胆儿，结识一个少年叫做韩成，充当湖口县捕快。颇
有银钱使用，家中衣食无亏。又承他识趣知情，受些风花雪月。嗯，
怎么连日不见他来？阿呀！好难蹲坐嘎！且到门首盼望一回，消遣闷
怀。（唱）

风流种，怕拦门等空，慰无聊，且弃（拼）今夜做孤鸿。

（内白）卖果子嘎！（殷氏笑科，白）咦！那边有个卖水果儿的来了。
嘎，待我买些下酒的果儿，等韩郎到来与他吃。哈！卖果儿的，这里
来！（内白）来了！等这儿给了钱就过去。（殷氏白）快些来！（卖果
人上，白）蜜蜂儿错搭窝两钱！（殷氏白）住了。哈！卖果儿的，为
什么蜜蜂搭错了窝，搭在西瓜里头去呢？（卖果人白）谁不是那么口
么F呼呢？（殷氏白）我一向正要问这个缘故，为什么蜜蜂儿的窝要
搭在西瓜内呢？（卖果人白）你老一成子早要问这件事？（殷氏白）
正是。（卖果人白）卖瓜的多着呢！你老为什么不问别人呢？（殷氏
白）嗯，我看你还明白些，故此来问你嘎！（卖果人白）罢了我了，
这不过说这个西瓜甜的这么个意思嘎！（殷氏白）嘎，原来如此！
（卖果人白）奶奶你老吃？（殷氏白）我不喜吃西瓜，喜吃东瓜。取
东瓜来！（卖果人白）你老又闹了，东瓜是用来做菜的，不是卖果子
的卖的。（殷氏白）你既有西瓜，就该有东瓜，难道不是一样的瓜

吗？（卖果人白）瓜和瓜不同，难道说我还管卖木瓜么？（殷氏白）这也罢了。你担内这许多，多是些什么瓜果？（卖果人白）我这担子里瓜果多着呢，我数给你老听：桃儿、苹果、火梨、沙果子、西瓜、香瓜、莲蓬、藕。（殷氏白）怎么你一人卖这许多东西？（卖果人白）我每样儿只一个，要其个有。（殷氏白）这是什么卖法？（卖果人白）我就是这种标卖。（殷氏白）嗯，你可有李子？（卖果人白）胰子，香蜡铺里有。你老这模样儿够好看了，还吃胰子？（殷氏白）啐！我问的是李子。（卖果人白）李子卖完了，你老吃藕罢。（殷氏白）藕淡而无味，有什么好处？（卖果人白）怎么不好？古人说得好，书上说得妙，况且有诗为证。（殷氏白）嘎，你还知道诗句？到要听一听。（卖果人白）大奶奶听启：白花藕，圆又长。能通气，有清香。粉嫩真可口，是节节有商量。（殷氏白）不好。（卖果人白）这么好诗，念给你老听了还不吃？你老吃莲蓬罢。（殷氏白）莲蓬也没甚好吃。（卖果人白）岂不闻张天师有云：莲蓬两头尖，又不涩又不酸，剥了皮儿吃艮好，好歹别整咽。况医家说得好，莲蓬藕一块儿吃，叫做藕莲和合丸。（殷氏白）那有此事？我不信。（卖果人白）不信就试试。（殷氏白）嗳！（唱）

【前腔】这言辞太不通！面试成何用？你昂藏汉子我是娇红，分明蔑礼欺孤凤！忝赖心肠露口风。非讥讽，免奴家气冲。

（卖果人白）你老别生气。我把这些果子都孝敬了大奶奶罢。（殷氏唱）

有谁来白图饕餮假含容？

（卖果人白）不肯白吃我的，很好！没有领教大奶奶姓什么？（殷氏白）我么，姓王。（卖果人白）王大嫂子么？短敬。你老过来拉拉手呢！（殷氏白）啐！只是你在此耽搁了好一会功（工）夫，我又不把一个钱与你，又做不成买卖，你可不要含怨我么？（卖果人白）只要大嫂子疼我，就在这儿歇了一年，我也是愿意的。（殷氏白）你这个人到也知情。（卖果人白）什么知情，我见了你老这么个小模样儿，阿呀！我就动不得劲儿了。大奶奶，大嫂子，大姐姐，我那大嘴的太太！（殷氏白）什么？（卖果人白）我叫错了。我的妈！我有句冈恶心、肉肉麻麻的这么一句话，不敢说，怕你老怪。（殷氏白）我不怪你的。你说嘘！（卖果人白）阿哟，我的亲妈！难得你老眼睛、鼻子、嘴、耳朵都长在脸上，教我还熬得么？（唱）

【前腔】我心头不放松，将伊伴蜜酥用，有收魂符咒，荡漾随风。（殷氏唱）知情识趣言奇中，教我忽动怜才意倍浓。（卖果人唱）如邀宠，愿终身服从，望娘行鉴吾生死效愚忠。

[韩成曲（由）内上白] 花柳情深才会合，崔符安重主分离。吱！你们干什么勾当？（殷氏白）放手！放手！（下）（韩成白）你是什么人？（卖果人白）我是卖水果的。（韩成白）既是卖水果的，怎么不站在门外？闯进门里面来干什么勾当？老虎想吃肉，还该问问山神土地！（卖果人白）什么叫山神？什么叫土地？你没有细打听，我卖瓜果多是上人家炕上去卖。你要管我，算你狗拿耗子——多管闲事！（韩成白）这等无礼！你要吃亏！（卖果人白）你到别薰我，你也是这儿混串，我也是这儿瞎走。你要是管我，算你困了。（韩成白）什么困了？你该死的贼囚！（卖果人白）什么？你骂我土子球？（韩成白）还不走出去！（卖果人白）我直不出去。（韩成白）我就踢翻你的担子！（卖果人白）我亥你凿出点儿血来！（韩成白）好狗头嘎！（唱）

【玉芙蓉】何来一卖佣，敢把风情弄？癞蛤蟆想鹅肉，怎地相容？谩言扭向官司控，先吃我拳头一顿春！（卖果人唱）非夸勇，双拳最工，且尝咱沙家手段少林风。

（作打科，韩成逃下）（卖果人白）好嘎！走了！卸底，这宗六艺就滂来了。好个王大嫂子，真的无的可说，再没有这般得贺，真得儿！怎么说呢，刚有点边儿，弄了个搅屎的棍子，弄得来冷饭炒了。真正好事多磨！站着，我听这小子在什么衙门里当差，别明儿个湾硬凳儿来，我就吃不刻化。常言说得好，光棍不吃眼前亏，给他一个溜。俗话说得好，这没（般）跑了不算丢人。（下）

（韩成上，白）阿哟！阿哟！这狗头好生利害！我韩成在湖口县内当一名捕快，蒙本官恩德，点作捕头，会赚银钱，尽够嫖赌。只靠着歪时运，办公事全赖别人。因此结识了王家庄上的王娘子，十分情重。连日身在公门，伺候官府，又有要紧关要，往象山公干，为此特来通个信儿，与我那情人。不想遇着这厮歪缠了一回，想他此时已去，我不免原去走遭。咳！想我韩成呵！（唱）

【寄生草】心上心上心儿上，牵挂单为那多情况。早回转，惯旧游风月场。

（殷氏内白）天嘎！男子汉不在家，被人欺到这个地位！（韩成唱）进门墙，忽听娇莺翻变嗓。

（殷氏上唱）

【前腔】孤旷孤旷添孤旷，因甚忽有人声响？我心里到十分疑得慌。（韩成白）我的娘，是我韩成在此。（殷氏唱）不当场，还须认你为白撞。

（韩成白）又来取笑了。（殷氏白）取笑取笑，你实在有些不肖！（韩成白）什么不肖？（殷氏白）你在外边好快活！（韩成白）我又不走叉路，有什么快活？（殷氏白）不走叉路，为何连日不来？还要支吾，打你几个嘴巴子！（韩成白）该打！该打！（殷氏白）怎么不该打？（韩成白）打他个贪嘴，把身子去换水果吃。（殷氏白）啐！好含血喷人。（韩成白）如今的事情，只要将就得过，就胡涂到底了嘎！（殷氏白）我只问你，为何连日不来？（韩成白）说正经了。连日衙门里答应官府，阿哟哟，片刻功（工）夫也不得闲。今日略略空闲，与你叙叙，明日就要长别你了。（殷氏白）嘎！什么长别？（韩成白）奉本官差遣，要到象山县去关提盗犯，所以连夜同你会一会，明日就要长行了。（殷氏白）此去象山有多少路？（韩成白）约有二千余里。（殷氏白）几时回来？（韩成白）极快也得两三个月，还要过海哩！（殷氏白）呀！（唱）

【满江红】乍闻言魂先丧，禁不住泪汪汪。自相逢，男贪恋，女爱何消讲？没来由黑魆魆平地兴风浪。宁波过长江，此去保安康。吉人天庇佑，嘱咐有情郎，莫把奴撇漾。赠与你小金钗，常挂心儿上，常挂心儿上。

（韩成白）我的娘，我若忘了你，我是一个小狗。（殷氏白）韩郎，你到了那里，须要寄个音书与我，免使奴家悬念。（韩成白）阿呀，我的娘！我心绪如麻。但不知此去，归期何日，可能与你再会了？（殷氏白）啐！出路之人，为何讲此不利之言？不要说了。奴家备有小酌，权当与你饯别。须要多饮几杯，少壮行色。（韩成白）多谢我的娘！（殷氏唱）

【清江引】今宵欲写风流帐（账），有恨休登上。（韩成唱）满弃（拚）到鄘都，贴补云情旷。（殷氏白）吓，韩郎！恨不得双躯壳，团一片才停当！
（下）

第二出　托梦除奸

（扮小鬼判官引窑神上唱）

【点绛唇】宝鼎香浮，光明绛烛。吾神寿，众姓祈求，祝叩财源茂。

（白）吾乃奉化县西乡司窑正神是也。职掌烧缸生理，历年赐福生财。今日吾神诞辰，自有匠工祭赛。查得王合瑞之妻，向与韩成通奸。今夜借宿土窑，数合亲夫杀死。即将尸骨锻炼成缸，归示其妻，亦应逼毙，复遭雷击，报应昭彰。其夫披剃焚修，后为佛门侍者。有这桩公案，吾当暗显神通。且待王合瑞到来，梦中示一警报便了。正是：瓦窑虽是无多地，统摄阴阳祸福门。（王合瑞上唱）

【好事近】羁旅荷神麻，托业聊为糊口。恭逢华诞，椒馨仰答高厚。
（白）我王合瑞，前受窑主之托，小心照顾土窑，且喜烧出缸来并无一些伤损。今日乃窑神圣诞，伙计们公斗份金，准备福礼三牲，已在厨下烧煮。为此携着篠帚，先到神案前洒扫一回，已（以）昭诚敬。
（唱）

酬恩赛愿为明禋，整洁供箕帚。

（白）怎么一霎时身子十分困卷？纵然端正福礼，还有一会功（工）夫，不免就在神案前打睡片时。（唱）

望东君及早言旋，陆囊助得回江右。

（作困介）（窑神白）鬼判，揭起他睡魔。（众应科）（窑神白）王合瑞，听吾吩咐。半边朝字韦相砌，戊字中间丁字立。前世冤家今世逢，管取今朝始面觌。牢牢记着。鬼判，速整威严者。（众应科）（王合瑞白）嘎，神圣！弟子不明白。阿呀！原来是南柯一梦。且住，方才明明神道吩咐：半边朝字韦相砌，戊字中间丁字立。这几句偈语好不明白！又不知主何吉凶。（匠工上白）苾芬盈酒盏，肥猪见牲盘。王哥，福礼完备，就请拈香。（王合瑞白）如此占了。（匠工白）好说。（王合瑞白）神圣在上，弟子王合瑞及阖窑匠人等，（同白）献祝千秋。（唱）

【前腔】蒙庥，财帛易营求，感激常悬心口。馨香明德，神祇鉴纳灵佑。迎时祈报，祝无疆！竞献芹私有。

（王合瑞白）祭赛已毕，大家里面饮福酒去。（匠工白）有理。（同唱）

饮和时把酒言欢，似乡社剩余消受。（下）

（窑神白）你看这些工匠，十分诚敬，到也生受他们了。鬼判！（众应科）（窑神白）少间韩成到来，尔等暗助王合瑞，杀死奸夫，已（以）彰报应。（众应科）（窑神白）大抵乾坤多一照，免教人在暗中行。（下）（匠工、王合瑞上，同白）三牲争共食，福酒饮酕醄。（匠工白）王哥，我们今日都要回家看看，你一人在此，未免寂寞，怎么处？（王合瑞白）这到不妨。只是生活要紧，列位早去早来，不可耽搁久了。（匠工白）这个自然，不过两三日，就要上工了。（王合瑞白）如此甚好。（同白）正是：经营莫懒惰，财帛本艰难。（下）

（鬼卒随韩成上白）官差不由己，心急步行迟。我韩成，奉本县太爷差遣，往象山关提盗犯。行了多日，来到这里，天色已晚，不知什么地方了。一带荒凉，又无宿店。嗄！难道我走差了路不成？呀！你看！这里面灯烛辉煌。嗄！原来是个土窑。常言道，饥不择食，渴不择饮。不免借宿一宵再处。开门。（王合瑞上白）神祇梦语三分解，"韩"字明明暗隐藏。踌躇未了闻剥啄，且启柴扉别审详。（韩成白）开门！（王合瑞白）莫非窑主回来了？（韩成白）请了！（王合瑞白）请了！足下何来？（韩成白）在下往象山公干的，到此寻不着宿店，特借贵窑暂宿一宵。明日起身，自有房金奉谢。（王合瑞白）这到不消，莫嫌地方窄小吓。（韩成白）好说。（王合瑞白）如此请进来。（韩成白）多谢！奉揖了。（王合瑞白）请了。可曾用晚膳？（韩成白）不要说起。一带荒凉，并无饭铺。（王合瑞白）如此，是没有用的了。（韩成白）正是。（王合瑞白）不嫌残，有现成酒饭在此，请用些罢。（韩成白）怎好取扰？（王合瑞白）哟！四海之内皆兄弟也！不消客气，待我取来。（韩成白）如此从命了。（王合瑞白）请一杯。（韩成白）请！（王合瑞白）这，请问尊姓？（韩成白）在下姓韩。（王合瑞白）嗄！足下姓韩？阿呀！方才神明梦语："半边朝字韦相砌"，我正解出是个"韩"字，不想此人姓韩，好生奇怪！（唱）

【远山横】分明奇遇梦中人！

（韩成白）我和你不是什么梦里相逢。（王合瑞唱）

幸识荆州丰韵。

（韩成白）忒过誉了。（王合瑞白）大名？（韩成白）在下叫做韩成。（王合瑞白）仙乡何处？（韩成白）敝地江西。（王合瑞白）那一府？（韩成白）九江府。（王合瑞白）那一县？（韩成白）湖口县。（王合瑞白）涉远而来，太劳苦了吓！（韩成白）咳！常言道，上命差遣，概不由己。（王合瑞白）是嗄！（唱）

一身入官虽劳顿，比贱业银钱多趁。

（韩成白）虽则银钱易趁，要晓得，身不入官为贵。那里如得你这做手艺的，趁几个本分钱，没有什么惊骇。（王合瑞白）好说。足下既是湖口县人，可晓得有一个王合瑞么？（韩成白）素闻其名，从未会面。只是他的尊嫂么，我到有交往的。（王合瑞白）什么交往？（韩成白）阿呀，失言了！（王合瑞白）风花雪月，人之常情。你我虽是初交，渐渐已成莫逆。（唱）

何用得言参假真？纵把风情卖，不算败闺门。（韩成唱）

【前腔】邻居灯火素相亲，没个些儿胡混。

（白）足下为何知道王合瑞的？（王合瑞白）他昔年到我窑内做些交易，如今久已不见来。闻说他早已死了。（韩成白）死了么？（王合瑞白）便是。（韩成白）谢天地！（唱）

伊妻可免长孤窘，不消守松筠清韵。

（王合瑞白）其妻容貌如何？（韩成白）不要说他别的，就是这双俊俏眼儿，你见了他，也要神魂飘荡。（王合瑞白）在下没福，那里如得足下！他既是个寡居，足下何不娶了？（韩成白）我亦有心久矣，恐怕外人谈论。（王合瑞白）谈论什么？（韩成白）道先奸后娶了。（王合瑞白）如此说来，足下与他妻子早已交往的了。（韩成白）有交往没交往，也不消说了。（唱）

难道是桃园洞门，刘郎去阻迷云？

（王合瑞白）如此说来，足下是个风流萧（潇）洒，极有趣的人了。（韩成白）还有恩爱之处，一发告诉你罢。（王合瑞白）请教。（韩成白）唅！老兄。（唱）

【急三枪】感他临行别，把金钗赠，情无尽。

（王合瑞白）金钗可在？（韩成袖中取科，白）哪。（王合瑞白）乞借一观。（韩成唱）

似此贻彤管，极衔恩。

（王合瑞白）阿呀！这明明是我妻之物。奸夫无疑了。我自有道理。啐！只管讲闲话，连酒多不吃了，待我取大碗来奉敬。（韩成白）在下量浅，只好借花献佛。（王合瑞白）这是一点敬心，万勿推辞。（韩成白）如此，只得从命了。（王合瑞白）这才是个朋友。（韩成白）阿哟，阿哟，吃不得了。（王合瑞白）好大量，再敬个双杯，好与王大娘成亲。（韩成白）好吉言！这一大碗是要吃的了。（王合瑞白）足感盛情。（韩成白）阿呀，醉了，醉了，我要睡了。（王合瑞白）索兴吃个尽壶之欢罢。（韩成白）那里吃得这许多，你就拿把刀搁在我脖子上，我也不能吃了。（王合瑞白）请干了。（作灌科，韩成吐科，王合瑞白）呀！（唱）

他登时里如泉涌，难安稳，倾盆吐，睡昏昏。

（白）韩兄，韩兄！这狗男女已睡熟了。此时不下手，更待何时？只是将什么结果他？（鬼卒指科，王合瑞白）嘎！待我到厨下去取了刀来吓！（唱）

【风入松】冤家狭路遇生嗔，誓使身餐刀刃。
（取刀科，白）狗男女，吃吾一刀！（杀科，韩成扑，鬼卒做拉倒，王合瑞唱）
立时殒命舒长恨，从头把情由思忖。
（白）且住。自古捉奸见双，如今只杀得一个，又不杀在奸所，一些没有指证，就埋好了尸首，终非美事。幸亏窑主远出，伙计又各自回家。我今就把他的头先割下来，把石灰炝了，连那股金钗，日后带回家去，把那淫妇看，使他不得抵赖。一面将他尸骨和上泥土，又入窑内，锻炼成缸。一来可以灭迹，二来胜似扬灰。阿呀，韩成嘎，韩成！今宵之事，非我不仁。（唱）
锋铦付重遭火焚，贪淫报，先已梦窑神。

（白）真个神道有灵，如今已全应了。（下）

（殷氏上唱）

【粉孩儿】茕茕的守孤帏，愁闷死，怕翻雨覆雨薄情如纸。杨花落地漂泊时，更难堪瘦损腰肢。
（白）奴家自与韩郎别后，不觉四月有余。屈指归期，业已失约。不知他借端逗留，又不知果未回来，无从探个信儿，使我委决不下。天嘎！若果另寻门路，何苦待兔守株？不如早早回绝奴家，也算一桩现在功德。就是那卖水果的，虽然稍逊一筹，强如闭户修斋，落得眼前欢乐。（唱）
岂贪饕，陇蜀相兼，伤春去零落红紫。（下）

（王合瑞挑木桶上）

【红芍药】回故土，目击些儿，美风景照旧如斯。不幸惟吾至于此，誓归来扫除墙茨。

（白）我自杀了韩成，割下首级，即把石灰炝好，端正木桶装盛，将尸骨焚化。不多一日，锻炼成缸。伙计们才来上工，窑主也讨账回转。谢天地之德！一些不漏机关。我就算清银钱，交明账目，辞别窑主。蒙赠盘缠，取了一条扁担，一个瓦缸木桶，和那一副行李，一股金钗，星夜赶回。一竟（径）倍道而来，离家不多路了。（唱）

私情莫用再访咨，定招供，罪名应死。到、到家门耐性轻敲。（叩门科，唱）为今朝羞见桑梓。

（殷氏上白）是那个来了？（唱）

【福马郎】一回旋闻剥啄至，料那人象山归，伊迓欢喜死。

（白）可是——（王合瑞白）是我在此。（殷氏白）阿呀！（王合瑞白）为何见了我这等大惊小怪？（殷氏白）有个缘故。（王合瑞白）且闭了门，里面去说。（殷氏白）晓得。咳！（唱）

早难道游魂鬼梦来之？

（王合瑞白）什么缘故？（殷氏白）官人嗳！（唱）

睽违已多时，添羞涩作惊词。

（王合瑞白）哈哈，且自由你。（殷氏白）官人，你一去二载，竟没个信儿寄回。（王合瑞白）一定道我死了。（殷氏白）什么说话！可怜奴家日夜悬望。（王合瑞白）也难为你。（殷氏白）一向存身何地？今日才回，一一说与奴家知道。（王合瑞白）咳！还要说他怎么？（唱）

【耍孩儿】自别故乡遭变事，涉海人几死。没乱里伥伥奚之。

（殷氏白）说也可怜。（王合瑞唱）

三年，碜磕磕光景长如是。

（殷氏白）吃苦了。（王合瑞白）那里如得你，在家中会寻快活！（殷氏白）你做妻子的衣食无度，快活何来？（王合瑞白）咳！（唱）

也比我乞食过吴市，还较胜多般耳。（殷氏唱）

【会河阳】不谅些儿，是何说词？分明乔试故如斯。须知游戏无心，谁怪伊一丝？从今后休多事。

　　（王合瑞白）我到不多事。（殷氏白）难道奴家多事？（王合瑞白）差也不多。（殷氏白）嗯，这也作怪！（王合瑞白）作怪作怪非作怪，一边已有了相思债。六尘无我始安心，可奈杨花留蒂芥。（殷氏白）阿呀！好蹊跷嗄！（唱）

出奇，如背上添芒刺。折疑，还口里生渣滓。

　　（王合瑞唱）

【缕缕金】无明证一些儿，有罪谁输伏？力排之！

　　（殷氏白）这些言语，一些也不解。（王合瑞白）阿呀，我到忘了。（殷氏白）忘了什么？（王合瑞白）带了些土宜（仪）回来，怎么不与你看看！（殷氏白）什么土宜（仪）？（王合瑞白）哪！（唱）

郑重罌缸贵，伊休轻视。

　　（殷氏白）阿呀，这一只小小瓦缸，盛不得多少水，腌不下什么菜，要他何用？（王合瑞白）嗯，（疑漏"若说无用，"）也就不该死死恋着他了。（殷氏白）谁去恋他？（王合瑞白）这也难怪。来，你仔细看看，这般的颜色，这般的式样，由韩而至，可还寻得出第二支么？（殷氏白）怎么带个"韩"字？越发古怪了。（王合瑞白）什么古怪，我原有个"韩"字。韩嗄！（殷氏白）什么"韩"字？（王合瑞白）韩嗄！（殷氏白）正要问你个韩嗄！（王合瑞白）哪，（唱）

本三韩成就出高赀。

　　（殷氏白）原来是个姓韩的"韩"字？（王合瑞白）嗯，你可看的明白么？（殷氏白）待我来看。阿呀，妙嗄！这支（只）瓦缸，颜色不同，式样各别。（王合瑞白）我说你心爱的。（殷氏白）待我拿进去收好了。（王合瑞白）这还不算稀罕。（殷氏白）还有什么？（王合瑞白）有。（作拿金钗科，白）哪！（殷氏白）阿呀！（作将缸落地科，王合瑞白）怎么见了金钗这等着急？把缸都跌破了。（唱）

于中有奇事！于中有奇事！

　　（殷氏白）啐！什么奇事！不过这股金钗呢，像是奴的嗄？（王合瑞

白）嘎，像似你的？如何家中之物，反落在我手内呢？（殷氏白）
嘎！（王合瑞白）嘎？（殷氏白）嗳，蠢东西！世上同名同姓的很多，
何况这股金钗嘎！（王合瑞白）是嘎，一些也不差。（殷氏白）原不
差。（王合瑞白）你的可在？（殷氏白）在。（王合瑞白）取来我看，
可以配得对么？（殷氏白）嘎！（王合瑞白）嘎？（殷氏白）哪，藏
在箱内，一时寻不着钥匙，慢慢取与你看。（王合瑞白）唗！真赃现
获，还要支吾！（殷氏白）扯淡，什么支吾？（王合瑞白）罢！（向木
桶取出首级科，白）你睁开肉眼来看！这是什么？（殷氏白）啐！
啐！啐！阿呀，有鬼吓！有鬼！（王合瑞白）可还赖得去么？（殷氏
白）咳！（唱）

【越恁好】已将春意，已将春意漏泄到一枝。

　　（王合瑞白）阿呀淫妇嘎，淫妇！我不在家，怎么就做出这样事来！
（殷氏白）住了！不要听了别人言语，肮脏奴家！（王合瑞白）若是
别人说的，不足为凭。（殷氏白）难道他亲口招成的？（王合瑞白）
罢！我实对你说了罢！（殷氏战科，王合瑞白）自做江湖经济人，韩
成借宿到窑门。醉中亲口供招定，赚得金钗果是真。杀死奸夫存首
级，其余骨殖火齐焚。炼成这支（只）黄磁物，并带回家事有因。
应梦前宵诛贼汉，还将颈血染红裙。一回重把青锋试，咦，誓斩妖淫
恨可伸。（殷氏白）官人嘎！（唱）

纵奴悖乱，希饶恕，感仁慈。

　　（王合瑞白）饶不得！取刀来！（殷氏白）阿呀，官人嘎！可看往日
夫妻之面，恕奴家一个初犯罢。（王合瑞白）放屁！谁怕你再犯么？
（殷氏唱）

哀求再四总如斯，原该万死。

　　（王合瑞白）罢，且看夫妻之分，把你一个全尸。盐卤、索子、刀，
由你寻那一条门路去罢。（殷氏白）阿呀官人嘎！饶了我罢！（王合
瑞白）嗳！若再迟延，要动手了！（殷氏白）阿呀，殷氏嘎殷氏！
（唱）

你从前本失志，贪情嗜。

　　（王合瑞白）快些！（殷氏魂白）罢！（唱）

到今朝拼卤将身试。（下）

（王合瑞白）嗯，嗯！（唱）

【红绣鞋】若非明示身尸，身尸，尚图胡赖些儿，些儿，才是我气消时。虽泼贱自寻死，如暴露，失仁慈。

（白）我如今把这股金钗，仍旧与他戴上，一面买棺木盛殓便了。且住！了结之后，我自然打点出家，要这所房子何用？决意要别售了。这淫妇的棺木就火化了，恐怕外人谈论太过。若殡葬了，也没有把他这样安稳。怎么处？哦，前庄有个同姓不亲的，叫作王诚。他的住房间壁，有所空园，可停棺木。我如今呵！（唱）

【尾声】诸惟发付应如此，恼恨萧蔷起祸时。罢！准备着木樏移园借一枝。

（白）且买棺木去。走，走，走！（下）

第三出　冥会补缸

（扮鬼卒带韩成上唱）

【南梁州赚】往日阳台，到于今云情何在？
　　（白）那跑来的好似王娘子。（殷氏魂上白）嗄！这是韩郎嗄？（殷氏魂、韩成魂白）望二位大哥方便！（鬼卒白）你们这两个孽障！（唱）
生前罪大，如何身死犹牵戴（带）！
　　（殷氏魂、韩成魂白）阿呀，二位大哥嗄！（唱）
还心揣，方便事公门正该。
　　（鬼卒白）虽则公门里好修行，如何方便的你们来嗄？（殷氏魂、韩成魂唱）
风流债，牡丹花下依然在，虽为鬼时难撇开！
　　（鬼卒白）好个牡丹花下死，做鬼也风流！说得有趣。且容你们略叙一叙，不许耽搁久了。（唱）
转多贻害。

（韩成魂、殷氏魂白）这个自然。（韩成魂白）阿呀，王大娘嘎！我和你前缘前世，一缘一结。这样收场，有话难说！（殷氏魂白）阿呀韩郎嘎！到此地位，有话快快说与奴家知道。（韩成魂白）阿呀，我那大娘子嘎！自从与你别后，行到奉化土窑，前不把村，后不着店，只得借宿窑内。谁知窑户就是你丈夫。（殷氏魂白）此事我已尽知，都是你醉后露出真情，连累奴家死得好苦也！（同哭科，韩成魂白）只是我的骨殖，被你丈夫烧毁，锻炼成缸，留在人间也还是一件完全之物。被你失手跌破，年深月久，必成瓦砾。这也不算什么大事。当不起我的骨殖抛散不全，如何觅得匠工，与我将缸补好。（殷氏魂白）不消烦闷，在我身上，与你补好便了。（韩成魂白）若果如此，感伊成全之恩也。（鬼卒白）耽搁久了，趱路！（殷氏魂白）阿呀，二位大哥嘎！才得重逢，如何就别？（韩成魂白）还望二位大哥方便。（鬼卒白）呔！奉冥府吩咐，立刻打下刀山地狱受苦楚去，还不快走！（殷氏魂白）阿呀韩郎嘎，你这般瘦怯怯的身躯，怎经得那般痛苦！（韩成魂白）阿呀大娘嘎！这也是乐极生悲，不消说了。（鬼卒白）快些趱路！（韩成魂白）大娘请上，在下就此拜别！（殷氏魂白）奴家也有一拜！

【临江仙】镜碎难圆谁喝采？（韩成魂唱）重逢忽又分开。（同唱）东西遥隔各天涯。今朝轻别后，何日再魂来？

（鬼卒白）走！（韩成魂作欲下又上白）大娘，补缸要紧！（殷氏魂白）奴家牢记在心，不消嘱咐。（鬼卒白）走！走！走！（带韩成魂、殷氏魂分下）

（扮顾老儿上，白）修补缸坛是独行，那知趁息极平常。不安本分图风月，就有银钱一扫光。自家顾老儿便是。年过五十，性爱风流。家室全无，补缸为业。连日天气下雨，不曾出门。今朝天色晴明，上街做些生意罢。（唱）

【诰昌歌】忙将担子来挑起，挑起担子走街坊。前街走到后街上，不觉来到王家庄。

（殷氏魂上，唱）

王大娘，出绣房。

（顾老儿白）补缸吓！（殷氏魂唱）

忽听门外叫补缸。双手开了门两扇。

（顾老儿白）你看有个妇人开门出来，待我吆呼一声。（殷氏魂唱）

那边来了补缸匠。

（顾老儿白）唅，小娘子。（唱）

闻知你家有缸补。

（殷氏魂白）正要寻你补缸。（顾老儿白）好利市哩！（唱）

借你宝缸来开张。

（殷氏魂白）师父！（唱）

大缸要钱几多个？小缸要钱几多双？

（顾老儿白）主顾生意，不讨虚价。（唱）

大缸要钱一百二。

（殷氏魂白）小缸呢？（顾老儿唱）

小缸要钱五十双。

（殷氏魂白）一些影儿也没有。（顾老儿白）为何？（殷氏魂唱）

一百二，五十双，再添几十买新缸。

（顾老儿白）你到底是个外行。（唱）

新缸那有旧缸好？新缸那有旧缸光？

（殷氏魂白）不要噜苏，快说个老实价钱。（顾老儿白）满（漫）天讨价，就地还钱。丢开我的，只说你的，还我多少？（殷氏魂白）一分银子。（顾老儿白）我是不知什么数目的，一分银子，不折不扣，不缺底串，实在该有多少铜钱？（殷氏魂白）准准与你七个大钱。

（顾老儿白）呸！（唱）

出门遇你来打叉，好生混账不成腔。

（白）补缸嘎！（殷氏魂唱）

叫声师父转来罢。（顾老儿白）不转来了！（殷氏魂唱）奴家与你有商量。

（顾老儿白）商量什么？（殷氏魂唱）

大缸与你一百个。

（顾老儿白）这还不离！小缸呢？（殷氏魂唱）

小缸与你四十双。（顾老儿唱）一百个，四十双，再添二十有何妨？

（殷氏魂白）亏你还要再说！且跟我里面来看。（顾老儿白）来了！小娘子请见一礼。（殷氏魂白）不消。（顾老儿白）恭喜小娘子！发财！（殷氏魂白）多谢师父！大家发财！（顾老儿白）我到不指望。（殷氏魂白）为何？（顾老儿白）我们做手艺的，趁钱微薄，只算一支（只）黄砂缸，没锈水的。（殷氏魂白）三句不脱本行。（顾老儿白）只好度日而已，那里发得财来？（殷氏魂白）好说。你的手段如何？（顾老儿白）不是我夸口，三十六天罡都是我补好的。（殷氏魂白）啐！这是三斗星。（顾老儿白）武松打虎景阳岗，难道不是我补好的？（殷氏魂白）这是地名。（顾老儿白）四大金刚，月老吴刚，那个不晓得亏我补好的？（殷氏魂白）这是神道。（顾老儿白）袁天罡、宋金刚，难道也不算我补好的？（殷氏魂白）这是人名。（顾老儿白）还有整三纲，练口钢，久炼成钢，扛来扛去，还有脱肛，跌落粪缸……（殷氏魂白）住了！一味都是混话，手段料想平常的。去罢！（顾老儿白）我又不见你的宝缸，你又不见我的补法，那里就晓得平常嘎？（殷氏魂白）是嘎！（顾老儿白）缸在那里？（殷氏魂白）夹衖里。（顾老儿白）夹缝里？（殷氏魂白）啐！夹衖里！跟我来！（顾老儿白）来了。（殷氏魂白）哪，就是这只缸。（顾老儿白）阿哟！这样一只破缸，我补不来的。请收好了宝货。（殷氏魂白）我说你手段平常的。（顾老儿白）不是手段平常。要晓得，别人弄破了，到叫我来顶缸！（殷氏魂白）正为跌破了，所以要你补嘎。（顾老儿白）是嘎！说得不差。小娘子，再添二十个钱罢。（殷氏魂白）快补起来。（唱）

美娇娘，进绣房，打开云鬓巧梳妆。前边梳起盘龙髻，后边梳起插花香。大红绸衫来穿起，八幅罗裙片锦镶。打扮其实多齐整，去看老儿来补缸。（顾老儿唱）忽然抬起头来看，小小一个俏娇娘。青丝挽就时新髻，大红头绳扎中央。翠花一对双蝴蝶，还带一枝玉扁方。两耳珠环悬空挂，包金镯子放毫光。身穿一件红绫袄，腰系汗巾理正当。八幅湘裙拖着地，团花恰好绣鸳鸯。松花白绫帕子拿右手，犹如西子共王嫱。越看越看真好看。

阿呀！（殷氏魂白）阿呀！怎么到打碎了！（顾老儿唱）

失手打碎你的缸。

（顾老儿白）这便怎么处？（顾老儿唱）

叫声娘子休要怪，买只新缸赔旧缸。

（殷氏魂白）啐！放屁！我决不与你干休！（唱）

我今扯你当官去。

　　（顾老儿白）真正缸爿剃胎儿头——儿子个苦哉！（殷氏魂唱）

打你四十大番黄！

　　（顾老儿白）如今是不好哩！（唱）

慌忙跪在尘埃地，我今拜你做干娘。（殷氏魂唱）

拜干娘，不敢当，奴家心里最慈祥。叫声老儿起来罢！

　　（顾老儿白）多谢干娘。（殷氏魂白）只要放稳重些。（顾老儿白）
　　干娘教训的极是。（殷氏魂唱）

奴家不要你赔缸。（顾老儿唱）对天罚下千般愿。

　　（殷氏魂白）罚什么愿？（顾老儿唱）

从今再不看娇娘！

　　（殷氏魂白）这便才是。去罢！（顾老儿唱）

挑起担子连忙走，从今再不到王家庄。（下）

　　（殷氏魂白）阿呀且住！这一只缸，乃是韩郎所托，今被击碎，还有
何颜再见韩郎于地下？咳！我如今赶上前去，必要他补好还我才肯干
休。倘若差迟，咦，与他誓不两立矣！（唱）

【耍孩儿】岂料那乡间老多颠倒，打碎俺爱儿曹怎开交？疾（急）忙赶上
和他闹气咆哮。（顾老儿上唱）倒运今宵真不小，偏偏撞见如花貌。丢下一
天生意。

　　（殷氏魂白）老儿那里走？（唱）

你如今那里潜逃？

　　（顾老儿白）干娘！你赶了来，可是跟我回去么？（殷氏魂白）胡说！
快快补好了缸还我！（顾老儿白）干娘许了我，不要赔的吓！（殷氏
魂白）决难饶你！若不赔缸，看看老娘的手段者！（唱）

【前腔】你今番罪难逃，休胡噪！（顾老儿唱）感娇娘宽恕饶。今生若不恩
相报，管来生愿结草。（殷氏魂唱）嗳，絮叨叨，软温言不动摇，现出恶相
分白皂！

（白）你当真不赔？（顾老儿白）其实赔不起。（殷氏魂白）果然？（顾老儿应科，殷氏魂白）罢！变！（下）（扮原形上，做赶科）（顾老儿白）阿呀！鬼来了！跑嘎！（跑科，原形唱）

休怪俺疠鬼作耗，端为他特把灾招。

（作唬死顾老儿科，下）

第四出　雷击僵尸

（扮黑云、电母、雷公、风伯、雨师、龙上白）破柱喧轰暮色催，一声壮威六丁雷。不循规矩天条犯，岂为身亡免击摧。（扮北极大帝上白）雷部诸神上前听旨：今有江西殷氏，生前淫乱，死后成僵，又伤人命。故特遣尔等，击棺焚尸，不得有违。（下）（众白）领法旨。我等就此施行者。（同唱）

【沽美酒带太平令】奉论音下九宵（霄），淫邪鬼肆咆哮，陷害平人怎恕饶！因此上彰天讨，殄除这祸根苗。阳世里行奸卖俏，到阴司贪淫予恶，恁呵，逃不过今朝法条，一会价焚烧孽消。呀！须知道难逃果报。（下）

（殷氏魂上唱）

【泥里鳅】堪笑顾老，年高尚迷娇。情物击碎，怎肯轻恕饶！怎肯轻恕饶！

（白）奴家自成僵后，前日遇见韩郎，各诉别后苦情，才知这缸即是韩郎尸骨，被我失手伤损，故托修补。岂知又被那补缸匠击破，此恨难消，故现出狰狞恶相，已将老儿唬死。行到此间，呀！忽然雷雨交加，且往木榇中暂躲片时。呵哟！我的惊魂好无定也！（众神上，追殷氏魂下。）（原形上，作围击死科）（众神白）已经击棺焚骨，就此回覆大帝敕旨去者。（同唱）

【前腔】湛湛青天，纤毫不爽然。昭彰报应，始证钵中莲。（下）

主要参考文献

孟繁树、周传家编辑：《明清戏曲珍本辑选》，中国戏剧出版社 1985 年版。

钱南扬校注：《永乐大典戏文三种校注》，上海古籍出版社 1979 年版。

钱南扬校注：《元本琵琶记校注》，上海古籍出版社 1980 年版。

（明）毛晋编：《六十种曲》，中华书局重印文学古籍刊行社排印本 1958 年版。

（明）臧晋叔编：《元曲选》，中华书局 1958 年版。

隋树森编：《元曲选外编》，中华书局 1959 年版。

古本戏曲丛刊编辑委员会主编：《古本戏曲丛刊初集》，上海商务印书馆影印本，1954 年。

古本戏曲丛刊编辑委员会主编：《古本戏曲丛刊二集》，上海商务印书馆影印本，1954 年至 1955 年。

古本戏曲丛刊编辑委员会主编：《古本戏曲丛刊三集》，文学古籍刊行社影印本，1957 年。

古本戏曲丛刊编辑委员会主编：《古本戏曲丛刊四集》，上海商务印书馆影印本，1958 年。

古本戏曲丛刊编辑委员会主编：《古本戏曲丛刊五集》，上海商务印书馆影印本，1985 年。

古本戏曲丛刊编辑委员会主编：《古本戏曲丛刊九集》，上海商务印书馆影印本，1964 年。

傅惜华编：《水浒戏曲集》，上海古籍出版社 1985 年版。

俞为民校注：《宋元四大戏文读本》，江苏古籍出版社 1988 年版。

明万历刻本：《金花女》，《明本潮州戏文五种》，广东人民出版社

1985 年影印本。

（清）洪升：《长生殿》，《古本戏曲丛刊》编辑委员会《古本戏曲丛刊》（五集），上海古籍出版社 1986 年版。

（明）孟称舜：《节义鸳鸯冢娇红记》，《古本戏曲丛刊》编辑委员会《古本戏曲丛刊二集》，上海商务印书馆 1955 年影印本。

杜颖陶、俞芸编：《岳飞故事戏曲说唱集》，上海古籍出版社 1985 年版。

（明）徐文昭编辑：《风月锦囊》，王桂秋主编《善本戏曲丛刊》，台湾学生书局影印本 1984 年版。

孙崇涛、黄仕忠笺校：《风月锦囊笺校》，中华书局 2000 年版。

（俄）李福清、（中）李平编：《海外孤本晚明戏剧选集三种》，上海古籍出版社 1993 年版。

（明）胡文焕：《群音类选》，中华书局 1980 年版。

（明）程万里：《鼎锲徽池雅调南北官腔乐府点板曲响大明春》，《续修四库全书》影印本，上海古籍出版社 2002 年版。

（明）冲和居士辑：《新镌出像点板缠头百练》（即《怡春锦》），《续修四库全书》影印本，上海古籍出版社 2002 年版。

（清）钱德苍编：《缀白裘》，中华书局 1955 年版。

罗锦堂：《明清传奇选注》，联京出版事业公司 1982 年版。

（明）张禄：《词林摘艳》，文学古籍刊印社影印嘉靖本 1955 年版。

谢伯阳编：《全明散曲》，齐鲁书社 1994 年版。

（明）冯梦龙编：《山歌》《挂枝儿》，《明清民歌时调集》，上海古籍出版社 1987 年版。

（明）兰陵笑笑生：《金瓶梅词话》，人民文学出版社 2000 年版。

（明）冯梦龙：《喻世明言》，人民文学出版社 1958 年版。

（明）冯梦龙：《醒世恒言》，人民文学出版社 1956 年版。

（明）冯梦龙：《警世通言》，人民文学出版社 1956 年版。

（明）凌濛初：《拍案惊奇》，上海古籍出版社 1982 年版。

（明）凌濛初：《二刻拍案惊奇》，上海古籍出版社 1983 年版。

（清）蒲松龄：《聊斋志异》，中华书局 2004 年版。

（元）周德清：《中原音韵》，《中国古典戏曲论著集成》（一），中国戏剧出版社 1959 年版。

（明）徐渭：《南词叙录》，《中国古典戏曲论著集成》（三），中国戏剧出版社 1959 年版。

（明）王骥德：《曲律》，《中国古典戏曲论著集成》（四），中国戏剧出版社 1959 年版。

（明）沈宠绥：《度曲须知》，《中国古典戏曲论著集成》（五），中国戏剧出版社 1959 年版。

（明）祁彪佳：《远山堂曲品》，《中国古典戏曲论著集成》（六），中国戏剧出版社 1959 年版。

（明）沈德符：《顾曲杂言》，《中国古典戏曲论著集成》（四），中国戏剧出版社 1959 年版。

（明）沈德符：《万历野获编》，中华书局 1959 年版。

（明）顾起元：《客座赘语》，中华书局 1987 年版。

（明）李乐：《续见闻杂记》，上海古籍出版社 1986 年影印本。

（明）蒋孝编：《旧编南九宫谱》，王桂秋主编《善本戏曲丛刊》，台湾学生书局影印本 1984 年版。

（明）沈璟：《增定南九宫曲谱》（即《南曲全谱》），王桂秋主编《善本戏曲丛刊》，台湾学生书局影印本 1984 年版。

（明）沈自晋：《南词新谱》，中国书店影印本，1985 年。

（清）张大复：《寒山堂曲谱》，《续修四库全书》影印清抄本，上海古籍出版社 2002 年版。

（清）王正祥：《新定十二律京腔谱》，清停云室刻本，《续修四库全书》影印本，上海古籍出版社 2002 年版。

（清）叶堂：《纳书楹曲谱》，清刻本，《续修四库全书》影印本，上海古籍出版社 2002 年版。

（清）高奕：《新传奇品》，《中国古典戏曲论著集成》（六），中国戏剧出版社 1959 年版。

李渔：《闲情偶寄》，《中国古典戏曲论著集成》（七），中国戏剧出版社 1959 年版。

（清）徐大椿：《乐府传声》，《中国古典戏曲论著集成》（七），中国戏剧出版社 1960 年版。

（清）无名氏：《传奇汇考标目》，《中国古典戏曲论著集成》（七），中国戏剧出版社 1959 年版。

（清）《笠阁批评旧戏目》，《中国古典戏曲论著集成》（七），中国戏剧出版社 1959 年版。

（清）黄文旸：《重订曲海总目》，《中国古典戏曲论著集成》（七），中国戏剧出版社 1959 年版。

（清）黄丕烈：《重订曲海总目》，《中国古典戏曲论著集成》（七），中国戏剧出版社 1959 年版。

（清）李调元：《剧话》，《中国古典戏曲论著集成》（八），中国戏剧出版社 1960 年版。

（清）李调元：《雨村曲话》，《中国古典戏曲论著集成》（八），中国戏剧出版社 1960 年版。

（清）焦循：《花部农谭》，《中国古典戏曲论著集成》（八），中国戏剧出版社 1960 年版。

（清）焦循：《剧说》，《中国古典戏曲论著集成》（八），中国戏剧出版社 1960 年版。

（清）梁廷柟：《曲话》，《中国古典戏曲论著集成》（八），中国戏剧出版社 1960 年版。

黄幡绰：《梨园原》，《中国古代戏曲论著集成》（九），中国戏剧出版社 1959 年版。

（清）支丰宜：《曲目新编》，《中国古典戏曲论著集成》（九），中国戏剧出版社 1960 年版。

（清）琴隐翁：《审音鉴古录》，王桂秋主编《善本戏曲丛刊》，台湾学生书局影印本 1984 年版。

（清）李斗：《扬州画舫录》，中华书局 1960 年版。

刘廷玑：《在园杂志》，中华书局 2005 年版。

（东周）《论语》，《四部备要》，中华书局 1989 年版。

（东周）《墨子》，《百子全书》，浙江古籍出版社 1998 年版。

（东汉）王充：《论衡》，《百子全书》，浙江古籍出版社 1998 年版。

（清）张廷玉等：《明史》，中华书局 1974 年版。

《明光宗实录》，台北：中央研究院历史语言研究所 1962 年版。

（明）孔贞运辑：《皇明诏制》，《续修四库全书》第 458 册，上海古籍出版社 2003 年版。

（明）谢肇淛：《五杂俎》，中华书局 1959 年版。

（明）袁宏道著，钱伯城笺校：《袁宏道集笺校》，上海古籍出版社1981年版。

（明）袁中道：《珂雪斋集》，上海古籍出版社版1989年版。

（明）钱肃乐修，张采纂：崇祯《太仓州志》，南京图书馆藏崇祯十五年刊本。

（明）范濂：《云间据目抄》，《笔记小说大观》本，江苏广陵古籍刻印社1984年版。

（明）祁彪佳撰：《祁忠敏公日记》，书目文献出版社1996年版。

（清）李光庭撰：《乡言解颐》，中华书局1982年版。

上海书店：《清代文字狱档》（增订本），上海书店2011年版。

《大正新修大藏经》卷四十七《杂阿含》，台北：佛陀教育基金会出版部1990年版。

《大正新修大藏经》卷十二《阿弥陀经》，台北：佛陀教育基金会出版部1990年版。

《大正新修大藏经》卷九《法华经》，台北：佛陀教育基金会出版部1990年版

《大正新修大藏经》卷二十六《楞严经》，台北：佛陀教育基金会出版部1990年版。

《大正新修大藏经》卷一《长阿含经》，台北：佛陀教育基金会出版部1990年版。

《无量寿经》，大众文艺出版社2004年版。

王国维：《宋元戏曲史》，华东师范大学出版社1995年版。

吴梅：《中国戏曲概论》，王卫民编《吴梅戏曲论文集》，中国戏剧出版社1983年版。

吴梅：《顾曲尘谈》，王卫民纺《吴梅戏曲论文集》，中国戏剧出版社1983年版。

卢前：《卢前曲学四种》，中华书局2006年版。

张次溪编纂：《清代燕都梨园史料》，中国戏剧出版社1988年版。

齐如山：《上下场》，北平国剧学会1935年版。

周贻白：《中国戏剧史略》，商务印书馆1936年版。

周贻白：《中国剧场史》，商务印书馆1936年版。

周贻白：《中国戏剧小史》，永祥书局1945年版。

周贻白：《中国戏曲论丛》，中华书局 1952 年版。

周贻白：《中国戏剧史》，中华书局 1953 年版。

周贻白：《中国戏剧史讲座》，中国戏剧出版社 1958 年版。

周贻白：《中国戏剧史长编》，人民文学出版社 1960 年版。

周贻白：《中国戏曲发展史纲要》，上海古籍出版社 1979 年版。

叶德均：《明代南戏五大腔调及其支流》，《叶德均戏曲小说丛考》，中华书局 1979 年版。

钱南扬：《戏文概论》，上海古籍出版社 1981 年版。

张庚、郭汉城主编：《中国戏曲通史》，中国戏剧出版社 1980 年版。

陆萼庭：《昆剧演出史稿》，上海文艺出版社 1980 年版。

郭英德：《明清传奇综录》，河北教育出版社 1997 年版。

李赵璧、纪根垠编：《山东地方戏曲剧种史料汇编》，山东人民出版社 1983 年版。

庄一拂：《中国古典戏曲存目汇考》，上海古籍出版社 1982 年版。

李修生主编：《古本戏曲剧目提要》，文化艺术出版社 1997 年版。

剧本月刊社：《琵琶记讨论专刊》，人民文学出版社 1956 年版。

周维培：《论中原音韵》，中国戏剧出版社 1990 年版。

中国大百科全书戏曲、曲艺编辑委员会编：《中国大百科全书》（戏曲、曲艺卷），中国大百科全书出版社 1983 年版。

王永宽、王钢：《中国戏曲史编年》（元明卷），中州古籍出版社 1994 年版。

周维培：《曲谱研究》，江苏古籍出版社 1999 年版。

俞为民：《曲体研究》，中华书局 2005 年版。

孙崇涛：《风月锦囊考释》，中华书局 2000 年版。

阿甲：《戏曲表演论集》，上海文艺出版社 1962 年版。

杨荫浏：《中国古代音乐史稿》，人民音乐出版社 1981 年版。

武俊达：《戏曲音乐概论》，文化艺术出版社 1999 年版。

路应昆：《高腔音乐与川剧》，人民音乐出版社 2001 年版。

《川剧艺术研究》编辑组：《川剧艺术研究》（一），四川人民出版社 1981 年版。

《川剧艺术研究》编辑组：《川剧艺术研究》（二），四川人民出版社 1981 年版。

《川剧艺术研究》编辑组：《川剧艺术研究》（三），四川人民出版社1981年版。

《川剧艺术研究》编辑组：《川剧艺术研究》（四），四川人民出版社1984年版。

陈昌仪：《赣方言概要》，江西教育出版社1991年版。

颜森编：《黎川方言研究》，社会科学文献出版社1993年版。

李荣主编，颜森编撰：《黎川方言词典》，江苏教育出版社1998年版。

李荣主编，叶祥苓编撰：《苏州方言词典》，江苏教育出版社1998年版。

李荣主编，游汝杰、杨乾明编撰：《温州方言词典》，江苏教育出版社1998年版。

陈东有：《〈元曲选音释〉研究》，中国社会科学出版社2001年版。

范丽敏：《清代北京戏曲演出研究》，人民文学出版社2007年版。

马西沙、韩秉方：《中国民间宗教史》，上海人民出版社1992年版。

王熹：《中国明代习俗史》，人民出版社1994年版。

中国佛教文化研究所：《俗语佛源》，上海人民出版社1993年版。

达照：《〈金刚经赞〉研究》，宗教文化出版社2002年版。

魏承恩：《中国佛教文化论稿》，上海人民出版社1991年版。

［美］凯瑟琳·乔治：《戏剧节奏》，张铨译，中国戏剧出版社1982年版。

顾颉刚：《泉州的土地神》，《民俗周刊》1928年第2期。

萧放：《社日与中国古代乡村社会》，《北京师范大学学报》1998年第6期。

胡忌：《从〈钵中莲〉传奇看"花雅同本"的演出》，《戏剧艺术》2004年第1期。

赵逵夫：《弘扬传统 与时俱进——论秦腔的艺术传统与改革发展问题》，《中华戏曲》2004年第1期。

夏月：《从〈钵中莲〉看传奇中神鬼戏的艺术表现形式》，《艺术百家》2004年第2期。

吴晟：《万历、嘉庆钞本〈钵中莲〉比较》，《中国典籍与文化》2005年第1期。

孔培培：《山东"姑娘腔"研究回顾与反思》，《艺术百家》2006 年第 7 期。

板俊荣：《明万历抄本〈钵中莲〉之［补缸调］的词谱考释》，《交响——西安音乐学院学报》2009 年第 2 期。

黄蓓：《〈钵中莲〉的宗教意蕴与民间视角》，《长江学术》2009 年第 3 期。

黄振林：《论花雅同本的复杂形态——从钵中莲传奇的年代归属说起》，《戏剧》（中央戏剧学院学报）2012 年第 1 期。

陈志勇：《〈钵中莲〉传奇写作时间考辨》，《戏剧艺术》2012 年第 4 期。

邵彬：《〈唢呐调〉曲牌探究》，《民族艺术》2013 年第 3 期。

吴书荫：《梨园传本　粲然备列——程砚秋玉霜　珍藏稿抄本戏曲集刊》序，《文献》2014 年第 3 期。

马华祥：《明成化本〈白兔记〉声腔剧种考》，《艺术百家》2014 年第 5 期。

戴云：《清南府演戏腔调考述》，《文化遗产》2015 年第 3 期。

马华祥：《万历李评本〈破窑记〉声腔归属考》，《艺术百家》2015 年第 5 期。

后　记

　　写书缘起：2000 年在南京大学举办的国际戏曲学术研讨会上，经河南省社科院王永宽先生介绍，笔者有幸认识了南京大学著名南戏专家俞为民先生。2002 年又在江西师范大学主办的全国戏曲学术研讨会上重会俞先生，我十分难为情地向俞先生提出想报考他的博士生，因为先生比我才年长 8 岁，当年我已 44 岁了。先生笑笑说："不必读博士了，你的学问已经做得很好了"。我说："我是认真的，真想跟您读书"。先生可能是看到我果断，便说："南大考博，英语考试很难，要掌握上万英语单词。你最好背背 GRE 词汇。专业就不用复习了，你行。"次年春试，英语考试未通过，我很失落。2004 年在江苏举办的一次全国戏曲学术研讨会上，俞先生告诉我一个令人欣喜若狂的消息：南京大学明年招收论文博士，不用考试就可以入学。我忙问："需要什么条件？"俞先生说："教授，获省级科研成果奖一项。"2005 年春，我申报攻读南京大学论文博士，顺利通过，终于成为俞门弟子。记得入学时学校房源紧张，学校无法安排我的住处，俞先生知道后比我还急，到处联系房子；入学不久，俞先生就询问我研究课题，我说想研究《钵中莲》。我觉得这一选题极具学术意义：一、改变了学者普遍认为弋阳腔戏曲都是改本的看法。该研究以无可辩驳的证据证明《钵中莲》是民间原创弋阳腔剧本。二、打破以往独重文人昆腔传奇的研究格局，将研究引入明代更为流行的弋阳腔戏曲的研究。弋阳腔兴盛比昆腔早，是当今流行的皮黄腔、高腔的不祧之祖。研究《钵中莲》可知万历弋阳腔之流变，有助于帮助我们保护和利用戏曲文化遗产。先生说课题有点单薄，怕不易通过。我此前想的是方便第一，有关《钵中莲》的论文已发表了数篇，八九万字，做些修改工作就行了。导师的点拨使我改变了主意，决定以《钵中莲》为突破口，研究弋阳腔戏曲。

　　重心转移：在俞先生的指导下，我在南京大学阅读了大量资料，增进了许多认识。2005 年秋，我想到了一个新题目"弋阳腔戏曲考"，并撰写开题报告。我把开题报告发给俞先生后，很快便收到先生的一封长信。先生给我 4 点非常重要的指教。印象最深的是先生详细辨析了"戏"与"传奇"的意义，这可使我终身受益。我按照先生的教导，反复修改开题报告。2006 年春，我把开题报告题目改为"明代弋阳腔传奇考"，又以此为题，申报国家社科项目，获得了立项。在论文的写作过程中，我经常与导师联系，分几次给导师电子信箱发送稿子。每次都得到十分有益的修改意见。我感谢先生对我的辛勤培养。2007 年 5 月，我通过了博士答辩，取得了博士学位。2008 年春，国家项目结项。同年，获得一项教育部人文社科项目。之后，又接连完成了两项福建省社科项目，主要是在研究弋阳腔传奇。

　　朝花夕拾：自从 2005 年萌生撰写《钵中莲》研究专著以来，虽然中间转变了研究重心，但是《钵中莲》研究一直都难以割舍，更不会轻言放弃。我的论文《〈钵中莲〉民间社会思潮探微》发表在《南京师大学报》2006 年第 1 期上。时隔 5 年，在《华侨大学学报》2011 年第 3 期上发表了《〈钵中莲〉民间宗教思想探微》。在中山大学承办的"中国戏剧史国际学术研讨会暨中国古代戏曲学会 2014 年年会"小组会上推出新作《嘉庆抄本〈钵中莲〉对万历抄本的传承与变异》。最近两年来我着重探讨《钵中莲》排场科介艺术以及《钵中莲》对清代花部的重大影响。最后回顾《钵中莲》研究史，写成绪论和余论，总算圆了 12 年前的写书梦。更可喜的是百忙之中的恩师一口答应为拙著写序，而且两天之后就发给我。俞先生一直都是这样，自己的事情再忙，也总是学生事情优先。在此再一次谢谢俞先生，祝俞先生福如东海，寿比南山！

马华祥

作于清雅堂

2017 年 8 月 19 日